HIS DARK MATERIALS

The Amber Spyglass

琥珀望遠鏡

✦黑暗元素三部曲 III✦

PHILIP PULLMAN

菲力普・普曼——著　王晶——譯

讚頌祂的恩慈，傳揚祂的萬能，
祂的長袍是光，篷蓋為蒼穹；
雷雲做憤怒的戰車，
風暴之翼下，黑暗是祂的路徑。

——羅伯・葛蘭特（Robert Grant），選自《古今讚美詩集》

噢，星星，
戀人對其所愛者面容之渴慕，不正發源自你麼？
他不正是從爍亮星辰中，看見她純淨的臉龐麼？

——里爾克（Rainer Rilke），〈杜伊諾哀歌之三〉

氤氳蒸氣自萬物之身逃逸。
夜色清冷柔美，天使滿布
沉落於生者之上。工廠通明燈火，
鐘響無人聽聞。
我們終究相聚，即便天涯相隔。

——約翰・艾什柏瑞（John Ashbery），〈牧師〉，選自《川流與山岳》

《琥珀望遠鏡》是「黑暗元素三部曲」的第三部，也是最終曲，延續《黃金羅盤》與《奧祕匕首》的故事。本書內容發生在許多相異的宇宙中，包括我們的宇宙。

注：書中提到的「守護精靈」（dæmon）一詞，和英文的「惡魔」（demon）一字發音相同。

目錄

第一章 中邪的沉睡者

……肉食野獸
從洞穴深處上前，
凝視熟睡中處子……
——威廉．布雷克（William Blake）

杜鵑遮蔭的谿谷靠近雪線處，乳白色溪流融雪飛濺，鴿子和紅雀穿梭廣大松林間，危巖和蓊鬱的樹葉間半掩一座洞穴。

林間充滿各種聲音：溪澗潺湲、風拂松針、蟲鳴咿咿、小獸哮吼與鳥啼啁啾。偶爾，稍強的風使西洋杉或樅樹的枝葉相互撞擊，發出大提琴般的低吟。

這裡一向豔陽赫赫，光影斑駁，金色光束穿透綠葉與枝椏，灑落林地。光線不斷移動，變換色彩，瀰漫的霧氣在樹頂間浮動，將光線篩成珍珠色澤；霧氣飄升時，松果便因溼氣浸潤而閃亮。有時，雲間溼氣凝結，未傾盆而下，反而似霧似雨地飄落，使滿林松針齊聲沙沙作響。

溪旁有條小徑，一路從坐落在山腳下的小村（只比牧人聚落稍大）通往冰河頂端半傾頹的神龕，一條條褪色的絲綢旗幟飄蕩在高山上永不停歇的風裡，虔誠村民供上大麥糕和茶葉。光線、冰雪與環繞山谷上方的霧氣造就奇風異景，畫出永不消褪的彩虹。

洞穴在小徑上方不遠處。多年前，有個聖人曾定居在此冥想、齋戒和祈禱，村民因而對此處分外崇敬。洞穴近三十呎深，地表乾燥，是熊或狼最理想的穴窟，但多年來只有鳥類和蝙蝠蝸居於此。

有個身影蹲在入口前方，黑色眼睛東張西望，尖耳豎立，卻不是鳥群或蝙蝠。絢麗陽光照在他光滑的金色毛皮上，猴子的小手翻轉一顆松果，用銳利手指剝除鱗片，掏出甜滋滋的堅果。

在他身後，陽光無法照到之處，考爾特夫人正將裝水的小鍋放在石腦油爐上加熱。她的守護精靈低聲警告，她抬起頭來。

森林小徑上出現一個村裡的女孩，夫人知道她是誰。截至目前為止，阿瑪每天都替她帶來一些食物。夫人一到村落，就讓村民知道她是來此冥想禱告的女聖人，曾發誓永遠不和男人說話。阿瑪是她唯一接見的訪客。

但這次阿瑪並非隻身前來，她父親和她結伴同行，阿瑪爬上洞穴時，他就在遠處等待。

阿瑪來到入口處後鞠躬。

「父親要我為您的虔誠獻上祝福。」女孩說。

「孩子，歡迎妳。」夫人說。

女孩帶來褪色棉布小包，她將東西放在夫人腳前，然後拿出一小束花，那是十幾朵用棉線捆綁的銀蓮花。女孩緊張地珠砲連連，夫人了解山中住民的一些語言，卻永遠不讓這些人知道她到底懂多少。她微笑，用手勢示意女孩安靜，要她觀察兩人的精靈。金猴子伸出黑色小手，阿瑪的蝴蝶精靈則慢慢飛近，最後停在猴子的角質手指上。猴子將蝴蝶緩緩移近耳邊，夫人感覺一連串領悟飄進心中，澄清女孩所說的一切。村民很高興有夫人這般的女聖人定居在此，可是傳言說她有個同伴，一個危險又強大的同伴。這使村民大為恐慌。那人是夫人的主人嗎？還是僕人？她想傷害他們嗎？她為什麼會來這裡？他們打算在這裡停留很久嗎？阿瑪焦慮地傳達這些問題。

精靈的領悟傳送到夫人心中時，她突然異想天開：雖不是百分之百誠實，但可以說出部分真話。夫人對這主意有種想笑的衝動，卻在解釋時盡量壓抑：

「是的，我有個同伴，這沒什麼好怕的，她是我女兒，因為被人施咒而一直沉睡。我們來此躲避那個施法者，我也嘗試治療她，不讓她受到傷害。如果妳願意，過來看看罷。」

阿瑪一方面被考爾特夫人的輕聲細語安撫，一方面還是感到很害怕，夫人提到的施法者和咒語使她更心生恐懼。可是金猴子溫柔地握住她的精靈，她心中也非常好奇，就隨同夫人進入洞穴。

阿瑪的父親在小徑上前一步，烏鴉精靈舉翅一、兩次，但他還是留在原地。

日光迅速轉暗，夫人點起一根蠟燭，帶領阿瑪進入洞穴。小女孩在幽暗中張大眼睛，雙手不斷重複用大拇指和食指互捏，藉此迷惑邪靈驅除危險。

「妳看到了嗎？」夫人說：「她不會造成什麼危險。根本不用害怕。」

阿瑪注視睡袋中的身影，裡面是個年紀長她三、四歲的女孩，阿瑪從未見過那樣的髮色——如獅子般的黃褐色。女孩的雙唇緊緊抿住，正在熟睡，這點毋庸置疑，她的精靈也毫無意識地纏繞在她喉間。精靈看起來像某種貓鼬動物，卻具有金紅色澤，體型也較小。金猴子溫柔撫觸沉睡精靈耳上的毛皮，阿瑪注意到這隻像貓鼬的生物開始不適地騷動，還發出粗啞微小的喵叫。阿瑪的精靈變成小老鼠，緊靠在她頸後，從髮間恐懼地盯著一切。

「現在妳可以把看到的一切告訴妳父親。」考爾特夫人繼續說：「這裡沒有惡靈，只有我女兒在咒語下沉睡。但是阿瑪，請妳父親務必守住這個祕密。除了你們兩人之外，絕不能有人知道萊拉在這裡。如果施法者知道她在這裡，他會找到她並毀了她。所以，噓，除了妳父親之外別告訴任何人。」

夫人跪在萊拉身邊，將熟睡臉龐上溼潤的頭髮向後撥攏，再彎身親吻女兒的臉頰。她抬起頭來，那是一雙哀傷又美麗的眼睛，勇敢、悲憫地對阿瑪微笑，阿瑪不禁感到熱淚盈眶。

她們走回洞穴口時，夫人牽著阿瑪的手，看見女孩父親焦躁地在下方觀望。夫人雙手合十對他鞠躬，他看到女兒對夫人和中邪的沉睡者鞠躬時，忍不住鬆一口氣。阿瑪在薄暮中轉身跳下斜坡，父親和女兒再次對洞穴鞠躬後離開，最後消失在濃密杜鵑的陰暗處。

夫人轉身看看爐上熱水，水快沸騰了。

她蹲下來，弄皺一些乾葉放入鍋中，又從這個袋子抓出兩撮，那個袋子抓出一撮，最後加入三滴淺黃色油，迅速攪拌，默數五分鐘後將小鍋從爐上拿開，坐下來等液體冷卻。

她四周還擺著查爾斯爵士死時，湖邊營地的一些裝備：一個睡袋、裝著換洗衣服和盥洗用品的背包等等。另外有個外鑲堅硬木框、內襯木棉的帆布箱，內含各類儀器，以及一把裝在皮套中的手槍。

煮出的濃汁在稀薄空氣中冷卻得很快，等溫度降到相當於體溫時，夫人將濃汁小心倒入金屬杯，再拿到洞穴深處。猴子精靈也丟下手中松果跟隨著。

夫人將杯子小心放在低矮岩石上，蹲在熟睡的萊拉身旁。金猴子蹲在萊拉另一側，如果潘拉蒙醒來，他打算立刻抓住他。

萊拉的頭髮溼潤，眼球在合上的眼皮後不斷挪移。她已經開始騷動，考爾特夫人親吻她時，已察覺到她的睫毛微顫，知道萊拉不久後就會清醒。

她把一隻手放在萊拉頭後，另一隻手撥開前額潮溼的頭髮。萊拉雙脣微啟，輕輕發出呻吟，潘拉蒙也稍微移向她胸間。金猴子的目光一刻不離萊拉的精靈，小小的黑指頭也在睡袋邊抽動。

夫人瞪了金猴子一眼，他稍稍後退。夫人輕輕舉起女兒，使肩膀遠離地面，頭隨之後仰，萊拉吸了一口氣，眼睛半開，睫毛快速眨了眨。

「羅傑，」她輕聲說：「羅傑……你在哪裡……我看不到……」

「噓，」她母親低聲說：「噓，親愛的，喝下這個。」

夫人將杯子移近萊拉，她傾斜杯子，讓一滴液體溼潤女孩的嘴脣。萊拉的舌頭感覺到水珠，就著舔舐。夫人仔細在她脣間多倒些液體，等她喝完一口後，再倒入更多。

幾分鐘後杯子終於見底。夫人放下女兒，萊拉的頭一觸到地面，潘拉蒙就又回到喉間，金紅色毛皮如她的頭髮一樣溼潤。他們又開始沉睡。

金猴子輕鬆回到洞穴入口，坐下來看著小徑。萊拉看起來很燥熱，夫人將法蘭絨布浸入冷水，擦擦萊拉的臉龐，又拉開睡袋，擦拭她的手臂、脖子、肩膀。最後夫人拿起梳子，溫柔地梳開髮結，從前往後梳，還幫她整齊分邊。

她將睡袋敞開，讓萊拉覺得涼快些，然後打開阿瑪帶來的東西：一些粗麵包、一塊茶磚和包裹在一大張葉片中的黏膩米團。生火時間到了，山上夜間寒意襲人。她有條不紊地先削下乾燥火絨，再點燃火柴生火。還有件事要多想想：從今天起，她必須讓火堆日夜持續燃燒，火柴和爐中石腦油卻快用光了。

她的精靈很不開心。他不喜歡她在洞穴中做的一切，每次他設法表達憂慮，她就避而不談。他背對著她，將松果鱗片一片片彈入黑暗，一舉一動都充滿輕蔑。她不理會他的心情，只是有技巧地沉著生火，在小鍋中裝水準備煮茶。

儘管如此，他的疑慮還是影響到她。她將黑灰色茶磚捏碎放入水中，一次次懷疑自己到底在做什麼：她是否發瘋了？教會知道後會怎麼樣？金猴子沒錯，她不只是在隱藏萊拉，她也遮住自己的雙眼。

黑暗中，有個小男孩出現了，他期待又恐懼，一次次低語：

「萊拉……萊拉……萊拉……」

他身後有些別的身影，看來比他更黑暗、更沉默，似乎是他的同伴或同類，臉孔卻看不清，聲音也聽不見。小男孩的聲音低如耳語，臉龐被陰影覆蓋，身形縹緲如模糊的記憶。

「萊拉……萊拉……」

他們到底在哪裡？

在一片廣大平原上，墨色天空中沒有日光，霧氣籠罩四面八方。地表是塊荒涼大地，似乎被幾百萬雙腳踩平；但這些腳輕若鴻毛，所以地面一定是被時間蝕平；而此處的時間始終停滯，那麼，萬物一定原來就是這副模樣。這是所有地方的終點，也是所有世界中最後一個。

「萊拉……」

他們為什麼會在那裡？

他們都被囚禁。有些人犯了罪，但沒人知道他們犯下什麼罪、到底是誰犯的，也不知道是哪個當局下的判決。

為什麼這個小男孩不斷呼喚萊拉的名字？

因為希望。

他們是誰？

鬼魂。

不管萊拉如何努力嘗試都碰觸不到他們。她困惑的雙手不斷移動，小男孩仍站在那裡懇求。

「羅傑，」她說，可是她的聲音只是一道耳語。「噢，羅傑，你在哪裡？這是什麼地方？」

他說：「這是亡魂世界，萊拉……我不知道該怎麼做……我不知道自己會不會永遠留在這裡，我也不知道自己是否做錯事，我試著做個好孩子，但我討厭這裡，我好害怕，我恨它……」

萊拉說：「我……

第二章
巴瑟莫和巴魯克

接著一個神靈從我面前飄過，我身上寒毛盡皆豎立。
——〈約伯記〉

「安靜，」威爾說：「安靜就對了，別吵我。」

萊拉剛被擄走，威爾才從山頂下來，女巫才剛殺死他父親。他在父親背包中找到錫燈籠和乾火柴，點燃火柴，蹲在岩石背風面，打開萊拉的背包。

他用沒受傷的手在裡面摸索，找到裹在厚天鵝絨內的真理探測儀。探測儀在燈籠光線下閃爍，他將探測儀舉到身旁自稱是天使的兩個身影前。

「你們能閱讀這個嗎？」他問。

「不行，」一個聲音說：「跟我們來，你一定要來，現在就到艾塞列公爵那裡。」

「是誰叫你們跟蹤我父親？你們說他不知道自己被跟蹤，可是他知道，」威爾激動地說道：「他叫我等你們，他知道的事比你們認為的還多。是誰派你們來的？」

「沒有人派我們來，只有我們自己。」那聲音說：「我們要服事艾塞列公爵。那個死去的人，他要你怎麼處理匕首？」

威爾遲疑了一會兒。

「他說我應該拿給公爵。」威爾說。

「那就跟我們走。」

「不行，我要先找到萊拉。」

威爾用天鵝絨包好探測儀，放入自己的背包。他披上父親沉重的斗篷避雨，蹲在原地，堅定地看著兩個身影。

「你們會說實話嗎？」他問。

「會。」

「你們比人類強壯還是虛弱？」

「虛弱。你們有血有肉，我們沒有。雖然如此，你一定要跟我們走。」

「不，如果我比你們強壯，你們就必須服從我。而且，我還有奧祕匕首，我可以命令你們：幫我找到萊拉。不管花多久，我都要先找到她，然後才去找艾塞列公爵。」

兩個天使沉默了幾秒鐘。他們飄到一旁低語，其實威爾根本聽不到他們的聲音。

最後他們又回來，說道：

「好吧。你犯下大錯，可是你讓我們別無選擇。我們會幫你找到那孩子。」

威爾試著望穿夜色，想仔細瞧瞧他們，雨水卻流進他眼裡。

「靠近些，我才看得到你們。」他說。

天使向前趨近，卻似乎變得更朦朧。

「在日光下，我會比較容易看到你們嗎？」

「不，情況更糟。我們不是高階天使。」

「嗯，如果我看不到，那別人也看不到，這樣你們就能維持隱密。去看看能不能找到萊拉，她應該不會離得太遠，有個女人跟她在一起，那女人抓走了她。去找吧，回來後告訴我你們看到什麼。」

天使在狂暴氣流中上升後消失。威爾感到一股陰鬱的沉重當頭壓下，他和父親打鬥前，幾乎已耗盡所有力氣，現在筋疲力竭，只想閉上哭得痠痛腫脹的眼睛。

他將斗篷蓋在頭上，背包緊抓在胸前，不一會兒就睡著了。

「到處都找不到。」有個聲音說。

威爾在熟睡中聽到聲音，掙扎醒來。因為睡得毫無意識，他花了將近一分鐘，才終於睜開眼睛，迎面是明亮的清晨。

「你們在哪裡？」他問。

「在你身邊，」一個天使說：「這邊。」

太陽剛升起，岩石上的地衣和青苔在亮麗陽光下閃閃發亮，可是他一個人影也看不到。

「我說在日光下更難看到。」那聲音繼續說：「你在微光中最容易看到我們，例如黃昏或黎明，然後是黑暗中；陽光下最不清楚。我跟同伴到更遠的山下搜尋，沒發現女人或小孩，但那裡有座藍色的湖，她一定在那裡紮過營。那裡有個死人，還有個被幽靈吃掉的女巫。」

「死人？他長得什麼模樣？」

「六十多歲。氣色紅潤、皮膚光滑、銀灰色髮。衣著昂貴，身上還有濃濃香味。」

「是查爾斯爵士，一定是他。考爾特夫人謀殺了他。哼，至少這是個好消息。」威爾說。

「她留下一些蹤跡。我同伴前去追蹤，一找到她的去處後就會回來。我留在這裡陪你。」

威爾站起來四處張望。風暴使空氣煥然一新，這是個清新乾淨的早晨，卻令周遭情景顯得更惱人，因為四下躺著護送他和萊拉前來找尋父親的幾個女巫的屍體。威爾看到食腐肉的尖喙烏鴉扯下女巫臉上的肉，有隻大鳥正在空中盤旋，彷彿忙著挑選豐美大餐。

威爾看著一具具屍體，但萊拉的好友，女巫女王帕可拉不在其中。接著他想起來：她不是在傍晚前因某件事而先行離開了？

所以她可能還活著。這想法使他不覺精神一振，眺望地平線搜尋她的身影，但四下除了藍天和峻岩外，一無所有。

「你在哪裡？」他對天使說。

「在你身邊，」那聲音說：「如往常一樣。」

威爾看看左邊，就是聲音的源頭，那裡空空如也。

「所以沒人能看得見你。別人也能像我一樣聽得見你嗎？」

「我小聲說就聽不見。」天使尖酸地說。

「你叫什麼名字？你們有名字嗎？」

「有，我們有名字。我叫巴瑟莫，我的同伴叫巴魯克。」

威爾思索下一步該怎麼做。一旦從許多條路中選出一條後，沒選上的那些路就如蠟燭般熄滅，彷彿不曾存在。此時，威爾所有的選擇都同時存在，如果要保留這些選擇，意味著什麼也不能做。終究，他還是得做決定。

「我們先回山下，去湖邊，那裡或許有什麼東西我用得上，反正我也渴了。我會選我覺得正確的路，如果走錯了，你可以引導我。」威爾說。

威爾在人跡罕至、岩礫遍布的斜坡上走了幾分鐘，才恍然發現他的手已經不痛了。事實上，他從醒來後就沒想過傷口。

他停下來看看打鬥後父親替他包紮的粗布。粗布因為塗上膏藥而顯得油膩，可是上面沒有一絲血跡。自從他失去手指，傷口就流血不止。這真是個好消息，他心中也不禁雀躍。

他試著移動手指，沒錯，傷口還是會痛，感覺卻不同：不是昨天那種要命的疼痛，而是變得較輕微隱約。傷口似乎已經痊癒，他父親成功了。女巫的咒語失效，父親卻治癒了他。

他滿心歡喜走下斜坡。

威爾花了三個小時、經過天使幾次引導，才來到藍色小湖邊。他抵達時已口乾舌燥，在豔陽炙烤下，斗篷變得又重又熱，但脫下斗篷又失去保護，手臂和脖子幾乎烤焦。威爾丟下斗篷和背包，衝到幾碼外的水邊，低頭暢飲冰涼湖水。湖水凍得牙齒和腦袋都發痛。

威爾解渴後，坐起來四下張望。昨天他完全無視周遭的一切，現在卻可以清楚看到湛藍湖水，聽到四周昆蟲刺耳的唧唧聲。

「巴瑟莫？」

「在這兒。」

「那個死人在哪裡？」

「你右邊大岩石後方。」

「這附近有幽靈嗎？」

「沒有，一個也沒有。我沒有任何幽靈想要的東西，你也沒有。」

威爾拿起背包和斗篷，順著湖邊走到巴瑟莫指的大岩石處。岩石後有個已搭好的小營區，還有五、六頂帳篷和爐火堆餘燼。威爾謹慎地前進，免得有人還活著躲在暗處。

寂靜深邃無邊，昆蟲騷動聲只能搔到寂靜表面。帳篷一片死寂，湖水也平靜無波，他先前飲水引起的漣漪，仍緩緩向外擴散。腳邊有個綠影一閃，他猝然受驚，但那只是隻小蜥蜴。

帳篷塗有迷彩，但在這些晦暗紅岩間更為醒目。威爾看看第一頂帳篷，裡面空空如也，第二頂也是。但在第三頂帳篷內，他找到很有價值的東西：軍用飯盒和一盒火柴，另外還有條略暗的東西，長度和厚度都同前臂一般。起先他以為是種皮製品，在陽光下才看清那是條肉乾。

嗯，畢竟他有匕首呀。他切下薄薄一片，發現肉乾很有嚼勁，微鹹、滋味甘美。他將肉乾、火柴和軍用飯盒一起放入背包，繼續搜索其他帳篷，發現裡面空無一物。

威爾最後才到最大的帳篷邊。

「那個死人在裡面嗎？」他對著空氣說話。

「對。」巴瑟莫說：「他遭人下毒。」

威爾小心翼翼繞到面對湖水的入口。俯臥在翻倒帆布椅旁的屍體，正是威爾世界中的查爾斯爵士，萊拉世界中的波萊爾公爵。這人偷走萊拉的探測儀，反而導致威爾獲得奧祕匕首。查爾斯爵士八面玲瓏、老奸巨猾、有權有勢，現在他卻死了。死者面孔扭曲，異常難看，威爾不想看他。他掃視帳篷，發現有許多東西可拿，便跨過屍體端詳。

威爾的父親是軍人也是探險家，很清楚該拿些什麼，他卻只能亂猜一氣。他拿了裝在鋼鐵盒裡的放大鏡，可藉此生火，節省火柴；一捆結實的縫線；合金水瓶，比他原先攜帶的羊皮水袋輕多了；還有小錫杯、小型望遠鏡、一捲以紙包著拇指大小的金幣、急救箱、幾塊淨水劑、一包咖啡、三包濃縮水果乾、一包燕麥餅乾、六塊薄荷蛋糕、一包魚鉤和尼龍繩，最後是一本筆記本和幾枝鉛筆，還有一把小手電筒。

威爾把東西全塞進背包，又切下一片肉乾祭五臟廟，然後從湖邊裝水，對巴瑟莫說：

「你看我還需要什麼？」

「判斷力。有些官能可讓你辨識出智慧，並懂得尊敬和服從。」回應傳來。

「你很有智慧嗎？」

「比你多得多。」

「嗯，我就看不出來。你是人嗎？你聽起來倒像個人類。」

「巴魯克過去曾是人類。我不是。現在他已經是天使。」

「所以……」威爾原本在整理背包，把最重的東西放在底層，現在卻停手，試著注視天使，但前方什麼也沒有，便又繼續說。「所以他以前是人，後來……人死後會變成天使嗎？是這樣嗎？」

「不一定。大部分情況下都不會……非常罕見。」

「那他多久前活著？」

「四千年前，大概吧。我比他老多了。」

「他是住在我的、萊拉的還是這個世界？」

「你的世界。天下有無數個世界，你自己也知道。」

「那人怎麼會變成天使？」

「這種形上學揣測有什麼意義？」

「我只是想知道。」

「你最好專注在你的任務上。你侵占這名死人的財產，這些玩具可以讓你生存下去。現在我們可以上路了嗎？」

「等我知道往哪裡走再說。」

「不管朝哪個方向走，巴魯克都會找到我們。」

「那留在這裡的話，他也會找到我們。我還有事要做。」

威爾坐在看不到查爾斯爵士的地方，又吃下三塊薄荷蛋糕。食物下肚後，他覺得自己更有精神和氣力，不禁大為開心。他注視著探測儀，三十六個雕畫在象牙上的圖案一目了然：毫無疑問，這是嬰孩，那是木偶，這是麵包等等。它們的意義卻曖昧不明。

「萊拉是怎麼研讀這個的？」他對巴瑟莫說。

「可能是她自己捏造的。那些使用這種儀器的人在經年研究後，還需要許多參考書籍幫助，才能了解。」

「她才不是自己編的，她正確讀出意義，告訴我一些她不可能知道的事。」

「那我可以告訴你，這對我來說也是個謎。」天使說。

威爾看看探測儀，想起萊拉曾提到解讀探測儀的情況：類似一種心境，她必須進入那種狀態才能使探測儀發生作用。這也同樣幫他感受銀色刀鋒的奧祕。

威爾突然好奇心大發，拿出匕首，在前方切出一扇小窗口。從窗口望出去，只能看到藍天，但是在遙遠下方有一片樹木和原野。不用懷疑，那是他自己的世界。所以這世界的山脈並未和他的世界的山脈相對應。他首次用左手關上窗口，能再使用左手不覺令他欣喜若狂！

有個想法如電擊般突如其來。

如果天底下有無數世界，為什麼匕首只能打開這世界和自己世界之間的窗口？匕首應該可以切開任何世界的窗口。

他又舉起匕首，照帕迪西告訴他的，讓心思跟著刀鋒尖端遊走，直到意識停駐在原子本身為止。這時，他感覺得到空氣中各種微小阻礙和漣漪。

威爾未如往常一樣，在感覺到第一個阻礙時就切下，反而讓匕首移動到下個阻礙，再到下個阻礙。

這就像是探索一排縫合的傷口，但只要力道夠輕，就不會造成傷害。

「你在幹什麼？」空氣中傳來的聲音，使他猛然一醒。

「在探索。安靜，別擋路。如果你太靠近，會被切穿。我看不到你，就無法避開。」威爾說。

巴瑟莫悶哼一聲表示不滿。威爾再度舉起匕首，感覺細微的阻礙和遲滯，結果比他想像中多，而且由於他毋需立刻切穿，他發現每個阻礙都有不同的質感：這個堅硬又明確，那個很模糊，第三個有點滑溜，第四個易碎又脆弱……

但在所有差異中，他最容易感覺到其中一種，雖然已知道答案，他還是切開窗口確認：是他自己的世界。

他關上窗口，用刀尖感受不同質感的障礙。在發現一個具有彈性和阻力的障礙後，就讓匕首一路切割下去。

沒錯！由窗口看過去的不是他自己的世界：那裡的地面較靠近這裡，風景也不是綠油油的田野和籬笆，而是有滾動沙丘的沙漠。

他關上這個窗口，又打開另一個：濃煙密布的工業城，一排上著鎖鏈的陰鬱工人正蹣跚走進工廠。

他再度關上窗口後回神，覺得有點暈眩。他首次明白匕首真正的力量，謹慎地把匕首放在眼前岩石上。

「你打算在這裡待一整天嗎？」巴瑟莫問。

「我正在思考。地面得在同一處，才能輕易從一個世界移動到另一個世界。或許有些地方像這樣，那裡就會有很多窗口……你必須用刀尖知道自己世界的感覺，否則可能再也回不來。」

「沒錯。但我們能否……」

「你還必須知道哪個世界在同一處有地面，不然打開窗口就沒有意義。」威爾像是對天使說話，又像自言自語。「所以不像我想的那麼簡單。或許，我們在牛津和喜咯則時只是運氣好。但我只要……」

威爾又舉起匕首。他碰觸到能打開自己世界窗口那一點時，有種清晰明確的感覺，可是他還無數次接收到另一種感受：一種共鳴，猶如敲擊沉重木鼓般。但就像其他感受一樣，只是空洞空氣中傳來最細微的震動。

正是這種感受。威爾離開原處，在別處又試著感覺一次：又來了。

他切開窗口，發現自己的猜測沒錯。這種共鳴意味著打開的世界和身處世界的地面在同一高度。他一眼望去，綠油油的高地牧草，上方是陰沉天空，草地上有群溫和的野獸在吃草，是他生平未見的動物，體型和野牛相當，有寬大的角和蓬亂藍毛皮，彎月般的硬毛沿著背部生長。

威爾跨過窗口，最靠近的動物索然無味地抬起頭，又低頭繼續吃草。威爾讓窗口大開，站在另一個世界的草地，讓刀鋒感受那種熟悉的障礙，又打開一個窗口。

沒錯。他能從這世界打開通往自己世界的開口，他仍高居在農場和籬笆之上。而且沒錯，他也可以輕易找到堅實的共鳴感，那表示他剛剛離開的是喜喀則。

威爾大大鬆了口氣，回到湖邊營區，關上身後全部窗口。現在他找得到回家的路，再也不會迷失，如有必要，也可以躲起來，安全地到處活動。

威爾每增加一點知識，就獲得一份力量。他將匕首插回腰間，把背包甩過肩後。

「嗯，你現在準備好了嗎？」諷刺的聲音說道。

「好了。你若想，我可以解釋給你聽，可是你似乎不怎麼感興趣。」

「噢，我發現你做的每件事都有趣極了。但是別管我。你要跟那些朝這裡走來的人說什麼？」

威爾驚愕地向四處張望。小徑下方遠處，有列旅人帶著馱馬穩定地朝湖邊前進。他們還沒看見威爾，但如果他停留在原處，他們很快就會注意到。

斗篷在岩石上晒乾後，重量減輕不少，威爾收好斗篷，向四周看看，沒什麼可以帶走。

「我們走吧。」他說。

他也想重新綁好繃帶，不過可以稍候。他沿著湖邊前行，遠離旅人，天使跟隨他，在明亮的空氣中不見蹤影。

那天稍晚，他們從光禿的山上下行到長滿草地和矮杜鵑的山脊。威爾一心想休息，不久，他就決定停步。

天使並不多話。偶爾他會說「不是那條路」或「左邊有條小路較好走」，威爾也會欣然接受，但只是為前進而前進，一心想遠離那些旅者。除非另一位天使帶回消息，否則他寧可留在原地。

太陽漸漸下山，威爾逐漸看見這古怪的同伴。天使的輪廓似乎在光線中顫抖，輪廓內空氣較濃厚。

「巴瑟莫？」威爾說：「我想找條小溪，附近有沒有？」

「斜坡半山腰有泉水，」天使說：「就在那些樹上方。」

「謝謝。」他說。

威爾找到泉水，大口暢飲，並灌滿水瓶。他還來不及走到下方小樹林，巴瑟莫突然發出一聲驚呼。威爾轉頭看到他的輪廓迅速朝斜坡衝去——怎麼了？他只看見天使瞬間的身影，不直視天使時，反而能看得更清楚些。但巴瑟莫似乎停下腳步聆聽，接著又飛到空中，快速飛回威爾身邊。

「這裡！」他的聲音首度沒有反對和諷刺的聲調，「巴魯克往這裡走了！這裡有個幾乎隱形的窗口。來，來，趕快來。」

威爾興致勃勃跟在天使身後，把疲倦拋到一旁。他走近時才看到窗口，面對凍原般的迷濛景致，比喜喀則的山脈景象平坦，而且更寒冷，天空也一片灰暗。他穿過窗口，巴瑟莫立刻跟在身後穿行而過。

「這是哪一個世界？」威爾問。

「那女孩的世界。這也是她們穿越的地方。巴魯克前去跟蹤她們。」

「你怎麼知道他現在在哪裡？你可以看穿他的心思嗎？」

「當然可以。不管他去哪裡，我的心都跟隨著他，雖然我們是兩個個體，但感覺是一體的。」

威爾看看四周，沒有人跡。光線消失時，空氣中的寒意也分分秒秒增加。

「我不要在這裡睡覺，我們今晚待在喜喀則，早上再穿過來。至少那裡還有樹林，我可以生火。現在我知道她的世界是什麼感覺，我可以用匕首找到她的世界……啊，巴瑟莫？你可以變形嗎？」威爾說。

「我為什麼要變形？」

「這世界的人類都有精靈。如果我到處亂闖卻沒有精靈，他們會開始起疑，萊拉起初正因如此才很怕我。如果我們要在她的世界旅行，你必須假裝是我的精靈，變成動物模樣。或許變成鳥吧，至少你還可以飛翔。」

「唉，真乏味。」

「你做得到嗎？」

「我是可以……」

「那你現在就變，讓我瞧瞧。」

天使的形狀似乎開始濃縮，在半空中旋轉為一個小漩渦，接著一隻黑鳥俯衝到威爾腳邊草地。

「飛到我肩上。」威爾說。

黑鳥飛到威爾肩上，接著又以熟悉的尖酸語調說：「我只有在絕對必要時才這麼做，這種恥辱真是無法形容！」

「真是遺憾，我們在這世界一碰到人類，你就得變成鳥，沒什麼好抱怨或爭論的，照做就是了。」威爾說。

黑鳥飛離他的肩膀，在半空中消失，接著又現形，在微光中賭氣。他們回喜喀則前，威爾向四下張望，呼吸此地空氣，估量萊拉受俘的世界。

「你同伴現在在哪裡？」他問。

「跟著那女人往南走。」

「那我們也要往南走，明早就走。」

第二天，威爾跋涉好幾小時，不見一個人影。這國家大部分是覆蓋乾燥短草的低丘，他只要一找到像樣的高處，就四處張望找尋人類定居的蹤跡，卻一無所獲。在這遍布灰塵的棕綠色空間中，唯一的變化是遠方的深綠色汙點，巴瑟莫說那是森林，還有一條往南的河流。正午時分，威爾試圖在矮樹叢裡睡覺，卻無法入睡，傍晚來臨時，他的腳又痠又累。

「走得真慢。」巴瑟莫酸溜溜地說。

「沒辦法，你要是說不出什麼有用的話，就不要開口。」威爾說。

威爾抵達森林邊時已日薄西山，空氣中充滿濃濃花粉，讓他打了好幾次噴嚏，驚起附近一隻飛鳥，衝到空中大叫。

「這是今天一整天內我唯一看見的生物。」威爾說。

「你要在哪裡紮營？」巴瑟莫說。

現在天使偶爾會在長長樹影中現身，威爾看到他的表情暴躁易怒。

威爾說：「我要在這附近歇腳，幫我找個休憩點。我聽得到溪水聲，看看能不能找到那條小溪。」

天使消失了。威爾繼續慢慢前進，穿過低矮石南樹叢和溼地桃金孃，一心盼望能找到像樣的小路。他焦慮地看著天光，得盡快找到落腳處，否則黑暗會迫使他毫無選擇餘地。

「左邊，」巴瑟莫說，天使就在一臂之遙處，「有條小溪，還有枯樹可當柴火。往這邊……」

威爾跟隨天使的聲音，很快找到他形容的地點。小溪在長滿青苔的岩間快速飛濺，消失在幾棵彎曲的大樹下陰暗的窄小縫隙間。溪旁有片青草河岸，一路延伸到灌木叢和樹下矮樹叢邊。

威爾休息前先四處收集柴火，他發現草地上有圈焦黑石頭，很久以前有人曾在這裡生火。威爾收集一堆枝椏和略重的樹枝，用匕首削成適當長度，設法點火。他不知道怎麼生火最容易，浪費了好幾根火柴才勉強成功。

天使以一種厭煩的耐心在旁觀看。

火一生起，威爾吃下兩塊燕麥餅乾、肉乾和薄荷蛋糕，大口吞飲冷水，將食物沖到胃裡。

巴瑟莫默默坐在附近，最後威爾說：「你要一直盯著我看嗎？我又不會去哪裡。」

「我在等巴魯克。他很快就會回來，我就可以不用理你，可以吧。」

「你要不要吃些東西？」

巴瑟莫移動一下，他動心了。

「我是說，我不知道你吃不吃東西，」威爾說：「如果你想吃點什麼，歡迎你一起享用。」

「那是什麼……」天使挑三揀四地問，指指薄荷蛋糕。

「我想，大都是糖吧，還有薄荷。喏，給你。」

威爾扳下四分之一塊蛋糕，高舉起來。巴瑟莫彎頭嗅聞，拿起蛋糕，又輕又涼的手指碰到威爾掌心。

「我想這就能供給我養分。一塊就夠了，謝謝。」巴瑟莫說。

天使坐下來靜靜咬食，威爾發現，如果他注視著火光，用眼角瞥視天使，反而能看得更清楚。

「巴魯克在哪裡？他能跟你溝通嗎？」

「我感覺他就在附近，他很快就會來了。他回來後，我們就會聊天。聊天是最棒的事。」

十分鐘不到，柔軟拍翅聲傳入他們耳裡，巴瑟莫急切站起。下一秒鐘，兩位天使熱烈相擁，威爾注視著火光，看到兩人彼此的情誼，不僅如此，他們還熱愛著對方。

巴魯克在同伴身邊坐下，威爾攪拌著火堆，讓煙霧飄向他們。濃煙勾勒出身形輪廓，威爾首度有機會看清楚他們倆。巴瑟莫體型修長，細窄羽翼優雅收斂肩後，臉上表情混合著高傲的輕視和溫柔熱烈的悲憫，彷彿本性若能讓他忘懷他人缺點，他就會博愛萬物。但顯而易見，他在巴魯克身上看不到缺點。巴魯克似乎較年輕些，如巴瑟莫先前所提，他的身材更為魁梧，羽翼雪白寬大，本質較單純，崇敬巴瑟莫，彷彿他是所有知識和喜悅的泉源。威爾發現自己為兩人間的深情著迷感動。

「你找到萊拉了嗎？」他迫不及待地問道。

「找到了，」巴魯克說：「在喜馬拉雅谿谷，位置很高，靠近一條冰河，那裡的光線因為冰而轉化成彩虹。我可以在土上替你畫張地圖，你就不會弄錯了。女孩被囚禁在洞穴裡，四周環繞樹木，在女人看管下沉睡。」

「沉睡？女人是一個人嗎？身邊沒有士兵？」

「一個人，對。她們藏匿著。」

「萊拉沒有受傷吧？」

「沒有。只是睡覺、做夢。讓我告訴你她們的位置。」

巴魯克伸出手指，在火堆旁畫出地圖。威爾拿出筆記本將地圖一絲不苟地照畫下來。地圖上冰河蜿蜒，流過三座幾乎一模一樣的山頂。

「靠近些後，有洞穴的河谷就在冰河左方，有條融雪溪流從中穿過。河谷頂端在這裡……」天使說。

巴魯克畫出另一張地圖，威爾也照畫下來，接著是第三張，每畫一張就更接近目標，威爾覺得自己能毫不費勁找到那裡，可是他必須在凍原和山脈間走四、五千哩路。奧祕匕首雖然擅長在世界之間切開窗口，卻無法縮短距離。

「冰河附近有座神龕，」巴魯克總結說：「還有幾條被風吹破的紅色絲旗。有個小女孩把食物拿到洞穴裡。村民認為那女人是聖人，如果能照顧她的需要，她就會保佑他們。」

「真的？」威爾說：「而且她在藏匿……我不懂。躲避教會嗎？」

「好像是。」

威爾小心把地圖摺好收起。他先前把錫杯放在火邊石上燒水，現在倒入一些即溶咖啡粉，用小樹枝攪拌。他先用手帕包住手掌，才拿起來飲用。

樹枝在火中燒盡，一隻夜鳥也開始高歌。

忽然，威爾看到兩個天使無來由地同時朝天上某個方向看去，他循兩人目光望去，什麼也沒看到。

他曾看他的貓做過相同的事：在半睡半醒中機警抬頭，望著一些隱形人或物進門，穿越房間。那使他不覺毛髮直豎，這次也是。

「熄火。」巴魯克低聲說。

威爾用沒受傷的手鏟起泥土弄熄火焰，寒氣立刻侵入骨髓，他開始發抖。他把斗篷圍在身上，抬頭向上看。

現在他可以看見某種東西：雲端上有個發光的輪廓，但不是月亮。

他聽到巴魯克喃喃說道：「雙輪戰車？有可能嗎？」

「那是什麼？」威爾小聲問。

巴魯克靠近他，低聲回答：「他們知道我們在這裡，他們找到我們了。威爾，用匕首……」

他還來不及說完，有東西從空中擲落撞中巴瑟莫。一瞬間，巴魯克縱身前跳，巴瑟莫掙扎著想伸展羽翼。三人在幽暗中打鬥，像群大黃蜂被大蜘蛛網纏住，四下一片死寂：威爾只能聽見他們掙扎時引起的樹枝斷裂聲及樹葉摩挲聲。

他們都移動得太快，威爾無法使用匕首，他從背包中拿出手電筒打開。

沒人預料到。攻擊者張開羽翼，巴瑟莫用手臂遮住眼睛，只有巴魯克異常鎮定。威爾看到敵人的真面目，是另一個天使，比他們兩人健壯多了，巴魯克正用手掩住來者的嘴巴。

「威爾！」巴瑟莫叫道：「用匕首……切出一條路……」

此刻，攻擊者從巴魯克手中掙脫，大聲叫道：

「攝政王！我抓住他們了！」

他的聲音使威爾腦袋嗡嗡作響，他從沒聽過這種叫聲。過一會兒，那天使開始衝向空中，威爾丟下手電筒向前跳去。他殺過峭壁鬼族，可是用匕首攻擊一個和自己身形相仿的生物卻不容易。儘管如此，他仍用雙臂抓住那雙拍打的巨翼，用匕首一次次戳刺，直到空氣中充滿白色旋轉羽毛為止，即使在這種暴力情緒下，威爾仍想起巴瑟莫的話：「你有血有肉，我們沒有。」人類比天使更強壯，這是事實，他把那個天使拖到地面上了。

攻擊者仍用刺耳的聲音叫道：「攝政王！來這裡，來這裡！」

威爾想辦法向上張望，只看到雲層騷動旋轉，一道光——某種巨大無垠的事物——愈來愈強大，彷彿雲層本身也因為能量發出螢光，彷彿是等離子體[1]。

巴瑟莫叫道：「威爾……趁他還沒來，過來切開……」

但那天使奮力掙扎，已展開一隻翅膀，正使力從地面往上衝，威爾緊抓不放，否則天使會

---

1 譯注：等離子體（plasma），高速離子化氣體，存在於星際空間、星球（如太陽）的大氣、放電管和實驗熱核反應器中。

逃走。巴魯克衝去幫他，逼迫攻擊者的頭一次次後仰。

「不！」巴瑟莫一再大吼：「不！不要！」

巴瑟莫衝到威爾身邊，搖晃他的手臂、肩膀和雙手，攻擊者再度試著大叫，可是巴魯克掩住他的嘴巴。上方突然傳來深沉震顫，彷彿是個巨大發電機，聲音幾乎低得聽不見，卻振動空氣中每個原子，撼動威爾的骨髓。

「他來了……」巴瑟莫說著，泫然欲泣，威爾終於感受到他的些許恐懼，「拜託，拜託，威爾……」

威爾抬起頭。

雲層逐漸分開，在黑色縫隙中，有個身影快速衝下，起先很小，但他一秒一秒接近，外形就愈加巨大雄偉。他正筆直朝他們而來，帶著不容質疑的惡意，威爾相信自己甚至可以看到對方的眼睛。

「威爾，你非動手不可。」巴魯克緊張地說。

威爾站起來，正想說：「抓緊他。」話才剛從心底浮上，那天使已倒地不起，如霧氣般消融擴散，最後完全消失。威爾四下看看，覺得自己愚蠢又難過。

「我殺死他了嗎？」他發抖地問。

「你非做不可，」巴魯克說：「可是現在……」

「我討厭這樣，」威爾激動地說：「真的，真的，我討厭這樣殺生！何時才能停止？」

「我們得走了，」巴瑟莫虛弱地說：「趕快，威爾……趕快……拜託……」

他們兩人都嚇壞了。

威爾用匕首尖在空氣中探索：任何一個世界都好，只要能離開這裡。他迅速切開，還抬頭往上看：空中飛下的另一個天使就在咫尺之外，表情異常嚇人。即使隔著一段距離，即使在那緊急瞬間，威爾仍感覺到對方正以巨大、殘酷、無情的理智，從頭到腳搜索打量自己。

不僅如此，他手上還有根長矛……正舉起來準備猛力一擲……

大天使停住，收身直立，收攏翅膀，準備投擲武器的那一刻，威爾已跟著巴魯克和巴瑟莫穿越窗口並隨即關上。他的手指捏合最後一吋裂縫時，還感到空氣中的振動——但振動隨即消失。他安全了，只有在另一個世界中，那根矛才會穿過他的身軀。

他們身在月光皎潔的沙灘，內陸不遠處長滿類似羊齒植物的巨樹，低丘沿著海岸綿延好幾哩，氣候又熱又潮溼。

「那是誰？」威爾問道，他顫抖著面對兩位天使。

「那是邁塔頓，」巴瑟莫說：「你剛剛應該……」

「邁塔頓？他是誰？他為什麼要攻擊我們？不要騙我。」

「我們一定要告訴他，」巴魯克對同伴說：「你早該告訴他。」

「是呀，我該告訴他，」巴瑟莫同意，「可是我那時對他很生氣，又擔心你。」

「那現在告訴我呀，」威爾說：「記得，別想告訴我該怎麼做——那根本對我無關緊要，只有萊拉和我母親才重要。而且，」他對巴瑟莫說：「正如你先前提到，那是這整個形上學推測的重點。」

巴魯克說：「威爾，我該告訴你我們知道的一切，這是我們一直在找尋你的原因，也是我們必須帶你到艾塞列公爵那裡的原因。我們發現『神國』——無上權威的神國——的祕密，我們一定要讓公爵知道這點。我們在這裡安全嗎？」他問道，看看四周，「沒有路可以過來吧？」

「這裡是不同的世界，不同的宇宙。」

他們站的沙灘很鬆軟，附近沙丘斜坡也很誘人。月光下可以看到幾哩外的事物，天地間只有他們三人。

「告訴我吧。」威爾說：「告訴我邁塔頓和這個祕密。為什麼那天使叫他攝政王？這個無上權威又是什麼？他是神嗎？」

威爾坐下來，天使沐浴在月光下，看起來比先前更為清晰，兩人也在他身旁坐下。

巴瑟莫靜靜說道：「無上權威、神、造物主、主、耶和華、上帝、王、父、全能的主，都是他給自己的稱呼。他根本不是造物主，他跟我們一樣也是天使，沒錯，是天地初始的第一個天使，也是最強大的天使，可是他跟我們一樣，也是『塵』創造出來的。萬物開始理解自身時，『塵』是指這整個變化過程。萬物熱愛萬物，它渴望更了解自己時，『塵』因此誕生。第一批天使從『塵』中濃縮出現時，無上權威最先成形。他告訴在他之後出現的天使，說他創造了他們，但那是謊言。比他晚成形的天使當中，有人比他更有智慧，她發現真相後，他就放逐了她。但我們仍然服侍她。無上權威也仍然掌控神國，邁塔頓就是他的攝政。

「至於我們在『雲山』發現的祕密，不能告訴你。我們對彼此發過誓，艾塞列公爵應該是第一個知道的人。」

「那就把你們能說的告訴我，別讓我一無所知。」

「我們發現進入雲山的路，」巴魯克馬上補充說明，「抱歉，我們太習慣用這類名詞。雲山有時也稱為雙輪戰車，它並不固定，總是不斷移動。不管它到哪裡，總是神國的中心、祂的城堡、宮殿神國。無上權威還年輕時，雲山四周沒有雲層包圍，但隨著時光流逝，他也在四周聚集愈來愈厚的雲層。幾千年來，沒人看過頂峰，因此他的城堡現在稱作雲山。」

「你們在那裡發現什麼？」

「無上權威住在山中一個房間裡。雖然我們看得到他，卻無法靠近。他的權力……」

「如我先前所說，他已經把大部分權力移交給邁塔頓，」巴瑟莫打斷他的話，「你親眼看到他是什麼樣的人。我們從他那兒逃脫，現在他看到我們，更何況他也看到你和匕首。我說過……」

「巴瑟莫，」巴魯克輕聲說：「不要責罵威爾。我們需要他的協助，他不知道我們花費這麼長時間才發現的事，不是他的錯。」

巴瑟莫別過頭去。

威爾說：「所以你們不打算把祕密告訴我？好吧，那告訴我：我們死時會怎樣？」

巴瑟莫驚愕地回頭看他。

巴魯克說：「嗯，有個冥界。沒人知道那地方在哪裡、會發生什麼事。幸虧有巴瑟莫，我的鬼魂才沒到那裡去。我曾是巴魯克的鬼魂，但我們對冥界一無所知。」

「那是犯人集中營，」巴瑟莫說：「無上權威早期設立的。你為什麼想知道？時候到了你就會知道。」

「我父親才剛過世。如果他沒被殺死，他會告訴我他知道的一切。你說那是個世界——就像這世界一樣，是另一個宇宙嗎？」

巴瑟莫看著巴魯克，巴魯克聳聳肩。

「冥界會發生什麼事？」威爾繼續問。

「很難說，」巴魯克說：「它的一切都是祕密，連教會都不知道，他們告訴信徒死後會上天堂，可是那是騙人的。如果人們真知道……」

「我父親的魂魄也去那裡了。」

「毫無疑問，還有無數先他而死的人。」

威爾發現這個想法令他毛骨悚然。

「不管你們這個偉大祕密是什麼，你們為什麼不直接去找艾塞列公爵，反而先來找我？」

「我們不確定他是否會相信我們，除非我們能帶給他善意的證據。」巴瑟莫說：「他與各式各樣的勢力往來，為什麼要相信兩個低階天使？如果我們能把匕首和匕首人帶給他，他就可能會聆聽。這匕首是非常有力的武器，艾塞列公爵會很高興有你在他那一方。」

「嗯，抱歉，這聽起來太沒說服力了，」威爾說：「如果你們對自己的祕密很有信心，去見公爵根本不需要任何藉口。」

「另一個原因是，」巴魯克說：「我們知道邁塔頓會開始追蹤我們，而且我們想確定匕首不會落在他手中。如果我們可以先說服你去見公爵，至少……」

「噢，不行，你們不會成功，」威爾說：「你們現在讓我更難找到萊拉。她對我來說是第一優先，你們卻完全忘記她。我倒沒有忘。為什麼你們不乾脆去見公爵，讓我耳根清靜些？迫使他聆聽嘛，你們飛得比我走路快多了。不管怎樣，我都要先找到萊拉。去找公爵吧。走啊。快離開我。」

「可是你需要我，」巴瑟莫倔強地說：「我可以假裝成你的精靈，否則你在萊拉的世界會過於顯眼。」

威爾氣得說不出話來。他站起來穿過柔軟深沙，走到二十步開外，停下腳步，這裡的熱氣和溼度讓他頭昏腦脹。

他轉頭看到兩個天使正親密交談，他們走向他，神態謙遜，面有難色，卻又非常驕傲。巴魯克說：「我們很抱歉。我打算單獨啟程去見艾塞列公爵，告訴他我們的情報，再請他幫忙找尋他女兒。如果我航向正確，會花上兩天飛行時間。」

「威爾，我會留在你身邊。」巴瑟莫說。

「好吧，」威爾說：「謝謝。」

兩位天使相互擁抱，巴魯克用翅膀環繞威爾，親吻他的雙頰。他的吻又輕又涼，就像巴瑟莫的雙手。

「如果我繼續往萊拉的方向前進，」威爾說：「你會找到我們嗎？」

「我絕不會失去巴瑟莫。」巴魯克說著，向後一退。

他躍入空中，快速攀升到高空，消失在滿天星子間。巴瑟莫若有所失地望著他的身影。

「我們應該在這裡睡覺，還是繼續前進？」最後他終於轉頭問威爾。

「在這裡睡覺。」威爾說。

「那就睡吧，我會守夜。威爾，我對你一直不太友善，這是我的錯。你身負最沉重的包袱，我應該幫你，而不是責罵你。從今往後，我會想辦法對你好一些。」

威爾躺在溫暖的沙地上，心想天使就在不遠處替他守衛，但這也無法提供什麼安慰。

會帶我們離開這裡，羅傑，我答應你。威爾快來了，我確定他快來了！」

他不了解。他攤開蒼白雙手，搖搖頭。

「我不知道那是誰，他不會來這裡。就算他來了，他也不認識我。」

「他會來找我，我和威爾，噢，我不知道該怎麼辦，羅傑，但是我發誓我們會幫你。別忘了還有人也在我們這一邊。有帕可拉、歐瑞克，還有

第三章
食腐動物

騎士利劍生鏽，
骨化塵埃；
我相信，其靈魂同聖者常在。
——柯立芝（S. T. Coleridge）

恩納拉湖女巫女王帕可拉在飛過極地上方混濁的天空時，因憤怒、恐懼和自責而忍不住落淚：對考爾特夫人的憤怒，她發誓一定要終結她；為她摯愛土地所遭逢的一切而恐懼；至於自責……稍後再面對吧。

此時，她往下眺望融化的冰帽、已成一片汪洋的低地森林、過高的海水，心中極度悲痛。她沒有停留造訪故鄉或安慰鼓勵她的姊妹，反而繼續朝北飛，愈飛愈遠，進入環繞斯瓦巴的濃霧和暴風中，也就是武裝熊族歐瑞克的王國。

她幾乎認不出主島嶼。山脈看起來荒涼黝黑，只有幾座背陽山谷的陰暗角落仍殘留一點白雪。可是太陽為什麼會在這裡出現，特別是一年中這個時候？大自然已被顛覆。

她耗費近一整天才找到熊王。熊王在島嶼北岸岩間游泳，矯捷地追逐一隻海象。對熊族來說，水中獵殺困難無比，過去冰雪長年覆蓋島嶼，大型海洋哺乳動物必須上岸呼吸，熊族利用偽裝優勢使獵物陷於困境，這才正常。

但歐瑞克飢腸轆轆，即使有尖牙的大海象也無法阻止他。帕可拉看著兩隻生物對決，白色浪花潑灑轉紅，最後歐瑞克將海象屍體拋丟出海浪外，再爬上寬闊岩石。三隻毛皮蓬亂的狐狸在一大段距離外觀望，等待大餐。

熊王享用完畢後，帕可拉飛下去和他說話，現在是良心面對譴責的時刻。

「歐瑞克王，我可以和你說話嗎？我先放下武器。」帕可拉說。

她將弓箭放在他們之間的潮溼岩石上。歐瑞克略微看看弓箭，帕可拉知道，如果熊臉可以表情達意，他會流露震驚。

「說吧，帕可拉。」他咆哮道：「我們從沒作戰過吧？」

「歐瑞克王，我辜負了你的戰友史科比。」

熊王的小眼睛和血漬遍布的頭動也不動。風吹拂過他奶油白毛皮的背部，他一言不發。

「史科比先生已經死了，」帕可拉繼續說：「我在離開他前給他一朵小花，需要時可用那朵花召喚我。我聽到他的召喚後飛去，可是我到得太遲，他和莫斯科維部隊作戰而喪命，我不知道他們為什麼會到那裡，也不知道他本可輕易脫逃，為什麼要牽制對方。歐瑞克王，我為此痛苦自責。」

「這是在哪裡發生的？」歐瑞克問。

「在另一個世界。我需要一些時間解說。」

「開始吧。」

她告訴熊王史科比出發的目的：尋找一位叫古曼的人。她告訴史科比，世界間的障礙已被艾塞列公爵摧毀，還因此造成一些後果，如冰層融化。她敘述女巫絲卡荻飛行跟蹤天使的過程，也試著用絲卡荻的話描述這些飛行生物：照射在他們身上的光芒、水晶線條般的清新面容，以及他們的大智大慧。

最後她把自己在回應史科比召喚時發現的事，描述給熊王聽。

「我在他身上下咒語，避免屍體腐壞。如果你想見他，咒語會維持到你見到他為止。歐瑞克王，我為此苦惱不安。一切都令我苦惱，但這是主因。」

「那孩子到哪裡去了？」

「我的姊妹在照顧她，因為我必須回應史科比的召喚。」

「在同一個世界嗎？」

「對。」

「我要怎麼從這裡到那裡？」

帕可拉開始解釋。歐瑞克面無表情地聆聽，最後說：「我會去看史科比，然後去南方。」

「南方？」

「這些凍土已經融化。我一直在思考這件事，帕可拉。我租了一艘船。」

三隻小狐狸一直耐心等待，其中兩隻已經趴下，以腳掌撐著頭觀望，另一隻仍坐著傾聽對話。極地狐狸是種食腐動物，牠們也學會一些語言，但受限於腦部結構，只聽得懂現在式陳述。歐瑞克和帕可拉所說的話在牠們聽來，多是無意義的噪音。更重要的是，狐狸開口說的大都是謊話，因此一再重複聽到的話也無傷大雅：無人能分辨話中真偽。只有易受騙的峭壁鬼族會相信牠們說的話，也從不會自失望中學到教訓。熊族和女巫早已習慣自己的對話被這些生物東挑西揀，就像牠們對待自己吃完的肉類一樣。

「帕可拉，妳呢？」歐瑞克繼續說：「妳現在要怎麼辦？」

「我要去找吉普賽人，我可能會需要他們。」

「法王，對，優秀的戰士。」熊王說：「一路順風。」

他轉身滑入水中，沒有掀起一絲漣漪，開始以穩定不倦的姿態划向新世界。

稍後，歐瑞克來到燒焦森林邊緣，穿過焦黑矮樹叢和因高溫而龜裂的岩石。朦朧煙霧中陽光顯得異常刺眼，他不理會熱氣，忽視身上白色毛皮被黑炭灰染黑，也不管在他毛皮間徒勞尋找血管叮咬的蚊蚋。

他游了大老遠，旅程中一度發現自己已游入另一個世界。他注意到海水味道和空氣溫度的轉變，但新世界的空氣仍可呼吸，海水也仍可支撐他的身體，所以他繼續向前游。如今他已將海洋拋在身後，幾乎抵達帕可拉描述的地點。他四下張望，黑眼向上逡巡，一排石灰岩峭壁上的岩石閃爍著微微日光。

在燒黑森林和山脈邊緣，遍布沉重圓石和碎礫的岩坡上，散落著焦黑扭曲的金屬，某種複雜機器的梁架和支柱。歐瑞克以鐵匠和戰士的眼光度量這些東西，但這些殘骸沒有一樣他用得著。他用巨掌在一條受損較輕的支柱上畫一道線，感到金屬的脆弱，立刻轉身，再度掃視山壁。

他看見自己找尋的目標：通往後方巉巖的狹窄山壑，入口處有塊龐大低矮的圓石。

熊王穩定地朝那方向爬去。巨大腳掌下，先前陣亡軍人的風乾骨骼在寂靜中大聲碎裂，等著讓小狼、兀鷹及更低等的動物前來掠食。巨熊不理會這些，小心翼翼向岩石爬去。斜坡路非常鬆軟，熊王身體沉重，碎石子不只一次在腳下滾動，使他在一陣灰塵和碎石間下滑，可是他一站定便繼續往上攀爬，不屈不撓，耐心爬到岩石上。那裡的立足處也較為牢靠。

圓石上滿是彈痕和碎屑，女巫的描述絲毫不假。讓他更確定的是一朵極地小花：一朵紫色虎耳草，正不可思議地盛開，這是女巫種在岩石上的信號。

歐瑞克移動到岩石上方。敵人在下方時，這是個不錯的避身處，但還不夠好，射落岩石碎片的彈雨中，還是有幾顆子彈正中目標，最後停留在暗處僵硬的橫屍裡。

因為女巫施行咒語避免屍體腐爛，屍體仍血肉完好，未化成骷髏。歐瑞克看得出老戰友的面龐因傷口疼痛而收縮緊繃，也看到他衣服上子彈穿入身體的小洞。女巫的咒語未能掩飾當初噴濺而出的血漬，但昆蟲、陽光和風已讓血漬完全消散。史科比看起來不像在睡覺，也不安詳，就像死於惡戰，但他似乎知道自己打了一場勝仗。

這個德州熱氣球飛行員，是少數讓歐瑞克敬重的人類。他接受史科比留給他的最後一項禮物：熊掌靈巧地撕開死者衣服，一掌撕裂屍體，開始食用老友血肉。這是他幾天以來的第一餐，他也餓壞了。

複雜的思緒卻在熊王心中無盡交織，千絲萬縷更甚飢餓和滿足。他想到小女孩萊拉，自己將她命名為蓮花舌，最後一次看到她時，在自己的領土斯瓦巴，看她穿越峭壁間脆弱雪橋；女巫的焦慮，各種條約、聯盟、戰爭傳言；新世界異常古怪的真相，女巫堅持還有許多像這樣的世界，而這些世界的命運多少和那孩子的命運息息相關。

最後是融冰。他和子民都住在冰地上，冰地是他們的家和城堡。自從極地出現巨大干擾後，冰層開始縮減，歐瑞克知道自己必須替子民找到堅硬的冰陸，否則他們都會滅亡。史科比曾告訴他，南方有些山脈非常高大，連熱氣球都無法飛行穿越，山脈終年覆蓋冰雪。探索這些山脈正是他下個任務。

現在，一個比較簡單的想法占據心思，一種清楚堅實、無可動搖的想法：報復。史科比曾利用熱氣球拯救他，並在極地領土上和他並肩作戰，現在卻死了。歐瑞克要替他報仇。這個好人的血肉將滋養他，使他不斷前進，直到灑盡敵人的鮮血足以平靜他的心為止。

歐瑞克用完餐時，太陽已漸下山，空氣也漸趨涼爽。熊王將剩餘遺體堆成一落，把嘴上的花放在遺體中央，人類喜歡這麼放。如今女巫咒語已經解除，史科比屍體可供所有生物一起享用，它將滋養無數生命。

歐瑞克滑下斜坡，再度入海，游向南方。

峭壁鬼族鍾愛極地狐狸，尤其是能逮住牠們時。這種小動物天性狡猾，很難捕捉，可是牠們的肉又嫩又腥。

峭壁鬼族殺死狐狸前，先讓牠說說話，順便嘲笑牠愚蠢、愛胡言亂語。

「熊族一定要去南方！發誓！女巫很苦惱！真的！發誓！保證！」

「熊族才不會去南方，騙人穢物！」

「真的！熊王一定要去南方！給你看海象……好棒的脂肪好……」

「熊王去南方？」

「飛來飛去的東西找到寶藏！飛來飛去的東西……天使……透明寶藏！」

「飛來飛去的東西……像峭壁鬼族嗎？寶藏？」

「像光，不像峭壁鬼族。豐富！透明！女巫苦惱……女巫後悔……史科比死了……」

「死了？熱氣球飛行員死了？」鬼族的笑聲回響在乾燥峭壁間。

「女巫殺死他……史科比死了，熊王去南方……」

「史科比死了！哈，哈，史科比死了！」

鬼族扯下狐狸的腦袋，和兄弟爭奪內臟。

他們會來的，一定會來！

「可是妳在哪裡，萊拉？」

她無法回答。「我想我在做夢，羅傑。」這是她唯一能說的。

在小男孩身後，她還看得到更多鬼魂，幾十個、幾百個，頭靠攏在一起，聆聽他們說的每個字。

「那個女人呢？」羅傑問，「我希望她還沒死。我希望她能活多久就活多久，如果她下來這裡，我們就沒有地方藏身，她會永遠吃定我們。死亡唯一的好處，就是她還沒死。可是我知道有一天她也會死……」

萊拉異常警覺。

「我想我在做夢，我也不知道她在哪裡！」她說：「她在很近的地方，可是我不能

第四章 阿瑪與蝙蝠

她如遊戲般躺下
她的生命已脫逃——
她打算返回——
卻不會太早——

——愛蜜莉．狄瑾蓀（Emily Dickinson）

牧人之女阿瑪腦海中深深印著熟睡女孩的影像，也無時無刻不想著她。阿瑪毫不質疑考爾特夫人說的故事。毫無疑問，巫師確實存在，也極可能會施行沉睡咒語，而且只有母親才會以那種熱烈的溫柔照顧女兒。

阿瑪盡可能常到小峽谷去，替夫人跑腿，或只是聊天聆聽，夫人有很多好聽的故事。她一次又一次希望能瞄見沉睡者，可是這機會只出現過一次，而就算不可能再獲允，她也安然接受。

她在擠羊奶、梳理編織羊毛或研磨大麥做麵包時，不時想著到底是哪種睡眠咒語所造成、這事為什麼會發生。夫人從沒告訴過她，阿瑪可以天馬行空自由想像。

有一天她帶著塗抹蜂蜜的粗麵包，沿著小徑走了三個鐘頭到達卓朗息。當地有間修道院，阿瑪用盡甜言蜜語、無窮耐心和蜂蜜麵包賄賂門房，才得以會見偉大療師帕喀曾法師。法師去年治療過突發白熱病，智慧無窮。

阿瑪進入法師斗室，深深一鞠躬，以謙遜心情獻上蜂蜜麵包。修士的蝙蝠精靈俯衝而下，繞著她急速盤旋，嚇壞阿瑪的精靈庫琅，他偷偷躲進阿瑪髮中，但阿瑪鎮定沉默，等法師開口。

「什麼事，孩子？快，快。」他說道，長長灰鬍隨著說出的每個字扯動。

幽暗中，阿瑪只能看見法師的鬍鬚和晶亮雙眼。他的精靈停駐在頭上橫梁，終於靜靜懸掛不動。阿瑪說：「帕喀曾法師，拜託您，我想獲得智慧。我想知道如何施咒語和法術。您能教我嗎？」

「不行。」他說。

阿瑪一點也不意外。「嗯，那您能告訴我一種療方嗎？」她謙虛地要求。

「或許吧。可是我不會告訴妳那是什麼療方。我可以給妳藥物，但不能告訴妳祕密。」

「好吧，謝謝，那也是很大的福分。」她說道，還鞠了好幾次躬。

「什麼疾病？誰生病了？」老人問。

「一種睡覺的病，」阿瑪解釋，「我表叔的兒子生病了。」

阿瑪心裡清楚，自己正在耍小聰明，故意變換病患性別，以免療師聽過洞穴中的女人。

「那男孩幾歲了？」

「比我大三歲，帕喀曾法師，」阿瑪猜測道：「所以是十二歲。他一直睡、一直睡，都沒辦法醒來。」

「他父母為什麼沒來找我？為什麼叫妳來？」

「他們住得很遠，在村落另一邊，而且他們很窮困。我也是昨天才聽到親戚生病的事，所以立刻來向您求教。」

「我應該先看看病人，澈底檢查一番，探詢他入睡時星宿所在位置。這種事急不來。」

「難道沒有藥可以讓我帶回去嗎？」

蝙蝠精靈從橫梁上飛落，撞到地板前盲目飛向側邊，又安靜地在房內迅速穿梭，動作快得讓阿瑪的視線無法跟上。可是療師明亮的雙眼卻清楚看見她穿梭的路線，最後她倒懸在橫梁上，黑色翅膀裹住身體。老人站起來，在架上的瓶瓶罐罐間來回移動，這裡拍出一湯匙藥粉，那裡加上一撮草藥，完全按照精靈穿梭其間的次序。

法師將所有材料倒入臼中一起搗碎，嘴裡還喃喃念著咒語。最後他在臼邊敲敲研磨棒，聲音清脆響亮，倒出搗好的藥粉，拿出毛筆和墨汁，在紙上寫了一些字。墨汁乾後，他將藥粉倒在字上，迅速將紙摺疊成方形小藥包。

「讓他們用毛刷將這些藥粉刷入沉睡小孩的鼻孔間，讓他一次吸進一點，這樣他就會醒來。」老人告訴她：「小心進行，一次弄太多，他可能會嗆到。用最柔軟的毛刷。」

「謝謝您，帕喀曾法師，我希望我可以給您兩片蜂蜜麵包。」阿瑪說，一面將小藥包放在她貼身內衣口袋中。

「一片就夠了。」療師說：「現在可以走了，下次來時告訴我全部真相，不要只說一部分。」

女孩臉紅了，深深一鞠躬以掩飾困窘。她希望自己沒透露太多真相。

第二天傍晚，阿瑪快步跑向峽谷，手裡拿著裹在心形水果葉中的甜米飯。她迫不及待想告訴女人她做了什麼，交給她藥包，接受她的誇獎和感謝。阿瑪最渴望的是，沉睡者會醒來和她說話，兩人就會成為好朋友！

阿瑪轉過小徑角落抬頭向上看時，沒看見金猴子，也沒有滿懷耐心的女人坐在洞口前。那裡空無一人。她跑過最後幾碼，擔心她們一去不返，但女人常坐的椅子、烹煮器具和其他東西都還在。

阿瑪看進洞中幽暗深處，心跳開始加快。女孩應該還沒醒來吧。朦朧中，阿瑪看見睡袋形狀，淡色部分是女孩的頭髮，白色弧狀物是精靈。

她躡手躡腳更靠近些，毫無疑問，他們出去了，只留下沉睡女孩。

有個想法如音符般在阿瑪心中響起：如果她能在女人回來前喚醒女孩……

阿瑪還無暇感受這想法帶來的狂喜，就聽到外面小徑傳來聲音。在罪惡感驅使下，她和精靈衝入洞穴旁岩石後。她不該在這裡的，她在偷窺，這是不對的。

金猴子已蹲在入口處嗅聞著，還開始四下張望。阿瑪看到他露出尖銳牙齒，感覺自己的老鼠精靈正往她衣內鑽，不停發抖。

「怎麼了？」是女人的聲音，正對著猴子說話，她一走進入口，洞穴也跟著變暗。「女孩來過了嗎？是的，她留下食物了。不過她不該進來的，我們得在小徑某處找個地方，讓她把食物留在那裡。」

女人看也不看沉睡者一眼，彎下身子生火，在火上燒一鍋水，她的精靈則蹲在附近注視小徑。金猴子偶爾會起來環視洞穴，阿瑪在窄小藏身處漸漸感到手腳抽筋，渾身不適，滿心希望自己一開始是在外面等候。她會困在這裡多久？

女人在熱水裡混合一些草藥和粉末，阿瑪聞得到隨著蒸氣飄散而出的濃烈氣味。洞穴內突然傳來聲音：女孩正喃喃自語，動了起來。阿瑪一轉頭，看見沉睡者正在移動，輾轉反側，還用一隻手臂蓋住眼睛。她醒了！

女人卻絲毫沒注意到！

她最後還是聽到了，抬了抬頭，旋即轉身照顧草藥和沸水。她將煎藥倒入杯中使之冷卻，接著將全副心力放在即將醒來的女孩身上。

阿瑪聽不懂女人說的話，卻開始心生懷疑和好奇。

「噓，親愛的，」女人說：「別擔心，妳很安全。」

「羅傑……」女孩低聲說，仍半睡半醒，「帕可拉，羅傑去哪裡了……他在哪裡？」

「這裡除了我們之外，沒有別人，」她母親用一種哼唱的聲音低吟，「自己坐起來，讓媽咪幫妳清洗，來，坐起來，我的寶貝……」

阿瑪看著女孩呻吟，掙扎著想要醒來，還把她母親推到一邊。女人將海綿浸入一碗水中，擦拭女兒的臉龐和身體，最後再擦乾。

此時女孩幾乎已經清醒，女人的動作也開始加快。

「帕可拉在哪裡？威爾呢？救救我，救救我！我不要睡覺……不，不！我不要！不！」

女人的鐵掌握住杯子，另一隻手則想辦法舉起萊拉的頭。

「別動，親愛的……鎮靜……現在安靜……喝下茶……」

女孩用力一扯，幾乎打翻煎藥，還大聲叫道：

「別管我！我要離開！讓我走！威爾，威爾，幫我……噢，幫幫我……」

女人緊抓住她的頭髮，強迫她的頭後仰，將杯子擠進她唇間。

「我不要！妳敢碰我，歐瑞克就會扯下妳的腦袋！噢，歐瑞克，你在哪裡？歐瑞克！幫我，歐瑞克！我不要……我不要……」

女人說了一個字，金猴子立刻跳向萊拉的精靈，用堅硬黑手指緊抓住他。精靈以阿瑪從未見過的速度不斷變成各種模樣：貓—蛇—老鼠—狐狸—鳥—狼—印度豹—蜥蜴—臭鼬……

金猴子的掌握毫不鬆脫，最後潘拉蒙變成一隻豪豬。

猴子大聲尖叫鬆手，三根長長豪豬刺插在掌中顫動。夫人謾罵著，用另一隻手狠狠賞了萊拉一巴掌，手背惡意一擊，一把將萊拉打倒在地。萊拉還來不及回神，杯子已在嘴邊，她若不吞下就會嗆到。

阿瑪但願自己能把耳朵合上：萊拉的吞嚥、哭叫、咳嗽、啜泣、乞求和反胃聲，令她幾乎無法承受。漸漸地，聲音消失了，最後只剩下小女孩一、兩聲顫抖的啜泣，她又沉沉入睡。施法睡眠？下毒的沉睡！下藥、騙人的沉睡！阿瑪看到女孩喉嚨間有條白色東西，她的精靈正努力變成一條又長又彎的白毛生物，有晶亮黑眼和黑尖尾巴，最後躺在她頸邊。

女人溫柔地哼唱兒歌，將女孩的頭髮從眉間拂開，拍乾她熱呼呼的臉頰。女人哼著歌，連阿瑪也曉得女人不知道歌詞，她只是哼著一連串無意義的發音，啦啦啦、巴巴啵啵，甜美的歌喉發出一連串嘈雜聲音。

聲音終於停止，女人做了件古怪的事：拿起剪刀，開始修剪女孩頭髮，捧住女孩沉睡中的頭左看右看，檢視哪種髮型最好看。最後她拿起一小撮深金色髮鬈，放入掛在頸間的金色小盒裡。阿瑪看得出她為什麼這麼做：她打算用這撮頭髮，進一步施行法術。可是女人卻將女孩頭髮先舉到唇間……嗯，這倒有些奇怪。

金猴子拔出最後一根豪豬刺，對女人說了些什麼，女人從洞穴天花板上抓下一隻棲息的蝙蝠。黑色小東西揮動翅膀，發出針尖般叫聲，從阿瑪的左耳貫穿到右耳。阿瑪看到女人將蝙蝠遞給她的精靈，金猴子開始拉扯蝙蝠一片翅膀，直到翅膀折斷破裂，露出白色肌腱為止。瀕死蝙蝠開始尖叫，洞中其餘蝙蝠因焦慮困惑而四下亂飛。喀—喀—啪，金猴子將那小東西一點一點撕開，女人則悶悶不樂地躺在火堆邊的睡袋，慢慢吃著巧克力棒。

時光流逝。光逐漸消失，月亮升起，女人和精靈終於睡著了。

阿瑪全身僵硬又痛苦，從藏身處溜出，躡手躡腳經過沉睡者，一直到快接近小徑時才敢發出聲音。

恐懼加快了阿瑪的腳步，她在狹隘小徑上狂奔，精靈變成貓頭鷹，安靜地飛在身邊。空氣乾淨冰冷，樹枝不停晃動，夜空月光皎潔，滿布成千上萬星子，她終於稍微鎮定下來。

她看到一小群石屋後停住，精靈蹲踞在她拳頭上。

「她說謊！」阿瑪說：「她對我們說謊！我們該怎麼辦，庫琅？我們能告訴阿爸嗎？我們該怎麼辦？」

「別告訴阿爸，那會更麻煩。」守護精靈說：「我們有藥可以喚醒她。我們可以趁女人不在時到那裡，喚醒女孩後再帶她離開。」

這想法使他們不寒而慄。可是話已出口，小藥包在阿瑪口袋中安然無恙，他們也知道該如何使用。

醒來，我看不見她……我猜她就在附近……她傷害了我……」

「噢，萊拉，別怕！如果妳也害怕，我會發瘋的……」

他們嘗試緊抓住對方，他們的手臂卻在虛無空氣中交叉而過。萊拉試圖解釋話中意思，對黑暗中的蒼白臉頰低聲說：

「我只是想醒來……我好怕要睡一輩子，然後就死了……我想要先醒來！就算只有一個小時也沒關係，只要我能好好活著醒來……我連這是不是真的也不知道……但是我會幫你，羅傑！我發誓我會幫你！」

「如果妳在做夢，萊拉，妳可能醒來後就不再相信這些了。我就會這樣，我會認為這只是一場夢罷了。」

「會的！」她憤憤說道，然後

第五章 固若金湯的碉堡

……以野心
反對神權和神國，
在天堂興起反神與傲慢之戰火。
——約翰·彌爾頓（John Milton）

硫磺湖延伸如巨大峽谷，在忽起陣風中噴出惡臭霧靄，阻斷孤單站在湖邊有翅身影的去路。

如果飛到空中，先前找到他卻跟丟的敵方斥候會立刻發現他；但如果他在地面上行動，穿越這有毒惡坑會耗時太久，要傳送的訊息可能因此延誤。

他必須冒更大的險。等一陣臭氣沖天的煙霧開始在黃色湖面上翻騰時，他疾衝入最厚的霧靄中。

天上不同的角落，四雙眼睛看到他瞬間移動，觀察員四雙翅膀立刻猛力拍擊空中臭煙，奮力衝入雲中。

追逐戰立刻上演：追逐者無法看清獵物，獵物更什麼都看不到。湖邊遠端的雲層裂開時，可能意味著生存或獵殺成功。

不幸的是，這個孤獨飛行者比其中一名追逐者晚幾秒找到乾淨空氣。追逐者迅速接近獵物，背後留下一串串蒸氣，可是兩人卻因惡臭氣體而頭暈目眩。起初獵物占盡地利，但另一名追逐者也接著從雲中掙扎而出，在一陣迅速和激烈的掙扎中，三人像火焰般在空中扭轉、升起、跌落再升起，最後摔落在遠方岩石間。另兩名追逐者則從未自雲中出現。

西方盡頭一脈鋸齒狀山巒，有座高峰俯瞰下方無垠平原，後方峽谷中有座玄武岩堡壘自群山中竄起，彷彿百萬年前，某座火山已將堡壘憑空托出。

後牆下方無數巨大洞窟中，食糧都已儲備分類；軍械庫和彈藥庫中，作戰用機器已測定口徑、武裝完畢、進行測試；山下製造廠內，巨大鍛鐵爐搧起火山大火，磷和鈦在鍛鐵爐裡熔化，製成前所未見的合金。

堡壘最突出的一側，在拱壁深影中，巨牆從古代熔岩流中聳起，那裡有道小後門，步哨日夜輪值，盤問所有企圖進入的來者。

城牆上的值班步哨換班時，門旁守衛踏了一、兩次腳，戴著手套，拍打上臂取暖。這是夜間最寒冷的時刻，守衛身邊托架上小石腦油燈的火焰，一點熱度也沒有。換班人再過十分鐘就出現，他全心渴望一杯熱呼呼的巧克力、一些菸草，和他最期盼的床鋪。

小門上傳來敲門聲，出人意料。

他警戒地上前打開觀察孔，同時打開閥門，讓一道石腦油燈光穿透外面拱壁上長明小燈的微光，他在焰光中看到三個戴著兜帽的身影扶持著一人，那人身影模糊，似乎生病或受傷。最前面的人推開兜帽，守衛認識這張臉，但對方還是說出密語，並說：「我們在硫磺湖找到他，他說他叫巴魯克，有緊急訊息要傳給艾塞列公爵。」

守衛開門，三人行動不便地將重擔搬移過窄小入口時，守衛發現他們抬進來的是個受傷的天使，他的精靈開始發抖，甚至不由自主地發出一聲輕嚎，又隨即噤聲。那是個位階卑微、力量微薄的天使，但不管如何，還是個天使。

守衛告訴他們：「讓他躺在守衛室。」他們照辦時，他開始搖動電話機，向步哨長官報告發生什麼事。

堡壘最高城牆上，有座固若金湯的樓塔，只有一排樓梯通往幾個房間，房間窗戶分別面對東、西、南、北方。最大的房內有張桌子、幾把椅子、一個地圖箱，另一個房間有張行軍床，最後面還有間小浴室。

艾塞列公爵坐在樓塔中，面對他的間諜首領，身邊紙張四散成堆。一盞石腦油燈懸掛在桌子上方，火盆中燃燒煤炭以祛夜間寒氣。門內托架上蹲踞著一隻藍色小獵鷹。

間諜頭子名叫洛克公爵，外型總讓人大吃一驚：他約莫艾塞列公爵的手掌大小，身材如蜻蜓般纖細，公爵麾下其他將領卻對他敬重有加，因為他腳後跟武裝著一根劇毒的刺。

他習慣坐在桌上，用高傲惡毒的語調反駁任何彬彬有禮的行為。他和族人——加里維刺族——除了極端渺小之外，幾乎沒有優秀間諜該有的特性：他們是如此驕傲易怒，如果身材和艾塞列公爵一般，絕不會毫不起眼。

「沒錯，」洛克公爵的聲音清晰尖銳，眼睛如小墨滴般瑩瑩發光，「大人，我知道那孩子的事。顯然我知道的比您還多。」

公爵直視著他，小小人旋即明瞭自己冒犯了公爵：公爵的目光猶如一根手指輕彈著他，使他不覺失去平衡，得伸出一隻手抓住公爵的酒杯，才不致跌倒。一會兒後，公爵的表情又變得溫和有禮，就像他女兒的行徑一樣。洛克公爵自此更加小心。

「洛克公爵，毫無疑問。可是我不了解，教會為何這麼重視她？他們怎麼提到她的？」

「教誨權威中流傳各種揣測，一個分支說一件事，另一分支則調查另一件事，每個分支都擅長藏私。其中活動最頻繁的是教會風紀法庭和聖靈行為協會，而且，我在這兩個分支都有間諜。」

「所以您也成為聖靈行為協會的一員了？」艾塞列公爵說：「恭喜您，他們過去一向難以滲透。」

「我在協會的間諜是薩瑪琪夫人，她技術高超。」洛克公爵說：「協會中有個牧師的精靈是老鼠，她在他們睡覺時接近他們，建議牧師進行一種召喚『智慧』的禁忌儀式。在關鍵時刻，薩瑪琪夫人現身在他面前。現在牧師認為他可隨時和『智慧』溝通，也認為『智慧』本身具有加里維剌人外貌，還住在他書架上。」

艾塞列公爵微笑說：「她打聽到什麼消息？」

「協會認為您的孩子是古今以來最重要的孩子。他們認為大難就快降臨，每件事的命運將憑藉她當下的反應而定。至於教會風紀法庭，目前正在進行調查，審問來自波伐格和各處的證人。我在法庭中的間諜塔利斯騎士，每天都用磁石共振器和我聯絡，讓我知道他發現的一切。

簡而言之，我猜聖靈行為協會很快就會找到那孩子，可是他們不會採取行動。教會風紀法庭可能會花較長時間，但他們一旦發現蛛絲馬跡，就會立刻毅然行動。」

「您一聽到進一步消息，請立刻讓我知道。」

洛克公爵鞠躬後彈彈手指，蹲踞在門邊托架上的藍色小獵鷹立刻展翅滑翔到桌上。獵鷹身上有轡頭、鞍座和鐙具。洛克公爵跳到牠背上，從艾塞列公爵為他們打開的窗戶飛走。

雖然寒氣襲人，公爵還是讓窗戶開一會兒，他靠在窗座上，玩弄雪豹精靈的耳朵。

「史特拉，她來斯瓦巴找我時，我竟對她不聞不問。妳也記得那股震驚……我需要一個犧牲品，第一個來的孩子卻是我自己的女兒……我了解另有一個孩子跟著她來之後，她就安全了，我也放鬆了。難道那是致命的錯誤？那件事過後，我沒再想過她，一分鐘也沒有，但她異常重要！」

「讓我們再想清楚，」精靈說：「她能做什麼？」

「做什麼……不多。她知道什麼嗎？」

「她可以解讀真理探測儀，有機會獲得知識。」

「那沒什麼特別，別人也能。她到底會在哪個鬼地方？」

身後傳來一陣敲門聲，他立刻轉身。

一分鐘後，巴魯克就躺在搬到大房間內的行軍床上。公爵傳喚一名傳令兵，但天使的存活率顯然不高：他身負重傷，羽翼折損，眼神渙散。

公爵坐在他身邊，將一些草藥丟到火盆煤炭裡。就像威爾曾發現煙霧得以勾勒天使身形，如此一來，公爵也可以清楚看到他。

「好了，先生，你來要告訴我什麼？」

「三件事，請讓我先說完您再發言。我的名字是巴魯克，我的同伴叫作巴瑟莫，我們都屬於叛軍陣營，所以您登高一呼，我們也起而響應。可是我們力量渺小，所以我們想帶給您珍貴訊息，不久前，我們設法找路進入雲山核心，也就是無上權威在神國中的要塞。我們在那裡得知……」

他得先停下來吸入草藥煙霧，如此似乎使他鎮定些。他繼續說：

「我們知道無上權威的真相，知道他已退隱於雲山深處的水晶房，再也不過問神國大小事務，只沉思更深刻奧祕的事件。在他領土上，利用他名義統治的是天使邁塔頓，我很了解那位天使的底細，我認識他時……」

巴魯克的聲音逐漸消失。公爵眼睛也開始灼灼發光，但他壓抑住開口的衝動，等巴魯克繼續說下去。

「邁塔頓非常自大，」天使恢復一點力氣後接著說：「野心勃勃。無上權威在四千年前選他當攝政王，兩人一起設定計畫。他們有個全新計畫，我和同伴也得以發現。無上權威認為每種有意識的生物都已獨立到過於危險的程度，邁塔頓將更積極干涉人類活動。他打算暗中將無上權威移離雲山，移到某個永久要塞，最後將雲山轉換成戰鬥機器。他認為每個世界的教會都過於腐敗虛弱，太快妥協……他要在每個世界設立一個永久機構，由神國直接領導。第一場戰爭就是摧毀您的共和國……」

天使和公爵都忍不住打顫，前者因為虛弱，後者則因為興奮過度。

巴魯克聚集剩餘的力氣，繼續說：

「第二件事，有把匕首可以切割開世界間的開口，也能切開每個世界中的任何事物。它力量無窮，可是只有知道如何使用的人才能發揮力量。一個男孩……」

天使再度停下來等候力氣慢慢恢復。他很害怕，他感覺得到自己即將魂飛魄散。公爵也看得出來天使是如何努力把持自己，於是緊張地坐著，緊握椅子把手，等天使重新開口。

「我同伴現在和那男孩在一起。我們希望直接把他帶來給您，但他拒絕了，因為……這是第三件我必須告訴您的事：他和您女兒是朋友。除非他找到她，否則他不願前來。您女兒……」

「這男孩是誰？」

「他是巫醫之子，那巫醫名叫沙坦斯勞斯．古曼。」

公爵一驚，竟不自覺站起來，煙霧翻騰旋轉，吹到天使身邊。

「古曼有個兒子？」他問。

「古曼不是在您的世界出生，他的真名也不叫古曼。他渴望找到匕首，於是我和同伴受他吸引。我們跟蹤他，知道他會帶領我們找到匕首和匕首人，也希望將匕首人帶來給您。可是那男孩拒絕……」

巴魯克又停下來。公爵坐下來，暗咒自己缺乏耐心，並多撒些草藥到火裡。他的精靈躺在附近，尾巴緩慢掃過橡木地板，目光從未離開天使痛苦的臉龐。巴魯克緩緩吸了幾口氣，公爵一言不發。屋頂上，旗杆繩索的拍擊是唯一的聲音。

「先生，慢慢來，」公爵柔聲說：「你知道我女兒在哪裡嗎？」

「喜馬拉雅……在她自己的世界，」巴魯克輕聲說：「巨大山脈。在一個有彩虹的山谷洞穴中……」

「從這兩個世界到那裡都是段遙遠的路程，你飛得非常快。」

「這是我唯一的才能，」巴魯克說：「另一項是對巴瑟莫的愛，我再也看不到他了。」

「如果你能這麼輕易找到她……」

「那別的天使也會。」

公爵從地圖箱取出一大本地圖集，一把攤開，尋找顯示喜馬拉雅的那幾頁。

「你能精確指出來嗎？你能告訴我到底在哪裡嗎？」公爵說。

「有了匕首……」巴魯克試圖說話，公爵明白他的心思已錯亂恍惚，「有了匕首，他就可以自由進出任何世界……他叫威爾。可是他們身處險境，他和巴瑟莫……邁塔頓知道我們曉得他的祕密。他們在追蹤我們……他們在您世界邊境抓到我……我是他弟弟……所以我們能在雲山找到他。邁塔頓原本叫以諾，是約雅得之子，約雅得是邁哈萊爾之子……以諾有許多妻子。他沉迷於肉欲……以諾將我放逐，因為我……噢，我親愛的巴瑟莫……」

「那女孩在哪裡？」

「對，對。在洞穴中……她母親……一個充滿風和彩虹的峽谷……神龕上飄揚破爛旗幟……」

天使起身看看地圖集。

雪豹守護精靈霎時站起來跳到門邊，但已太遲：傳令兵敲了門沒等候就開門。事情經過就是如此，不是任何人的錯，公爵掃視士兵，看到他的表情，轉頭看到巴魯克顫抖著竭力把持受傷的身軀。這番掙扎終於超過他所能忍耐。傳令兵開門時引進氣流，將一陣旋風送到床上，天使身上的粒子因他力量減弱而鬆緩，開始任意向上旋轉，最後終於煙消雲散。

「巴瑟莫！」空中傳來一聲低語。

公爵將手放在精靈頸上，她感覺他在發抖，就安撫他。公爵轉身面對傳令兵。

「大人，抱歉……」

「不是你的錯。替我向歐剛威王致意，請他和其他指揮官立刻前來報到。我希望巴澤狄先生也能出席，攜帶真理探測儀一起來。最後，我要第二旋翼機中隊做好武裝配備和燃料補給，並立刻派遣一艘運油飛船出發前往西南方。我會用電訊傳達進一步指示。」

老兵行禮後，不安地迅速瞄一眼空洞床鋪，便離開關門。

公爵拿著黃銅圓規敲著桌子，穿過房間走到南邊敞開的窗戶。在遙遠的下方，永續燃燒的火焰已熄滅，煙霧飄蕩在陰沉空中，即使在這樣的高度，在疾風中仍可聽到鐵鎚鏗鏘聲。

「唉，史特拉，我們知道不少事。」公爵低語。

「可是還不夠。」史特拉說。

敲門聲又響起，探測儀專家進來了。他是個蒼白瘦削的男人，剛步入中年，名叫土克斯・巴澤狄，精靈是夜鶯。

「巴澤狄先生，晚安。」公爵說：「目前有狀況了，我希望你能將別的事都暫時放下，專心處理這件事……」

公爵把巴魯克說的告訴他，再讓他看看地圖。

「將那洞穴定位，」公爵說：「盡可能定出精確座標。這是你這輩子最重要的任務。如果可以，立刻著手進行。」

用力跺腳，用力得連在夢中都痛了起來。「你不相信我會記得，羅傑，所以你就別說了。我會醒來，而且我不會忘記這個夢，就這樣。」

她四下張望，唯一能看見的只有一雙雙睜大的眼睛和無助的臉龐，蒼白的臉、黯淡的臉、年老的臉、年輕的臉，所有死人都擠在一起，沉默又悲傷。

羅傑的表情卻不一樣，是唯一帶有希望的面容。

她說：「你為什麼看起來這個樣子？你為什麼不像他們一樣悲慘？你為什麼沒有失去希望？」

他說：「因為

第六章
事先赦免

聖骨、念珠、
赦免、特免、免罪、敕令。
一陣風揚升……
——約翰・彌爾頓

「帕佛兄弟，我要你盡量仔細回想在船上聽到的女巫說詞。」教會風紀法庭調查員說。

法庭上十二個成員，從朦朧午後日光中，看著證人席上的修士，他是最後一位證人。修士外貌像個學者，精靈是青蛙。在古老巍峨的聖哲榮學院法庭上，這宗案件聽證會已進行了八天。

「我不記得女巫說的每個字，」帕佛虛弱地說：「我昨天對庭上說過，我從沒看過嚴刑拷打，那使我覺得頭暈噁心。我無法告訴庭上她到底說些什麼，但我記得大概。女巫說，北地一些部落認定那孩子萊拉正是他們古老預言中的對象，將能做出事關重大的抉擇，所有世界的未來將依這抉擇而定。更重要的是，有個名稱會讓人回想起類似事件，使教會對她又恨又怕。」

「女巫說出那個名稱了嗎？」

「沒有。她還來不及開口，另一個施法隱形的女巫就殺死她，而後逃逸。」

「所以在那種情況下，考爾特那女人並未聽到那個名稱？」

「正是如此。」

「不久後，考爾特夫人就離開了？」

「是的。」

「你後來發現什麼？」

「我得知那孩子利用艾塞列公爵打開的裂縫，進入另一世界。她在那裡得到一個男孩的幫助，那男孩擁有……不，他知道如何使用一把力量超凡的匕首。」帕佛焦慮地清清喉嚨，繼續說：「我能在庭上自由發言嗎？」

「絕對的自由，帕佛兄弟。」主席嚴厲清晰地回答：「說出你得知的事，你不會受罰。請繼續。」

修士獲得擔保後繼續說：

「那男孩的匕首可在兩個世界之間製造開口。更重要的是，它具有一種力量，遠超過……拜託，我非常畏懼自己即將說出的話……那把匕首足以殺死最高階天使，以及比他們更高階的事物。那把匕首無堅不摧。」

修士渾身大汗，不停發抖，青蛙精靈也焦慮地從證人席邊跌到地板上。修士痛得倒抽一口氣，迅速將她撈起，讓她啜飲玻璃杯中的水。

「你有多問一些那女孩的事嗎？」主席問道。「你發現她就是女巫講的人？」

「是的。再一次，我盼望庭上能保證……」

「我保證。」主席厲聲說道：「別害怕，你不是異教徒。把你得知的事報告出來，別再浪費時間。」

「真的很抱歉。噢，那孩子是夏娃，亞當之妻，萬物之母，也是原罪的來源。」擔任速記工作的是聖菲洛米教團的修女，她們發誓永不開口，但帕佛話一出口，其中一位修女忍不住倒抽一口氣，她們連忙用手在胸前畫十字。帕佛痙攣地說：

「請記得……探測儀並不預言，它只說明『如果某些事發生，後果將會如何』等。它說如果那孩子像夏娃一樣受誘惑，她可能會因此墮落。這結果將會決定……一切。如果誘惑的確出現，而那孩子又無法抗拒，『塵』和原罪將高唱凱旋之歌。」

法庭中一片死寂。淡白光線從鉛框大窗戶外透進，斜光裡飄浮著無數金色塵埃，但這只是普通灰塵，而非「塵」。不過不少庭內人員私下看過這無形「塵」的影像：「塵」一視同仁地附著在每個人類身上，無論他們多麼恪遵戒律。

「最後，帕佛兄弟，」調查員說：「那孩子現在在哪裡？」

「她在考爾特夫人手中，」帕佛說：「她們在喜馬拉雅。這是探測儀至今告訴我的事。我會立刻查詢精確位置，一旦我得知消息，會告訴庭上，可是……」

他閉口，因恐懼而退縮，並用顫抖的手將玻璃杯拿到唇間。

「怎麼了，帕佛兄弟？」麥菲爾神父說：「不要隱瞞任何事。」

「主席，關於此事，我相信聖靈行為協會知道的比我還多。」

帕佛細微的聲音如喃喃自語。

「真的嗎？」主席怒目而視，雙眼似乎噴出憤怒之焰。

帕佛的精靈發出小聲蛙鳴。修士心中很清楚教誨權威各分支間的敵對關係，也知道自己夾在中間的風險，可是他也知道不說真話的下場。

他顫抖著繼續說：「我相信他們更容易找到那孩子的確切位置。他們有別的消息來源，我無法得知。」

「原來如此，」調查員說：「這是探測儀告訴你的嗎？」

「是的。」

「很好，帕佛兄弟，你繼續往那方面調查。如果需要任何事物或書記方面的協助，儘管開口。請離開證人席。」

帕佛鞠躬後，整理筆記，然後和肩上青蛙精靈一起離開法庭，修女則舒展手指。

麥菲爾神父用鉛筆敲敲面前橡木席。

「阿涅絲修女，莫妮卡修女，妳們現在可以離席。請在今天日落前將抄本放在我桌上。」神父說。

兩位修女鞠躬離開。

「各位先生，休會。」主席宣告。這是教會風紀法庭一貫的發言模式。

法庭的十二位成員，從年紀最長、患有黏膜性眼病的梅克維神父，到年紀最輕、面色蒼白，還因狂熱而顫抖的戈梅茲神父，都開始收拾筆記，跟隨主席進入會議廳。他們可在會議廳裡面對面圍坐，討論最高機密。

教會風紀法庭目前的主席是位名叫休．麥菲爾的蘇格蘭人，年輕時就獲選為主席。主席是終身職，而他才四十多歲，可望在未來多年間塑造教會風紀法庭、甚至整個教會的命運。他面目黝黑，身材魁梧，一頭蓬亂粗硬灰髮。若非對體格嚴苛自律，他可能會是個大胖子。他只喝白開水、吃麵包水果，並在專門訓練冠軍選手的運動教練監督下，每天運動一小時，最後變得瘦削、滿臉皺紋、焦慮不安。他的精靈是蜥蜴。

人人就座後，麥菲爾神父說：

「這是目前的狀況，有幾點必須牢記在心。首先，關於艾塞列公爵：一名親教會的女巫報告，公爵正聚集一股龐大軍力，甚至可能包括天使。根據該女巫猜測，公爵對教會、無上權威本身都不懷好意。

「第二，奉獻委員會。他們在波伐格設立機構進行研究，資助考爾特夫人的行動，這暗示他們希望取代教會風紀法庭，成為『聖教會』中最強有力的軍隊。各位，我們已經落後了。他們無情而高明地採取行動，我們因疏懶而讓此事發生，也該受到懲戒。待會我會回頭來討論該如何因應。

「第三，帕佛證詞中那個男孩，能用匕首做出無與倫比的事。顯然，我們必須找到他，盡快擁有那把匕首。

「第四，『塵』。我已進一步發現奉獻委員會對『塵』的相關知識。一位在波伐格工作的實驗神學家，已在勸說下供出他們的確切發現。下午我會和他在樓下聊聊。」

一、兩位神父不自在地扭動身軀，「樓下」指的是法庭建築下方的地窖，一間鋪著白磁磚、備有電流插座、具隔音設備、排水良好的房間。

「不管我們得到哪些有關『塵』的知識，」主席繼續說：「我們一定要牢記這個目標。奉獻委員會企圖了解『塵』的作用，我們卻要澈底毀滅它，絕不手軟。如果摧毀『塵』意味著必須摧毀奉獻委員會、主教大學，或任何透過聖教會服事無上權威的單位，我們還是得下手。諸位，或許聖教會正是為了完成這項任務而存在，並在進行時被摧毀。但是沒有教會，沒有『塵』的世界，也比我們必須在原罪的醜惡負擔下掙扎的世界好多了。一個身心清淨的世界會比那些都好！」

雙眼發亮的戈梅茲神父激動地點頭。

「最後，」麥菲爾神父說：「那孩子，我想她還是個孩子。這位夏娃即將受到誘惑，如果按照前例，她會因此墮落，進而導致我們全體覆亡。各位，根據她帶來的問題，我建議最極端解決之道，我相信你們也會同意。

「我提議在她還能受到誘惑前，派人前去謀殺她。」

戈梅茲神父立刻說：「主席，自我成年以來，每日都進行事先赦免的懺悔。我曾研究、受訓……」

主席舉起手。事先赦免的懺悔和苦修是教會風紀法庭研究發展出的教義，教會其他分支並不清楚。教義為對尚未犯下的罪惡先行懺悔，這種緊張狂熱的苦修，通常伴隨鞭笞和鞭打。累積的鞭打痕跡，就成為一種榮譽象徵。這種為了特殊罪惡的懺悔進入某種階段，即使永遠沒機會犯下罪行，也會事先獲得赦免。有時，殺人前事先懺悔是必要的。舉例來說：如果刺客能事先獲得這種恩典，就會減少麻煩。

「你是我的最佳人選。」麥菲爾神父和善地說：「諸位同意嗎？好，戈梅茲神父帶著祝福離開後，就必須全靠自己了，我們無法再聯絡或召回他。不管發生什麼事，他會如神箭一樣前進，瞄準那孩子，一擊中的。他將隱身，只在夜間活動，如摧毀亞述人的天使般沉默。如果當初戈梅茲神父在伊甸園，會有多好啊！我們根本不必離開天堂。」

年輕神父驕傲得幾乎落淚。法庭也給予祝福。

天花板上最暗的角落，一個手掌大小的人躲在暗色橡木橫梁上，腳跟配有毒刺。他聽到他們說的每一個字。

來自波伐格的那人在地窖中，只穿著骯髒白襯衫和沒繫皮帶的鬆垮長褲。他站在亮光光的燈泡下，一手抓著褲子，另一手握著兔子精靈。在他面前、坐在唯一一張椅子上的是麥菲爾神父。

「庫博博士，請坐下。」主席開口道。

房內除了椅子、木床和一只水桶外，沒有任何家具。主席的聲音在白磁磚壁和天花板間，傳來令人不悅的回響。

庫博博士坐在床上，目光一刻不離瘦削灰髮的主席。他舔舔乾燥的嘴唇，等著看有沒有新的不舒服感。

「所以你差點將那孩子和精靈切開了？」麥菲爾神父問。

庫博博士顫抖地說：「我們認為沒必要等待，實驗本來就要開始，我們將那孩子帶進實驗室，可是考爾特夫人出面干涉，還把孩子帶回她房裡。」

兔子精靈睜開圓滾滾的眼睛，恐懼地盯著主席，最後閉眼將臉藏起。

「那一定讓人格外懊惱。」神父說。

「這整個計畫本來就極端困難。」庫博博士趕緊附和主席。

「我很意外你竟沒有尋求教會風紀法庭協助，我們更有膽識。」

「我……我……我們了解批准那計畫執照的是……那是奉獻委員會的計畫，我們也聽說那曾獲教會風紀法庭許可，否則我們絕不會參與的，絕不會！」

「是的，你當然不會。現在談談另一件事。」麥菲爾神父開始說明他來地下室的真正目的，「你知道艾塞列公爵研究的主題嗎？就是他在斯瓦巴釋放那股龐大能量的來源？」

庫博博士嚥下口水。在萬分緊張沉默中，兩人清楚聽到一滴汗水從博士下巴落到水泥地上的聲音。

「呃……」他開始說：「一名小組成員觀察到，切割過程會釋放能量。若想控制這種能量，需要極為龐大的力量，就像利用傳統爆裂物引爆原子爆炸一樣，要用強大電子流才能形成……可是他並未認真看待此事，我也沒注意到他的想法，」他急切地說：「我知道沒有當局許可，這些可能會被視為異端。」

「很明智。現在那同事呢？他在哪裡？」

「他在攻擊中喪生了。」

主席微笑了，表情如此和藹可親，竟使庫博博士的精靈開始發顫，暈倒在博士胸前。

「庫博博士，要有勇氣呀，我們希望你強壯又勇敢！重大工作必須完成，重大戰役要去搏鬥。你必須全心和我們合作，對我們毫不隱瞞，別胡亂猜測甚或散播謠言，好獲取無上權威的寬恕。現在，我要你全神貫注想想你同事說過什麼、做過什麼實驗？有沒有留下任何筆記？有無私下告訴別人？他用的是哪種儀器？好好想想每件事，庫博博士。你所需的紙、筆和時間一概不缺。

「還有，這房間不是很舒服，我們會將你移到更適當的地方。例如，你喜歡哪類家具擺設？你喜歡在檯子還是書桌上書寫？你要打字機嗎？還是中意口述給速記員？

「讓守衛知道，你會有你需要的每樣東西。但是，庫博博士，我要你分分秒秒回想你同事和他的理論。你的重責大任就是回想，若有必要，還得重新發現他知道的一切。一旦知道自己需要什麼，你可以擁有所有設備。這是項偉大的任務，庫博博士！你很幸運能受託擔負這項任務！感謝無上權威吧。」

「是的，主席！我真的很感激！」

實驗神學家緊抓住鬆垮褲腰，站起來一次次鞠躬，絲毫沒察覺主席已離開牢房。

當晚，加里維刺族間諜塔利斯騎士穿過日內瓦大街小巷，打算和同僚薩瑪琪夫人會面。這是趟危機四伏的旅程：對任何膽敢挑釁他們的人或物很危險；但對微小的加里維刺族，也鐵定危機重重。不少四處覓食的貓曾命喪毒刺下，而上禮拜，騎士幾乎被一隻癩皮狗咬掉手臂，幸虧夫人及時救他一命。

他們在第七指定會面處碰頭──破落小廣場的梧桐樹根部──交換消息。夫人在聖靈行為協會的聯絡人那天傍晚稍早告訴她，他們收到教會風紀法庭主席寄來的友善邀請函，通知他們前去討論雙方利益。

「動作很快嘛，」騎士說：「一百比一，我賭他一定沒提到暗殺行動。」

騎士把暗殺萊拉的計畫告訴夫人，她毫不詫異。

「可想而知。」她說：「這是群非常具有思維邏輯的人。塔利斯，你認為我們有機會看到那孩子嗎？」

「我不知道，希望如此。保重，薩瑪琪。明天噴泉見。」

在訊息交換的短暫過程中，兩人唯一不提的事，就是相較於人類，他們短如蜉蝣的生命。加里維剌人只能活九或十年，很少有人能活得更長。塔利斯和薩瑪琪兩人都已八歲，他們並不懼怕年老，族人通常在精力充沛、血氣方剛的年齡猝死，童年也非常短暫。可是和他們相比，像萊拉這樣的孩子，生命會延續到未來，就像女巫生命會遠超過萊拉的生命一樣。

騎士回到聖哲榮學院，開始將訊息以磁石共振器傳給洛克公爵。

騎士和夫人在會晤處商談之際，主席要求與戈梅茲神父會面。在主席書房中，兩人一起禱告了一小時，接著麥菲爾神父利用事先赦免替年輕神父免罪，使他的謀殺不再是謀殺。戈梅茲神父的外貌似乎為之一變，一種確定感在他血中流動，雙眼也忍不住發亮。

他們討論些實際安排事宜、金錢等等，最後主席說：「戈梅茲神父，一旦你離開這裡，你會永遠與我們提供的協助斷絕。你永遠無法回來，也無法得到我們的消息。我能提供的最好建議就是：不要尋找那孩子。這會洩漏你的行蹤。相反，找出誘惑者，跟蹤誘惑者，那女人會帶領你找到孩子。」

「女人？」戈梅茲神父訝異地說。

「沒錯，女人。」麥菲爾神父說：「我們從探測儀中得知。誘惑者來自一個奇怪的世界。戈梅茲神父，你將會看到許多讓你震驚和訝異的事物。別讓他們的奇形異貌分散了你對神聖任務的心。我對你信仰中的力量有信心，」他仁慈地附加這句，「這女人正在旅行，由邪惡力量指引，最後會到達她該去的地方，並及時和那孩子相遇，進一步誘惑她。當然，首要計畫是將女孩從目前所在移除，如果不幸失敗，你，戈梅茲神父，將會成為我們最終保證，確保地獄的惡勢力無法蔓延。」

戈梅茲神父點點頭。他的精靈是虹色綠背大甲蟲，伸出鞘翅。

主席打開抽屜，遞給年輕的神父一疊摺好的紙包。

「這是我們對那女人所知的一切，包括她出身的那世界，還有她最後露臉處。好好讀，我親愛的路易斯，帶著我的祝福離開吧。」

他從未叫過年輕神父的名字。戈梅茲神父和主席吻別時，感覺喜悅的淚水刺痛了雙眼。

妳是萊拉。」

她明白那是什麼意思。即使在夢中，她也覺得頭暈目眩。她感覺一個巨大包袱落在肩上，使包袱更沉重的是睡意再度來襲，羅傑的臉也退入陰影中。

「呃……我知道……我們這邊有各種人，像瑪隆博士……羅傑，你知道還有另一個牛津，就和我們的牛津一樣嗎？嗯，她……我找到她……她會幫忙……但只有一個人真的會……」

現在她幾乎看不清小男孩，思緒也變得像在原野漫遊晃蕩的羊群。

「我們可以信任他，羅傑，我發誓。」她使出最後一份力量說，

第七章
形單影隻的瑪麗

最後的玫瑰如在莊嚴樹下舞蹈，
伸展樹枝，懸掛豐碩果實……
——約翰．彌爾頓

就在戈梅茲神父出發尋找誘惑者的同時，誘惑者本身也正受到誘惑。

「謝謝，不用，不用，這已經夠了，不用了，真的，謝謝你們。」瑪麗．瑪隆博士對著橄欖樹叢下的老夫婦說，他們給瑪麗的食物超過她所能負荷。

老夫婦在此離群索居，沒有孩子，擔心躲在銀灰樹群中的幽靈，當瑪麗背著背包走來，恐慌的幽靈一一飄離。老夫婦大大歡迎瑪麗到他們爬覆葡萄藤的小農莊，拿出酒、乳酪、麵包和橄欖宴客，現在又不讓她離開。

「我得走了，」瑪麗又說：「謝謝你們，你們人真好……我拿不動了……噢，好吧，多拿一小塊乳酪……謝謝……」

很顯然，他們視她為對抗幽靈的護身符，瑪麗也希望自己真是如此。她在喜咯則待了一週，也看夠這些禍害：幽靈吞食成人、野孩子四處覓食、那些輕飄飄的吸血鬼造成的恐怖。她只知道每當自己接近幽靈，它們的確會飄走，可是她無法留在每戶想挽留她的人家，她必須繼續前進。

瑪麗安置好以葡萄葉包裹的羊奶乳酪，微笑著又鞠一次躬，再喝一口從灰岩間噴出的泉水。她像老夫婦一樣輕輕合掌，最後毅然轉身離開。

表面看來她信心滿滿，其實是虛張聲勢。上次她和這些她稱為「影子粒子」（萊拉稱為「塵」）的東西溝通時，是在自己電腦螢幕上，還遵照影子粒子的指示摧毀電腦。現在她迷失了。影子粒子要她從她居住的牛津——也就是威爾的牛津世界——穿過開口，她也做到了，結果對這個異常的新世界歎為觀止，暈眩顫抖。此外，唯一任務是找到那男孩和女孩，然後扮演蛇的角色——不管那意味著什麼。

她不斷前進、探索和調查，結果一無所獲。她離開橄欖樹叢小徑，決定尋求引導。

出了農莊一段距離，確定不會受到打擾後，她坐在松樹下打開背包。背包底端用絲巾包裹的是一本陪伴她二十年的書，論述中國人的占卜方法：《易經》。

瑪麗會帶來這本書，主要原因有二。首先是感情因素：這是奶奶送的書，她在學生時代經常使用。其次是，萊拉首次找到瑪麗實驗室時，曾指著門上帶有《易經》卦象的海報詢問：「那是什麼？」不久後，萊拉在那場驚人的電腦解讀過程中得知（宣稱），「塵」還有許多種和人類交談的方式，其一便是利用《易經》卦象。

所以瑪麗在匆忙打包、離開自己世界時，也順手將《易經》帶在身邊，連同用以解讀的小蓍草莖。如今正是使用的大好時機。

瑪麗將絲巾鋪在地上，開始區分、計數，放置一旁，她還是熱情、好奇的少女時，曾占卜無數次，之後卻鮮少碰觸。她幾乎快忘記如何進行，可是她很快找回老習慣，及伴隨而來的平靜專注，正如和「影子」說話時的重要感受。

最後她終於卜出指示《易經》八卦卦象的數字，然後翻書找尋意義。這也是最難的部分，因為《易經》文字有如謎語：

她讀到：

顛頤，吉。虎視眈眈，其欲逐逐，無咎。（《易經》第二十七卦）

這似乎具有鼓舞作用。她繼續讀下去，跟隨注釋穿越迷宮小徑，最後她讀到：

〈艮〉為山，為徑路，為小石，為門闕。

瑪麗必須自行揣測。文中提到「闕」，讓她想到先前進入這世界時，空中那個神祕開口，而第一句似乎說她應該往上走。

她覺得既困惑又受鼓舞，將書本和蓍草莖收好後，便沿小徑往上出發。

四小時後，瑪麗全身又熱又倦。太陽低懸地平線上，先前依循的模糊小徑已消失，如今她在滾落的大圓石和較小石頭間痛苦攀爬。左側斜坡下方是片橄欖樹、檸檬樹、照顧不周的葡萄園和棄置磨坊，隱約籠罩在餘暉中。右側則遍布小岩石和碎石山坡，向上延伸到碎裂的石灰岩峭壁。

瑪麗虛弱地撐起背包，將腳踏上另一塊扁石，還來不及移過全身重量，就戛然止住。夕陽捕捉到某種古怪東西，她以手遮光，設法再找到那東西。

在那裡！就像一片玻璃毫無支撐地掛在空中，但沒有引人注意的反射，只是一方異樣區塊。這時她想起《易經》提到：為徑路，為小石，為門闕。

這就像桑德蘭大道的那個開口。瑪麗會看到這個開口，完全是光線之故：如果太陽更高些，開口大概根本不會現形。

瑪麗滿懷好奇地接近空中小開口，當初她必須盡快開溜，沒時間好好檢視第一個穿越的窗口，現在她細細端詳，碰碰邊緣，繞到另一邊，看它怎麼在另一面隱形，注意到這兩面全然不同，感到喜不自勝。

大約於美國革命時代，打開這開口的匕首人大意地忘記關上。至少他是從類似這世界的某一點切開，就在岩石表面附近。另一個世界的岩石卻和這裡不同，那裡並非石灰岩，而是花崗石。瑪麗跨入新世界後，發現自己不是在險峻峭壁山腳下，而是在一個低矮岩層露頭頂端，正俯視一大片平原。

這裡也是傍晚。瑪麗坐下來深吸一口氣，舒展四肢，從容地感受不可思議的一切。

遼闊金光照射在無邊無際的大草原上，她在自己的世界從未見過如此景觀。整片草原覆蓋千萬種短草，形成淺黃—棕—綠—赭—黃—金色陰影，造成緩緩波浪，長長餘暉清晰顯現。草原上似乎鑲著一條條如河流般的淺灰色岩石花邊。

草原上聳立著瑪麗從沒見過的巨樹。有次在加州，瑪麗參加一場高能物理會議時，曾撥空去參觀雄偉紅杉木，大表讚歎；但不管眼前這些是什麼樹，至少都比紅杉木高一半。巨樹樹葉茂密深綠，巍巍樹幹在傍晚凝厚光中呈金紅色。

成群生物在草原上吃草，距離太遠而看不分明。牠們行動奇特，瑪麗無法辨識出是哪種動物。

瑪麗又飢又渴，筋疲力盡。她聽到附近有令人雀躍的漉漉泉水聲，不久就找到了：那只是從青苔縫隙間滲流出來的淨水，一線細小溪流，朝斜坡流下。她滿懷感激，深深地喝好幾口水，還裝滿水瓶，最後將自己安置得舒舒服服。夜色已迅速降臨。

瑪麗躺在岩石上，用睡袋緊緊裹住自己，吃些硬麵包和羊奶乳酪後，沉沉入睡。

醒來時，晨光正照在臉上。空氣冷冽，露水也在髮間和睡袋上凝結。她在半夢半醒之際多躺了幾分鐘，覺得自己彷彿是這個世界第一個出現的人類。

她坐起來，打呵欠、伸懶腰、發了一陣抖，在冰凍泉水間梳洗，吃幾顆無花果乾，然後四下打量。

她位在一塊小高地後方，坡地逐漸往下再升起。前方草原一望無際，面對樹木長長影子，她看到幾群鳥在樹前翱翔，綠色天幕襯托下，牠們渺小如塵埃。

瑪麗再度背上背包，往茂密草原走去，她朝著四、五哩外最靠近自己的一群樹前進。

野草與膝蓋同高，之中匍匐著類似杜松的矮樹叢，不高過腳踝，還有像罌粟花、金鳳花、矢車菊的花朵，替景觀增添幾許朦朧、多樣色調。接著她看到一隻大蜜蜂，與半截大拇指一般大小，正忙著造訪一朵藍花，花朵也跟著傾斜搖晃。牠離開花瓣飛回空中，瑪麗才發覺牠不是昆蟲。一會兒，牠飛到她手邊，停在手指上，細膩地將一根針般長喙點在她皮膚上，發現裡面沒有花蜜時，便往空中飛去。這是一隻超小蜂鳥，黃銅色羽翅舞動著，速度快得看不清。

如果生物學家知道她正在看些什麼，會多眼紅呀！

她繼續前進，發現自己愈來愈接近昨晚看到的那群草食生物，當時牠們的舉動曾讓她大惑不解。牠們的體型近似鹿或羚羊，毛色也相似，但使她瞠目結舌的，則是牠們腿的生長排列方式：菱形。兩腳在兩側，一腳在前，一腳在尾巴下，移動時會出現古怪的晃動。瑪麗渴望能檢視牠們的顱骨，看這種結構如何運作。

這些放牧生物只用溫和無奇的眼神看著瑪麗，毫不驚慌。瑪麗很想更接近些，花時間看個夠，可是天氣愈來愈熱，樹蔭看起來更吸引人，反正時間還很多。

不久，瑪麗快步走出草地，來到一條她從山丘上看到的石河，這也讓人歎為觀止。石河過去可能是熔岩流，下方色澤泛黑，表面較淺，彷彿曾被磨碎或輾損。這就像瑪麗世界中四通八達的公路一樣平坦，當然也比在草上好走。

瑪麗沿著石頭路前進，石路繞過一處大彎後到達那群樹前。瑪麗愈靠近巨樹，就愈震懾於那些巍然樹幹，她估計這些樹幹幾乎像她家一樣寬，至於高度……高得像……她實在說不上來。

她來到第一棵樹前，把手放在隆起的金紅樹幹上。地上覆滿深及腳踝的棕色乾葉，葉長如腳掌，走在上面柔軟又芳香。很快，瑪麗就被一大片蚊蚋般的飛行物包圍，還有一小群迷你蜂鳥、一隻翼幅與她手掌同寬的黃蝴蝶，和數不清的匍匐生物。空氣中充滿嗡嗡聲、唧唧聲和吱吱聲。

瑪麗沿著樹群行走，彷彿置身大教堂：同樣靜寂，結構同樣向上延伸，她心中也浮現同樣敬畏。

這趟旅程花費的時間比想像中更長。已近正午，陽光幾乎直射。瑪麗懶洋洋地想著，那些草食生物在一天中最熱的時刻為何不到樹蔭底下？

她很快就發現原因。

瑪麗熱得實在走不動，就在大樹樹根間躺下休息，頭枕在背包上，打起盹來。

合眼約二十分鐘，還沒真正入睡，突然從近處傳來響徹雲霄的撞擊聲，大地動搖。接著又一聲。瑪麗警覺地坐直，集中精神，看到約一碼外有個不斷旋轉的圓形物體，正沿著地上轉動，最後終於停下，倒在一側。

稍遠處又一個落地。瑪麗眼見這龐然巨物掉落，撞上最近一棵樹幹底端的拱型樹根後才滾離。

一想到這些東西可能會砸到腦袋，就足以讓她拿起背包抱頭鼠竄。那是什麼？莢果嗎？

瑪麗小心翼翼往上張望，又走回天幕下仔細瞧瞧最近的墜落物，把它豎起，滾出樹林，放在草地上好好看清楚。

那是個正圓形，厚度如手掌寬，正中央有凹陷，是原先連接在樹上的部位。這東西並不沉重，卻相當堅硬，沿著周圍還覆蓋纖維細毛，引導手指輕易朝一個方向滑動，而不易逆行。她用刀子在表面試切，毫無痕跡。

她的手指似乎變得滑潤了些，她聞聞手指：除了灰塵外，有種淡淡芳香。她又看看莢果，正中間有點發光，再摸一次，感到它輕易從手指下滑過，正滲出油脂。

瑪麗放下莢果，思忖這世界的演化方式。

如果她對這些宇宙的猜測沒錯，它們正是量子論預測的多重世界，有些世界可能比其他世界更早從她自己的世界脫離。顯然這世界的演化偏愛巨樹和菱形骨架大型生物。

瑪麗開始了解自己的科學眼界有多狹隘。不懂植物學、地理學、生物學這類東西，她像嬰孩一樣無知。

此時，她突然聽到低沉如雷的隆隆聲，起初她無法辨別聲音遠近，直到看見一堆灰塵在其中一條路上前進——正朝著巨樹和她的位置而來。那東西大概在一哩外，可是前進速度飛快，瑪麗突然害怕起來。

她衝回樹叢中，在兩塊巨大樹根間找到一個窄小空間，擠進去，從身旁巨大拱壁窺視正在接近的塵雲。

眼前出現的東西使她頭暈腦脹。起初那看來像一群飛車黨，接著她想那是群有「輪子」的動物。但這不可能，沒有動物會長輪子。她認為自己眼花，可是一點都沒錯啊。

牠們一共有十來隻，大小和那些放牧生物一樣，但較瘦，灰色，頭上有角，還有大象般短象鼻。牠們也與草食生物一樣，有菱形結構，可是不知如何，竟在前後腿上各演化出一個輪子。

但輪子在自然界中並不存在，她心中仍堅持著，不可能，那需要一個完全與旋轉部位分離的承軸。不會有這種事，這是不可能的……

接著，牠們在不到五十碼處停下，灰塵沉澱下來，瑪麗突然靈光一閃，忍不住放聲大笑，還開心地咳嗽出聲。

輪子就是莢果。正圓形，堅固輕巧，最完美的設計。這些生物用前後腿夠住莢果中央，用兩側的腿在地上推動前進。瑪麗又讚歎又焦慮，因為牠們頭上的角看起來非常銳利，即使在這種距離下，她也看得出牠們眼中的智慧與好奇。

牠們正在找她。

其中一個生物發現她從樹下推出來的莢果，就滾離大路朝它前進。牠到達時，用象鼻將它舉起，再把它推回同伴身邊。

牠們圍住莢果，用強韌有彈性的象鼻輕輕碰觸，瑪麗認為牠們發出的輕柔啁啾聲、卡塔聲和叫囂聲，是種不贊同的表示：有人對莢果動過手腳，它情況不對。

瑪麗心想：我來這裡是有目的的，雖然我還不明白是什麼。要勇敢，採取主動。

她站起來，不自然地叫道：

「這邊。我在這裡。我看過你們的莢果了。對不起，請別傷害我。」

牠們立刻轉頭看她，象鼻伸出，明亮眼睛向前看，耳朵也全往上翹。

瑪麗從樹根藏身處出來，直接面對牠們。她伸出雙手，發現這種手勢對沒手的生物毫無意義，不過這是她唯一能做的。她撿起背包，穿過草皮，走到路上。

她愈來愈接近——不到五步——可以看清牠們的長相，可是注意力卻被牠們眼神中活潑、警覺的特質吸引，一種智慧的象徵。這些生物和附近放牧的動物不同，就像人和牛之間的差異。

瑪麗用手指指自己說：「瑪麗。」

最近一隻生物伸出象鼻。瑪麗再向前靠近，那生物碰碰瑪麗的胸部，因為她剛才指著那裡。她聽到那生物喉間模仿自己的聲音：「美麗。」

「你是什麼？」瑪麗問。

「你司麼？」那生物回答。

瑪麗只能回答說：「我是人類。」

「瓦司恩類。」那生物說，接著更奇怪的事隨之發生：那些生物開始放聲大笑。牠們瞇起眼睛，揮舞象鼻，搖擺頭，還從喉嚨中發出錯不了的快活聲。瑪麗忍俊不住，也跟著大笑起來。

另一個生物也移向前，用象鼻碰觸她的一隻手，瑪麗也伸出另一隻手，讓牠柔軟帶著鬃毛的象鼻探索似地觸摸。

「啊，你聞起來有莢果油味……」瑪麗說。

「札果。」那個生物說。

「如果你可以發出我語言的聲音，有一天我們或許可以溝通。天曉得。瑪麗。」她說，用手指指自己。

沒有回應。他們只是觀望著。瑪麗再試一次：「瑪麗。」

最近的生物用象鼻碰觸自己胸部，開始說話。那是三個字？還是兩個？他又說了一次，這次瑪麗試著發出相同聲音：「謬爾發。」她猶豫地說。

其他生物模仿她的聲音重複說出：「謬爾發」，然後開始大笑，似乎在嘲笑原先開口的生物。「謬爾發！」牠們又說了一次，彷彿這是天底下最棒的笑話。

「呃，如果你們會笑，我猜你們也不會吃掉我。」瑪麗說。從那一刻起，她和這些生物間產生一種輕鬆友善的氣氛，瑪麗再也不覺得緊張。

牠們一放鬆，就開始幹活，牠們可不是沒事才晃蕩到這裡。瑪麗看到其中一個生物背上有個類似馬鞍或包裹的東西，另兩個生物將莢果舉到上方，用靈巧複雜的象鼻將莢果捆綁固定。牠們站著不動時，就用側腿取得平衡，行動時則旋轉前後腿，動作優雅有力。

有個生物前進至路邊，舉起象鼻發出喇叭似的叫聲。那群正在吃草的生物全都整齊劃一地抬頭，開始向牠們小跑前進。吃草生物到達時，耐心地站在路邊，讓有輪生物慢慢穿梭牠們之間檢視、碰觸和數數。

瑪麗看到其中一個生物將象鼻伸到放牧生物下方擠奶，然後滾動到她面前，輕輕將象鼻舉到瑪麗嘴邊。

起先瑪麗有些退縮，但那生物眼中帶著期待，於是她上前張開嘴巴。那生物將一些甜甜稀奶擠入她嘴裡，看著她吞下，再多給她一些，一次又一次。這是種聰明和善的象徵，瑪麗一時衝動，用手臂環繞生物腦袋親吻一下，也聞到滾燙塵濁的獸皮，感覺對方體內堅硬骨骼和象鼻肌肉的力量。

不久，領隊輕輕發出喇叭聲，草食生物散開。「謬爾發」正準備離開，瑪麗因牠們對她的歡迎而雀躍，也因為牠們即將離開而神傷，接著更意外的事發生。

有個生物將身體放低，趴在路上，用象鼻打打手勢，其他生物也用象鼻指著表示歡迎她……毋需懷疑：牠們要載她，帶她一起離開。

一個生物舉起她的背包，綁在另一個生物鞍座上，瑪麗爬到趴下生物背上，不知道該把腳放在哪裡——前面還是後面？她又該抓住哪裡？

瑪麗還來不及思考，生物已經起身，整支隊伍開始沿著高速公路前進，瑪麗也在其中。

因為他是威爾。」

第八章
伏特加

我曾是異地的異鄉人。
——〈出埃及記〉

巴瑟莫在巴魯克死亡的那一刻感到出了事。他高聲哭喊，飛升到凍原上方的夜空，衝入雲中，拍打翅膀，痛苦啜泣，很久才鎮定下來，重新回到威爾身邊。威爾十分清醒，手中拿著匕首，抬頭看著潮溼冰冷的陰暗。他們又回到萊拉的世界。

「怎麼了？」威爾在天使發抖著出現在他身邊時說：「有危險嗎？躲到我身後……」

「巴魯克死了，」巴瑟莫叫道：「我親愛的巴魯克死了……」

「什麼時候？在哪裡？」

巴瑟莫也不知道，只知道心的一半已然消失。他無法克制，又飛入空中，四處搜尋，彷彿想在哪片雲間找到巴魯克，他高聲呼喊，哭泣，呼喊，最後因心生罪惡感，才飛下催促威爾躲起來，保持安靜，並保證毫不倦怠地守護威爾。接著悲痛又將他一舉征服，他想起巴魯克種種善意及勇氣，數也數不清，讓人無法忘懷，他苦喊著這優雅天性不該遭到扼殺，隨即又飛衝入空中，朝每個方向張望，焦慮、狂暴、悲痛欲絕，詛咒著天空、雲朵和星子。

最後，威爾終於說：「巴瑟莫，過來吧。」

天使無助地聽命前來。寒冷陰鬱的凍原上，男孩在斗篷裡顫抖地說：「現在你一定要設法保持安靜。你知道上面若有人聽到聲音，就會展開攻擊。如果你在我身邊，我還可以用匕首保護你，如果他們在上面攻擊你，我就無能為力。如果你死了，我也只有死路一條。巴瑟莫，我需要你帶領我找到萊拉，請別忘記這點。巴魯克很堅強——你也要堅強。為了我，你要像他一樣。」

起初巴瑟莫一言不發，最後說：「好，一定，我必須像他。睡吧，威爾，我會守護著，不會讓你失望。」

威爾相信他，他必須信任巴瑟莫。於是他躺下來倒頭就睡。

他醒來時，全身已被露水浸透，寒意刺骨，天使站在附近。太陽還在上升，蘆葦和溼地植物頂端都浸染上金光。

威爾還來不及移動，巴瑟莫就說：「我已決定該怎麼做。我會日夜陪著你，為了巴魯克，我會歡喜情願地陪你。如果可以，我會帶領你找到萊拉，然後帶領你們兩人到艾塞列公爵那裡。我已經活了幾千年，除非遇害，我還能再活幾千年。可是我從未碰過像巴魯克這樣的生命，使我這麼熱切行善，體貼待人。我曾失敗好多次，但每次他總用仁慈替我贖罪。如今他的仁慈不再，我會設法習慣。或許我偶爾會失敗，但我仍然會繼續嘗試。」

「巴魯克會以你為榮。」威爾顫抖地說。

「要不要我現在飛到前方看看我們在哪裡？」

「好，」威爾說：「飛到高處，告訴我前面大地是什麼模樣。在這溼地上行走會沒完沒了的。」

巴瑟莫飛到空中。他還沒把自己更擔心的事告訴威爾，他盡可能不要使威爾擔憂，但他心裡清楚，天使邁塔頓，就是他們千鈞一髮逃離的攝政王，已牢牢記住威爾的面孔。不僅面孔，天使甚至能看穿一切，包括威爾自己沒注意的部分，例如天性——萊拉可能會說是他的精靈。威爾目前處境異常危險，巴瑟莫遲早必須說實話，但時候未到。這太難了。

威爾認為，如果想保暖，走路會比找柴火和等生火容易。他將背包甩到肩上，用斗篷裹住全身，開始往南出發。這是條泥濘不堪、布滿車轍、坑坑洞洞的小路，證明人們有時的確會使用這條路。可是地平線遙不可及，他感覺自己幾乎沒前進多少。

稍晚，較為明亮時，巴瑟莫的聲音在他身邊響起。

「大概再走半天，有條寬闊河流和城鎮，那裡有繫船隻的碼頭。我飛得很高，看出那是條南北向的河流。如果你能利用航道搭船，就會前進得更快。」

「好，」威爾激動地說：「這條小路通往那城鎮嗎？」

「先通到一個小村落，當地有教堂、農田和果樹園，然後才通往城鎮。」

「不知道他們說哪種語言。如果我不會說他們的話，希望他們不會把我關起來。」

「身為你的精靈，」巴瑟莫說：「我會替你翻譯。我學過許多人類語言，一定能懂這國家的語言。」

威爾繼續走，路途無聊又呆板。但至少他在前進，每一步都帶領他更接近萊拉。

小村莊是個破落地方：一堆木屋，包括關著馴鹿和狗群的牧場，威爾接近時，狗群開始大聲吠叫。煙霧從錫煙囪中緩緩爬升，低低掛在木瓦屋頂上。地表泥濘，舉步維艱，牆壁上泥印子幾乎有門的一半高，顯然最近洪水氾濫。木梁碎裂，鐵片鬆垮發皺，顯示小棚、陽臺和外屋都被大水沖走了。

這地方最讓人好奇的特色還不止於此。起初，威爾覺得自己彷彿失去平衡，還摔倒一、兩次。建築物未垂直地面，傾斜約兩、三度，全都斜向同一方向。小教堂圓頂更是嚴重受損。難道這裡發生過地震？

狗群開始歇斯底里地怒吠，卻沒有膽子靠近。身為精靈的巴瑟莫，變成一隻黑眼的雪白大狗，粗厚毛皮，尾巴緊緊捲曲，他厲聲狂吠，狗群因此保持安全距離。那些狗看起來又瘦又患疥癬，威爾看到的幾隻馴鹿也都髒兮兮、懶洋洋。

威爾在村落中央暫停，四處張望，不知道該往哪裡走。他站在那裡時，兩、三個男人出現在前方，都盯著他看。他們是威爾在萊拉世界中看到的第一批人，穿著沉重毛氈外套，泥濘靴子，戴著皮帽，看起來並不友善。

白狗變成燕子，飛到威爾肩上。沒人對這件事大驚小怪，每人都有自己的精靈，大部分精靈都是狗，這正是這世界的情況。巴瑟莫在他肩上低語：「繼續走，別注視他們的眼睛。低頭，這是尊敬的表示。」

威爾繼續前進，他擅長使自己變得毫不起眼。威爾接近時，那些男人已對他失去興趣。可是路上最大一間房子的門突然打開，有個聲音在高喊。

巴瑟莫輕聲說：「是神父。你必須有禮貌，轉身向他鞠躬。」

威爾轉身鞠躬。神父身形魁梧，蓄著灰鬍，身穿黑長袍，肩上有隻烏鴉精靈。他眼神不安地從威爾臉上移到身上，看盡每個細節。最後他招招手。

威爾走到門口，又對他鞠了躬。

神父說了些話，巴瑟莫輕聲說：「他問你從哪裡來。隨便你想說什麼。」

「我說英語，」威爾緩慢清楚地說：「我不懂別的語言。」

「啊，英語！」神父開心地用英語叫道：「親愛的年輕人！歡迎來我們村莊，我們這個歪斜不正的小科勒東尼村！你叫什麼名字？要去哪裡啊？」

「我叫威爾，要去南方。我跟家人走失了，正在想辦法找他們。」

「那你一定要進來吃些點心。」神父說，將沉重的手臂環繞威爾肩膀，一面拉他進門。

男人的精靈對巴瑟莫興趣很高，巴瑟莫自有應付之道：他變成一隻老鼠，故作害羞地鑽進威爾襯衫內。

神父帶威爾進入菸味瀰漫的客廳，一只鑄鐵俄式茶壺在牆邊桌上冒著蒸氣。

「你叫什麼名字？」神父問：「再告訴我一次。」

「威爾．帕里，我該怎麼稱呼您？」

「奧圖耶．西蒙耶。」神父說，他帶威爾走到椅邊時，還摸摸威爾的手臂，「奧圖耶的意思是神父，我是聖教會的神父，名字是西蒙耶，我父親的名字是鮑里斯，所以我的名字是西蒙耶．鮑里斯維奇。你父親叫什麼？」

「約翰．帕里。」

「約翰在俄語中叫伊凡，所以你是威爾．伊凡維奇，我是西蒙耶．鮑里斯維奇神父。威爾・伊凡維奇，你從哪裡來？要到哪裡去？」

「我迷路了，我和家人要去南方。我父親是軍人，他在極地探險，後來發生一件事，我們就走散了。我會往南方是因為我知道那是我們要去的地方。」

神父攤開手說：「一個士兵？從英格蘭來的探險家？科勒東尼這骯髒路上，已很久沒出現這麼有趣的人了，在這個大動亂的時期，我們怎麼知道他明天不會出現呢？歡迎來訪，威爾・伊凡維奇。今晚你一定要住在這裡，我們可以聊天吃飯。莉蒂亞！」他叫道。

一個老太太悄悄出現。神父對她說了幾句俄語，她點頭，拿起杯子，從茶壺裡倒些熱茶，將玻璃茶杯、一小碟果醬和銀湯匙遞給威爾。

「謝謝。」威爾說。

「果醬可以替茶添加甜味，」神父說：「莉蒂亞用覆盆子釀的。」

茶又稀又苦，但威爾還是啜飲著。神父不斷傾身仔細看他，探探他的手，看他會不會冷，還幫他揉搓膝蓋。威爾為了分散神父的注意力，就詢問村裡建築為什麼都傾向一邊。

「有個大騷動，」神父說：「這是在聖約翰〈啟示錄〉中的預言。河水逆流……離這裡不遠的大河，朝北流向北極海，過去幾千幾萬年來，一直都是從中亞山脈一路流去，甚至可以追溯到無上權威偉大天父創造天地時。可是當地球開始搖晃，大霧和洪水也跟著降臨，一切都改變了，大河先朝南流一個多禮拜，又逆轉往北流，這世界已經面目全非。大騷動出現時，你在哪裡？」

「離這兒很遠的地方，我不知道發生什麼事，霧散後，才發現自己和家人走失了，現在我也不知道自己在哪裡。你告訴過我這地方的地名，但這地方到底在哪裡？我們在哪？」威爾說。

「幫我把架上那本大書拿來，我會指給你看。」

神父將椅子拖到桌旁，舔舔指頭，翻開巨大地圖集。

「這裡。」他說，用骯髒指甲指著西伯利亞中部一點，離烏拉爾東方還有一段路。附近有條神父先前提過的河流，河水從西藏山脈北麓一路流到極地。威爾仔細注視喜馬拉雅，發現一點也不像巴魯克描繪的地圖。

神父不停說話，想知道威爾生活的點點滴滴、他的家人、他的家，而說謊高手威爾也回答得頭頭是道。女管家又端來一些甜菜根湯和黑麵包，神父先禱告，他們才開始用餐。

「好啦，威爾，接下來我們做些什麼？你要玩牌？還是聊天？」

神父又倒了一杯茶，威爾不安地接過。

「我不會玩牌，我急著動身。如果我到河邊，你想我能找到前往南方的汽船嗎？」

神父大臉一沉，用手腕優雅地畫個十字。

「城裡有麻煩了。莉蒂亞住在城裡的姊姊來這裡時告訴她，河上有艘載滿熊族的船。武裝熊族，極地來的。你在北方沒看過武裝熊族嗎？」

神父變得疑神疑鬼，巴瑟莫以只有威爾聽得到的輕聲說：「小心。」威爾立刻了解他為什麼這麼說：神父一提到熊族，威爾的心不覺狂跳，因為萊拉對他提過。他得設法鎮定。

他說：「我們離斯瓦巴很遠，熊族不管別人閒事。」

「沒錯，我是這麼聽說的，」神父說，威爾鬆了口氣。「現在他們離開故鄉來到南方。他們有艘船，城裡人不讓他們添加燃料。他們很怕熊族，這是應該的——熊族是惡魔之子。所有從北方來的東西都很邪惡，就像女巫一樣——惡魔之女！教會多年前就該殲滅她們。女巫……別和她們扯上關係，威爾，聽懂了嗎？你知道等你長大後，她們會對你做什麼？她們會試圖誘惑你，利用各種溫柔、狡猾、欺騙的手段，用她們的血肉、柔軟肌膚、甜蜜聲音，偷走你的種子……你懂我的意思吧……她們會耗盡你的精力，讓你身心空洞！她們會偷走你的未來，你的孩子將會出生，你卻一無所有。她們應該全部處死，一個也不剩。」

神父伸手到椅旁櫃子上，拿下一只瓶子和兩只小玻璃杯。

「現在我要請你喝點酒。你還年輕，所以不要喝太多。但你正在成長，應該學習某些事，例如伏特加的滋味。去年莉蒂亞蒐集一些漿果，我蒸餾汁液後，成果就在這瓶中，西蒙耶神父和莉蒂亞合作的成果！」

他放聲大笑，轉開酒瓶，將酒倒滿兩只杯子。這類聊天內容使威爾覺得很不自在，他該怎麼辦？他該如何拒絕，又不會冒犯神父呢？

「西蒙耶神父，」威爾站起來說：「您對我真好，我希望能待久一點，嘗嘗您的酒，聽您說話，您告訴我的事都非常有趣。可是您知道我和家人走失，很擔憂，也急著想找到他們，雖然我真的很想留下，但我想我該走了。」

神父從厚厚鬍鬚中嘟起嘴，眉頭一皺，但他只是聳聳肩說：「嗯，如果你堅持，就走吧。但在離開前，你一定要喝完伏特加。現在和我一起站起來！拿好，一口喝光，就像這樣！」

他將伏特加一仰而盡，然後伸直腫大身軀，站得非常靠近威爾。在他肥大骯髒手指間，杯子看起來異常渺小，裡面卻盛滿清澈汁液，威爾聞得到伏特加強烈的氣味，及男人黑袍上的汗臭味和食物痕漬，酒還沒沾脣就已覺得渾身不舒服。

「喝掉，威爾．伊凡維奇！」神父叫道，聲音中洋溢熱情與恫嚇。

威爾舉起杯子，毫不遲疑一口喝掉嗆鼻滑膩的伏特加。現在他必須忍著別吐出來。

可是還有另一項考驗呢。神父高大身軀傾身向前，抓住威爾雙肩。

「我的男孩。」他說，然後閉上眼睛，開始吟誦一段禱告或聖詩。神父身上的菸草、酒精和汗味如潮水湧來，威爾近得可以碰到神父搖擺不定的大鬍子，他的鬍子還不斷磨蹭威爾的臉。威爾屏住呼吸。

神父的手移動到威爾肩後，用力抱抱他，親親他的臉頰，右臉親完親左臉，再親一次右臉。威爾感到巴瑟莫小小鼠掌探入他的肩膀，動也不敢動。他頭冒金星，胃在抽動，但仍然不動如山。

酷刑終於結束。神父向後一退，將他推開。

「走吧，」神父說：「到南方去，威爾．伊凡維奇，走吧。」

威爾拿起斗篷和背包，在離開神父房子時，還努力走一直線，然後踏上小路離開村莊。

他走了兩小時，噁心感終於逐漸減退，但緩慢激烈的頭痛取而代之。巴瑟莫一度要威爾停下來，用冰涼雙手放在他脖子和前額上，他的頭痛才稍微減輕。威爾發誓這輩子再也不喝伏特加。

傍晚降臨時，小徑漸漸變寬，他們終於離開蘆葦區。威爾看到眼前有座城鎮，鎮後有片寬闊水潭，看起來彷彿是大海。

雖然離小鎮還有一段路，威爾看得出來那裡有麻煩了。屋頂後升起一陣陣煙霧，幾秒鐘後，則是一連串槍聲。

「巴瑟莫，你最好再變回精靈，緊靠著我，注意有沒有什麼危險。」威爾說。

威爾走進破爛小鎮外緣，小鎮建築甚至比村裡建築更傾斜，洪水泥漬在牆上留下痕跡，比威爾還高。城邊空無一人，但他往河邊前進時，呼喊、尖叫及來福槍爆裂聲也益形嘈雜。

最後，他終於看到鎮民：有些從樓上窗戶觀望，有些焦慮地躲在建築物角落，觀望河岸，岸邊有起重機和金屬怪手、比屋頂還高大的船柱。

一場爆炸撼動牆壁，附近窗戶玻璃全震碎。人們向後退，接著偷偷四下張望，無數叫聲從煙霧瀰漫的空氣中響起。

威爾走到大街角落，看看河岸，煙霧和灰塵緩緩落下後，他看到一艘生鏽大船聳立岸邊，在河波中浮沉。碼頭邊，一群暴徒拿著來福槍和手槍環繞著一座巨砲，威爾觀望時，又是轟隆一響。一團火光、一陣搖晃反彈，在大船旁濺起巨大水花。

威爾試著眺望，船上有些身影，可是……雖然清楚自己會看到什麼，還是忍不住揉揉眼睛：他們不是人類，是龐大金屬物，要不就是全副武裝的生物。在大船前甲板上，突然竄起一片亮麗火花，岸上人們開始驚慌大叫。火焰迅速奔竄到空中，愈升愈高，愈來愈近，伴隨散落的火星和煙霧，最後在大砲附近落下一大團火焰。人們尖叫四散，有人穿過火焰衝到河岸，一頭跳入水中，被水流捲得不見蹤影。

威爾發現身邊有個看來像是老師的男人，便問：

「你會說英語嗎？」

「會，會，沒錯……」

「發生什麼事？」

「熊族發動攻擊，我們想辦法對抗，但非常困難，我們只有一座大砲，而且……」

船上火砲投擲手又投出另一團燃燒火球，這次命中離大砲更近的地方，立刻響起三聲巨大爆炸聲，顯然那團火球擊中彈藥，砲手立刻跳開，砲身就落下來了。

「唉，」那男人歎道，「情況不妙，他們沒辦法發射……」

船長開始將船頭駛向河岸。另一團火花在前甲板燃燒起來，許多人驚恐絕望地大叫；岸上拿著來福槍的人開了一、兩槍，然後轉身就跑，但這次熊族沒有開火，大船反而以舷側靠向碼頭，引擎也奮力轉動以對抗水流。

兩名水手（人類，不是熊族）跳下來，將繩索繞住繫纜樁，鎮民對這些人類叛徒發出憤怒的噓聲和叫聲。水手沒理會他們，反而跑去放低跳板。

他們轉身回到船上時，威爾附近有人放槍，其中一個水手倒地不起，他的海鷗精靈就像蠟燭上被捻滅的火焰一樣消失了。

熊族為此怒不可抑。火砲投擲手馬上重新點火，朝岸上擲射，巨大火焰向上奔竄，上百團四射瀑布灑向屋頂。跳板頂端出現一隻最魁梧的巨熊，覆著鐵板的妖怪，彈雨落在他身上，絲毫無法打凹巨大盔甲，只是無用的哀鳴、鏗鏘作響、砰然重擊。

威爾對身邊的人說：「他們為什麼要攻擊城鎮？」

「他們要燃料，但我們不和熊族打交道。現在他們離開自己王國，沿著河流航行，誰知道他們會做什麼？我們一定要和他們作戰。海盜……搶匪……」

巨熊從甲板上走下來，身後跟著幾隻熊，沉重得使船傾向一側。威爾看到碼頭上那些人已跑回砲座，正將砲彈填入後膛。

威爾靈機一動，一路跑到碼頭邊，站在槍手與熊族之間。

「停！」他叫道：「別打了。讓我和熊說話！」

激戰突然平息，人人都站立不動，對這瘋狂舉止大吃一驚。準備全力對付槍手的大熊也停在原處，但全身都狂暴地抖著，巨大熊掌嵌入土中，鐵頭盔下方黑眼因震怒而閃閃發亮。

「你是誰？你要幹嘛？」熊用英語咆哮。

人們在困惑中面面相覷，懂英語的人則替其他人翻譯。

「我要和你單打獨鬥。」威爾叫道：「如果你輸了，就必須終止戰鬥。」

熊王不為所動。那些鎮民一了解威爾的話後，便開始放聲叫囂、嘲弄、譏諷、大笑、喝倒采。但這種情況維持不久，威爾轉頭面對群眾，冷冷看著他們，他克制住自己，動也不動，直到笑聲消失為止。他感覺到黑鳥巴瑟莫在他肩上發抖。

群眾安靜下來後，威爾叫道：「如果我使熊族讓步，你們必須答應賣給他們燃料，那他們就會離開，繼續在河上航行。你們一定要同意這點，如果你們不同意，他們會將你們全數摧毀。」

威爾知道巨熊就在他身後幾碼外，但他沒有轉身。他看著鎮民討論、打手勢和爭論，一分鐘後，有個聲音叫道：「男孩！讓熊也同意！」

威爾轉身。他用力吞吞口水，深呼吸後叫道：

「熊！你一定要同意。如果你輸給我，這場戰鬥必須結束，你可以買燃料，和平地回到河上。」

「不可能，」熊咆哮道：「和你打太丟臉。你看來手無縛雞之力，我不能和你打。」

「我也同意這場競賽不公平。」威爾說，現在他的精神都集中在眼前這龐大凶暴的生物上。「你全副武裝，我卻手無寸鐵。你只要大掌一揮，就可以輕鬆摘下我的腦袋。那麼公平一點，隨意給我一片盔甲，例如你的頭盔。那我們就旗鼓相當，和我打架也不丟臉了。」

熊王發出一聲表達憎恨、憤怒和輕蔑的咆哮，用巨掌解開頭盔繫鏈。

河岸前一片沉靜，沒有人說話，也沒有人敢動。他們都看得出來，有件前所未見的事就要發生，但他們不知道是什麼。當下唯一的聲音就是河水撞擊木樁、大船引擎聲、頭頂上海鷗無止境的叫聲，還有熊將頭盔丟到威爾腳前的響亮鏗鏘聲。

威爾放下背包，將頭盔末端舉起，幾乎拿不起來。頭盔只有一片鐵，深沉、凹痕處處，上方有眼洞，下方有巨鏈。鏈子幾乎與威爾前臂同長，與拇指同粗。

「所以這就是你的盔甲，哼，看起來不怎麼堅固嘛。不知道我能不能刺穿，讓我試試看。」威爾說。

威爾從背包中拿出匕首，將刀鋒放在頭盔前方，像切奶油般削下一角。

「不出我所料。」他說，接著一片又一片削切，不到一分鐘就將巨大頭盔削成一堆碎片。他站起來，手中捧著一堆碎片。

「這就是你的盔甲，」他說，將碎片噹啷一聲丟進腳邊其他碎片裡。「這是我的匕首。既然你的頭盔不堪一擊，我就必須空手和你搏鬥。熊，你準備好了嗎？我想我們勢均力敵。畢竟，我只要一揮匕首，就可以砍下你的腦袋。」

一片死寂。巨熊黑眼如瀝青般發亮，威爾感到一滴汗水從脊椎滑下。

熊王腦袋開始移動。他搖搖頭，向後退一步。

「那武器太厲害了。我不是對手。男孩，你……」熊王說。

威爾知道一秒鐘後，鎮民就會開始歡呼、叫囂、吹口哨，所以他在熊王還沒說出「贏」字前，就轉身高喊，以避免鎮民開始喧囂：

「現在你們必須遵守交易。照顧傷者，修理建築，讓船停泊添加燃料。」

威爾知道這訊息要花一分鐘翻譯傳達給觀望的鎮民，他也知道任何延誤都會阻礙他們放鬆心情，最後爆出憤怒，彷彿沙洲上的障礙網最後被河流沖破。熊王觀望著，看著男孩所做的一切，也了解箇中原委，他比男孩更了解他的成就。

威爾將匕首放回背包，和熊交換眼神，但這次意義不同。他們稍微移近對方，身後的熊族開始拆解火砲投擲器，另兩艘船也調度靠向碼頭。

河岸上，有些人開始清理，更多人簇擁上前想看看威爾，對這男孩和他命令熊的能力大感好奇。對威爾來說，這正是轉為不顯眼的時刻，也是他將別人對母親的注意力轉移開，使他們多年來能安全無虞的魔法。當然，這不是魔法，只是一種行為模式。他變得沉默不語、雙眼無神、遲鈍緩慢，不到一分鐘，他就不再那麼有趣、吸引人。鎮民很快就對這個乏味小孩失去興趣，轉身離開並忘記了他。

可是熊王的注意力不像人類，他看得出發生什麼事，也了解那是威爾另一種驚人的能力。熊王趨近威爾輕聲說話，聲音聽起來如引擎震動般低沉。

「你叫什麼名字？」他問。

「威爾·帕里。你可以再打造另一頂頭盔嗎？」

「可以。你在找什麼？」

「你往上游走，我要跟你一起去。我要上山，這是最快的方式。你能帶我去嗎？」

「可以。我要看看那把匕首。」

「我只讓我信任的一隻熊看。我聽人說，這隻熊值得信任。他是熊族之王，也是我要上山找尋的女孩的好友。女孩名叫蓮花舌萊拉，那隻熊名叫歐瑞克．拜尼森。」

「我就是歐瑞克．拜尼森。」熊說。

「我知道。」威爾說。

熊族將燃料裝載上船，將二輪手推車向側邊傾斜，讓煤炭從運滑道滾入底艙內，黑色灰塵隨即升到半空。鎮民忙著清掃玻璃，和熊族爭論燃料價錢，一點也沒注意威爾跟在熊王身後上船了。

第九章 上游

……心中浮現一抹陰影，
如一片雲霧
覆掩正午金烏……
——愛蜜莉·狄瑾蓀

「讓我看看那把匕首，」歐瑞克說：「我熟知鐵器，熊族了解任何鋼鐵製品，可是我從沒見過這樣的匕首，我希望能仔細看看。」

威爾和熊王在汽船前甲板上，溫暖餘暉中，大船正迅速向上游猛進。船上燃料不虞匱乏，還有威爾可吃的食物。威爾和歐瑞克正二度交鋒——他們已交手過一回了。

威爾把匕首刀柄朝著歐瑞克遞上，熊王優雅地接住匕首。他的大拇指與另四指可對握，能像人類一樣巧妙操縱物品。他將匕首往這裡轉轉、那裡動動、拿到眼前、舉起來迎光、在一片廢棄鐵片上測試鐵器邊緣。

「這面刀鋒是你削掉我盔甲的那一側，」熊王說：「另一面卻非常奇怪，我不知道那到底是什麼、能做些什麼、如何打造。我想知道你怎麼拿到這把匕首？」

威爾告訴他大部分實情，除了和自己相關的部分：他母親，他殺的人，他父親。

「你為了這把匕首失去兩根手指？」熊王問：「讓我看看傷口。」

威爾伸出手來。多虧他父親的膏藥，傷口癒合得很好，但還是非常柔軟。熊聞了聞傷口。

「血苔，還有我辨認不出的東西，這是誰給你的？」熊王問。

「一個教我該怎麼利用匕首的人，後來他死了。他盒裡有些膏藥，膏藥治好我的傷口。女巫也試過，但她們的咒語沒效。」

「那他說該怎麼利用匕首？」歐瑞克問，小心翼翼把匕首還給威爾。

「幫助艾塞列公爵打仗，」威爾回答：「可是我必須先拯救蓮花舌萊拉。」

「我們會幫忙。」熊說。威爾不禁喜上眉梢。

接下來幾天，威爾得知熊族為什麼要遠離故鄉，前往中亞。

自從那場大災難撕裂天空後，極地冰塊都已融化，各種詭異的潮流也出現在海中。熊族依賴冰地和冷洋生物維生，知道如果留在原處，不久就會挨餓，於是理性應變。他們必須移居到冰封積雪之地：登上最高山脈，攀上高聳天際的山巔，那兒遠離塵世、亙古不變、大雪深埋。他們會從海洋的熊族轉變成山上的熊族，只要世界能再度安定下來。

「所以你們不是來興戰的？」威爾問。

「我們的老敵人已跟海象、海豹一起消失。如果遇到新敵人，我們知道如何作戰。」

「我聽說一場大戰即將爆發，人人都會捲入戰事。在那種情況下，你會站在哪一邊？」

「當然是對熊族有利的那方。但我還關心幾位非熊族的成員。一位是熱氣球飛行員，他已經死了；還有女巫帕可拉和蓮花舌萊拉。首先，我會做出對熊族有利之事，然後是那孩子、女巫，或是替我死去戰友史科比復仇。所以我會幫你從那可怕女人考爾特手中救出蓮花舌萊拉。」

熊王告訴威爾，他和幾個子民游到河口，以黃金租賃船隻，雇用船員。趁極地逐漸消融之利，任河水帶領他們進入內陸。由於這條河的源頭正位於他們的目標山脈北麓，加上萊拉也囚禁在那裡，因此目前一切順利進行。

威爾累極了，白天時，他大都在甲板上打盹、休息、蓄養精力。風景逐漸改變，一片片大草原轉變成低矮草丘，然後出現高地，偶爾還有峽谷或大瀑布。汽船繼續南行。

威爾基於禮貌，會和船長、船員閒聊，但他缺乏萊拉那種和生人立即親近的特質，也不知道該說些什麼。反正，他們對他也興趣缺缺。這只是份工作，工作完成後，這些人看也不看一眼便離開；再者，雖然熊族出手闊綽，但他們對熊族沒什麼好感。威爾是外國人，只要他付錢買食物，他們不在乎他做什麼。此外，他的精靈有點古怪，有點像女巫的精靈：有時會出現，有時似乎又消失。他們就像許多水手一樣迷信，因此也樂得不理睬他。

巴瑟莫也分外安靜。有時，悲傷過於沉痛而無法忍受時，他會離開船，在雲間高飛穿梭，尋找任何光影、空氣滋味、流星或氣流等，他和巴魯克分享的任何經驗；夜間他到威爾臥艙內說話時，只是報告他們走了多遠、離那峽谷和洞穴還有多遠。或許他認為威爾缺乏同情心，但他若真心尋求慰藉，會發現威爾也滿腹同情。他只是變得愈來愈拘謹有禮，不再冷言諷刺，至少他堅守自己的承諾。

歐瑞克則無時無刻不在檢視匕首。他會一看好幾小時，測試雙面刀鋒、加以彎曲、舉起來對著光、用舌頭碰觸、嗅聞匕首，甚至會聽它穿越空氣時造成的聲音。威爾一點都不替匕首擔心，歐瑞克顯然是最專精的鐵匠；威爾也不擔心熊王受傷，那雙有力巨掌操縱靈活自如。

最後歐瑞克對威爾說：「另一面刀鋒，你還沒告訴我它的作用。到底是什麼？怎樣發揮效用？」

「因為船隻在前進，我不能在這裡示範，一停下來後，我會做給你看。」威爾說。

「我可以想像，卻不了解自己在想些什麼。這是我碰過最奇怪的事。」熊王說。

他把匕首還給威爾，深沉的黑眼困惑而意味深長地注視他。

此時，河水已變色，河流和起初從極地流出的洪水匯流。威爾看得出來，這場大騷動對地球每個角落造成不同影響。無數村莊屋頂還沉在水中，上百個失去財產的人用划艇或獨木舟盡可能打撈失物。這裡土地一定也稍微下沉，因為河流寬廣，流速緩慢，船長很難從混濁河水中辨別真正的河道。空氣變得更加悶熱，烈陽高掛空中，熊族發現很難降低體溫，有些熊就跟在汽船旁游泳，在異土品嘗故鄉的水。

最後河流再度變得窄小深沉。不久，前方聳起中亞高原的崇山峻嶺。一天，威爾看到地平線上有塊白色邊緣，然後看著那邊緣愈變愈大，分裂成大大小小的山峰、脈脊與隘口。雪白山脈看起來如此高聳，近在眼前，彷彿只在幾哩外，其實遠在天邊，足見那些山脈有多麼宏偉，而船行愈近，山脈就愈高得難以置信。

熊族多半未見過山脈，只看過故鄉斯瓦巴上的峭壁。他們抬頭看著那些仍在遠方的龐大堡壘，靜默無語。

「歐瑞克，我們在那裡能獵食什麼？」一隻熊問：「山上有海豹嗎？我們要怎麼活下去？」

「那裡有雪和冰，」熊王回答：「我們在那裡應該會很舒服。那裡還有許多野生動物。未來生活會有一陣子變得不同，但我們會存活下去。待一切恢復正常，極地再次冰凍時，我們可以活著回家，爭取領地。如果仍留在家鄉，我們現在已經餓死了。我的熊民，大家對奇怪的新事物做好心理準備吧。」

河床此時已變得過於狹隘淺小，汽船再也無法前進。船長在山谷下泊住船隻，那裡原應覆著草地和山花，河流卻迂迴穿過沙床。現在這峽谷已成為湖泊，船長堅持不敢穿行，即使有北方流瀉的洪水，水深也無法讓龍骨自由穿越。

峽谷邊緣有塊岩石露出，形成差強人意的碼頭，他們停靠在此下船。

「我們現在在哪裡？」威爾問英語不佳的船長。

船長找出一張破爛老舊地圖，用菸斗一指，說：「峽谷在這，我們在這。你拿走，拿呀。」

「謝謝。」威爾說，心中思索該不該付錢，但船長已轉身吩咐船員卸貨。

不久，大約三十隻熊及武器都擠在窄小的河岸上。船長發令，船隻開始笨重地掉頭，設法逆流進入主河道，最後還爆出一聲汽笛聲，在峽谷間回響了很久。

威爾坐在岩石上看地圖。如果他沒猜錯，天使所指萊拉被囚禁的峽谷，應該就在東方或南方，最便捷的路是穿越一個叫作桑擎的關口。

「熊族，記住這地方，」歐瑞克對他的子民說：「等回到極地的時機來臨時，我們將在此會合。現在各位解散，去打獵、覓食、生存吧。不要引起戰爭，我們不是來這裡作戰。如果戰爭迫近，我會召喚你們。」

熊族大半時間都獨居，只有在戰爭或緊急情況才會集合。現在他們就在雪地邊緣，迫不及待想離開呢。每隻熊都單獨出發探索。

「威爾，走吧。」歐瑞克說：「我們會找到萊拉的。」

旅程前段是不錯的健行。陽光溫煦，松木和杜鵑遮擋熱氣，空氣清新又乾淨。路上到處是岩石，上覆厚厚青苔和松針，攀爬的斜坡也不陡峭，威爾很喜歡這種運動。在船上的日子，那種強迫性休息使他養足精力。遇到歐瑞克時，他幾乎精疲力竭，他自己並不知道，熊王卻再清楚不過。

他倆獨處後，威爾讓歐瑞克看另一面刀鋒的用處。他割開一個世界，熱帶雨林蒸氣四溢，滴答作響，濃郁熱氣飄入山內稀薄的空氣中。歐瑞克仔細看看，用熊掌碰碰窗口邊緣，用鼻子嗅嗅，默默進入那潮溼空氣中。他四下張望，聽到猴子高聲尖叫、鳥吟、蟲鳴、蛙叫，和過於潮溼而不間斷的滴水聲，站在外面的威爾也聽得清清楚楚。

歐瑞克回到原來的世界，看著威爾關上窗口，又要求再看看匕首。這次他特別貼近銀色刀鋒，威爾甚至替熊王擔心起眼睛。歐瑞克檢視良久，一言不發地將匕首還給威爾，只說了一句：「我說的對。我不可能打得過這把匕首。」

他們繼續出發，兩人都不多話，正好對了彼此脾性。歐瑞克抓到一隻瞪羚，自己吃掉大部分肉，將最柔嫩的部分讓威爾烹煮。有次他們來到一座村莊，歐瑞克在森林中等待，威爾用金幣和村民交換麵包、水果乾、犛牛皮靴和羊皮背心，以抵禦夜間低溫。他也向村民詢問彩虹谷的事。巴瑟莫變成一隻烏鴉，正如和威爾說話那人的精靈一樣，協助兩人更容易溝通，威爾也可以趁機清楚得到巴瑟莫的指示。

還有三天路程。唉，至少他們愈來愈近了。

其他人也一樣。

艾塞列公爵大軍、旋翼機中隊和運油飛船都已到達世界間的開口——斯瓦巴正上方天空裂口。未來旅程還很漫長，除了必要的維修，他們馬不停蹄地前進。指揮官非洲王歐剛威和玄武岩碉堡維持一天兩次的聯繫，他的旋翼機中有個加里維刺族磁石共振器傳令員，歐剛威王可以像艾塞列公爵一樣，立刻知道別處發生的事。

事情不妙。小間諜薩瑪琪夫人在陰影中窺得，教會風紀法庭和聖靈行為協會這兩大教會分支，決定盡棄前嫌，攜手合作，交換情報。協會有個比帕佛更快速、更有技巧的探測儀解讀員，由於他的協助，現在教會風紀法庭已知道萊拉的確切位置，更重要的是，他們也知道艾塞列公爵已派遣軍力前往搭救。教會風紀法庭一刻也不浪費，立即派出一隊飛船。就在同一天，日內瓦湖畔的靜肅空氣中，一營瑞士衛隊也登上飛船。

雙方都注意到對方正全力趕赴山洞。彼此也知道，先到達便能搶得優勢，卻也快不了多少：艾塞列公爵的旋翼機比教會風紀法庭的飛船更快，但距離較遠，還受限於運油飛船的速度。

另一項考慮是：不管誰先搶到萊拉，最後必須一路殺出對方的重重包圍。這對教會風紀法庭來說容易些，他們並不打算活捉她，而是飛到那裡了結她的性命。

教會風紀法庭主席和某些乘客一起登上飛船，前者卻不知道後者的存在。塔利斯騎士從磁石共振器中收到命令，他和薩瑪琪夫人得偷偷上船。飛船抵達山谷時，他和夫人將一馬當先，先行抵達洞穴保護萊拉，直到歐剛威王軍隊前來拯救為止。她的安全優先。

對間諜來說，登上飛船是件格外危險的事，尤其在攜帶必備儀器時。除了磁石共振器外，最重要的是一對昆蟲幼蟲和食物。成蟲孵化後，看起來多少像蜻蜓，但一點也不像威爾或萊拉世界中的蜻蜓，差異在於牠們的尺寸較大。加里維刺族小心孕育這類生物，每個部族昆蟲都和其他部族不同。塔利斯騎士族人養育一種紅黃條紋蜻蜓，強而有力，食量驚人，薩瑪琪夫人培育出飛行快速的纖細生物，有通電藍色身體，可在黑暗中發光。

每個間諜都配備幾隻這種幼蟲，仔細控制油脂和蜂蜜的餵食量，可以讓牠們保持假死狀態，或迅速長為成蟲。根據現在的風勢，塔利斯和薩瑪琪要在三十六小時內孵化出成蟲，大約等同這趟旅程所需時間。他們必須在飛船著地前使昆蟲孵化。

騎士和同僚在艙壁後找到一處不起眼的地方，飛船在裝貨和添加燃料時，他們安全地藏身在此。引擎發動，地勤人員解開船纜，飛船兩端輕型結構受振抖動，八艘飛船上升，沒入夜空。

將加里維刺族和老鼠相提並論是極度侮辱，但他們確實能像老鼠般藏匿。從藏身處，加里維刺人可以偷聽到很多消息，他們和歐剛威王旋翼機上的洛克公爵保持每小時聯絡一次。

可是間諜無法在飛船上聽到某件事，主席也絕口不提：刺客戈梅茲神父。如果教會風紀法庭任務失敗，他將犯下的罪也已獲得赦免。神父已經出發，沒有人跟蹤他。

第十章
輪子族

一小抹雲自海中升起，彷彿人的手。

——〈列王記上〉

「對呀，我們有看到她，」廢棄賭場花園中的紅髮女孩說：「我和保羅都看到她。她幾天前來過這裡。」

戈梅茲神父問：「妳記得她長什麼樣子嗎？」

「她看起來很熱，」小男孩說：「臉上都是汗水。」

「她大概幾歲？」

「大……」女孩開始揣測，「我猜大概是四十或五十歲，我們沒靠近看她。也可能是三十歲。她看起來很熱，老背著一個大背包，比你的背包還大，有這麼大……」

保羅對女孩低語些什麼，還瞇眼看看神父。陽光正好照在他臉上。

「好啦，我知道。幽靈。」女孩很沒耐心地對戈梅茲神父說：「她一點都不怕幽靈。她就這樣穿過城市，一點也不擔心。我從來沒見過大人那樣。她看起來甚至不知道有這些幽靈。跟你一樣。」她補上一句，挑釁地看著他。

「很多事情我都不知道。」戈梅茲神父和善地說。

小男孩拉拉她的袖子，又低聲說話。

「保羅說，」她對神父說：「他覺得你會拿回匕首。」

神父雞皮疙瘩都豎起來了。他記得教會風紀法庭調查帕佛的證詞，這一定就是他說的匕首。

「如果我能，我會拿回來。匕首是從這裡來的，對不對？」

「天使塔，」女孩說，指向紅棕色屋頂的方形石塔，天使塔在正午烈日下微微發亮。「那男孩偷走匕首，殺死我哥哥突里歐。幽靈抓住了他。你也應該殺死那男孩。還有那女孩，她是騙子，就跟那男孩一樣壞。」

「還有女孩呀？」神父故作鎮定說。

「骯髒的騙子，」紅髮女孩說：「我們差點就殺掉他們，可是來了一些女人，會飛的女人……」

「女巫。」保羅說。

「女巫。我們打不過她們。她們帶走男孩和女孩。我不知道他們去哪裡。後來那女人出現了，我們以為她也有類似匕首的東西，幽靈才不敢靠近她。或許你也有。」她加上這句，還抬起下巴勇敢地盯著神父。

「我沒有匕首，」戈梅茲神父說：「但我有神聖使命。或許這項神聖使命保護我對抗這些幽靈。」

「好吧，或許吧。」女孩說：「反正你要找她，她往南朝山上走。我們不知道哪裡，你可以問別人，如果她經過，那些人會知道。從過去到現在，從沒有像她那樣的人出現在喜咯則。你很容易找到她。」

「謝謝，安琪。」神父說：「我的孩子，神保佑你們。」

他將背包甩上肩膀，離開花園，穿過悶熱靜默的街道，心滿意足。

瑪麗・瑪隆和輪子生物一起生活三天後，對這個種族了解不少，對方也對她知之甚深。第一天早上，他們載著她沿玄武岩高速公路前進約一小時後，來到河邊一個聚落。這趟旅程並不舒服，瑪麗沒有東西可以抓穩，這種生物背部又相當堅硬。他們前進的速度也使她心生恐懼，但輪子在崎嶇路上造成的巨響，以及疾步快跑節奏，都足以讓她興致高昂，忘卻所有不適。

旅程途中，瑪麗也注意到這種生物的生理結構。他們就像那些草食生物一樣，骨骼呈菱形構造，四角各有一條腿。遠古某個時期，這種生物的祖先一定有條支系發展出這種結構，結果發現分外有用，就像世世代代前，爬行動物在瑪麗世界中發展出脊柱。

玄武岩高速公路開始往下傾斜，斜度增大時，輪子也高速前進。他們將側腿收起，憑藉前後腿上輪子滾動，俯衝速度讓瑪麗心驚膽戰；雖然她也得承認，她騎乘的生物從未帶來絲毫危險，但如果她有東西可以抓牢，就更能享受這一切。

長達一哩的斜坡底端有群大樹，附近河流沿著草地迂迴而行。不遠處，瑪麗看到一道微光，看來像是寬廣水域，但她沒有太多時間端詳，因為這群生物開始往河堤旁聚落前進，瑪麗迫不及待想看看那個聚落。

那裡有二、三十間茅屋，簡陋聚集成圓圈，主要建材是（瑪麗必須以手遮陽才能看清）木材橫梁，覆在牆上的是類似夾條灰泥牆混合物，還有茅草屋頂。另一批輪子生物正在幹活：修理屋頂、將魚網撒下河中、收集生火用柴枝。

所以他們有語言、火和聚落。這一刻，瑪麗發現自己在心中做些修正，對他們的稱呼也從「生物」一詞變為「種族」。她告訴自己，他們並非人類，但他們是種族，所以他們不是「他們」，而是「我們」。

他們現在已經很接近聚落，一些村民注意到他們便抬頭張望，還呼叫別人一起觀看。暴走族減緩速度後停下，瑪麗僵直地爬下，知道稍後會全身痠痛。

「謝謝。」瑪麗對她的……她的什麼道謝？馬匹？腳踏車？對站在她身邊這個雙眼發亮溫和的生物來說，這兩個形容詞都過於荒謬。最後她決定——朋友。

他抬起象鼻，模仿她的聲音：

「界界。」他說，全體又放聲大笑，興致高昂。

瑪麗從另一個生物身上拿下背包（他也在說：「界界！界界」），和他們一起離開玄武石路，踏上村莊的緊實土地。

她的學習過程就此真正展開。

接下來幾天，瑪麗學到無數事情，她覺得自己又變回受學校所惑的孩子。更重要的是，輪子族似乎也對她感到驚訝萬分。首先，她的雙手。他們永遠也不會對她的雙手生厭，細緻象鼻感受瑪麗手上每個關節，找出大拇指、指節和指甲，將手輕輕彎曲，驚奇地看她拿起背包、將食物放入嘴裡、抓癢、梳頭、清洗。

相對，他們也讓她觸摸象鼻。這些象鼻伸縮性超強，和她的手臂一樣長，連接頭部一端比較粗壯，她猜想這些強大象鼻足以壓碎她的頭骨。鼻尖那兩根類似手指的突出物力大無窮又極度柔軟，內部皮膚——有點像是他們的指紋——有些柔軟似天鵝絨，有些堅硬如木塊。他們可將突出物用在細緻動作，如替草食生物擠奶，也可用在撕裂及修整樹枝這類粗活上。

瑪麗逐漸了解，象鼻同時扮演溝通角色。象鼻運動可以修正一個聲音的意義，聽起來像「秋」加上象鼻從左掃到右方的字，意思是「水」；如果象鼻頂端成鉤狀，意思是「雨」；象鼻下方勾起，意味著「傷心」；象鼻快速向左輕打，意思是「新發芽草地」。瑪麗在了解後也有樣學樣，以相同方式運用自己一隻手臂。那些生物了解她開始和他們交談後，不禁欣喜交加。

一旦他們開始交談（多以他們的語言交談，雖然瑪麗也試著教他們幾個英語單詞。他們會說「界界」、「草地」、「樹」、「天空」、「河流」，也會說她的名字，只是有點困難），整個過程就進行得快多了。他們稱自己種族為「謬爾發」，但個體叫作「札伊夫」。瑪麗認為男札伊夫和女札伊夫間發音不同，但其間差異微妙，她無法輕易分辨。瑪麗開始將這些字全寫下來，編纂一部字典。

但她在全神貫注開始這件事前，先拿出破舊平裝書和蓍草莖，詢問《易經》：我該待在這裡做這件事？還是到別處繼續找尋？

答案是：險在前也，見險而能止，知矣哉。

接著又說：亙，君子以思不出其位。

這真是再明顯不過。她把蓍草莖收好，合上書本，才恍然發現自己引來一群好奇的謬爾發。

其中一個問：問題？允許？好奇。

瑪麗回答：請。看。

象鼻優雅地移動，學著她的動作數算蓍草莖或翻書。他們最震驚的是她的手具有雙重功用：她能同時一手拿書、一手翻書。他們愛看她勾起手指頭，或玩幼兒遊戲「這是教堂，這是尖塔」[1]，或一次次兩手拇指和食指交互相捏，正是小阿瑪同一刻在萊拉世界中使用的手勢，作為驅逐邪靈的護符。

他們檢視蓍草莖和書本後，小心用布蓋住蓍草莖，連同書本一起放進瑪麗的背包。瑪麗很高興能得到古中國訊息肯定，這意味著她現在最想做的事，就是她該做的事。

瑪麗興高采烈地開始深入了解謬爾發。

她得知謬爾發也有兩性，採行一夫一妻制。子代有很長的童年期：至少十年，成長得非常緩慢，至少這是她從他們解釋中解讀出來的。這個聚落有五個孩子，其中一個已接近成年，其餘都還在發育。他們身材比成人矮小，無法處理莢果輪子，因此就像草食生物一樣，利用四足移動，但儘管他們精力充沛，冒險心旺盛（跳過瑪麗身邊再害羞地跑掉、試著爬上樹幹、在淺水中踉蹌而行等等），卻顯得異常笨拙，彷彿缺少什麼。相反，成人的速度、力量和魅力卻相當驚人，瑪麗看得出發育中的小札伊夫渴望裝上輪子的那天。一日，她看著最年長的孩子默默到莢果儲藏室，試著將前掌放進莢果中心凹孔，他企圖站立，卻纏住跌倒，噪音引來一個成人。孩子掙扎起身，焦慮大叫，愧疚的孩子面對怒氣沖沖的家長，在最後一秒脫身逃竄而去，

1 譯注：將兩手握成拳頭併攏是教堂，伸出兩隻小拇指拱成一個三角形是尖塔。

瑪麗看到這情景，忍不住放聲大笑。

顯而易見，莢果輪甚為重要，不久後，瑪麗也了解它們的價值。首先，謬爾發花很長的時間保養自己的輪子。他們靈巧地高舉、扭轉足爪，放入莢果中心孔裡，用象鼻檢查整個輪子，清理輪緣，檢查裂縫。他們的足爪有不可思議的力量：一根微彎的角刺或小骨與腿部成直角突出，足爪置於孔內時，中間的最高部位可承受全身重量。一天，瑪麗看著一個札伊夫檢視前輪的洞孔，她碰碰這裡，摸摸那裡，將象鼻舉到空中又放下，彷彿在測試氣味。

其次，瑪麗記得自己檢查第一個莢果時，在手指上發現的油脂。她經過札伊夫同意，檢視對方足爪，發現足爪表面比她在自己世界中碰觸過的任何東西還更光滑細膩。她的手指根本無法在足爪表面停留，整個足爪似乎浸透在淡淡芳香油中。瑪麗抽樣檢視幾個村民，測試並檢查他們輪子和足爪狀況後，不禁開始懷疑到底是什麼先出現：輪子或是足爪？輪子族還是大樹？

當然，還有第三個要素，就是地質。生物只能在提供天然道路的世界中使用輪子。熔岩流的礦物成分必定有些特性，得以使石路如絲帶般散布在大草原上，並抗拒風吹日晒或龜裂。瑪麗逐漸了解每件事的相關，且似乎由謬爾發一手安排。他們知道每群草食生物放牧處、每片輪子樹林、每塊甘美草地，他們了解每隻草食生物和每棵大樹，他們討論這些生物的狀況和命運。有次，瑪麗看到謬爾發挑出一群草食生物，選出幾隻並趕走餘下生物，用強有力的象鼻折斷牠們的頸子，不浪費任何一個部位。謬爾發用象鼻握住利如剃刀的岩片，幾分鐘內就將動物剝皮去內臟，然後開始熟練地宰割，將殘渣、柔軟肉塊、粗糙關節一一分開，剝除脂肪，拔去角蹄，整個過程極有效率，瑪麗在一旁觀看，因事情井然有序而心情愉悅。

很快，一片片肉條懸掛在太陽下晒乾，剩下的用鹽醃製，再用樹葉包裹。皮革上脂肪已刮淨，脂肪留作日後之用，皮革浸泡在橡樹皮水中以進行鞣革。年紀最大的孩子玩弄著一群角，假裝自己是草食生物，逗得別的孩子哄堂大笑。當晚有新鮮的肉可以享用，瑪麗也大飽口福。

同理，謬爾發也知道哪裡有最好的魚，以及精確的撒網時間地點。瑪麗希望找些事做，就幫忙製網者。謬爾發製網過程不單靠一人之力，而是兩兩成對合用象鼻打結，瑪麗知道他們看到她使用雙手時有多震驚，因為她可獨力打結。起初，瑪麗覺得這為她帶來優勢，她不需別人幫助，接著她了解如此使自己和他人疏離。或許人類就像這樣吧。從那一刻起，她只用一隻手將纖維打結，和一個成為她密友的女札伊夫分擔任務，手指和象鼻一起移進移出。

輪子族照料的所有生命中，莢果樹最受重視。

這區域中，族群共打理六群樹。更遠處也有莢果樹，由其他族群照料。每天都有一個小組出門檢查這些大樹的狀況，收成掉落莢果。謬爾發顯然從中獲益不少，但這些大樹從這種交換中得到什麼？一天，瑪麗終於找到答案。她和一個小組正在路上飛奔，忽然傳來一聲巨響，每人都停下，圍繞那個輪子破掉的札伊夫。每個小組都會隨身攜帶一、兩個備輪，因此破輪的札伊夫很快又能上路，破碎輪子卻用布小心包裹，帶回聚落。

他們在聚落裡將莢果撬開，取出扁平蒼白的橢圓形種子——每顆都和瑪麗小指甲一般大小——逐一仔細檢查。他們解釋，莢果若要破裂，就得不時在硬路上猛擊，但這方法並非完全有用，種子本身也很難發芽。如果沒有謬爾發悉心照顧，這些樹木可能早已絕種。每個種族都依賴另一種族，進一步來說，莢果油脂使這一切可能發生。謬爾發的話不易理解，但似乎意指油脂是他們思考和感情的中心。年輕謬爾發缺乏長者智慧，因為他們還沒使用輪子，也無法由足爪吸收油脂。

那一刻，瑪麗才了解她苦思若干年的問題與謬爾發之間的關聯。

可是瑪麗還來不及思索（和謬爾發對話冗長又複雜，他們喜歡舉出各種例子來修飾、詮釋和描述立論，彷彿他們從不會忘記任何事，知道的每件事可以馬上作為參考），聚落就遭到攻擊。

雖然瑪麗不知道攻擊者是誰，但她最先看到對方。

事情發生在近晚時分，當時她正幫忙修理一間茅屋屋頂。謬爾發無法攀爬，因此建築只有一層樓高，但瑪麗很樂意爬上屋頂，將茅草鋪在正確處打結。一旦他們將技法示範給她看，她的動作就比他們快多了。

她靠在小屋椽上，抓住一把擲向她的蘆葦束，享受徐徐微風從水上吹來，減緩烈陽帶來的熱氣，忽然，她瞟到一抹白。

那抹白在遠方發亮，她還以為是大海。她把手弓在眉上，看見一個、兩個、更多個——一整隊白色高帆從朦朧熱氣中浮現，雖然還有一段距離，卻安靜優雅地往河口前進。

瑪麗！下方一個札伊夫叫道。妳在看什麼？

她不知道「帆」或「船」該怎麼說，所以說：很高、白色、很多。

札伊夫立刻高聲發出警報，聽到叫聲的人都放下工作，衝到聚落中心，呼喚幼兒。一分鐘內，所有謬爾發都已準備好逃離。

瑪麗的朋友亞塔叫道：瑪麗！瑪麗！來！圖拉皮！圖拉皮！

整個過程迅雷不及掩耳，瑪麗連動都來不及動。這時，白色大帆幾乎已進入河中，輕鬆逆流而上。瑪麗對這些水手紀律印象深刻：他們航行得異常迅速，風帆像群椋鳥般一致移動，全體還同時改變航向。它們看起來好美，雪白大帆彎曲、傾斜、伸展……

那裡至少有四十艘左右，朝上游前進的速度比瑪麗想像中更快。但她沒看到任何船員，接著才恍然大悟，那根本不是船，而是巨鳥，風帆是翅膀，一根翅膀是船首，另一根則是船尾，完全憑藉身上肌肉力量，向上高舉、伸展、保持平衡。

沒時間停下來研究了，牠們已來到河岸，開始向上攀爬。牠們有天鵝般的長頸，鳥喙幾乎有瑪麗的前臂長，翅膀是她兩倍高，而且——她邊跑邊回頭一看，開始覺得害怕——牠們有強健雙腿，難怪在水中移動這麼快。

她在謬爾發身後快跑，他們一面叫喊她的名字，一面從聚落往高速公路狂奔。她剛好趕上他們，亞塔正在等她，瑪麗跌跌撞撞爬到她背上，亞塔立刻沒命快跑，加速衝上斜坡，追上同伴。

大鳥在陸地上無法移動得那麼快，很快就放棄追逐謬爾發，轉身往聚落前進。牠們扯開食物儲存室，吞食肉乾、水果乾和穀物，還放聲咆哮、吼叫、搖晃巨大殘酷的鳥喙。一分鐘內，食物吞噬一空。

圖拉皮找到莢果儲存室，企圖打碎巨大莢果，這對牠們來說也是徒勞。謬爾發從半月形低丘向下張望，瑪麗感到她朋友全身肌肉都因擔心而緊縮，他們看到莢果一個個被甩到地上，那些強力腳掌又踢又踹，當然，莢果仍未受到一絲傷害。謬爾發最擔心的是，有幾隻圖拉皮將莢果半推、半撞、半蹭到水中，莢果也快速漂流向大海。

雪白巨鳥開始大肆破壞，用腳殘酷地亂掃亂踢，用喙刺、撞、搖、扯。瑪麗周圍的謬爾發正喃喃低語，傷心得幾近低吟。

我幫忙。瑪麗說。我們從頭做。

可是這些汙穢生物還沒結束呢。牠們高舉美麗翅膀，蹲在這些蹂躪物間排泄。惡臭隨著微風飄到斜坡，一團團、一沱沱綠、黑、棕、白色糞便散布在斷裂橫梁和四散茅草上。接著，圖拉皮在陸地上笨拙移動，搖搖擺擺、高視闊步地回到水中，離開溪流向海游去。

等最後一片雪白翅膀在午後朦朧中消失，謬爾發才從高速公路滑下來。他們傷心又難過，但對莢果儲存室最感心焦。

原先儲存室裡有十五個莢果，現在只剩兩個，其餘都被推到水中流失。下游有一處河灣沙洲，瑪麗似乎看到一個輪子擱淺在那裡。她脫掉衣服，將一條繩子纏在腰間游向輪子，謬爾發又驚又慌。瑪麗在沙洲上找到不只一個珍貴的輪子，而是五個，她將繩子穿過變軟輪孔，用力游著將它們拖回岸上。

謬爾發自然滿懷感激。他們自己從沒下過水，只在岸上捕魚，謹慎保持腳和輪子乾燥。瑪麗覺得自己終於能為他們做些有用的事。

當晚稍後，吃過一頓平淡洋甘菜後，他們告訴瑪麗為什麼這麼擔心輪子。過去有段時間，莢果產量豐富，世界富饒，生氣盎然，謬爾發和他們的樹共享常樂。但許多年前，有件壞事發生，一些美德從世界消失，即使謬爾發想盡辦法關愛和留意，莢果樹卻逐漸凋亡。

第十一章 蜻蜓

惡意敘述的真相，
勝於捏造的謊言。
——威廉．布雷克

阿瑪爬上通往洞穴的小徑，背上小包裝著麵包和牛奶，心中充滿無數疑惑。她該如何接近沉睡的女孩呢？

她來到女人指示她留下食物的岩石邊，放下食物後卻沒有直接回家。她向更高處攀爬，經過洞穴，穿過濃密的杜鵑花叢，再往上爬到樹木稀疏、彩虹開始出現的地方。

阿瑪和精靈玩個遊戲：爬過重重岩壁，繞過綠白色小瀑布，經過漩渦，穿過映著光譜的水花，結果她的頭髮、睫毛，及精靈松鼠毛都沾上百萬顆小水珠。這遊戲是看誰能一路爬到頂端而不揉眼睛。很快，陽光閃爍折射出紅、黃、綠、藍和各種混合色，可是她不能用手抹眼睛，一直要等爬到頂端才行，不然這場遊戲就輸了。

精靈庫琅躍上最頂端小瀑布的岩石，她知道他會馬上轉身，確定她沒抹掉睫毛上水珠——

但他沒有。

他反而站在那裡，注視前方。

阿瑪揉揉眼睛，這遊戲因為精靈發現的意外而取消。阿瑪也爬上去，望過岩石邊，不覺倒抽一口氣，動彈不得。有張臉正注視著她，那是她從未見過的生物：一隻碩大恐怖的巨熊，比森林中的棕熊還大四倍，象牙白皮毛，黑鼻子黑眼睛，熊爪與匕首一樣長，離阿瑪只有一臂之遙，她甚至可以看清牠頭上的每根毛。

「那是誰？」有個男孩聲音傳來，阿瑪一個字也聽不懂，可是能輕易猜出話中意義。

一會兒，男孩出現在熊的身邊，看起來凶惡無比，雙眉緊蹙，下巴抬起。他身邊那是精靈嗎？是個鳥形？多奇怪的鳥呀，一點也不像她以前見過的鳥。牠飛向庫琅，簡短地說：朋友。我們不會傷害你們。

大白熊動也不動。

「上來吧。」男孩說，她的精靈轉達話中意義。

阿瑪以迷信般的敬畏看著大熊，踉蹌爬到小瀑布旁，害羞地站在岩石上。庫琅變成一隻蝴蝶，先停留在她臉頰上，然後飛去環繞著另一個精靈，那精靈仍坐在男孩手上。

「威爾，」男孩說著，指向自己，她則回答：「阿瑪。」現在她可以好好看清楚他。比起對熊的恐懼，阿瑪更怕這男孩，他有個可怕傷口，兩根手指不見了。一看到這點，她忽然覺得頭暈目眩。

大熊轉身沿著乳白色溪流前進，躺在水中彷彿要消暑。男孩的精靈飛到空中，和庫琅在彩虹間飛翔，慢慢地，他們開始彼此了解。

沒想到他們要找的正是那女孩沉睡的洞穴。

阿瑪慌張回答：「我知道洞穴在哪裡！那女孩被一個自稱她母親的人抓住，可是沒有一個母親會這麼殘酷，對不對？她迫使女孩喝下什麼，讓她一直睡。如果我能接近她，我有藥可以使她醒來！」

威爾只能搖頭，等著巴瑟莫翻譯，整個過程大約花了一分多鐘。

「歐瑞克。」他叫道，熊王腳步沉重地沿著溪床走來，舔舔嘴邊殘屑，他剛吞下一條魚。「歐瑞克，這女孩說她知道萊拉在哪裡。我和她一起去看看，你在這裡守衛。」

歐瑞克在溪中動也不動，默默點頭。威爾先將背包藏好，匕首扣住，然後和阿瑪一起爬進彩虹。他不斷抹雙眼，從炫目水花中看清安全的踏腳處。霧氣冰冷。

等他們到達瀑布底端，阿瑪暗示小心前進，別發出任何聲音。在生苔岩石和多節瘤巨松樹幹間的斜坡上，威爾跟在她身後前進，斑斑點點光線在綠意中起舞，上億隻小昆蟲也振翅高歌。他們一直往下走，陽光也隨他們前行，深深進入山谷，頭上樹枝在晴空下不停搖擺。

阿瑪猛然止步。威爾躲在一棵龐大西洋杉後，看她手指的方向。從糾纏交結的枝葉間，他看到峭壁旁有個身影從右邊升起，一半的身影……

「考爾特夫人。」威爾輕聲說，心跳加快。

從岩石後方現身的女人，將一截覆滿樹葉的樹枝抖淨，放下樹枝後拍拍雙手。剛才她在掃地嗎？她袖子高捲，頭髮用絲巾盤起。威爾從未想過考爾特夫人看起來會像家庭主婦。

接著是一閃金光，邪惡的猴子出現，一下跳到她肩上。他們似乎在懷疑什麼，開始四下張望，忽然，夫人看起來一點也不像家庭主婦。

阿瑪急忙低聲說話，她很怕那隻金猴子精靈，他喜歡將活生生蝙蝠的翅膀拔掉。

「有別人和她在一起嗎？」威爾問：「沒有士兵那類人？」

阿瑪不知道。她從沒看過士兵，但人們的確提過有人在夜晚山間見過奇怪恐怖的人，或許他們是鬼……可是山上總是有鬼，大家都知道。所以那些東西可能跟女人沒有關係。

好吧，威爾心想，如果萊拉在洞穴中，而考爾特夫人不打算離開洞穴，我還是得前往造訪。

他說：「妳有什麼藥？妳要怎麼做才能喚醒她？」

阿瑪對他解釋。

「現在藥在哪裡？」

在她家，她說，藏起來了。

「好吧。妳在這裡等，別靠近。如果妳看見考爾特夫人，千萬別告訴她妳認識我，妳沒見過我和熊。妳下次什麼時候替她帶食物來？」

太陽下山前半小時，阿瑪的精靈說。

「把藥也帶來，」威爾說：「我需要妳。」

阿瑪渾身不自在地看他往小徑走去。他大概不相信她剛剛說的金猴子精靈的事吧，不然他不會這麼貿然走向洞穴。

其實，威爾心中也是七上八下。他每項感官似乎都變得異常清晰，即使目光從未離開洞口，也注意到光線中飄浮的渺小蟲子、樹葉摩挲及頭上飄動的每片雲朵。

「巴瑟莫，」他低聲說，天使精靈飛上他肩膀，此時是隻眼神明亮的紅翅小鳥。「緊跟在我身邊，注意那隻猴子。」

「那看看你右邊。」巴瑟莫簡單地說。

威爾看到洞口一道金光中，有張臉和眼睛正盯著他們。威爾和巴瑟莫在不到二十步遠處站著不動，金猴子轉頭看入洞穴說些什麼，又轉回頭。

威爾摸摸匕首，繼續前進。

他來到洞穴時，女人已在等他。

考爾特夫人悠閒地坐在小帆布椅上，膝上放著一本書，沉靜地看著他。她穿著卡其布旅行裝，剪裁相當合身，她身材又如此優美，看起來就像時下最流行的服飾。她將一些小紅花別在襯衫前，彷彿優雅珠寶。她的頭髮閃閃發光，深色眼睛瑩瑩發亮，露出的雙腿在金色陽光下閃爍。

她微笑了。威爾幾乎也微笑了，他不習慣女人微笑中的甜蜜和柔美，心中小鹿亂撞。

「你是威爾。」她說，一種低沉迷人的聲音。

「妳怎麼知道我的名字？」他厲聲說。

「萊拉在夢中說的。」

「她在哪裡？」

「很安全。」

「我要見她。」

「來吧。」她說，站起身子，把書本放在椅上。

自從夫人現身後，威爾第一次注視猴子精靈。他的毛又長又有光澤，每根毛髮彷彿由純金打造，比人類毛髮更細緻，還有黑色的小臉和小手。威爾最後才正視那張正因恨意而扭曲變形的臉。那晚，他和萊拉在他的牛津，從查爾斯爵士家中偷回探測儀後，猴子企圖用牙齒咬他，威爾用匕首左右揮舞，逼迫精靈退後，才能關上窗口，將他們關在另一個世界。威爾心想，現在世上沒有任何東西可以讓他背對那隻猴子。

但鳥形巴瑟莫正審慎守望，威爾小心踏進洞穴，跟在夫人身後來到一個靜靜躺在陰影中沉睡的身影旁。他最親愛的朋友，她看起來多渺小啊！萊拉醒時，活力充沛、朝氣蓬勃，他驚訝於她睡著時看來竟如此柔和溫軟。她頸間躺著臭鼬潘拉蒙，毛髮發光，萊拉潮溼的頭髮散在前額上。

他跪在她身邊，撥開她的頭髮，她的臉看起來很燥熱。威爾眼角瞄到金猴子蹲在一旁，準備一躍而上，可是夫人輕輕搖頭，猴子只得放鬆。

威爾表面上裝作沒事，卻暗暗牢記洞穴布局：每塊岩石形狀大小、地面斜坡、沉睡女孩頂上洞壁的精確高度。他可能得在黑暗中找路，這是他勘查洞穴的唯一機會。

「你看得出來，她很安全。」夫人說。

「妳為什麼要把她關在這裡？為什麼不讓她醒來？」

「我們先坐下。」

她沒搬來椅子，反而和他坐在洞口的青苔石上。她看起來很和善，眼中散發一種悲傷智慧，卻加深威爾的不信任。他覺得她說的每個字都是謊話，每個行動都隱藏著威脅，每個微笑都是欺騙的面具。好吧，他也可以把她騙得團團轉：他要讓她認為他是無害的。他曾成功騙過每個對他和他家感興趣的老師、警官、社工和鄰居，他這一生都在為這種場合做準備。

他想，好吧，我可以和妳過招。

「你想喝些什麼嗎？」夫人問：「我也會喝一點……很安全的。你看。」

她切開一個棕色發皺水果，將灰色汁液擠到兩只小杯中，啜飲其中一杯，另一杯遞給威爾。他喝下，發現汁液新鮮甜美。

「你是怎麼找到這裡的？」她問。

「跟蹤妳並不難。」

「顯而易見。你拿到萊拉的探測儀了嗎？」

「是。」他說，讓她自己揣測他是否能解讀。

「我知道你也有匕首。」

「查爾斯爵士告訴妳的，對不對？」

「查爾斯爵士？噢……卡洛，當然。對，他告訴我的。那匕首聽起來很特殊，我能看看嗎？」

「不，當然不行。妳為什麼要把萊拉關在這裡？」

「因為我愛她，我是她母親。她身陷險境，我不會讓她出任何意外。」

「什麼險境？」威爾問。

「唉……」她說，傾身向前，把小杯放在地上，兩側頭髮拂過雙頰。她又坐直身體，用雙手將頭髮往後撥，威爾聞到一股香水味，混合她乾淨的體味，使他渾身不自在。

就算考爾特夫人注意到他的反應，她也沒顯示。她繼續說：「威爾，我不知道你是怎麼認識我女兒，我也不曉得你知道些什麼，我更不知道我能不能信任你。同樣，我也厭倦說謊，所以我會告訴你事實。

「我發現我女兒面對的危險，來自我過去歸屬之處，來自於教會。老實說，我認為他們打算謀殺她。我發現自己陷入進退兩難的局面，你知道：服從教會或救我女兒。我是教會的忠實僕人，沒有人比我更熱心，我將整個生命都貢獻給教會，以熱情服事它。

「但是我有了這個女兒……

「我知道我沒在她小時候好好照顧她。別人將她從我身邊帶走，由陌生人撫養長大。或許這使她難以信任我。但是等她漸漸長大，我多次看到她陷入險境，截至目前我已三度設法拯救她。這使我成為叛教者，必須躲在這遙遠地方。我還以為我們很安全，現在知道你這麼輕易就能找到我們……唉，你也了解，這實在令我擔心。教會的人可能就在附近，他們想殺死她。威爾，他們不會讓她活下去的。」

「為什麼？他們為什麼這麼恨她？」

「因為他們認為她會做出什麼事來。我不知道是什麼事，但願我知道，如此一來，我可以讓她更加安全。可是我只知道他們仇恨她，他們絕不會心軟的，絕不會。」

夫人身子往前傾，緊促、低聲又親暱地說著。

「我為什麼要告訴你這些？」她繼續說：「我能不能信任你？我想我必須信任你。我不能再逃避，我已無路可走。如果你是萊拉的朋友，或許你也是我的朋友。我的確需要朋友，我需要協助。現在每件事都對我不利。如果教會發現我們，會摧毀我和萊拉。我只有一個人，威爾，我孤孤單單一人和女兒在洞穴中，每個世界的勢力都想找到我們。現在你人也在這裡，顯然，找到我們有多容易。威爾，你打算怎麼辦？你要什麼？」

「妳為什麼讓她一直睡？」他問，固執地迴避問題。

「如果我讓她醒來，會發生什麼事？她會馬上溜走。她一個人根本活不過五天。」

「妳為什麼不解釋給她聽，讓她自己選擇？」

「你認為她會聽我的話？即使她聽了會相信我嗎？她不信任我，她恨我，威爾。你一定知道這點。她輕視我。我，唉……我不知道該說什麼……我深愛她，甚至放棄一切：龐大事業、無窮快樂、身分地位和財富，所有一切，卻來山中這洞穴，只靠乾麵包和酸水果維生，只是為了讓我女兒生存下去。為了讓她活下去，得讓她沉睡，我也只能這麼做。可是我一定要讓她活下去，你母親難道不會為你這麼做嗎？」

威爾感到震驚憤怒，考爾特夫人竟然敢提他母親來支持她的論點。但先前的震驚又因出現另一種想法而轉為複雜：他母親畢竟沒保護過他，他必須保護她。考爾特夫人愛萊拉勝過他母親愛自己嗎？但那是不公平的，他母親生病了。

夫人若不是不知道自己三言兩語便會激起威爾這些情緒，就是邪惡得絕頂聰明。她漂亮的眼睛溫柔地看著，威爾臉色脹紅，變得很不自然；有那麼一瞬間，考爾特夫看起來和她女兒驚人地相似。

「你究竟打算怎麼做？」夫人問。

「呃，我已經看到萊拉了，她顯然還活著，我猜她也很安全。我只想做這件事，現在我已經辦到，我可以去幫助艾塞列公爵，那是我該做的事。」

這的確令她稍稍吃驚，但她克制住。

「你不……我以為你會幫我們。」她沉靜地說，不是在請求，而是質疑。「那把匕首。我在查爾斯公爵家中看到你做的事。你可以替我們找到安全的避難所，對不對？你可以幫我們逃走？」

「我要走了。」威爾說著站起來。

她伸出手。臉上掛著悲傷微笑，聳聳肩，點點頭，彷彿技巧高超的對手，在棋盤上走了一步好棋——她的肢體語言這麼說。威爾發現自己很喜歡她，因為她很勇敢，也因為她彷彿是更複雜、華美和深沉版的萊拉。他無法不喜歡她。

他握握她的手，發現夫人的手堅定、冰冷又柔軟。她轉向金猴子，金猴子從頭到尾都坐在她身後，兩人交換一個表情，威爾一頭霧水。

她面帶微笑轉頭。

「再見。」威爾說。

夫人也輕聲說：「再見，威爾。」

他離開洞穴，知道她的目光會追隨自己，他沒回頭。阿瑪不知道躲到哪裡去了。他順著來時路返回，沿著小徑而行，直到聽見瀑布聲。

「她說謊。」三十分鐘後，他對歐瑞克說。「她當然在說謊。即使說謊只會讓事情對她不利，她還是要說謊，她實在太愛說謊，改不過來。」

「那你有何計畫？」熊王問，他正躺在太陽下做日光浴，肚皮攤在岩間一片雪上。

威爾來回踱步，心中不確定是否可以再次用赫丁頓的老把戲：用匕首進入另一個世界，到萊拉沉睡處的相應位置，切開回到這世界的窗口，將她拉到安全的世界，最後關上窗口。這是顯而易見的方法，他為什麼遲疑呢？

巴瑟莫知道原因。他恢復天使原形，在陽光下如迷濛熱氣般發亮，他說：「去見她是件傻事，現在你一心只想再見她一面。」

歐瑞克發出一聲低沉咆哮。起先威爾以為他在警告巴瑟莫，後來才有點尷尬地發覺，熊王同意天使的說法。截至目前為止，他們兩個一直對彼此不理不睬，因為兩者風格迥然不同，但顯然他們對此看法一致。

雖然威爾面露不豫，但這是實情。他已被考爾特夫人迷住，一切思緒都與她有關：他想到萊拉時，就猜想萊拉長大後是否會像她母親；他想到教會，則納悶有多少神父和主教受到她蠱惑；他想到自己死去的父親，則猜想不知道父親會輕視她還是崇拜她；他想到自己母親時……

他感到一陣心痛。他離開熊王，站在一塊可以俯瞰整座山谷的岩石上。清朗空氣中，遠方傳來「叩叩」的砍柴聲，模糊鐵鈴聲從一隻羊頸間傳來，還有遠處下方樹頂摩挲聲。他清楚看到地平線上最微小的山脈縫隙，彷彿兀鷹在好幾哩外，盤旋在垂死生物上方。

毫無疑問，巴瑟莫說的沒錯。那女人對他施了咒。想想那雙動人眼睛和甜美聲音，的確讓人心曠神怡、想入非非，又想到她手臂抬起將頭髮往後撥的模樣……

他掙扎了一會兒，終於回過神來，聽到另一種聲音：從遠方傳來的嗡嗡聲。

他轉身想找到聲音來源，發現聲音來自北方，也就是歐瑞克來的地方。「飛船。」熊王說，把威爾嚇了一大跳，他沒聽見熊王接近。歐瑞克站在他身旁注視相同方向，接著用後腳站立，身形拔高為威爾的整整兩倍，密切地注視著。

「有幾艘？」

「八艘。」熊在一分鐘後說，接著威爾也看到了：一排小點。

「你知道它們多久後會到這裡嗎？」威爾問。

「天黑後不久。」

「所以我們無法在全然黑暗中進行，真可惜。」

「你有什麼打算？」

「打開一個開口，把萊拉帶到另一個世界，在她母親追來前關上開口。那女孩有喚醒萊拉的藥，但她解釋得不清不楚，所以她必須和我一起到洞穴裡。我不希望讓她陷入危險，或許你可以在我們行動時，吸引夫人的注意力。」

熊王發出咕嚕一聲，閉上雙眼。威爾四下尋找天使，看到他在午後光霧中的身影。

「巴瑟莫，現在我要回到森林裡，找個安全的地方打開第一個開口。我需要你幫我守護，在她……或她的精靈靠近時告訴我。」

巴瑟莫點點頭，舉起翅膀抖落水珠，接著高飛進入冷空氣，在山谷上滑翔，威爾則開始尋找一個可以讓萊拉安全的世界。

嘎嘎作響、不斷輕晃的領航飛船內，蜻蜓開始在雙艙壁中孵化。薩瑪琪夫人在電子藍蜻蜓破繭前彎身，撥開蜻蜓潮溼細薄的翅膀，小心讓自己的臉首先出現在蜻蜓的複眼前，撫慰牠伸展翅脈，輕聲呢喃這個發光生物的名字，教導牠自己是誰。

幾分鐘後，塔利斯騎士也會對他的繭重複相同的動作。現在，他正忙著在磁石共振器上傳送一則消息，全神貫注在弓及手指的運動。

致洛克公爵：

我們預估三小時後抵達預定山谷。教會風紀法庭打算一降落就派一個小隊到洞穴中。小隊分為兩組。第一組直搗洞穴，殺死孩子，砍下她的頭為證。如果可能，他們也會逮捕那女人，雖然他們更可能殺死她。

第二組會活捉男孩。

剩餘軍力將和歐剛威王的旋翼機纏鬥。他們估計所有旋翼機會在飛船抵達不久後出現。根據您的命令，薩瑪琪夫人和我將迅速離開飛船，直接飛到洞穴，我們會設法護衛那女孩，對抗第一組人員，不讓他們靠近，直到援軍出現為止。

敬候您的回覆。

答案幾乎立刻出現。

致塔利斯騎士：

根據你的報告，計畫將有變動。

那孩子若橫死，會是最糟的後果，為防敵人殺死她，你和薩瑪琪夫人應與男孩合作。既然他有匕首，他就有主導權。如果他打開另一個世界，將女孩一起帶入，你們就跟隨他們進入。隨時隨地跟在他們身邊。

塔利斯騎士回答：

致洛克公爵：

我們收到並了解您的訊息。夫人和我將立刻動身。

小間諜關上共振器，將儀器收拾好。

「塔利斯，」黑暗中傳來低聲，「牠開始孵化了，你最好現在就過來。」

他迅速跳到支柱上，他的蜻蜓正掙扎著來到這個世界，他輕輕撥開破碎的繭，摸摸蜻蜓凶猛的腦袋，舉起牠潮溼捲曲沉重的觸角，讓這生物品嘗他皮膚的味道，直到完全服從他的命令為止。

薩瑪琪將隨身攜帶的鞍具放在蜻蜓身上左右調整：蜘蛛絲轡繩、鈦金屬鐙具、幾乎毫無重量的蜂鳥皮鞍座。塔利斯也如法炮製，將皮繩環繞住蜻蜓身體，一邊拉緊，一邊調整。蜻蜓會一直戴著鞍具，直到死亡來臨那一刻。

塔利斯迅速將背包甩到肩上，劃破飛船表面的防水油布。就在他身旁，夫人已騎上蜻蜓，正鼓勵蜻蜓穿越窄小縫隙，進入呼嘯陣風中。她擠過時，蜻蜓修長脆弱的翅膀顫抖著，接著飛行喜悅凌駕一切，牠倏忽飛入空中。幾秒鐘後，塔利斯在狂暴空中加入薩瑪琪，他的坐騎正熱切地想對抗迅速漫來的薄暮。

兩人在冰凍氣流中迴旋攀升，片刻後才辨識出正確方向，將航道對準山谷。

第十二章 斷裂

他逃亡時仍不斷回頭，
彷彿恐懼仍尾隨在後。
——艾德蒙・史賓塞（Edmund Spenser）

夜幕低垂。

艾塞列公爵在堅固堡壘中徘徊，全副心思都集中在磁石共振器旁的小身影、傳送出的每則訊息，還有油燈下小方石盒接收到的消息。

歐剛威王在旋翼機艙中，從加里維剌人那裡得知重要訊息後，很快便想出對付教會風紀法庭之道。領航員將一些數字寫在紙片上，交給飛行員。目前關鍵就是速度，如果他們的部隊能先降落，就會使事態改觀。旋翼機速度比飛船快，但他們還是遙遙落後。

教會風紀法庭飛船上，瑞士護衛隊正打理裝備。他們的十字弓在五百碼內都能予以致命一擊，弓手上膛後，可在一分鐘內連射十五發。箭的角質尾翼呈螺旋狀，給予箭頭旋轉力，也使這種武器像來福槍一樣準確。當然，這種武器無聲無息，可能會是極大優勢。

考爾特夫人在洞口躺著，金猴子滿心焦躁，充滿挫折感，蝙蝠在黑夜降臨後已離開，沒有東西可以折磨。他在夫人睡袋旁窺伺，用角質小手指抓住偶爾停在洞穴中的螢火蟲，將冷光抹在岩石上。

萊拉燥熱地躺著，幾乎同樣焦慮不安，卻昏睡不醒。一小時前，她被母親強行灌入的藥關在悶熱遺忘中。有個夢已伴隨她很長一段時間，現在這個夢又回來了，她因自憐、憤怒及萊拉式決心而低聲啜泣，胸膛和喉嚨隨之起伏，使臭鼬潘拉蒙同情地磨牙。

不遠的森林小徑上，大風搖晃松木，威爾和阿瑪沿著小徑前往洞穴。威爾設法向阿瑪解釋他會怎麼做，可是她的精靈一點也聽不懂，威爾切開一個開口給她看時，阿瑪嚇得魂飛魄散，幾乎暈厥。威爾得冷靜移動，輕聲細語，才能讓她待在身旁，因為她拒絕把藥粉給他，甚至不告訴他如何使用。最後，他只能簡單下令：「非常安靜地跟我走。」希望她能做到。

武裝熊歐瑞克也在附近，等著攔截從飛船下來的士兵，讓威爾有足夠時間行動。兩人都不知道艾塞列公爵軍隊也逐漸接近：風不時將遠處喧鬧聲吹到熊王耳中，雖然他知道飛船引擎聲，但從沒聽過旋翼機聲，也搞不清楚那是什麼。

巴瑟莫原本可以告訴他們，可是威爾又開始替他擔心。現在他們已找到萊拉，天使也退回自身哀傷中，變得沉默寡言、三心二意又陰陽怪氣。這也使威爾更難和阿瑪溝通。

他們在小徑停步，威爾對空氣叫道：「巴瑟莫？你在哪？」

「這裡。」天使死氣沉沉地說。

「巴瑟莫，請待在我身邊。靠近一點，告訴我哪裡有危險。我需要你。」

「我還沒遺棄你呢。」天使說。

威爾只能從他口中聽到這句話。

遠處半空的狂風中，塔利斯和薩瑪琪在山谷上空高飛，試圖找到洞穴。蜻蜓會完全聽命行事，但身體不能抗寒，況且牠們在狂風中巍巍搖顫。兩名騎士指引牠們低飛，在林間尋求庇護，並在樹枝間前進，試著在逐漸黯淡的天色裡尋找方向。

威爾和阿瑪在多風月色下，匍匐到離洞口最近，但不在洞口視線範圍之處。他在小徑旁枝葉茂密的灌木叢後打開一個窗口。

威爾唯一能找到具有相同地面結構的世界，單調多岩。月光從星子密布的空中注視漂白成骨白色的大地，小小昆蟲匍匐著，在靜寂中發出摩擦和咿咿聲。

阿瑪跟著威爾穿過窗口，拇指和食指激烈移動，以便在這惡魔出沒的陰森之處保護自己，她的精靈很快就適應這地方，變成一隻蜥蜴，在岩石上迅速爬行。

威爾發現一個問題。一旦他在考爾特夫人洞穴中打開窗口，照射在骨白色岩石的皎潔月光也會像燈籠一樣射入洞穴。他得迅速打開窗口，把萊拉拉過來，立刻關上窗口。他們可以在這世界喚醒她，比較安全。

他站在耀眼斜坡上，對阿瑪說：「我們動作一定要快，要絕對安靜。不能出聲，連悄悄話也不能說。」

阿瑪雖然非常害怕，但了解這點。小藥粉包就在她胸前口袋中，她檢查過十幾次，和精靈演練這項任務無數次，確定即使在完全黑暗中也駕輕就熟。

兩人爬到骨白色岩石上方，威爾小心測量距離，估計他們可能已在洞穴中。

他拿出匕首，打開一個足以窺看的小窗口，不比他用拇指和食指圍成的圓圈大。

他趕快用眼睛填住洞口，避免月光流瀉。從洞口看去，沒錯，估計正確。他看得到前方洞口、夜空下深色岩石、考爾特夫人沉睡的身形、精靈金猴子躺在她身旁。他甚至可以看到猴子尾巴疏懶地拖在睡袋上。

威爾改變角度，進一步觀看萊拉躺的岩石後方。他看不到她，難道太接近了？他關上窗口，退後一、兩步，又打開一個。

萊拉不在那裡。

「聽著，」威爾對阿瑪和她的精靈說：「那女人移走她了，我看不到她在哪裡，我必須穿過洞穴，四處看看找她，我一找到她，就會切開另一個開口，所以往後站，別擋路，這樣我回來時才不會意外割到妳。如果我沒回來，就到我們先前進來的窗口等著。」

「我們應該一起進去，」阿瑪說：「因為我知道該怎麼叫醒她，你不知道，我也比你更清楚那個洞穴。」

她看起來非常固執，雙脣緊抿、雙拳緊握。她的精靈找到一根翎頜，慢慢舉到頸間。

威爾說：「噢，好吧。但我們要很快穿過，安安靜靜，而且妳要立刻照我說的話做，知道嗎？」

阿瑪點點頭，又拍拍口袋，確定藥包還在。

威爾打開一個低矮開口窺看，迅速將開口放大，跪著疾爬過窗口。阿瑪緊跟在後，窗口在十秒鐘內關上。

他們蹲在洞穴中的大岩石後頭，鳥形巴瑟莫也在他們身邊。他們花了些時間才從原先那個月光普照的世界，重新適應眼前這世界。洞穴內更暗了，又充滿聲響，主要是樹間風聲，但下方還有別的聲音。那是飛船咆哮的引擎聲，距離不遠。

威爾右手拿著匕首，小心平衡住自己，四下張望。

阿瑪依樣畫葫蘆，貓頭鷹精靈正左右觀望。可是萊拉顯然不在洞穴這一頭。

威爾從岩石後抬頭，看向遠處洞口，考爾特夫人和她的精靈正熟睡著。

他的心忽然一沉。萊拉躺在那裡，在熟睡中伸展身體，人就躺在夫人身旁。她們的身影和黑暗融為一體，難怪他先前沒看到她。

威爾碰碰阿瑪的手，指指那方向。

「我們只能很小心地進行。」他低聲說。

外面出事了。飛船咆哮聲遠比林間風聲嘈雜，燈光也四下移動，穿越上方樹枝照射下來。他們愈快把萊拉帶離這裡愈好，這意味著現在就必須衝到她身旁，在夫人醒來前切出一個開口，把她拉到安全處，再關上窗口。

他低聲對阿瑪描述，她點點頭。

威爾正要前進時，夫人忽然醒來。

她稍微移動又說些什麼，金猴子立刻跳起。威爾看到猴子在洞口處的剪影，全神貫注地蹲坐著，夫人自己也坐起來，手遮在眉上，擋住外面的光線。

威爾左手緊握住阿瑪手腕。夫人起身，裝扮齊全，輕巧自如，全身戒備，一點也不像熟睡過。或許她一直都清醒著。她和金猴子蹲在洞口內，眼觀四面、耳聽八方：飛船燈光在樹頂上掃射，四下充滿引擎轟隆聲和叫聲，男性警告或發號施令的聲音，顯示他們前進速度快得驚人。

威爾捏捏阿瑪手腕，自己開始向前衝，同時注視地面以免摔倒，他彎身快跑。他跑到沉睡的萊拉身邊，潘拉蒙蜷曲在她頸間，威爾舉起匕首細心感覺，一秒鐘後他就可以打開開口，將她拉進安全的地方……

他卻抬頭注視考爾特夫人。她默默轉身，空中刺目強光反射在潮溼穴壁上，也照亮她的臉龐，頃刻間，那根本不是夫人的臉，而是他母親的臉，彷彿正在斥責他，他的心因悲傷而沮喪。他將匕首往前刺時，心已離開匕首尖端，匕首一扭發出碎裂聲，化成碎片跌落地上。匕首斷裂了。

現在他甚至不能切出開口逃走。

他對阿瑪說：「叫醒她。現在就叫。」

威爾站起來打算搏鬥，準備先勒死那隻猴子。他全身肌肉緊繃，手上仍握著刀柄，若猴子一躍，他至少可以用此攻擊。

金猴子或考爾特夫人都沒採取行動，夫人只是稍微移動，讓外面的光照進來，照亮她手中手槍。她這麼做時，光線也照到阿瑪身上：她將藥粉撒在萊拉上唇，看著萊拉吸入藥粉，並用精靈的尾巴當刷子，把藥粉撒入萊拉鼻孔內。

威爾聽到外面聲響忽然改變：除了飛船咆哮聲外，還有另一種聲音。這聲音聽來很熟悉，像是來自他自己世界的干擾，接著他認出那是旋翼機喧鬧聲。接著出現一架又一架旋翼機，無數燈光掃過風林間，形成四散的綠色光點。

新聲音出現時，夫人立即轉頭，但短促得讓威爾無法跳過去奪走手槍。而金猴子眼眨也不眨地怒視威爾，蹲著準備隨時起跳。

萊拉開始移動、呢喃。威爾彎下來捏她的手，阿瑪的精靈蹭蹭潘拉蒙，抬起他沉重腦袋，低聲對他說話。

外面傳來一聲叫喊，一個男人從空中跌落，離洞口不到五碼，接著傳來一聲讓人毛骨悚然的落地聲。夫人不為所動，冷靜注視那人，又轉頭看看威爾。不久，上方傳來來福槍聲，猛烈的射擊戰瞬間展開，天空中充滿爆炸聲、火焰劈啪聲和砲擊爆裂聲。

萊拉掙扎著想恢復意識，她喘氣、歎息、呻吟，想坐起身子，卻只是虛弱地向後倒，潘拉蒙打呵欠、伸懶腰，跳到另一個精靈身上，又笨手笨腳地摔倒，因為他的肌肉無力。

威爾則在洞穴地面小心翼翼找尋匕首碎片。他沒時間思考匕首為什麼斷裂、匕首能否修補，但他是匕首人，必須將匕首安全收妥。他每發現一塊碎片，就異常謹慎地拾起、放入皮鞘，體內每根神經都想到他的斷指。他可以輕易找到斷片，因為洞外光線反射到金屬身上，匕首一共碎成七片，最小一片是匕首尖端。威爾撿起所有碎片，然後轉身試圖弄清楚外面的戰況。

飛船正在樹頂某處來回穿梭，人們也從繩索上滑下，可是大風使駕駛很難穩定船體。此時，第一架旋翼機已來到峭壁上方。那裡的空間一次只允許一架旋翼機降落，非洲來福槍手必須從岩表爬下，結果其中一人被搖擺飛船中的幸運弓手一擊中的。

這時，雙方都已有人員落地。有些人在半空中被射殺，更多人受傷，分別躺在峭壁或樹間。但沒有一方抵達洞穴，因此洞中最有力的一方是考爾特夫人。

威爾壓過所有噪音叫道：

「妳要怎麼辦？」

「俘虜你。」

「當人質？他們為什麼會在意我？他們會殺光我們所有人。」

「有一方會在意。」她說：「但另一方我不確定。我們希望非洲人打贏。」

她似乎很開心，從外頭照進的強光中，威爾看見她臉上充滿喜悅、生命和活力。

「妳弄斷匕首了。」他說。

「我沒有。我希望匕首完好無缺，我們才能逃走。是你自己弄斷匕首。」

萊拉迫切的聲音響起：「威爾？」她喃喃說：「是威爾嗎？」

「萊拉！」他叫道，趕快跪在她身邊。阿瑪正扶她坐起來。

「發生什麼事了？我們在哪裡？噢，威爾，我做了一個夢……」

「我們在洞穴裡。別動太快，妳會頭暈。小心點，讓力氣恢復。妳睡了好多天。」

她的眼皮仍然沉重，又因打個大呵欠而肌肉緊張，可是她恨不得馬上醒來。威爾扶她站起來，將她的手臂繞在肩上，支撐住她。阿瑪溫順羞怯地看著，這奇怪的女孩已經醒來，她為她擔憂。威爾滿心高興聞著萊拉睡意濃濃的體息：她人在這裡，活生生的。

他們坐在岩石上。萊拉伸出手來揉揉眼睛。

「威爾，發生什麼事？」她低聲說。

「阿瑪用藥幫妳醒來。」他低語，萊拉轉身面向女孩，首次注意到她。萊拉把手放在阿瑪肩上表示感激。「我盡快趕來，」威爾繼續說：「但有些士兵也來了，我不知道他們是誰。我們會盡快離開。」

洞外一片嘈雜和混亂：飛船正用機關槍掃射一架旋翼機，來福槍手從峭壁頂端跳下，旋翼機也爆炸成一團火球，不僅殺死機員，也妨礙其他旋翼機降落。

此時，另一艘飛船在山谷下找到一塊空地，飛船上下來的弓箭手正朝小徑跑來增援。考爾特夫人從洞口盡可能注意戰情發展，她用雙手支撐舉起手槍，小心瞄準後發射。威爾看到槍口一閃，但外面的爆炸和槍砲聲讓他什麼都聽不見。

威爾心想，要是她再開一次槍，我就衝上去撞倒她。他轉身要把這意圖輕聲告訴巴瑟莫，天使卻不在身邊。相反，威爾驚慌地發現，巴瑟莫退縮到洞穴牆邊，恢復天使模樣，發抖啜泣。

「巴瑟莫！」威爾心焦地說：「別這樣，他們無法傷害你！你必須幫我們！你可以戰鬥……你自己知道……你不是膽小鬼……我們需要你……」

天使還來不及回答，另一件事發生了。

考爾特夫人突然放聲尖叫，彎身抓住腳踝，金猴子也在半空中抓住什麼，開心地狂叫。有個聲音……女人的聲音……但不知怎地異常微弱……猴子掌心中有聲音傳來：

「塔利斯！塔利斯！」

一個微小的女人，比萊拉的手還小，猴子已在拉扯她一隻手臂，女人痛苦地狂叫。阿瑪知道猴子不把手臂扯下不會停止。威爾看到手槍從夫人手中掉落，便一躍而前。

他一把抓住手槍，夫人卻躺著不動。威爾注意到這奇怪僵局。

金猴子和夫人都動也不動。夫人臉上因痛苦憤怒而扭曲，卻不敢動，站在她肩上的是個微小的男人，後腳跟正靠在夫人頸邊，手纏住她的頭髮，威爾訝然地看到他後腳跟有根發光角質刺，知道這是夫人先前大叫的理由。他一定刺了她的腳踝。

小男人無法繼續傷害考爾特夫人，因為他的同伴在金猴子手中，金猴子也不能傷害她，免得小男人將毒刺插入夫人咽喉上的頸動脈。沒人敢動。

夫人深深吸口氣，用力吞嚥以控制痛楚，她淚水盈眶地轉向威爾，鎮靜地說：「所以，威爾主人，你看我們現在該怎麼辦？」

第十三章 塔利斯和薩瑪琪

憂鬱的夜籠罩沙漠，
我閉上眼睛，
讓月光照亮丘壑。
——威廉・布雷克

威爾手握沉重手槍，往側邊一掃，將金猴子從蹲憩處打落，不但猴子大吃一驚，也使考爾特夫人呻吟出聲。金猴子手一鬆，那小女人趁機掙扎逃開。

她迅速往岩石一跳，男人也從夫人身上跳開，兩人行動就像蚱蜢一樣敏捷。三個孩子根本沒時間驚訝。男人很掛念女人，他溫柔地摸摸同伴肩臂，迅速擁抱她後對威爾叫道：

「你！小男孩！」他說，音量雖小，卻如成年男子般低沉，「你有匕首嗎？」

「當然有。」威爾說。如果他們不知道匕首已經斷裂，他也不打算告訴他們。

「你和那女孩必須跟我們走。另外那小孩是誰？」

「阿瑪，村裡來的。」威爾說。

「叫她回村子去。現在就走，瑞士人快來了。」

威爾沒有遲疑。不管這兩人意圖為何，他和萊拉可從他在下方小徑灌木叢後打開的窗口逃走。

他扶萊拉站起來，好奇地觀看兩個小身影跳到……那是什麼？鳥嗎？不，是蜻蜓，幾乎與他的前臂同長，牠們一直在黑暗中等待。大夥齊向洞口衝去，考爾特夫人就躺在那裡。加里維刺人的毒刺造成的痛苦和困倦，幾乎令她昏厥，但他們經過她身邊時，她仍伸出手叫道：

「萊拉！萊拉，我的女兒，我親愛的寶貝！萊拉，別走！別走！」

萊拉痛苦地低頭看她，但仍跨過母親身上，鬆開夫人抓住她腳踝的虛弱雙手。夫人開始哭泣，威爾看到她臉頰上泛著淚光。

三個孩子蹲在洞口旁，等槍聲短暫中斷時，跟著蜻蜓往下方小徑衝去。空中光線已改變：除了飛船冷冽的電子探照燈外，還有橘色火焰躍動。

威爾再度回頭。耀眼光中，夫人的臉龐彷彿希臘悲劇面具，她的精靈悲慘地抓著她，夫人跪著伸出手臂，哭道：

「萊拉！我親愛的萊拉！我的寶貝，我的小孩，我唯一的小孩！噢，萊拉，萊拉，別走，別離開我！我親愛的女兒……妳把我的心都撕碎了……」

萊拉痛哭發抖，畢竟考爾特夫人是她僅有的母親，威爾看到兩行清淚滑下女孩臉頰。他必須狠下心來。蜻蜓騎士飛到他頭邊，督促他們快走，他拉著萊拉的手，帶領她低身跑過小徑，遠離洞穴。威爾握著考爾特夫人手槍的左手，正因先前對金猴子出擊而流血。

「爬到峭壁頂，」蜻蜓騎士說：「向非洲人投降，他們是你們唯一的希望。」

威爾心中想著那些尖銳利刺，雖然一點也不打算服從，仍一言不發。他只想去一個地方——灌木叢後的開口。他低頭快跑，萊拉和阿瑪也跟在身後。

「站住！」

有個男人，不，三個身穿制服的男人在小徑前方擋住去路：手持十字弓的白人，還有狂吠的狼狗精靈，是瑞士護衛隊。

「歐瑞克！」威爾立刻叫道，他可以聽到熊王在不遠處撞擊咆哮，也聽到那些碰到他的倒楣士兵尖叫、吶喊。

突然，有人不知從哪裡出現幫助他們：巴瑟莫，一團奮不顧身的朦朧氣體，猛然投身到孩子和士兵之間。男人驚訝後退，看著這個幽靈在他們眼前漸漸發光成形。

但他們是受過訓練的軍人，一會兒，他們的精靈跳向天使，在陰暗天色中露出雪白利齒；巴瑟莫怯懦了，他因恐懼和羞恥放聲大叫，開始退縮，最後用力拍打翅膀，一飛沖天。威爾驚慌地看著他的嚮導兼朋友的身影向上疾飛，消失在樹頂間。

萊拉只是茫然注視一切。整個過程不過兩、三秒鐘，卻足以讓瑞士人重新整隊，隊長舉起十字弓，威爾別無選擇：他舉起手槍，右手放在槍托上，扣下扳機，爆破振動他的骨頭，子彈卻命中對方心臟。

軍人向後一仰，彷彿被馬狠狠踢到。兩個小間諜也對另外兩人發動攻擊，威爾還來不及眨眼，他們就從蜻蜓身上往受害者身上一跳。女人找到脖子，男人找到手腕，各自用腳後跟往後快速一刺。兩名隊員痛苦地倒抽一口氣，立刻魂歸九天，他們的精靈也在狂嚎中消失。

威爾跳過那些屍體，萊拉也跟著他努力快跑，潘拉蒙在他們腳邊變成飛奔的野貓。阿瑪哪裡去了？威爾心想。此時，他看到阿瑪正朝另一條小徑狂奔。他想，現在她安全了。不久，他在灌木叢後方看到窗口的暗淡微光，他捉住萊拉手臂，將她往那方向拉。兩個孩子臉上都是刮傷，衣服被樹枝勾住，腳踝也被樹根和岩石絆到。他們終於找到窗口，跌跌撞撞進入另一個世界。耀眼月光下，骨白色岩石上，只有昆蟲嘰吱聲打破無邊沉默。

威爾第一個反應是捧腹作嘔，因極端嫌惡而一再嘔吐。他已經殺了兩人，更別提天使塔上的年輕人……威爾不想這麼做。直覺使他的身體開始作嘔，導致乾嘔、吐酸水、痛苦難耐，他又跪又吐，直到腸胃和心都掏空為止。

萊拉在一旁無助地看著他，一面把潘抱在胸前搖晃。

威爾終於稍稍復原，他向四處看看，很快發現他們在這世界並不孤單，那對小間諜也在，還把包裹放在附近地上。蜻蜓則在岩石上飄蕩，一口咬住飛蛾。男人替女人按摩肩膀，兩人都嚴肅地看著孩子：眼神精亮如火，情緒清楚寫在臉上。不管他們是誰，這對雙人小組絕不容小覷。

他對萊拉說：「喏，探測儀在我背包裡。」

「噢，威爾，你真的幫我找回探測儀——發生什麼事？你找到父親了嗎？還有我的夢，威爾，你絕對無法相信我們該做些什麼，噢，我甚至不敢想像……探測儀真的完好如初，你一路把它安全地帶來給我……」

萊拉滔滔不絕，甚至不等威爾回答。她一次次旋轉探測儀，手指撫觸她瞭如指掌的儀器：沉重金屬、平滑水晶和凸出的轉輪。

威爾心想：它會告訴我們怎麼修好匕首！

他卻先說：「妳還好吧？妳會不會餓？口渴嗎？」

「我不知道……有點，但不很餓，反正……」

「我們先離開這窗口，」威爾說：「免得他們找到，穿過來。」

「沒錯。」萊拉說。他們一起往斜坡上前進，威爾背著背包，萊拉高興地拿著探測儀小袋。威爾從眼角瞄到兩個小間諜也跟著他們，但保持距離，也沒有恐嚇意圖。

在斜坡頂端邊緣有塊岩架可提供庇護，他們坐在下面，先謹慎檢查有沒有蛇，然後共享一些水果乾和威爾水壺中的水。

威爾低聲說：「匕首斷掉了，我不知道怎麼發生的，可能因為考爾特夫人做了或說了什麼，使我想到母親，匕首因此扭曲或卡住，還是……我不知道到底怎麼回事。但是我們得先修復它，不然會動彈不得。我不要那兩個小小人知道這事，只要他們以為我還能使用匕首，我就會占上風。我想妳可以問問看探測儀，或許吧，然後……」

「對呀！」萊拉立刻說：「對呀，我來問。」

萊拉拿出黃金儀器，移到月光下，以便看清指針。她將頭髮往耳後撥（威爾看過她母親做出同樣的動作），開始熟稔地旋轉轉輪，潘拉蒙也變成小老鼠，坐在她膝上。這沒有她想像中簡單，或許月光欺人。她必須將探測儀轉個一、兩次，眨眨眼，圖案才變得清楚些，接著她感受到了。

萊拉幾乎還沒開始，就興奮地倒抽一小口氣，長針晃動時，她發亮的雙眼注視威爾。但探測儀還沒說完呢，她注視著探測儀，開始皺眉，直到長針靜止。

她把探測儀放到一旁，說：「歐瑞克？威爾，他在附近嗎？我想我聽到你叫他，但以為自己只是在幻想。他真的在這裡嗎？」

「對，他能修復匕首嗎？探測儀這麼說嗎？」

「噢，威爾，他可以處理任何有關金屬的事！不僅是武器，他也可以製作精緻小東西……」

萊拉告訴他，歐瑞克替她做的小錫盒可關住飛行間諜。「可是他在哪裡？」

「在附近，我呼喚他時他應該會來，不過他顯然正在作戰……還有巴瑟莫！噢，他當時一定嚇壞了……」

「誰？」

威爾稍加解釋，感到臉上因羞愧而發燙，心裡明白天使的感覺。

「等會兒我會多告訴妳一些有關他的事，好奇怪……他告訴我好多事，我以為我都聽得懂……」威爾將手穿入髮間，然後揉揉眼睛。

「你一定要告訴我每一件事，」萊拉堅定地說：「自她抓住我後的每一件事。噢，威爾，你不會又流血了吧？你那可憐的手……」

「沒有。我父親治好了。傷口在我打中金猴子時裂開，不過不礙事。他給我一些他做成的膏藥……」

「你找到你父親了？」

「沒錯，那天晚上，就在山上……」

威爾讓萊拉清洗傷口、從角質小盒中舀出新鮮膏藥塗上，一面告訴萊拉事情經過：他和一個陌生人打架、兩人在女巫的箭射中他父親的同時了解了真相、他怎麼和天使相遇、前往洞穴的旅程、和歐瑞克相遇。

「這些都發生在我睡覺時呀……」她訝異地說：「威爾，你知道嗎，我想她對我很好……可能吧……我想她從未想傷害我……她做了很多壞事，但……」

萊拉揉揉眼睛。

「噢，但是我的夢……威爾，我也說不出到底有多奇怪！就跟我在解讀探測儀時一樣，那種清晰和了解深邃得摸不到底，卻又清晰見底。

「那……記得我跟你提過我朋友羅傑嗎？他被吞人獸抓走，我想法救他，結果愈弄愈糟，反而讓艾塞列公爵殺死他。

「唉，我看到他了。我在夢中又看到他，只是他已經死了，是鬼魂，他就像對我招手一樣，不斷呼喚我，只是我聽不見。他不要我死掉，不是那樣。他要和我說話。

「而……是我把他帶到斯瓦巴。他死在那裡是我的錯。我回想起我們從前在約旦學院裡玩，我跟羅傑在屋頂上、城裡每個角落、市場、河邊，還有泥床……我、羅傑和別的小孩……後來我到波伐格想把他平安帶回家，卻愈搞愈糟。如果我不向他說對不起，是不對的，這一切行動就完全等於白費。威爾，你看，我得向他道歉。我要進入冥界找他，然後……然後說對不起。我不管之後會發生什麼事。然後我們可以……我可以……之後一切便無所謂了。」

威爾說：「那個冥界會不會像這世界、像妳我和其他世界一樣？是我可以用匕首到達的世界？」

萊拉注視著他，對這想法訝異萬分。

「妳可以問問看嘛，現在就問。」他繼續說：「問問看那世界在哪裡、我們怎麼去。」

萊拉彎向探測儀，揉揉眼睛仔細觀看，手指開始迅速移動。一分鐘後就找到答案。

「但那是個奇怪的地方，威爾……很奇怪……我們真的可以嗎？我們真的可以到冥界嗎？但是……我們的哪個部分可以進去？因為我們死時，精靈就會消失……我看過他們消失……還有我們的身體，唉，不是就留在墳墓中腐爛嗎？」

「那一定還有第三個部分。一個完全不同的部分。」

「對！我想一定是這樣！」萊拉興致勃勃地說：「因為我可以思考我的身體，也可以思考我的精靈……所以一定還有一個部分做這些思考的事！」

「對呀，是鬼魂！」

萊拉目光熠熠，說：「或許我們能把羅傑的鬼魂帶出來。或許我們可以拯救他。」

「或許吧。我們可以試試看。」

「對呀，我們可以試試看！」萊拉馬上說：「我們可以一起去！那正是我們該做的事！」

威爾心想，除非我們能先修復匕首，不然一切免談。

等他想清楚一切，胃也舒服些後，就坐起來召喚那些小間諜。他們正在附近一個小儀器上忙碌著。

「你們是誰？」他說：「你們是哪一方的人？」

男人完成工作後，蓋上一個不比胡桃長的小木箱，看來有點像小提琴盒。女人先開口。

「我們是加里維刺人，我是薩瑪琪夫人，我同伴是塔利斯騎士。我們是艾塞列公爵的間諜。」

她站在離威爾和萊拉三、四步遠的岩石上，月光下看來清晰明亮，小小的聲音十分清楚低沉，充滿自信。她穿著某種銀色材質的寬鬆裙子、綠色無袖上衣，有刺的腳上沒穿鞋，和男人一樣。男人衣飾也是類似的顏色，但袖子很長，寬大褲子到小腿中央。兩人看起來強壯、能幹、無情又驕傲。

「你們是從哪個世界來的？」萊拉問：「我從沒看過像你們這樣的人。」

「我們的世界出現和你們世界一樣的問題。」塔利斯說：「我們是亡命之徒，領袖洛克公爵聽到艾塞列公爵發動革命，便起而效命。」

「那和我有什麼關係？」

「我們要把妳帶到妳父親那裡，」薩瑪琪夫人說：「艾塞列公爵派遣歐剛威王的軍隊去營救妳和男孩，打算把你們帶到他的堡壘。我們是來幫你們的。」

「啊，如果我不去我父親那裡呢？如果我不信任他呢？」

「我很遺憾聽到這點，」她說：「但這是我們的任務：把妳帶去給他。」

萊拉再也忍不住：一想到這些小小人想逼她做任何事，她不禁放聲大笑。萊拉錯了。女人突然開始移動，一把逮住潘拉蒙，用手狠狠握住他的老鼠身體，後腳跟碰觸他的腿。萊拉倒抽一口氣，就像波伐格的人抓住潘時的震撼——沒有人可以碰觸別人的精靈，這違反常理。

萊拉看到威爾也用右手一把抓住男人，緊握住他的雙腿，使他無法使用利刺。威爾緊握不放。

「又是僵局，」夫人鎮靜地說：「男孩，放下騎士。」

「先放走萊拉的精靈，」威爾說：「我沒心情和妳爭辯。」

萊拉毛骨悚然地看著威爾隨時準備將加里維刺人的腦袋往岩石上砸去。那兩個小小人也知道。

薩瑪琪的腳一離開潘拉蒙的腿，他馬上掙脫她的掌握，變成一隻野貓，憤慨地嘶叫、毛髮豎立、尾巴擊地。他露出的牙距夫人的臉只有一掌之遙，但她只是冷冷地注視他。過一會兒，潘拉蒙轉身跑回萊拉懷中，變成一隻貂。威爾小心將塔利斯放回岩石上的同伴身邊。

「妳應該放尊重點，」騎士對萊拉說：「妳是個魯莽又傲慢無禮的孩子，今晚有好幾個勇敢的人為了救妳而犧牲。妳最好有點禮貌。」

「是，」她謙遜地說：「對不起，我會有禮貌，真的。」

「至於你……」他轉向威爾，繼續說。

但威爾打斷他的話：「至於我，我不會讓人那樣對我說話，所以省省吧。尊重應該是互相的。現在仔細聽著，你們不是這裡的老大，我們才是。如果你們要留下來幫忙，就要照我們的話做。否則，你們現在就回艾塞列公爵那裡。沒有爭論的餘地。」

萊拉看到兩人怒髮衝冠，可是塔利斯看著威爾放在皮帶旁皮鞘上的手。萊拉知道騎士以為威爾的匕首還在，所以他比他們強大。不論如何，他們絕對不能知道匕首已經斷裂。

「很好，」騎士說：「我們應該幫你們，這是我們的任務。但是必須讓我們知道你們打算做什麼。」

「很公平，」威爾說：「我會告訴你們。我們休息過後，會再回到萊拉的世界，我們打算找一個朋友。一隻熊。他離我們不遠。」

「武裝熊？」薩瑪琪說：「很好，我們看見他作戰。我們會幫你們找到熊，接下來你們一定要和我們到公爵那裡。」

「好，我們到時候就會跟你們走。」萊拉一本正經地撒謊。

潘拉蒙稍微鎮定後，萊拉讓他爬到肩上變形。大夥說話時，他變成一隻蜻蜓，與那兩隻在空中飄蕩的蜻蜓一般大小，並飛上天加入牠們。

「那毒藥，」萊拉轉身面對加里維刺人說：「我的意思是，你刺裡的毒致命嗎？你刺到我母親考爾特夫人，對不對？她會死嗎？」

「那只是輕輕一刺，」塔利斯說：「如果用足毒藥才會致命，沒錯，輕輕一刺只會讓她大半天覺得虛弱昏睡。」

還會痛徹骨髓，騎士心知肚明，可是沒明說。

「我要私下和萊拉說話，」威爾說：「我們要離開一會兒。」

「你用那把匕首，可以切開一個世界進入，不是嗎？」騎士說。

「你不相信我？」

「不相信。」

「好吧，那我把匕首放在這裡。沒有匕首我就沒轍了。」

他解開皮鞘放在岩石上，和萊拉走到可以看到加里維刺人的地方。塔利斯謹慎地看看匕首刀柄，沒有碰觸。

「我們必須容忍他們，」威爾說：「等匕首一修復，我們就溜之大吉。」

「威爾，他們動作那麼快，」她說：「他們會毫不留情地下手殺死你。」

「我只希望歐瑞克可以修好匕首。我先前不了解我們有多需要它。」

「他會的。」萊拉自信地說。

她看著潘拉蒙在空中滑翔、俯衝，就像其他蜻蜓一樣咬住小飛蛾。他不能像另外兩隻蜻蜓一樣飛那麼遠，但他就像牠們一樣矯捷，身上圖案也更鮮豔。萊拉舉起手來，潘拉蒙停在上面，修長透明的翅膀顫動著。

「你認為我們睡覺時可以信任他們嗎？」威爾問。

「可以。他們很凶猛，但我認為他們很誠實。」

他們回到岩石邊，威爾對加里維刺人說：「我要睡覺了。我們早上再動身。」

騎士點點頭，威爾立刻蜷曲身體，沉沉入睡。

萊拉坐在他身邊，潘拉蒙變成一隻貓，暖呼呼地坐在她腿間。威爾多幸運呀，現在她可以清醒地照顧他！他的確天不怕、地不怕，萊拉對此萬分佩服；但他不擅長說謊、背叛和欺騙，這對她卻像呼吸一樣自然。一想到這點，她就覺得溫暖、高尚，她是為了威爾才這麼做，不是為了自己。

萊拉打算再看看探測儀，卻訝然發現自己累得彷彿先前那段日子都一直清醒，未曾沉睡似的。她在附近躺下，合上眼睛，只打個小盹，她在睡著前向自己擔保。

第十四章
真相大白

缺乏喜悅的勞動是可鄙的，
缺乏悲傷的勞動是可鄙的，
缺乏勞動的悲傷是可鄙的，
缺乏勞動的喜悅是可鄙的。
——約翰・羅斯金（John Ruskin）

威爾和萊拉睡了一整夜，直到日上三竿才睜開眼睛。他們幾乎同時醒來，心中想著同一件事：他們四下張望時，發現塔利斯騎士在一旁安靜守護。

「教會風紀法庭的軍隊已經撤退，」他告訴他們：「考爾特夫人在歐剛威王手上，正前往艾塞列公爵那裡。」

「你怎麼知道？」威爾坐起來問，感到全身僵硬，「你穿過窗口回去嗎？」

「沒有，我們利用磁石共振器聯絡，我向指揮官洛克公爵報告我們的對話，」塔利斯對萊拉說：「他同意我們和你們一起去找那隻熊，一旦你們碰面後，就要和我們一起離開。從現在起，我們是聯盟，我們會盡可能幫忙。」

「好，」威爾說：「那我們一起用餐，你們能吃我們的食物嗎？」

「可以，謝謝。」夫人回答。

威爾拿出僅剩幾塊桃乾、過期的扁黑麥麵包和大家一起分享。當然，間諜吃得不多。

「至於水，這世界似乎四周一滴也沒有，」威爾說：「必須等我們回去，才能喝水。」

「那我們最好趕快回去。」萊拉說。

她先拿出探測儀來，不像昨天晚上，她現在終於可以看清盤面。但經過漫長睡眠，她的手指變得緩慢僵硬。她詢問山谷裡還有無危險，答案是「無」。士兵皆已離開，村民也待在家中，因此他們準備出發。

窗口在沙漠的耀眼空氣中看起來異常詭異：通往深深遮蔭的灌木叢，一塊濃厚綠意懸掛空中，看似一幅畫。加里維刺人想仔細看看，訝然發現從後方看去窗口根本不存在，只有從側面看去時才會倏然出現。

「我們一穿過去，我就要關上它。」威爾說。

萊拉試著捏上窗口，可是她的手指根本找不到邊緣；間諜即使手指精緻細膩，也無能為力。只有威爾可以精確找到邊緣，俐落快速地關上窗口。

「你可以用匕首進入幾個世界？」塔利斯問。

「不管幾個都行。」威爾說：「沒人會有足夠時間找到答案。」

他把背包甩到身後，帶領一夥人往森林小徑前進。蜻蜓享受新鮮溼潤的空氣，像針般在光線間穿梭；頭頂上樹木不像先前搖晃得那麼厲害，空氣涼爽又平靜。他們猛然看到一架旋翼機的扭曲殘骸懸掛樹梢時，不禁駭然。非洲駕駛員的屍體纏繞在安全帶上，半吊懸在門外。他們繼續前進，又發現飛船的焦黑殘骸——煤灰色布條、燒焦支柱和管狀物、破碎玻璃，以及屍體：三人燒成煤渣，四肢扭曲伸展，似乎仍恫嚇著要戰鬥到底。

這些只是跌落小徑附近的士兵，還有些屍體和更多殘骸掉落在峭壁上與更下方的林間。兩個孩子震驚又沉默地穿越大屠殺戰場，蜻蜓上的間諜只是冷靜地四下張望，他們對戰鬥已習以為常，只注意到戰事如何進行、哪方損失最慘重。

來到山谷頂端，樹木漸漸稀疏，一道彩虹瀑布也隨之顯現，他們停下來暢飲冰冷泉水。

「我希望那小女孩沒事，」威爾說：「如果她沒搖醒妳，我們絕逃不掉。她還特別向一位聖者討取藥粉。」

「她沒事，我昨晚問過探測儀。」萊拉說：「不過她以為我們是惡魔，很怕我們。她可能希望一開始就沒有多管閒事，但是她很安全。」

他們順著瀑布邊緣往上攀爬，先將威爾的水壺灌滿，再穿越高原進入山脊，探測儀告訴萊拉歐瑞克所在位置。

他們辛苦攀爬了一整天，這對威爾是小事，對萊拉卻是折磨，她經過漫長沉睡後，四肢虛弱柔軟，但她情願咬斷舌頭，也不想承認自己有多難受。她跛著腳，緊閉雙唇，發抖著跟隨威爾的腳步，一言不發。只有正午坐下休息，威爾離開去小解時，她才低聲抽噎。

薩瑪琪夫人說：「休息吧。疲倦並不可恥。」

「可是我不要讓威爾失望！我不要他認為我很虛弱，還拖累了他。」

「他絕不會這樣想。」

「妳不了解，」萊拉粗魯地說：「妳不了解他，就像妳不了解我一樣。」

「但我知道誰的行為很無禮，」夫人平靜地說：「現在聽我的話，好好休息。把精力省下來走路。」

萊拉一心想反抗，可是夫人閃閃發光的刺在陽光下格外清晰，所以她閉口不言。

騎士打開磁石共振器盒。萊拉的好奇心克服了怨恨，上前觀看他在做什麼。那儀器看來像陰暗灰黑石頭製成的小段鉛筆，置放在小木箱中，騎士像小提琴手一樣，用一支小弓掃到末端，手指沿著表面按下幾個點。那些點毫無標誌，所以看來彷彿是隨意碰觸，但從騎士臉上專注的神情，及行動中確定的流暢感來看，萊拉知道那和她解讀探測儀一樣，是種需要技巧的費力過程。

幾分鐘後，間諜將弓拿開，拿起一副耳機。耳機的耳罩比萊拉小指甲還小，緊緊裹住電線一端，環繞在石頭末端的銷栓上，電線延伸到另一個銷栓，末端也包裹著。他開始操縱這兩個銷栓和兩者間的電線張力，顯然可以聽到送出訊息的回音。

「這是怎麼產生作用的？」騎士結束後，萊拉問他。

塔利斯看看她，彷彿判斷她是否真感興趣，最後他說：「妳的科學家——妳是怎麼稱呼他們？實驗神學家吧——知道一種叫量子糾纏的作用。意思是指兩個粒子具有相同特質時才可以並存，因此，不管之間距離有多遠，一個粒子發生什麼作用時，另一個粒子也會同時發生。嗯，在我的世界中，我們有種方法，可以讓一塊磁石的所有粒子糾纏，然後一分為二，兩部分便可以相互共振。這個磁石的互補部分在洛克公爵手上，他就是我們的指揮官。我用弓操縱這塊磁石時，另一塊也發出相同聲音，因此我們可以互相溝通。」

騎士收妥所有東西，對夫人說了些話。夫人走近他，他們稍微離開便於交談，雖然潘拉蒙變成貓頭鷹，將大耳朵朝著他們的方向，萊拉仍無法聽到他們在說什麼。

威爾回來後，他們繼續前進。隨著時間消逝，他們走得更慢，小路變得更陡峭，雪線也更近。他們在嶙峋山谷中又休息了一次，連威爾都看得出萊拉已奄奄一息：她跛行嚴重，面色如灰。

「讓我看看妳的腳，」他對她說：「如果起水泡，我可以為妳敷上一些膏藥。」萊拉的腳看起來的確很糟糕，她讓他用血苔膏藥塗抹時，閉上眼睛，咬緊牙關。

騎士也很忙碌，幾分鐘後，他收好磁石共振器，說：「我告訴洛克公爵我們的位置，等妳和朋友說過話後，他們會派遣一架旋翼機將我們接走。」

威爾點點頭，萊拉根本不在意騎士的話。她虛弱地坐正，穿上鞋襪，再度啟程。

一小時後，山谷大部分已籠罩在陰影中，威爾開始懷疑他們能否在夜色降臨前找到落腳處，萊拉突然如釋重負地開心大叫：

「歐瑞克！歐瑞克！」

她比威爾先看到熊。熊王仍在一段距離之外，白色毛皮在雪堆間並不顯眼。但萊拉聲音在山間回響時，他轉過頭，向上嗅嗅，開始沿著山坡朝他們衝下來。

熊王不理會威爾。他讓萊拉抱住他的頸子，萊拉把臉埋在他的毛皮間，熊王開始低聲咆哮，威爾甚至可以從腳底感覺到聲音。萊拉知道那是熊王喜悅之情，一時忘了腳上的水泡和虛弱。

「噢，歐瑞克，親愛的歐瑞克，真高興能看到你！我以為再也見不到你了……尤其是在斯瓦巴之後……發生了那麼多事……史科比先生很安全嗎？你的王國還好嗎？只有你一個人在這裡嗎？」

小間諜消失了。那一刻，在逐漸黯淡的山中，天地間似乎只剩下他們三人：男孩、女孩和大白熊。熊王彎下身子，萊拉爬到他背上，驕傲快樂地騎在上面，讓她親愛的朋友載她走完到達洞穴的最後一段路程，彷彿她從來就不想到其他地方似的。

威爾卻另有所思，他沒聆聽萊拉和歐瑞克的對話。忽然，他聽到萊拉悲痛叫喊，說：「史科比先生……噢，不！噢，這樣太殘忍了！他真的死了嗎？歐瑞克，你確定？」

「女巫告訴我，他出發尋找一個名叫古曼的人。」熊說。

威爾開始細細聆聽，巴魯克和巴瑟莫曾告訴他一些相關的事。

「發生什麼事？誰殺了他？」萊拉說，聲音在發抖。

「他作戰至死。他攔截住整個莫斯科維小隊，讓那人逃走。我找到他的屍體，他勇敢戰死了。我會替他復仇。」

萊拉開始放聲大哭，威爾不知道該說什麼，那陌生人犧牲自己拯救他父親，萊拉和熊似乎都認識史科比並深愛他，威爾卻對他一無所知。

歐瑞克轉身往洞口走去，與冰雪相比，洞穴看來十分黑暗。威爾不知道間諜在哪裡，心裡清楚他們就在附近。他想安安靜靜對萊拉說話，但他得先知道加里維刺人在哪兒，並確定他們沒有暗中竊聽。

威爾將背包放在洞口，疲倦地坐下。在他身後，熊王正在生火，萊拉雖然悲傷卻好奇地觀望。歐瑞克左前掌舉起一塊類似鐵石的小岩石，對著地上一塊相似石頭重擊三、四次。每次都會爆發出一些火星，火星完全按照歐瑞克引導的方向，落在一堆小樹枝碎片和乾草上。很快，火苗出現了，歐瑞克沉穩地放上一塊塊圓木，直到火勢開始熊熊燃燒為止。

空氣已轉為冷冽，孩子們很高興能有火堆，而更好的東西也隨之出現：一塊肉，可能是羊腰肉。當然，歐瑞克吃的是生羊肉，但他將那塊帶骨肉穿在尖銳棍子上，替孩子炙烤。

「歐瑞克，在山裡打獵容易嗎？」萊拉問。

「不容易。我的子民不能住在這裡。我錯了，但我還是很慶幸能找到妳。現在妳有什麼計畫？」

威爾環視洞內。他們就近坐在火堆旁，火光在熊王毛皮上映出溫暖的黃色和橙色。威爾看不到間諜，可是他別無選擇，他必須問熊王。

「歐瑞克王，我的匕首斷裂了……」他的眼神掃過熊王後方，說：「不行，等等。」他指著牆壁大聲說：「如果你們也在聽，就出來大大方方聽，不要窺探我們。」

萊拉和歐瑞克轉身看他在對誰說話。小男人從陰影中出現，在光線下冷靜地站在比孩子頭部稍高的岩架上。歐瑞克開始咆哮。

「你們沒得到歐瑞克允許就進入洞穴。」威爾說：「他是國王，你們只是間諜。你們應該尊重他。」

萊拉很高興聽到這點。她滿心歡喜地看著威爾，覺得他又凶猛又傲慢。

騎士滿臉不悅地看著威爾。

「我們一直都向你們坦誠，」他說：「這樣欺騙我們真是可恥。」

威爾站起來，萊拉心想如果他有精靈，那一定是母老虎，一想像那隻憤怒的老虎，她忍不住退後些。

「如果我們欺騙你們，那也是情非得已，」威爾說：「如果你們知道匕首已經斷裂，還會同意來此嗎？當然不會。你們會用毒刺讓我們失去意識，然後尋求支援，綁架我們，帶給艾塞列公爵。所以，塔利斯，我們必須用計騙你們，你們也只好忍耐了。」

歐瑞克說：「這是誰？」

「間諜，艾塞列公爵派來的。」威爾說：「昨天他們幫我們逃脫，如果他們站在我們這邊，就不該躲起來偷聽我們說話。如果他們這麼做，就沒資格提可恥不可恥。」

間諜的眼神如此凶惡，似乎打算不理睬毫無防備的威爾，直接攻擊歐瑞克。可是塔利斯心裡清楚自己錯了，只能鞠躬道歉。

「陛下。」他對歐瑞克說，歐瑞克又低吼一聲。

騎士滿懷恨意地盯著威爾，一臉蔑視又警告地瞧瞧萊拉，對歐瑞克則抱持冷漠謹慎的敬意。他清晰的五官使這些表情栩栩如生，明亮無比，彷彿有道光打在他身上。他身邊，薩瑪琪夫人也從陰影中出現，她完全漠視兩個孩子，對熊王表示謙恭。

「歐瑞克王，請原諒我們，」她對歐瑞克說：「藏匿習慣很難改變，我同伴塔利斯騎士和我——薩瑪琪夫人，置身敵人陣營已久，這只是出於習慣，因此忽略對您致上合理敬意。我們伴隨這男孩和女孩，確保他們能平安抵達艾塞列公爵處。我們沒有其他目的，當然也不會有傷害您的意圖。」

即使歐瑞克王納悶這小生物能如何傷害他，也不動聲色，不僅因為他的表情生來難以摸透，也因為他修養極好，夫人的措詞又相當得體。

「下來坐在火邊，」歐瑞克說：「如果你們餓了，這裡有充分的食物。威爾，你剛才提到匕首。」

「是，」威爾說：「我以為這件事不可能發生，但匕首真的斷裂了。探測儀告訴萊拉說您可以修復。我很想更有禮地詢問您，不過事情就是這樣：歐瑞克，您能修好它嗎？」

「讓我看看。」

威爾將碎片從皮鞘中抖出來，放妥在岩石地上，小心翼翼地將碎片推移到正確位置，一片不缺。萊拉舉起一根燃燒的樹枝，歐瑞克憑藉火光彎身細查每塊碎片，用龐大熊掌輕觸、高舉，左右旋轉、檢查裂處。威爾對這些巨大黑爪的靈巧歎為觀止。

歐瑞克又坐起來，他的頭抬高到陰影中。

「可以。」他說，精確回答問題後卻不再多說。

萊拉懂得他的意思，就問：「啊，那你願意修嗎？你一定不相信這有多重要……如果不能修好，我們就會有大麻煩，而且不僅是我們……」

「我不喜歡這把匕首，我擔心它能做出的事。」歐瑞克說：「我從沒見過這麼危險的東西。最致命的作戰武器和這把匕首相比，也只是小玩具，這把匕首能造成的傷害無窮無盡。如果當初沒製造出來，情況就會好多了。」

「但有了它……」威爾開始說。

歐瑞克沒讓他說完，繼續說：「有了它，你可以做出奇怪的事。你不知道的是，這把匕首自己會做出什麼。你的意圖或許是好的，可是這把匕首也有它自己的意圖。」

「那怎麼可能？」威爾說。

「工具的意圖就是工具的作用。鐵鎚意圖錘打，虎鉗意圖緊握，槓桿意圖抬起，這是製造工具時的目的。但有時一項工具可能有你不清楚的意圖。有時工具做出你想做的事時，你也會做出匕首想做的事，卻渾然不知。你看到匕首最尖銳的邊緣了嗎？」

「沒有。」威爾說。的確，刀鋒尖端如此細緻尖銳，連肉眼都無法捕捉它的存在。

「那你怎麼知道它做的每件事？」

「我不知道。但我還是得盡力用它來做好事。如果我什麼也不做，就會比一無是處還不如，我會內疚的。」

萊拉仔細聆聽，她見歐瑞克仍不甘願，便說：

「歐瑞克，你知道波伐格的人有多邪惡。如果我們輸了，他們會繼續那麼做。更何況，如果我們沒有匕首，他們也可能會設法得到它。歐瑞克，我第一次遇到你時，根本沒聽過匕首，其他人也沒聽過，但現在我們知道了，我們必須自己使用——我們無法不用，不然就太過軟弱，也犯了錯，就像是把匕首交給他們，對他們說：『歡迎使用，我們不會阻止你們。』沒錯，我們不知道匕首到底會做什麼，但我可以問探測儀，對吧？這樣我們就會知道。我們可以好好思考，而不只是猜測和擔心。」

威爾不願提到他自己最關切的原因：如果無法修復匕首，他就永遠回不了家，再也看不到母親。她永遠不會知道發生了什麼事，她會認為他就像父親一樣拋棄她。匕首會直接造成他和父親遺棄他母親的結局。他一定要利用匕首回到母親身邊，否則永遠也不會原諒自己。

歐瑞克沉默良久，只轉頭向外凝視夜色。最後他緩緩起身，走到洞口仰望星子：有些星星和他知道的北方星子相同，有些卻很陌生。

在他身後，萊拉在火堆上轉動肉塊，威爾則觀察傷口是否癒合。塔利斯和薩瑪琪也安靜地坐在岩架上。

歐瑞克轉過身。

「很好，雖然我覺得這是個錯誤。但要我修復有個條件，」他說：「我的子民沒有神祇、鬼魂和惡魔。我們活過後死去，如此而已。人類的事只會帶給我們憂傷和苦惱，但是我們有語言，我們發動戰爭、使用工具，或許我們也該選邊站。但是通盤了解勝過一知半解。萊拉，讀妳的探測儀，了解妳這個要求的意義，若到時妳還是要這把匕首，我就修復它。」

萊拉立刻拿出探測儀，靠近火堆邊以看清探測儀表面。閃爍火光使閱讀有些困難，或許是煙霧飄進眼裡，使她讀得比平常還久。她眨眨眼、歎口氣，回過神後，表情有些為難。

「我從沒看過這麼難懂的答案。它說了很多事，我想我也都懂。至少我認為我懂。它先提到平衡。它說匕首有害也有益，這是種非常脆弱微妙的平衡，最微小的意念或想望都會使平衡傾向一邊……它指的是你，威爾，你的想望或意念，只是它沒說什麼才是好或壞的意念。

「然後……它說好，」萊拉說，眼光閃過間諜，「它說好，動手修復匕首。」

歐瑞克定定凝視萊拉，點一點頭。

塔利斯和薩瑪琪也爬下來，靠近仔細觀看，萊拉說：「歐瑞克，你需要更多燃料嗎？我和威爾可以去多找一些，沒問題。」

威爾了解萊拉的意思：遠離間諜，找機會說話。

歐瑞克說：「下方小路第一個岔口，有座灌木叢有些帶樹脂的樹木。盡可能多搬一些樹枝上來。」

萊拉一躍而起，威爾也和她一起離開。

月光瑩瑩，覆雪小路上有淺淺足跡，空氣冷冽刺骨。兩人精神都為之一振，不覺充滿希望、生氣勃勃。他們直到遠離洞穴後才開始說話。

「探測儀還說了什麼？」威爾問。

「它還提到一些事，那時我不懂，現在我還是不懂。它說匕首會導致『塵』之死，又說那是唯一可以使『塵』存活的方法。威爾，我不懂。它又說匕首非常危險，還不斷提到這點。它說如果我們……你知道……我想的……」

「進入冥界……」

「對呀……如果我們真的進去……它說我們可能永遠回不來。威爾，我們可能無法倖存。」

威爾一言不發，他們嚴肅地沿路前進，一面找尋歐瑞克說的灌木叢，一面沉思可能面對的狀況。

「不過，我們還是得進去，」他說：「對不對？」

「我不知道。」

「我的意思是，現在我們知道了，妳必須和羅傑說話，我必須跟我父親說話。現在，我們必須進去。」

「我好害怕。」她說。

威爾知道她絕不會向別人承認這點。

「探測儀有說如果我們沒去會怎樣嗎？」他問。

「將只會剩下空虛和茫然。威爾，我真的不懂。可是我認為它是說，即使異常危險，我們還是得想辦法拯救羅傑。但這和我在波伐格拯救他的情況不同，那時我不知道自己在做什麼，真的，我只是啟程出發，而且非常幸運。我是指那時有很多人可以幫忙，像吉普賽人和女巫。這次我們要去的地方，沒人可以幫我們。我還看到……在夢裡，我看到……那地方……那裡比波伐格更糟糕……那也是我很害怕的原因。」

「我害怕的是，」一分鐘後威爾說，看也不看她一眼。「是被困在某個地方，再也看不到我媽。」

有段記憶憑空浮現：當時他年紀還很小，那是在媽媽的毛病出現前，有天他生病了。黑暗中，媽媽似乎一整晚都坐在床邊，唱著童謠、說著故事，只要她聲音還在，他就知道自己安全了。他現在絕不能拋棄她。他不能！如果有必要，他會照顧她一輩子。

萊拉彷彿知道他在想些什麼，親切地說：

「對啊，沒錯，那一定很糟糕……你知道，我媽，我一直都不了解……我只是自己這樣長大，真的。我不記得有什麼人抱過我或摟住我，我再怎麼回想也只有我和潘拉蒙……我不記得羅斯黛太太曾那樣對我，她只是約旦學院的女管家，只在乎我乾不乾淨，那是她唯一關心的事，噢，還有言行舉止……但是在洞穴裡，威爾，我真的覺得……噢，真奇怪，我知道她做過很糟糕的事，可是我真的感覺她很愛我，在照顧我……她一定以為我快死了，睡個不停……我猜我一定是得了什麼病……但她從未停止照顧我。我記得自己醒來過一、兩次，她把我抱在懷裡……我真的記得，我很確定……如果我有孩子，我也會那樣做。」

所以她不知道自己為什麼一直長睡。他該不該告訴她，背叛那樁回憶，彷彿那只是虛幻？不，他當然不能這麼做。

「是那座灌木叢嗎？」萊拉說。

月光耀眼得足以照清每片樹葉。威爾折斷一根小樹枝，一種強烈松脂味沾在他手指上。

「我們什麼事都別跟那兩個小間諜說喔。」萊拉附加一句。

他們收集滿懷樹枝，朝上走回洞穴。

第十五章 鍛造匕首

當我穿行地獄之火，洋溢天才喜樂……

——威廉．布雷克

此時，加里維剌人正在討論匕首的事。兩人多疑地和歐瑞克修好後，爬回岩架上以免礙事。火焰爆裂聲開始響起，劈啪聲和竄高的火花也瀰漫在空中。塔利斯說：「我們絕不能離開他一步，等匕首修復好，我們一定要如影隨形跟著他。」

「他太警覺了，隨時注意我們的一舉一動。」薩瑪琪說：「那女孩比較信任別人，我認為我們可以獲得她的信任。她比較天真，很容易喜歡別人，我們可以從她下手。塔利斯，我認為我們該這麼做。」

「可是他有匕首，他才是匕首人。」

「沒有她，他哪裡都不會去。」

「但如果他有匕首，她就必須跟隨他。我想等匕首一修復完成，他們就會用匕首溜到另一個世界，甩掉我們。妳注意到她正要多說些什麼時，他是怎麼阻止她說下去嗎？他們有什麼神祕目的，和我們要他們做的一定不同。」

「我們就拭目以待吧。塔利斯，我想你說的沒錯。無論如何，我們一定要跟在男孩身邊。」

歐瑞克在臨時工作室中擺出工具時，加里維刺人不禁滿腹狐疑。艾塞列公爵堡壘的軍需工廠裡，那些擁有鼓風熔礦爐、滾動銑床、電子鍛鐵爐和液壓機的強壯工人，一定會對這個火堆、石鎚和以歐瑞克一片盔甲製成的鐵砧笑掉大牙。但熊王開始衡量整個任務，舉止間有某種自信，使小間諜注意到一種不容輕視的特質。

萊拉和威爾帶著樹枝回來後，歐瑞克吩咐他們小心將樹枝放在火堆上。他仔細檢查每根樹枝，從一邊轉到另一邊，指示萊拉或威爾將樹枝放在不同角度，或把樹枝折斷，放在不同邊緣。這使火勢開始熊熊燃燒，能量都集中在一側。

此刻，洞穴內熱氣驚人，歐瑞克持續加強火勢，又叫兩個孩子多跑兩趟收集樹枝，確保燃料充足。

熊王將地上一塊小石頭翻轉過來，告訴萊拉去多找一些同樣的石頭。他說，這些石頭受熱時，會產生一種氣體環繞刀鋒，把空氣隔離在外。如果熾熱金屬和冷空氣接觸，就會吸收若干空氣，而削弱應有的鋒利。

萊拉出發找尋，有潘拉蒙貓頭鷹眼的幫助，很快就找到十幾塊。歐瑞克教她如何安置石頭、擺在哪裡，並用帶葉樹枝示範如何搧出特定通風氣流，以確保氣體在匕首上均勻流動。

威爾則負責火勢，歐瑞克花了好幾分鐘教他，確定他了解原理。這些都必須憑藉精確安排，歐瑞克不可能老停下來糾正每個步驟，威爾必須了解一切才能稱職。

再者，威爾不能期待匕首修復後，會和原先一模一樣。新匕首會比較短些，因為每片刀鋒斷片都得稍微重疊，才能將整把匕首鍛造出來。雖然有石頭氣體幫助，匕首表面還是會稍微氧化，有些色澤會因此消失；刀柄無疑會燒黑，可是刀鋒仍如往常一般鋒利，也可以運用自如。

威爾注視火焰沿著樹枝燃燒，雖然不斷流淚，手也燻黑，仍調整每根新樹枝，直到熱度高達歐瑞克的要求為止。

歐瑞克則忙著碾磨搥打一塊拳頭大小的岩石。他淘汰了幾塊，最後才找到重量適中的岩石。熊王強力敲擊使岩石逐漸成形，愈趨光滑，而撞擊岩石時的無煙火藥味，也隨著原先的煙味，衝到居高臨下的兩個間諜鼻中。連潘拉蒙也變得非常積極，他變成烏鴉，鼓動雙翼，使火勢燃燒得更快些。

最後，石鎚終於達到歐瑞克的要求，他先將奧祕匕首的兩片斷刃放在熊熊燃燒的木柴上，又叫萊拉開始搧動石頭氣體。熊王觀察一會兒，白色長臉在火光下看來紅光滿面。威爾注意到金屬表面開始發光，由亮紅轉黃，繼而變白。

歐瑞克謹慎觀看，他的熊掌已經伸出，準備隨時攫出斷片。一會兒後，金屬又變色了，表面變得光透發亮，還產生一種如煙火散發出來的火花。

歐瑞克開始移動。右掌快速伸入，先抓起第一片，然後是第二片，龐大熊爪抓住後放在一塊鐵片上，那原先是他盔甲的背甲。威爾聞到熊爪燒焦味，歐瑞克卻毫不在意，他迅速調整角度，使斷片重疊，然後高高舉起左掌，用石鎚開始敲擊。

在強力撞擊下，刀尖在岩石上彈起，威爾想到他下半輩子都得靠那片三角形小金屬片，那可以在原子間找出縫隙的刀尖，他的神經開始緊繃，感覺到每道火焰閃光，和在金屬晶格間鬆動的每個原子。整個過程展開前，他一直以為只有在大規模熔礦爐、最精緻的工具和儀器下，才能處理匕首。現在，眼前這些都是最精良的工具，而歐瑞克的技巧恰可比美一流熔爐。

歐瑞克在鏗鏘聲中咆哮，「在心中握住不動！你也必須鍛造！這是我的工作，也是你的工作！」

威爾感覺整個人都在熊王拳中石鎚重擊下顫抖。第二片斷刃也已經加熱，萊拉用帶葉樹枝將熱氣搧動到浸潤在火光中的斷刃，隔絕想吞噬鐵片的空氣。威爾可以感覺這一切，他感到金屬原子在熔爐間相互連接，形成新的結晶，連結完成後，原子也在無形晶格內如接合點般強化、伸展。

「邊緣！」歐瑞克咆哮，「拉直刀鋒邊緣！」

歐瑞克意指用心思拉直刀鋒邊緣。威爾立刻照辦，起先感到微小阻礙，在刀鋒邊緣臻至完美排列時，也感到稍微輕鬆些。這片斷刃連結完成後，歐瑞克轉而處理下一片。

「新石頭！」他對萊拉叫道，萊拉把第一塊石頭撞開，將第二塊石頭放在原處加熱。

威爾檢查燃料，將樹枝折為兩截以利引導火勢。歐瑞克又開始用鎚頭敲擊。此時，威爾的任務也新添複雜面，他必須將新的斷刃和前兩片掌握在最精準之處，他知道只有精確做到這點，才能幫歐瑞克修復匕首。

工作繼續進行。威爾不知道究竟會持續多久。萊拉手臂痠痛、雙眼流淚、皮膚焦紅，體內每根骨頭都因疲憊而痠痛，可是她仍照歐瑞克指示放置每塊石頭，虛弱的潘拉蒙也快速舉起翅膀，在火焰上拍打。

終於要處理最後一段接合了，威爾的頭開始嗡嗡作響，他也因全神貫注過久而勞累不堪，幾乎無法將另一根樹枝放到火中。他得了解每個接合處，否則匕首就無法連接。最後，到了最複雜、也是最終接合部分——幾近完成的匕首必須與殘留在刀柄上的斷片連接——如果他無法再專注意識將它和其他部分相連，那麼匕首就會斷裂，使歐瑞克前功盡棄。

熊王也感受到這點。他在加熱最後一片刀鋒前暫停片刻。他看看威爾，威爾也看看他，熊王眼中一無所有，沒有表情，只有無底黑色亮光。儘管如此，威爾心中了解：對他們每個人，這都是項艱困的工作。

這對威爾來說就夠了。他回神注意火勢，開始想像刀柄斷裂末端，專注凝神在最後、最困難的部分。

他、歐瑞克及萊拉全神貫注鍛造匕首，威爾不知道最後接合處花了多久，在歐瑞克敲下最後一擊時，威爾感到原子連接住斷處，最後的微小部分一固定住，他便身子一軟，癱在洞穴地上，讓疲倦吞噬了他。一旁的萊拉也沒好到哪兒去，雙眼晶亮，充滿血絲，頭髮滿是煤灰和煙味，歐瑞克也頭重腳輕地站著，好幾處毛皮已燒焦，黑色煤灰條紋在豐厚奶油白毛上留下印子。

塔利斯和薩瑪琪兩人則輪流睡覺，總有一人保持警覺，現在薩瑪琪清醒，塔利斯沉睡。匕首冷卻，由紅轉灰，最後成為銀色，威爾要伸手抓住刀柄，薩瑪琪一手放在同伴肩上搖醒他，他立刻進入警戒狀態。

威爾沒有碰觸匕首，匕首溫度仍過高，無法掌握，他只是將掌心靠近。小間諜在岩壁間鬆了一口氣，歐瑞克則對威爾說：

「到外面來。」

他又對萊拉說：「留在這裡，不要碰觸匕首。」

萊拉坐在鐵砧旁，匕首正在上面冷卻，歐瑞克叫她悶住火勢，別讓火燒光——還有最後一項步驟呢。

威爾跟隨巨熊外出來到黑暗山邊。經過先前在洞穴中的大火，現在寒意瞬間襲來，益發刺骨。

「他們不該製造那把匕首，」他們走了一小段路後，歐瑞克說：「或許我不該修復它。我覺得很苦惱，我從沒這麼困擾、疑慮過，現在我心中充滿疑慮。疑慮是人類的產物，不是熊的東西。如果我也逐漸變成人類，一定是哪裡出錯，有什麼壞事發生。我卻使這事更糟。」

「那第一隻熊打造出第一片盔甲時，不也同樣很糟糕？」

歐瑞克沉默了。他們走到一大塊積雪前，歐瑞克躺在裡面東翻西滾，雪花飄上暗空，看起來彷彿他自己也由雪堆成，是這個世界雪的化身。

歐瑞克打完滾，站起來劇烈抖動，他看到威爾還在等他回答問題，便說：

「對，我認為那可能也是件壞事。可是在第一隻武裝熊出現前，沒有先例。我們對之前歷史一無所知，習俗從此開始。我們的習俗既穩固又確實，我們一成不變地遵守習俗。沒有習俗，熊的天性會變得脆弱，就像沒有甲冑，熊的血肉不受保護一樣。

「但我認為修復這把匕首，使我跨出熊的本性之外，我想自己就像雷克森一樣愚蠢。時間會做出判決，但我很不確定，且滿心質疑。現在你一定要告訴我：這把匕首為什麼會斷裂？」

威爾用雙手揉揉疼痛不已的腦袋。

「那女人看著我，我以為那是我母親的臉，」他說，試著老實回想那段經歷，「匕首突然碰到什麼切不開的東西，我的心同時在逼迫匕首切入拉出，結果它就斷了，我想就是這樣。那女人知道自己在做什麼，我很確定。她非常聰明。」

「你說到匕首時，說的是你父母。」

「是嗎？對……我想是吧。」

「你打算用匕首做什麼？」

「我不知道。」

突然，歐瑞克對威爾用力一撞，還用左掌狠狠賞他一巴掌，力道之大，使威爾瞬間跌入雪中，隨即向下滾動，最後終於在斜坡某處停住，他的頭開始轟轟作響。

歐瑞克慢慢走到威爾掙扎起身的地方，開口說：「老實回答。」

威爾很想說：「要是我手裡有那把匕首，你就不會這樣對我。」他知道歐瑞克對此心知肚明，也知道歐瑞克明白威爾清楚這件事，但這麼說會失禮又愚蠢。不過，威爾仍然想說。

威爾一言不發，站直身子，正對著歐瑞克。

「我會說我不知道，」他說，設法使聲音聽起來很鎮靜，「是因為我還沒想清楚下一步行動，如此而已。我很害怕，萊拉也很害怕。反正，我一聽到她那麼說，就同意了。」

「說什麼？」

「我們想要下冥界去，跟萊拉的朋友羅傑說說話，就是在斯瓦巴死掉的那個小孩。如果真有冥界，那我父親也會在那裡，如果我們能跟鬼魂說話，我想跟他說話。

「但我的心快裂開了，左右為難，我想回去照顧我媽，因為我做得到，但我父親和天使巴瑟莫都告訴我，我該到艾塞列公爵那裡幫他，我想他們說的可能也沒錯……」

「那天使溜走了。」熊說。

「他不是戰士。他已盡全力，最後再也無法繼續。他不是唯一害怕的人，我也害怕，所以我得把事情想清楚。或許有時我們不做正確的事，是因為錯事看起來比較危險，我們不想看起來很害怕，所以挺身做錯事，只因為錯事較危險。比起做出正確判斷，我們更擔心被視為膽小鬼。這真的很難，這也是我沒有回答你的原因。」

「我懂了。」熊說。

他們默默站著，感覺好像很久很久，尤其是威爾，他身上幾乎沒有禦寒衣物。可是歐瑞克還沒說完，威爾遭撞擊後感覺虛弱昏眩，他不太相信自己的雙腳，就站著不動。

「唉，我也妥協不少，」熊王說：「或許，幫助你也為我的王國帶來最終毀滅；或許我就算沒這麼做，毀滅也會遲早出現，或許我拖延毀滅的時間。我很苦惱，做出一些不是熊該做的事，還像人類一樣揣測質疑。

「我必須告訴你一件事。你已經知道了，但你不想這麼做，所以我得把話講明，你才不會誤解。如果你想達成任務，就不能再想著你母親，你必須將她放在一邊。如果你老是三心二意，匕首還是會斷裂。

「現在我要和萊拉道別。你在洞穴裡等著，那兩個間諜不會讓你離開他們的視線，我不想讓他們聽到我對她說什麼。」

威爾的胸腔和喉嚨都鼓鼓脹脹，卻說不出話來。最後他勉力說出：「謝謝你，歐瑞克．拜尼森。」這是他唯一能說出的話。

他和歐瑞克爬上斜坡，回到洞穴，在四周無邊黑暗中，火光仍溫暖地照耀。

歐瑞克展開修復奧祕匕首的最後一項步驟。他把匕首放入更亮的煤渣中，直到匕首開始發光。威爾和萊拉看到百種顏色在金屬煙霧深處旋轉，時機成熟時，歐瑞克叫威爾拿起匕首，直接放到洞外的積雪中。

紫檀刀柄已燒焦變黑，威爾用一件襯衫把手裹了又裹，照著歐瑞克的話做。在蒸氣嘶響和閃光中，他感覺原子終於安定下來，他知道匕首就和過去一樣鋒利，尖端也仍極為罕見。

可是匕首外表的確不同：變得比較短小，也沒有原先優雅，每個接合處都有塊失去光澤的銀色表面。它現在看來異常醜陋，就像該有的模樣——傷痕累累。

匕首冷卻後，威爾將它收好放入背包，坐下來等萊拉回來，不理會間諜。

歐瑞克帶著萊拉來到斜坡上方，一個從洞穴看不到的地方。他讓萊拉坐在巨大臂膀形成的搖籃中，潘拉蒙則變成一隻小老鼠，在她胸口間休息。歐瑞克低下頭來用鼻子蹭蹭她燒焦、被煙燻黑的雙手。大熊一言不發，開始舔舔女孩小手，他的舌頭減輕了灼傷處的痛苦，萊拉覺得一生中從沒感到這麼安全過。

她手上煤灰和泥土都舔乾淨後，歐瑞克開始說話。她感到他的聲音在她背後振動。

「蓮花舌萊拉，那個探訪死人的計畫是怎麼回事？」

「歐瑞克，那是在我夢中出現的。我看見羅傑的鬼魂，我知道他正在呼喚我……你還記得羅傑吧。唉，我們離開你後他就被殺死了，那全是我的錯，至少我覺得是我的錯。我想我該結束由我開始的一切，就是這樣；我應該去說對不起，如果可能，我會把他從那裡救出來。如果威爾可以打開冥界，那我們就一定要這麼做。」

「有能力並不表示一定要去做。」

「如果你有能力又一定要做，那就沒有藉口。」

「妳還活著時，妳應該管的是活人的事。」

「不，歐瑞克，」她輕聲說：「我們應該遵守諾言，不管它有多困難。你知道，其實我害怕極了，我希望永遠沒有做那個夢，我也希望威爾沒有想到用匕首去那裡。可是木已成舟，我們不能不去。」

萊拉感到潘拉蒙在發抖，就用瘦痛的手揉揉他。

「可是我們不知道該怎麼到那裡，」她繼續說：「除非試過，否則我們什麼都不知道。歐瑞克，那你接下來要做什麼？」

「我要和我的子民回到北地。我們無法住在山上，我以為我們可以定居此地，但這裡連雪也跟北地不同。雖然海邊已變得過熱，可是在那裡生存還是容易些。這點畢竟還是值得一學。此外，我認為別人可能會需要我們。蓮花舌萊拉，我感覺得到戰爭，我嗅聞得到它的氣味、聽得到它的聲音。我來這裡以前，和帕可拉談過，她告訴我她要去找法王和吉普賽人。如果發生戰爭，他們會需要我們。」

萊拉坐直身子，聽到老友的名字讓她興奮萬分。但歐瑞克還沒說完，他繼續說：

「如果妳在冥界找不到出路，我們不會再見面，因為我沒有鬼魂。我的身體會留在大地，成為大地的一部分。但如果妳我都活下來，隨時歡迎妳到斯瓦巴成為我們的座上賓，威爾也一樣。他有沒有告訴你我們初遇經過？」

「沒有，」萊拉說：「只說是在河邊。」

「他讓我丟臉。我以為沒有人能讓我丟臉，但這個半大不小的男孩膽大包天，人也太聰明。我不贊同妳那個計畫，但除了那男孩之外，我也無法信任別人。你們兩人旗鼓相當。好好走吧，蓮花舌萊拉，我親愛的朋友。」

萊拉抬高身體，雙臂環繞他的頸子，將臉壓入他的毛皮中，說不出話來。

一分鐘後，巨熊輕輕站起來，鬆開她的手臂，默默轉身走入黑暗中。萊拉覺得他的輪廓瞬間就在白雪覆蓋的灰白人地消失了，也可能是她眼中盈滿淚水之故。

威爾聽到小徑傳來的腳步聲時，看著間諜說：「別動。你們看……這是匕首……我不打算使用。待在那裡。」

他走出去，看到萊拉動也不動站著啜泣，潘拉蒙是隻狼，抬頭面對黑暗的天空。她很沉默，唯一光線來自雪中火堆餘燼的慘白反光，還有她溼潤雙頰上的反光，威爾眼中映出她的淚珠，這些光子使兩人交織在一張沉默的網內。

「威爾，我好愛他！」她發抖著勉強低聲說：「但是他看起來好老！他看起來又餓又老又悲傷……現在這些全是我們的責任嗎，威爾？我們不能依賴任何人……只剩下我們。我們還不算老，我們還很年輕……我們太年輕了……如果可憐的史科比先生死了，歐瑞克又老了……那我們必須完成該做的事。」

「我們辦得到，我不會再回顧。」他說：「我們一定辦得到。現在我們該睡覺休息，如果我們留在這世界，那些旋翼機可能會出現，那些間諜已經派遣……現在，我打算切出一個窗口，我們會找到另一個世界睡覺，如果間諜也跟我們一起來就太糟了，我們得再甩掉他們。」

「好，」她說，吸吸鼻子，用手背抹過鼻子，並用手掌揉揉眼睛，「我們就這麼辦。你確定匕首能用嗎？你試過了嗎？」

「我知道會有用。」

潘拉蒙變成老虎，希望能妨礙間諜，威爾和萊拉則回去撿起背包。

「你們在做什麼？」薩瑪琪說。

「去另一個世界。」威爾說，還拿出匕首。他感覺自己又變得完整，他一直都不了解自己有多喜愛這種感覺。

「你們該等艾塞列公爵的旋翼機。」塔利斯說，聲音異常嚴厲。

「我們不打算這麼做，」威爾說：「你要是靠近匕首，我會殺了你。如果你們堅持，你們可以一起穿過窗口，但你們不能強迫我們留在這裡。我們要走了。」

「你們說謊！」

「哪有？」萊拉說：「是我說謊。威爾沒說謊，你不該那麼想。」

「你們要去哪裡？」

威爾沒有回答。他向前摸摸朦朧空氣，切出一個開口。

薩瑪琪說：「這樣不對，你們應該了解這點，聽我們的話。你們還沒想……」

「有，我們想過了，」威爾說：「我們努力想過了，明天我們會告訴你們我們的想法。你們可以到我們要去的地方，也可以回艾塞列公爵那裡。」

窗口外，是他、巴魯克及巴瑟莫曾逃進去的世界，他曾在那裡安穩睡眠：無邊無際的溫暖海灘，沙丘後還有羊齒植物。威爾說：

「這裡……我們就睡這裡……這個可以。」

他讓小間諜穿越後，立刻關上身後開口。威爾和萊拉疲倦不堪地躺下，薩瑪琪夫人在一旁守衛，騎士打開磁石共振器，開始在黑暗中送出訊息。

第十六章 意念機

拱形屋頂上
微妙魔法形成墜飾琅璫
石腦油、瀝青點燃成排瓦斯燈與號燈
閃爍著光……

——約翰・彌爾頓

「我的孩子！我的女兒！她在哪裡？你做了什麼？我的萊拉……你乾脆把我的心扯碎……她和我在一起時很安全，很安全，現在她人呢？」

考爾特夫人的聲音回響在塔頂小房間內。她被綁在椅子上，頭髮散亂、衣衫襤褸、眼神發狂，銀色鎖鏈纏繞住猴子精靈，他在地板上掙扎痛打。

艾塞列公爵坐在附近，在一張紙上忙著塗寫，根本不理會夫人。傳令兵站在他身後，焦慮地看著女人。公爵交給他那張紙片，傳令兵行禮後匆匆離去，精靈跟在腳後，尾巴低低夾著。

艾塞列公爵轉頭面對考爾特夫人。

「萊拉？老實說，我才不在乎。」他說，聲音安靜粗啞，「那個淘氣鬼應該乖乖待在原地，聽話做事。我不能再浪費時間或資源在她身上，如果她拒絕協助，就必須自己面對後果。」

「你不是真心的，艾塞列，不然你就不會……」

「句句真心。她造成的慌亂，簡直比她的優點還多。一個平平凡凡的英國女孩，人還不是頂聰明……」

「她很聰明！」夫人說。

「好吧，聰穎但缺乏理智，任性、不誠實、貪婪……」

「勇敢、慷慨、惹人憐愛。」

「一個十足平凡的孩子，毫不傑出……」

「十足平凡？萊拉？她非常獨特，想想看她做到的事。艾塞列，你可以不喜歡她，但不准你用這種高高在上的態度對她。而且她和我在一起時很安全，直到……」

「妳說的沒錯，」他一面站起來一面說：「她是很獨特，竟把妳馴服、軟化——那倒不是每天會發生的奇蹟。瑪莉莎，她吸乾妳的毒藥，拔掉妳的毒牙。妳生命中的火已被渺小濫情的虔誠澆熄。誰會想到這點？教會無情的代理人、狂熱的孩童迫害者，發明可怕機器，將他們一分割，在他們恐懼的小生命中查看是否有原罪證據——現在一出現這個滿口穢言、指甲骯髒的無知小鬼，妳就像母雞一樣咯咯叫，急著保護她。哼，我必須承認，這孩子的確有我未注意到的天賦；但她唯一的功勞，就是把妳變成溺愛的母親，這倒是非常膚淺、微不足道的天分。現在妳最好安靜點，我要總指揮進來參加緊急會議，如果妳控制不了吵鬧，我要讓妳戴上口銜。」

夫人不清楚自己和女兒有多相像：她對這個威脅的回覆，是對公爵的臉吐口水。他平靜地抹乾臉頰，說：「口銜也可以阻止這類行為。」

「噢，請糾正我，艾塞列，」她說：「將囚犯綁在椅上陳列給下屬看，的確是種禮貌行為。替我鬆綁，不然我會逼你封我的嘴。」

「隨便妳。」他說，從抽屜拿出一條絲巾。他還來不及將絲巾圍住她嘴巴，她就搖頭。

「不，不要，」她說：「艾塞列，不要，我求你，別屈辱我。」

憤怒的淚水從她眼中流出。

「很好，我會替妳鬆綁，但他必須用鎖鏈綁住。」公爵說，將絲巾放回抽屜，並用摺刀割斷繩子。

考爾特夫人揉揉手腕，站起來伸展四肢，此時才注意衣飾和頭髮。她看起來憔悴蒼白，加里維刺人留下的最後一抹毒液仍殘留體內，導致關節部位惱人的疼痛，她不打算讓公爵知道。

公爵說：「妳可以在那裡梳洗。」指著一個比櫃子大不了多少的房間。夫人抱起被鎖鏈捆住的精靈，他惡毒的目光越過夫人肩膀注視公爵。夫人走進去梳理。

傳令兵進來報告：

「歐剛威國王陛下和洛克公爵駕到。」

非洲將軍和加里維刺人進門：歐剛威國王身穿整潔制服，太陽穴上有個新換繃帶，洛克公爵則騎著藍鷹，迅速滑翔到桌上。

公爵熱烈歡迎他們，以酒相待。藍鷹等洛克公爵下來，就飛到門邊托架上。傳令兵又通報第三指揮官蒞臨，一位名叫賽芬娜爾的天使。她的位階比巴魯克和巴瑟莫高得多，身上散發斷續微光卻清晰可見，但那光似乎又來自別處。

考爾特夫人回到房間，看來整潔許多，三名指揮官向她鞠躬。即使她被他們的外觀驚嚇到，也沒表現出來，只是低頭平靜坐下，雙臂抱住受縛的金猴子。

艾塞列公爵開門見山地說：「歐剛威王，告訴我發生什麼事。」

非洲王強大低沉的嗓音說：「我們殺死十七個瑞士護衛隊員，擊毀兩艘飛船，損失五人和一架旋翼機。女孩和男孩逃走了。我們逮捕考爾特夫人，雖然她奮勇抵抗，我們還是將她帶來此地。希望她覺得我們對她並未失禮。」

「先生，我很滿意您對待我的方式。」她說，還微微強調「您」一字。

「其餘旋翼機有沒有受損？有沒有人受傷？」艾基列公爵說。

「有些旋翼機受損，也有人受傷，但都很輕微。」

「很好，謝謝您，國王，您的軍隊表現得很好。洛克公爵，您有沒有什麼消息？」

加里維刺人說：「我的間諜和男孩、女孩待在另一個世界。雖然女孩先前被下藥沉睡良久，但兩個孩子都很平安。男孩在洞穴中時，因某事而無法再使用匕首：某個意外使匕首斷裂成碎片，但現在匕首又完好無缺。這要感謝從您世界北地來的生物，一隻巨熊，非常優秀的鐵匠。匕首修復後，男孩切割到另一個世界，現在他們人在那裡。當然，我的間諜也在他們身邊，可是目前出現一個難題：男孩有匕首時，就無法強迫他做任何事，但如果間諜趁男孩睡眠時了結他，匕首對我們就一無是處。目前，塔利斯騎士和薩瑪琪夫人會跟隨他們到天涯海角，至少我們能隨時知道他們的行蹤。孩子心中似乎有個計畫，無論如何，他們拒絕來此。我的兩個間諜不會跟丟他們。」

「他們現在所處的世界安全嗎？」艾塞列公爵問。

「他們在靠近羊齒森林的海灘上，附近沒有任何動物跡象。我們聯絡時，兩個孩子都在沉睡，我和塔利斯騎士是在不到五分鐘之前通話的。」

「謝謝您，」艾塞列公爵說：「現在，您的兩位間諜在跟蹤孩子，當然，我們在教誨權威中就失去耳目。我們必須依賴真理探測儀，至少……」

出乎他們意料，考爾特夫人開口了。

「我不知道其餘分支情況如何，」她說：「就教會風紀法庭來說，他們的探測儀解讀員是帕佛．瑞斯克修士。他雖然很在行，速度卻很慢。他們在未來幾小時內都不會知道萊拉的行蹤。」

艾塞列公爵說：「謝謝妳，瑪莉莎。妳知不知道萊拉和男孩下一步會怎麼做？」

「不知道，毫無所知。」她說：「我和男孩說過話，他似乎是個很固執的孩子，習慣保守祕密，我無法猜測他下一步要怎麼做。至於萊拉，她也很難看透。」

「大人，」歐剛威王說：「可否澄清目前夫人是否為指揮會議的一員？若是，她功用為何？若否，她是否該被關到別處？」

「她是我們的囚犯和我的客人，身為傑出的前教會代理人，她可能會有珍貴情報。」

「她會甘願透露任何消息嗎？是否需要嚴刑拷打？」洛克公爵說話時還直直盯著夫人。

考爾特夫人放聲狂笑。

「我還以為艾塞列公爵的指揮官會明白，不能指望靠嚴刑拷打獲知真相呢。」她說。

連艾塞列公爵也無法不欣賞她厚顏無恥的狡詐。

「我會擔保考爾特夫人的言行，」他說：「她知道背叛我們的下場，即便她絕不會有這機會。但是，如果你們心中有疑慮，儘管表達無妨。」

「我有疑慮，」歐剛威王說：「卻是質疑您，不是針對她。」

「為什麼？」公爵說。

「如果她誘惑您，您將無法抗拒。逮捕她是正確的，但邀請她加入此會議卻不對。您可以對她待之以禮，給她最舒適的享受，但將她移往別處，遠離她。」

「好吧，我既然請您表示意見，就必須接受您的駁斥。」艾塞列公爵說：「國王，我尊敬您更甚於她，我會派人帶走她。」

公爵準備拉鈴，他還來不及行動，夫人就開口。

「拜託，」她急迫地說：「先聽我說，我可以助你們一臂之力。我比你們所能找到的任何人都更接近教誨權威中心。我知道他們如何思考，也猜得到他們會怎麼做。你們懷疑為什麼要信任我、是什麼促使我離開他們的？很簡單：他們要謀殺我女兒，他們不敢讓她活下去。在我發現她是誰的那一刻起——她是什麼，女巫關於她的預言——我知道自己必須離開教會，我知道我會是他們的敵人，他們也是我的敵人。我不知道你們是誰，也不知道我對你們來說是什麼——這是個謎。但我知道我必須起而對抗教會，對抗他們信仰的一切，如果有必要，也必須對抗無上權威本人，我……」

夫人停住了，所有指揮官都仔細聆聽。她面向艾塞列公爵，似乎單獨對他說話。她的聲音低沉，充滿熱情，明亮雙眼閃閃發光。

「我曾是全世界最糟糕的母親。我的孩子還在襁褓中，我就讓人將她從我身邊帶走，我不在乎她，只關心自己的晉升。多年來，我想也沒想過她，就算想到，也只是對她的誕生感到難堪懊悔。

「教會開始對『塵』和小孩產生興趣時，我的心也跟著動搖，我記得我曾是母親，而萊拉是……我的孩子。

「後來出現新威脅，我也出面拯救她。截至目前為止，我已三度救她脫離險境。第一次是奉獻委員會剛開始行動時，我去約旦學院將她帶到倫敦和我同住，使她遠離委員會……至少我希望如此，她卻逃跑了。

「第二次是在波伐格，我及時發現她，就在……就在鍘刀之下……我的心臟幾乎停止……那是他們……我們對付其餘小孩的方法，但當那是我的……噢，你們無法想像那一刻的恐懼，我希望你們永遠毋需承受我當時受的折磨……我放她自由，帶她出來，那是我第二次救她。

「即使我救了她，我仍覺得自己是教會的一部分，一名僕人，一名忠誠、堅貞、虔誠的僕人，因為我仍繼續進行無上權威的工作。

「接著我從女巫那裡得知這個預言。在短期內，萊拉將會如夏娃般受誘惑，這是她們的說法。我不知道這誘惑會以什麼形式出現，畢竟她已漸漸長大，這並不難想像。現在教會也明白這點，他們會殺死她。如果一切將取決於她，他們怎會冒險留下活口？他們不敢冒這個險，以免她無法拒絕誘惑，不管這誘惑到底是什麼。

「不，他們注定要殺死她。如果他們有本事，他們會返回伊甸園，在夏娃受誘惑前殺死她。謀殺對他們來說並不困難。喀爾文自己就曾下令處死過兒童。他們會用華麗儀式、禱告、哀歌、聖詩和聖歌殺死萊拉，他們一定會殺死她。如果她落入他們手中，她必死無疑。

「我聽到女巫預言後，第三次拯救我女兒。我把她帶到一個安全的地方，自己也待在那裡。」

「妳對她下藥。」歐剛威王說：「妳讓她失去意識。」

「我別無選擇，」考爾特夫人說：「因為她恨我。」原先她的聲音情感豐富卻控制得宜，現在竟開始啜泣。她的聲音跟著顫抖：「她對我又怕又恨，如果我沒有下藥使她遺忘一切，她會像鳥逃離貓般離開我。你們知道那對一個母親意味著什麼？但那是唯一可保她安全的方法！她在洞穴時……沉睡，雙眼閉上，全身無力，精靈蜷曲在她喉間……噢，我感受到這樣的愛和溫柔，如此深邃、深刻……我唯一的孩子，我第一次能替她做這些，我的小孩……我幫她清洗、餵食她、使她安全、溫暖，確定她在睡覺時，身體能得到營養……我夜裡躺在她身旁，抱她入懷，我在她髮間落淚，親吻她沉睡的眼睛，我的小寶寶……」

她真是毫不知恥啊。夫人輕聲說話，沒有花言巧語或提高聲音；一陣啜泣使她發抖時，她還掩飾為打嗝，彷彿出於禮貌之故，必須壓抑自己的情緒，使她厚顏無恥的謊言更有效果。艾塞列公爵心中嫌惡不已，她骨內每絲骨髓都在說謊。

考爾特夫人的話主要是針對歐剛威王而說，卻絲毫不落痕跡，艾塞列公爵也看得出來。歐剛威王是主要指控她的人，同時也是人類，不像天使或洛克公爵，夫人知道該怎麼對付他。

事實上，加里維刺人反而對夫人的印象最為深刻。洛克公爵察覺夫人本性中有種近似他接觸過的蠍子本質，他清楚意識毒刺力量就隱藏在她的溫柔聲調中。他想，最好把蠍子擺在看得到的地方。

因此歐剛威王改變心意後，洛克公爵也支持他，同意讓夫人留下，這使艾塞列公爵雙面受擊：現在他倒希望將夫人移往他處，可是他早已允諾遵照指揮官的期許。考爾特夫人以柔和貞潔的表情看著艾塞列公爵，他知道沒人能看到她深邃美麗的眼中那抹狡猾勝利的光輝。

「那就留下來吧，」他說：「但妳已發言，現在請安靜。我要考慮在南方邊界加派駐軍的提案。你們已看過報告，這可行嗎？有利嗎？接著，我要看看軍械庫，聽聽賽芬娜爾說明天使軍力部署。首先，有關駐軍，歐剛威王？」

非洲領導人開始發言，他們討論半天。他們對教會防衛能力的精確知識及其領袖實力明確評估，令夫人印象深刻。

現在塔利斯與薩瑪琪和孩子在一起，艾塞列公爵在教誨權威失去耳目，他們的情報很快就大為不足。考爾特夫人靈機一動，她和猴子精靈互看一眼，彼此感到一種有力的電子火花。她一言不發，聆聽指揮官談話時，揉揉金猴子毛髮。

艾塞列公爵說：「好了，我們稍後再處理這問題。現在先到軍械庫，他們已準備好測試意念機，我們過去看看吧。」

公爵從口袋拿出一把銀色鑰匙，打開捆在金猴子手腳上的鎖鏈，並小心避免碰觸猴子毛髮。

洛克公爵騎上老鷹，和其餘人一起跟隨艾塞列公爵下樓，進入城垛。

冷風吹襲，拍擊眼皮，深色藍鷹在強風橫掃下高飛，不斷在狂風中盤旋尖叫。歐剛威王將大衣緊緊裹住，手放在印度豹精靈的頭上。

考爾特夫人謙虛地對天使說：

「抱歉，夫人，您的大名是賽芬娜爾？」

「是的。」天使說。

她的外貌使夫人不禁肅然起敬，正如女巫絲卡荻在天上看到她天使同胞時一樣印象深刻：天使本身不發光，而是受光，但又找不到光源。她高䠷、裸身、有對翅膀、皺紋滿布臉頰，是考爾特夫人所見最古老的生物。

「您是最早叛變的天使之一嗎？」

「是的，從此以後我就在許多世界之間遊蕩。現在我宣示和艾塞列公爵結盟，我得知他的雄心將是摧毀暴政的最大希望。」

「如果你們失敗了呢？」

「那我們會被摧毀，殘酷將永遠統治一切。」

她們一面說話，一面跟隨艾塞列公爵迅捷的腳步，在風吹日晒的城垛間，沿著巨大階梯往下走。階梯看起來深邃無盡，連小堡壘牆間閃爍的燈光也無法照到底端。藍鷹飛越他們，不斷往下飛入朦朧中，燃燒的每盞燈火使牠的羽毛看來閃爍不定，最後牠只剩下一點微光，而後消失無蹤。

天使移到艾塞列公爵身旁，考爾特夫人發現自己和非洲國王並肩前進。

「先生，請原諒我的無知，」她說：「我直到昨天在洞穴中戰鬥，才見聞到騎在藍鷹上那族人……他是從哪裡來的？您能告訴我他們族人的事嗎？我絕不敢侵犯他，但如果我對他一無所知就發言，可能會在無意中冒犯他。」

「妳問得好，他的族人異常驕傲。」歐剛威王說：「他們世界和我們的不同，那裡只有兩種有意識的生物：人類和加里維刺族。大部分人類都是無上權威的僕人，遠古以前，他們就試著殲滅這些小小人。他們認為加里維剌族是惡魔，所以加里維剌族仍不太信任我們這種身材的族類。但他們是凶猛驕傲的戰士、致命的敵人，也是珍貴的間諜。」

「他的族人都站在你們這一方，還是像人類一樣會投靠不同陣營？」

「有些跟隨敵人，但大部分是同志。」

「那天使呢？您知道，直到最近，我都以為天使是中古世紀的發明物，他們只存在想像中……發現自己跟天使談話，讓人不覺窘迫……有多少天使支持艾塞列公爵？」

「考爾特夫人，」國王說：「只有間諜才會想知道這類答案。」

「敢這麼明目張膽問您，我真是個優秀的間諜呢。」她回答：「先生，我是囚犯，即使我有安全處可逃，也跑不掉。從今而後，我完全無害，我對您保證。」

「妳這麼說，我也很樂意相信妳。」國王說：「天使比人類更難了解，首先，天使之間就不盡相同，有些天使的力量大於別的天使；他們之間也有相當複雜的聯盟和古老敵意，我們對此所知不多。自無上權威成形後，就一直壓迫他們。」

考爾特夫人突然停步，不禁瞠目結舌。非洲國王也在她身旁止步，以為她忽然覺得不舒服——她頭上閃爍燭臺的燈火，的確在她臉上投射出可怕陰影。

「您就這麼隨口說出，」她說：「彷彿這是我該知道的事，但是……這怎麼可能？無上權威創造宇宙，不是嗎？他在萬物出現前就已存在。他怎麼可能成形？」

「這是天使的知識，」歐剛威王說：「知道無上權威並非造物者，我們有些人也很震驚。或許真有個造物者，或許沒有，我們並不知道。我們只知道無上權威在某階段開始掌權，天使就此叛變，人類也反叛他。這會是最後一次叛變，過去從沒有人類、天使和所有世界的生物因共同理由而結盟的先例，這是有史以來最強大的聯軍。但可能還不夠，我們且拭目以待。」

「艾塞列公爵打算怎麼做？這是什麼世界，他為什麼要來這裡？」

「他帶領我們來此，因為這世界空無一物。沒有具意識的生命。我們不是殖民者，考爾特夫人。我們不是來征服，而是來建造。」

「他要攻擊天堂神國嗎？」

歐剛威王定睛看她。

「我們並不打算入侵神國，」他說。「但如果神國攻擊我們，他們最好準備開戰，我們已準備就緒。考爾特夫人，我是國王，但我最光榮的任務就是加入艾塞列公爵，設立一個沒有王國的世界。沒有國王、主教和神父。無上權威自詡優於其他天使，設立天堂神國之名。我們不要成為其中一部分。這是個截然不同的世界，我們打算成為天堂共和國的自由公民。」

夫人還想多說，心中也有無數疑問，她正要啟齒，國王卻已往前，她不願讓指揮官久等，只好尾隨在後。

階梯通往更深處，他們到達底部時，幾乎看不見階梯頂端的天空。夫人走到一半時已氣喘吁吁，她沒抱怨，繼續往下走，最後來到一座宏偉廳堂，廳內由水晶燈點亮，還有梁柱支撐屋頂。朦朧的頭頂上方布滿交錯的梯子、起重臺架、梁架和走道，還有小小人影各自往目的地移動。考爾特夫人到達時，艾塞列公爵正和指揮官說話，他沒等夫人歇腿，繼續穿過寬廣大廳，廳內偶爾會有明亮身影從空中飄過，或暫時降落到地面和公爵說幾句話，氣氛顯得緊張又熱絡。夫人還注意到，想必是為了對洛克公爵表示敬意，每根柱子在人頭高度之處，都有個空托架，以便他的老鷹棲息，使加里維刺人可以加入討論之列。

他們沒在大廳逗留太久。大廳盡頭，有個隨從拉開一扇沉重雙門，讓他們穿越進入鐵道月臺。有輛封閉小客車在此等候，由電子火車頭牽引。

火車駕駛鞠躬，棕色猴子精靈一看到金猴子就躲到主人腿後。艾塞列公爵對那人短短說幾句話，引導大家進入客車。客車內就像那間明亮大廳一樣由水晶點亮，附鏡桃花心木鑲板旁還有銀色托架。

公爵一進入後，火車就平順滑離月臺，進入隧道後，速度倏然加快。只有車輪在平滑軌道上的聲音，才讓人明瞭火車的速度。

「我們要去哪裡？」考爾特夫人問。

「軍械庫。」艾塞列公爵簡短地說，然後轉身對天使低語。

考爾特夫人對洛克公爵說：「大人，你們派出的間諜都是出雙入對的嗎？」

「妳為什麼要問這個？」

「只是好奇。我和精靈最近在洞穴中和他們交手，結果身陷僵局，我很好奇，想看他們的戰鬥力有多強。」

「為什麼要好奇？難道妳認為我們這種尺寸的人不會是優秀戰士？」

她冷冷看著他，察覺到他自尊裡的凶暴。

「不，」她說：「我以為我們可以輕易擊敗你們，但你們幾乎打敗我們。我很樂意承認錯誤，但你們是不是都成雙成對作戰？」

「你們也成雙成對，不是嗎？妳和守護精靈？妳指望我們自動讓步嗎？」他說。即使在水晶柔和的燈光下，他高傲的凝視仍熠熠發亮，使她不敢多問。

夫人溫馴地低頭，一言不發。

幾分鐘後，考爾特夫人感覺火車開始往下衝，深入山脈中心。她猜不出他們前進多遠，十五分鐘後火車開始減速，最後在月臺邊停下。在穿越過漆黑隧道後，月臺電子燈看起來分外明亮。

艾塞列公爵打開門，他們進入一種悶熱、充滿硫磺味的氛圍，夫人忍不住倒抽一口氣。一個隨從打開月臺出口的門，噪音頓時加倍，熱浪襲來。一道刺眼強光使他們以手遮眼，只有賽芬娜爾絲毫不受這些猛烈聲音、光線和熱氣影響。夫人的感官重新適應後，便興致勃勃地好奇張望。

她曾在自己世界中看過鍛爐、鐵器加工廠，但和這裡的規模相較，最大的工廠只不過是村莊鐵匠坊罷了。房子大小般的鎚頭舉至高遠的天花板，落下時壓下樹幹大小鐵製角材，一秒鐘內，這些撼動山脈的重擊就壓扁角材。岩牆上有個出口，硫磺般溪流漂浮著鑄造過的金屬，最後被一堵堅固的門擋住。這道明亮沸騰的洪水沖過水道和水閘，越過水堰，進入一排排鑄模，在一股邪惡煙霧中沉澱冷卻。巨大切割機和滾軋機切割摺疊鐵塊，再壓成一吋厚鐵片，彷彿這些鐵塊只是紙張。接著這些怪物般的鎚頭又會再度敲擊，疊上一片片金屬，猛烈敲擊，使鐵片愈變愈強韌，如此反覆。

如果歐瑞克看到這座軍械庫，他也會承認這些人的確懂得如何冶煉金屬。考爾特夫人歎為觀止，這一切既無法言傳也不能意會，更沒人嘗試這麼做。艾塞列公爵揮手要這一小群人隨他沿著嘎嘎作響的走道前進，走道懸吊在一個更大的穹窿上方，穹窿裡礦工正用十字鎬和鏟子辛勞工作，從母岩中砍劈出光亮金屬。

他們穿過走道，往下進入一條長長岩廊，懸吊著的鐘乳石散發詭異光線，身後撞擊聲、碾磨聲和敲擊聲也漸漸消逝。夫人發燙的臉上感到一股清涼徐風。照明用的水晶既非懸掛在燭臺上，也不在發亮梁柱裡，而是隨意散落地上。這裡沒有明亮火把可以取暖，一行人漸漸覺得陰涼，他們走出岩廊，倏忽進入夜晚的空氣中。

他們來到部分山脈被砍劈掉之處，形成一塊如遊行廣場般寬廣開放的空間。微亮遠處，山邊有幾道巨大鐵門，有些敞開，有些關閉，其中一道巨門外，人們正在搬運某種用防水布覆蓋的東西。

「那是什麼？」考爾特夫人問非洲國王，他回答：

「意念機。」

夫人不了解那是什麼意思，她滿心好奇看著他們掀開防水布。

她彷彿尋求庇護般靠近歐剛威王，問道：「那有什麼功用？是幹什麼的？」

「我們很快就知道了。」國王說。

機器看來像是某種複雜的鑽孔機、旋翼機駕駛艙或巨大起重機駕駛座。座位上方有個玻璃天篷，前方至少有十幾根槓桿，把手也排列成行。機器本身有六隻腳，每隻腳都以不同角度與主體連接、後彎，使機器看起來精力充沛卻又笨拙不堪。主體本身是一大堆管子、汽缸、活塞、纏繞鋼索、開關裝置、活門和儀表，讓人很難判斷哪些屬於結構，哪些不是，而由於燈光從後方照射，機器大部分都隱藏在幽暗中。

洛克公爵騎著藍鷹直朝機器飛去，在上方來回盤旋，從各種角度檢視。艾塞列公爵與天使則和工程師圍集討論。有些人吃力地從機器上爬下來，其中一人拿著寫字板，另一人拿著一段纜索。

考爾特夫人熱切地注視機器，默記每個部位，設法了解其複雜性。她看著艾塞列公爵自己爬到座椅上，將皮帶繫緊在腰間和肩膀上，穩穩戴上頭盔。他的雪豹精靈跟著一躍而上，公爵轉身調整雪豹身旁某種東西。工程師向上呼叫，公爵也加以回應，那些人便退至門口。

意念機移動了，考爾特夫人不確定它是如何移動的。機器經過一陣顫抖，安然定住，以一種奇怪能量平衡那六隻昆蟲腳。機器又移動了，她終於了解是怎麼回事：機器好幾個部分同時四下轉動，掃瞄頭上墨黑的天空。艾塞列公爵坐在那裡，忙著移動槓桿、檢查標度盤、調整控制器，突然間，意念機消失了。

不知何故，機器跳到空中，在他們頭頂上盤旋，位置與樹頂同高，慢慢向左轉動。機器沒發出引擎聲，不知是如何對抗地心引力，它只是單純地懸掛空中。

「聽著，」歐剛威王說：「南方。」

夫人轉頭用力聆聽。風在山脈邊呻吟，腳底深處感到軋鋼機重重敲擊聲，燈火通明的門口也傳來一群人聲，但在某種訊號出現後，聲音停止，燈光也完全熄滅。一片死寂中，夫人可以聽到旋翼機引擎在風中傳來微弱的達達聲。

「他們是誰？」她低聲問。

「誘餌，」國王說：「我的駕駛正進行一項誘使敵人跟蹤的飛行任務。看好。」

夫人張大眼睛，試著在寥寥星子的漆黑間看出些苗頭。他們頭上，意念機彷彿下錨般挺立，陣風絲毫無法使之動搖。駕駛艙中沒有燈光，所以很難看個分明，艾塞列公爵身影更是完全消失。

接著夫人瞥見低空中有些燈光，也可聽見持續的引擎聲。六架旋翼機疾速飛過，其中一架似乎出了毛病，機後不斷冒出煙霧，也比其他旋翼機飛得更低。旋翼機正朝山脈飛來，最後越過山脈消失無蹤。

緊跟在旋翼機後的是群各式各樣的航空器。無法輕易分辨它們是何種飛行物，考爾特夫人看到一架怪異的重型旋翼機、兩架直翼飛行器、一隻大鳥輕鬆載著兩個武裝騎士，還有三、四名天使。

「一個攻擊小組。」歐剛威王說。

他們迫近旋翼機。直翼航空器突然發出一道火光，一、兩秒後傳來沉重爆炸聲。砲彈並未命中故障的旋翼機，山中觀眾還沒聽到爆炸聲，就看到一道來自意念機的光線，砲彈隨即在半空爆裂。

考爾特夫人還無暇了解瞬間出現的光線和聲音之間的關聯，戰事已經展開。因為空中一片漆黑，無法輕易了解整個過程：每架航空器行動便捷，一連串幾近沉默的閃光在山邊亮起，伴隨如漏氣的短促嘶聲。每道閃光都擊中不同的攻擊者，飛行器著火爆炸，巨鳥發出尖叫，彷彿撕裂高如山際的窗簾，重重墜入下方深深的岩石間；至於那些天使，只是在發亮空氣中瞬間消失，無數粒子開始閃爍，光線也逐漸變暗，最後像消逝煙火般熄滅。

接著是一陣死寂。風吹來誘餌旋翼機的聲音，它們已消失在山脈側翼，觀看者沉默不語。火焰仍在意念機下方遠處燃燒，意念機在空中盤旋，開始緩緩轉動，彷彿在轉頭張望。雖然考爾特夫人對許多事已大開眼界，但對攻擊小組全數殲滅一事仍感震撼。她抬頭觀看意念機，意念機似乎正在發光移動，突然它又出現在眼前，扎扎實實地回到地面。

歐剛威王匆忙向前，其他指揮官和工程師亦然，他們將門打開，光線流瀉到試驗場中。考爾特夫人留在原處，對意念機的功用大惑不解。

「他為什麼要讓我們看這個？」她的精靈安靜地說。

「他該不會猜到我們的心事吧。」她以相同的語氣回答。

他們都想到在塔中那一刻，兩人間靈光一現的想法：他們想建議艾塞列公爵，讓他們回到教會風紀法庭，替公爵擔任間諜工作。她知道每個階層的力量，也可以操縱他們。一開始可能很難說服他們相信她的誠意，但她可以辦到。現在加里維剌間諜已尾隨在威爾和萊拉之後，艾塞列不可能拒絕這樣的提案。

大夥注視那奇怪飛行器時，另一個主意如潮水般湧現，她沾沾自喜地抱抱金猴子。

「艾塞列，」她天真地叫道：「我能看看這機器如何運作嗎？」

公爵往下看，一臉困惑又不耐，但也顯現興奮與滿足。他對意念機相當滿意——她知道他無法拒絕現寶。

歐剛威王往旁一站，艾塞列公爵彎身將她拉入駕駛艙，協助她坐下，看著她放眼注視那些控制面板。

「這要怎麼用？動力在哪裡？」她問。

「妳的意念，名稱也是因此而來。如果妳打算前進，它就會前進。」

「這不是答案。別這樣，告訴我。這是什麼樣的引擎？要怎麼飛行？我沒看到任何飛行動力。這些控制面板從裡面看，幾乎就像旋翼機。」

他發覺很難不告訴她，既然她在他掌握之下，他便傾囊相授。他拉出一條纜索，纜索末端有個皮製握把，上方有他精靈的深深牙痕。

「妳的精靈必須握住這個把手——不管用牙齒或手都沒關係。」他解釋，「妳得戴上那頂頭盔。這兩者間有股電子流，有個電容器會增幅……噢，這很複雜，但這東西很容易駕駛。我們把控制面板置放成旋翼機的面板，只是為了熟悉感，最後我們根本就不需使用面板。當然，只有有精靈的人類才可以駕駛。」

「我懂了。」她說。

她突然用力一推，公爵就從機器上跌了下來。

夫人順手戴上頭盔，金猴子一把抓住皮把手。她伸手抓住旋翼機內傾斜螺旋槳的操縱器，將節流閥往前推，意念機立刻跳入空中。

但她還不太能控制機器。意念機先懸浮一陣子，稍微傾斜，最後她才找到操縱裝置，向前移動。在接下來幾秒鐘內，艾塞列公爵做了三件事：他一躍而起；伸手阻止歐剛威王下令士兵攻擊意念機；最後說：「洛克公爵，麻煩您跟隨她。」

加里維刺人立刻催促大藍鷹向上飛，藍鳥逕直飛入尚未關閉的駕駛艙。機器下方的人可以看見夫人的頭來回張望，金猴子也一樣，他們還看見兩者都沒注意洛克公爵小小身影從藍鷹上跳下，進入駕駛艙，躲在女人和猴子身後。

一會兒，意念機開始前進，大鷹盤旋離去，降落在艾塞列公爵腕上。飛行器瞬間消失在潮溼星空，不見蹤影。

艾塞列公爵以一種悲憐的敬意看著天空。

「唉，國王，您說得沒錯，」他說：「我一開始就該聽您的話。她是萊拉的母親，我該預料會發生這種事。」

「您難道不追趕她嗎？」歐剛威王說。

「什麼？摧毀一架完美無瑕的飛行器嗎？當然不要。」

「您看她會去哪裡？找那孩子？」

「一開始不會。她不知道要去哪裡找她。我很清楚她會怎麼做：她會回到教會風紀法庭，將意念機獻給他們，表達最真實的誠意，然後她會展開偵察，替我們進行間諜工作。她會用盡各種口是心非的方法，這將會是個全新的經驗。一旦她發現女孩在哪裡，就會前去找她，我們也可以跟蹤她。」

「洛克公爵會在什麼時候讓她知道他在跟蹤她？」

「噢，我想他會把這當作一個意外驚喜，您不覺得嗎？」

兩人大笑後回到工廠。稍後，更先進的意念機型正等待他們測試呢。

第十七章　油與漆

現在，蛇比神在曠野中創造出的任何野獸還狡猾。

——〈創世記〉

瑪麗正在製作一面鏡子，這並非虛榮作祟，她完全缺乏虛榮心；她想藉此測試一個想法——試著捕捉「影子」。既然缺乏實驗室器材，只好利用手邊材料湊合。

謬爾發鮮少使用金屬，他們在石頭、木材、繩索、貝殼和角質材料上成就非凡，但使用的金屬都是些搥打過的小塊赤銅，或從河沙裡找到的金屬，從未用來製造工具，只用作裝飾。舉例來說，謬爾發夫婦舉行婚禮時會交換明亮銅條，他們扭曲赤銅，環繞在角底，意義與婚戒相近。

他們對瑪麗最珍貴的財產——瑞士刀——分外著迷。

瑪麗最特別的札伊夫朋友是亞塔。有一天，瑪麗打開瑞士刀，盡可能用有限語言解釋刀子各部分的功用，亞塔大表震驚。刀上有個迷你放大鏡，瑪麗在乾樹枝上燒出設計圖案時，突然想到「影子」。

當時瑪麗和亞塔正在捕魚，河水很淺，魚一定也在別處，她們讓魚網攤在水中，坐在河堤草地上聊天。瑪麗看到一根乾樹枝，外表光滑雪白，就在樹枝上燒出一個圖案——簡單的雛菊，使亞塔雀躍不已。縷縷細煙從樹枝上的焦點裊裊上升時，瑪麗心想：如果這最後成為化石，一千萬年後，有個科學家找到這東西，會在它周遭找到「影子」，因為我在上面下了工夫。

瑪麗開始魂遊，直到亞塔問：

妳在做什麼白日夢呀？

瑪麗設法解釋自己的工作、研究、實驗室、發現「影子粒子」，以及難以置信地發現「影子」具有意識，這整個過程仍深深吸引她，她渴望回到實驗室。

瑪麗不指望亞塔聽懂她的解釋，部分因為自己蹩腳的語言能力，部分也因為謬爾發似乎相當實際，深深植根在日常實體世界，而她說的多是數學概念。可是出乎瑪麗意料，亞塔說，對呀……我們知道妳的意思……我們稱……亞塔說了一個字，聽起來就像瑪麗世界的光。

瑪麗說，光？亞塔說，不是光，但……她把這字說得更慢，讓瑪麗聽清楚，她解釋：就像水面泛起小小漣漪時出現的光，在日落時，光線像亮片一樣脫落，我們就那樣稱呼它，可是這只是一種「假裝像」。

瑪麗早已發現，假裝像即指「隱喻」。

所以她說，那不是真的光，但看起來就像日落時水上那片光？

亞塔說，對。所有謬爾發都有這東西，妳也有，所以我們才知道妳和我們一樣，不像放牧生物，牠們沒有這個。雖然妳看起來這麼怪異恐怖，但妳還是和我們一樣，因為妳有……又是那個瑪麗聽不清的字：聽起來像「思若夫」或「撒夫」，象鼻還隨之向左輕打。

瑪麗忍不住興奮過度，必須鎮定下來，才能找到恰當的字眼。

你們知道關於它的事嗎？它從哪裡來？

從我們身上，還有油。亞塔答道。瑪麗知道她指的是莢果輪的油脂。

從你們身上？

等我們長大後，可是如果沒有樹，它就會消失。有輪子和油，它才會出現在我們身上。

等我們長大後……瑪麗又得克制自己別變得語無倫次。她所以會懷疑「影子」的原因之一，正是孩子和成人對「影子」反應不同，或吸引不同「影子」活動。萊拉不是說過，她那世界的科學家發現一種叫「塵」的東西，而她自己則稱為「影子」？現在，它又現身了。

這和瑪麗在離開自己世界前，「影子」在電腦螢幕提到的東西有關：不管它是什麼，這個問題都與亞當和夏娃故事中象徵人類歷史重大的改變有關，也與誘惑、墮落、原罪相關。在進行顱骨化石研究時，她同事奧利佛．佩恩發現，大約在三萬年前，「影子粒子」的數量開始在人類遺骨中大量增加。這麼說來，在演化過程中一定發生什麼事，使人類腦子成為增強這些效果的理想管道。

瑪麗對亞塔說：謬爾發存在多久了？

亞塔說：三萬三千年。

這次亞塔看懂瑪麗的表情，至少這是最明顯的表情，她嘲笑瑪麗瞠目結舌的模樣。謬爾發的笑聲自在、喜悅又有傳染力，通常瑪麗會一起放聲大笑，但這次她卻嚴肅震驚地問：

妳怎麼能這麼確定？這些年來你們都有歷史紀錄嗎？

噢，有呀。亞塔說。自我們有思若夫以來，就有記憶和甦醒。在那之前，我們什麼都不知道。

你們有思若夫後，發生了什麼事？

我們發現如何使用輪子。有一天，一個沒有名字的生物發現莢果後開始玩耍，她遊玩時……

她？

她，對呀。在那以前，她沒有名字。她看見一條蛇在莢果洞裡蜷曲，那條蛇說……

那條蛇對她說話？

不！不是！是「假裝像」。那故事說，蛇說妳知道什麼？妳記得什麼？妳看見未來什麼？她說不知道、不記得、看不見。所以蛇說，把妳的腳穿過我玩的這個莢果，妳就會有智慧。她將一隻腳放在蛇待過的地方，油便進入她腳裡，使她看得清晰異常，她看見的第一樣東西就是思若夫。那感覺非常奇妙，使她馬上想和親戚分享。她和伴侶拿走第一批莢果，他們發現他們知道自己是誰，知道自己是謬爾發而不是放牧生物。他們為彼此命名，稱自己謬爾發，他們也替莢果和生物、植物命名。

因為他們不一樣，瑪麗說。

對，他們不一樣。他們的孩子也是，愈來愈多莢果掉下，他們教導孩子如何使用。孩子稍微成熟後，也開始製造思若夫，等大得可以騎輪子，思若夫就會出油，與他們長相左右。為了油的緣故，他們知道自己必須加種莢果樹，可是莢果籽又硬、又難發芽。第一群謬爾發了解一定要幫助樹木，就騎在輪子上打破莢果籽，所以謬爾發和莢果樹總是住在一塊。

瑪麗只能了解亞塔描述的四分之一，但藉著詢問和猜測，剩下的她也猜得八九不離十，她對這種語言的掌握也不斷進步。可是瑪麗學得愈多，溝通過程就變得愈困難，她所學的每件新事物，都會導向不同的問題，每個問題又通往不同的方向。

最後她全神貫注在「思若夫」這個主題，因為這是最重要的問題，也是她會想到鏡子的原因。

這是將思若夫和水上閃光比較時引發的靈感。海上反射的閃光等反射光，會形成偏振：當「影子粒子」如光線般呈現波動時，也很可能會形成偏振。

我無法像妳一樣能看見思若夫，瑪麗說，但我想利用樹漆製作一面鏡子，或許那可以幫我看見。

亞塔對這想法很興奮，她們拉上魚網，準備開始蒐集瑪麗所需的用品。彷彿象徵好預兆，她們在魚網中發現三條好魚。

樹漆來自另一種小型樹，謬爾發為了樹漆而培育的樹種。謬爾發將樹液在一種蒸餾果汁製成的酒精中煮沸、溶解，製出密度類似牛奶的物質，呈優雅琥珀色，主要當作油漆。謬爾發在木頭或甲殼基部上漆，以溼布覆蓋養護後，再上一層，如此反覆塗上二十層，最後逐漸形成堅硬光滑的表面。謬爾發通常會添加各種氧化物，使物體表面呈不透明狀，有時也會保持清晰透明。瑪麗深感興趣的是，琥珀色透明漆和一種稱為冰島晶石的礦物一樣，有種有趣的特性：可將光線一分為二，因此透過晶石可看到疊影。

瑪麗不確定自己想做什麼，只知道如果閒晃得夠久，別毛毛糙糙或對自己嘮叨，真相就會水落石出。她記得自己曾引用詩人濟慈的詩給萊拉聽，萊拉立刻了解這是她在閱讀探測儀的心境，現在瑪麗也必須做到這點。

瑪麗找到類似松木的扁平木塊，用砂紙（沒有金屬，因此沒有刨木器）摩擦表面，直磨到平坦為止。這是謬爾發的用法，只要肯下工夫和時間，效果還是不錯。

接著她和亞塔一起來到漆樹叢，她事先細心解釋過意圖，也徵詢許可使用樹液。謬爾發很樂意讓她拿，但忙得沒時間理會她要做什麼。在亞塔協助下，瑪麗拿些黏膩樹液，經長時間煮沸、溶解、再煮沸，直到油漆能使用為止。

謬爾發用採收自另一種植物的棉花纖維上漆，瑪麗照著一位工藝師父指示，一次次辛勤地替鏡子上漆。漆層極為細薄，每次上漆後幾乎看不出變化，但瑪麗悠閒地讓它蔭乾，最後終於發現累積出厚度。她至少塗上四十層漆（後來就懶得計數），樹漆用盡時，木頭表面至少有五公釐厚漆。

上完漆後就是磨光，瑪麗花一整天輕柔地以畫圓方向磨光表面，直到手臂痠痛、頭嗡嗡作響，再也做不下去為止。

她倒頭就睡。

第二天早上，瑪麗和謬爾發前往他們稱之為打結木的苗圃工作，確定幼苗是否在種植處長出，綁緊中間已成長的樹枝，如此，樹木才會照預定方式成長。謬爾發很感激瑪麗的協助，她可輕鬆擠進窄小縫隙，用雙手在緊密的空隙中做事。

工作結束後，他們回到聚落，瑪麗又開始實驗，或說把玩，她對自己在做什麼還是缺乏清晰的概念。

首先，她將漆片當成鏡子，但因缺乏銀色底襯，只能看到木頭中模糊的疊影。

她真正需要的是沒有木頭襯底的漆片，一想到要做出另一片，不禁讓人卻步，而且，缺乏襯底，如何能使樹漆片扁平呢？

唯一的方法，就是切除木頭，留下漆片。那也非常耗時，不過至少她有瑞士刀。她著手動工，謹慎地從邊緣切開，小心避免從後面刮傷樹漆，最後終於切掉大部分松木，一些殘餘及斷裂的木片，固執地黏在清晰堅硬的漆片上。

她想知道，如果將漆片浸水會怎麼樣？漆片浸溼後會軟化嗎？不會，師父說，漆片會永遠保持堅硬，但為什麼不這樣做呢？他拿來石碗中的液體，液體可在幾小時內吃掉所有木頭，液體看起來、聞起來就像酸液。

師父說，這幾乎不會傷害到漆片，有損害也可輕易修復。他對瑪麗的計畫很好奇，謹慎地幫她將酸液淋在木片上，還告訴她，他們在她尚未去過的淺湖邊找到一種礦物，以及如何將礦物研磨、溶解、蒸餾出酸液。木頭慢慢軟化，終於剝離。現在只留下一片棕黃色透明漆片，大概是平裝書內頁大小。

她將漆片背面像正面一樣磨光，直到正反兩面都像最精緻的鏡片般平坦光滑。

她隔著漆片看事物……

沒什麼特別。漆片非常透明，只是呈現疊影，右邊影像很靠近左邊影像，而且上偏約十五度角。

瑪麗心想，如果重疊兩片漆片，隔著看過去，不知會如何。

她又拿起瑞士刀，試圖在漆片上畫一條刻痕，以將它一分為二，並不斷在光滑石上磨利瑞士刀，最後終於畫出一道夠深的刻痕，可冒險將漆片折斷。她看過玻璃工人切割玻璃，便將一根細小棍子擱在刻痕上，用力向下推，這招奏效了，現在她有兩片漆片。

她將漆片重疊後看過去。琥珀顏色加深，如攝影用濾鏡般，會強調或降低某些顏色，使景物呈現稍微不同的色調。有趣的是，疊影消失了，每樣東西又變回單一，可是毫無「影子」的蹤跡。

瑪麗將兩片漆片漸次分開挪動，觀察事物外表如何隨之改變。兩漆片約距一個手掌遠時，有趣的事又發生了：琥珀色消失無蹤，每樣東西似乎又恢復正常顏色，但看起來更明亮生動。

那時，亞塔過來看她在做什麼。

妳現在看得到思若夫了嗎？她問。

看不到，但我看得到別的東西，瑪麗回答，想讓亞塔也看看。

亞塔雖然很感興趣，但保持良好風度，不像瑪麗有種大發現般的活潑朝氣。不久，亞塔厭倦了一直觀看小漆片，就躺在草地上維修輪子。有時，謬爾發因社交禮儀之故，會互相梳理對方的爪子，亞塔曾邀請瑪麗梳理她的爪子一、兩次。反之，瑪麗也讓亞塔打理她的頭髮，讓柔軟象鼻將她的頭髮舉起放下，搓揉按摩她的頭皮。

瑪麗感覺亞塔現在就想這麼做，於是放下兩片漆片，將手滑過亞塔光滑得驚人的爪子。爪子表面比鐵氟龍更光滑細膩，置於中央孔洞下緣，輪子轉動時作為軸承。當然，爪子和莢果輪的輪廓也完全吻合。瑪麗以手撫觸輪子內側，感覺不出兩者間質地的差異，彷彿謬爾發和莢果是同種生物，因為奇蹟使他們一分為二，現在又破鏡重圓。

藉由這種接觸，亞塔和瑪麗都能得到慰藉。瑪麗的朋友年輕未婚，這群體中沒有年輕的男札伊夫，亞塔必須和外面的札伊夫通婚，但這種接觸並不容易，有時瑪麗感到亞塔對自己的未來很焦慮，所以不吝惜花時間和她相處。瑪麗很樂意清理輪洞裡的灰塵和汙垢，並將芳香油脂輕輕塗抹在亞塔爪子上，亞塔也用象鼻將瑪麗的頭髮舉起來拉直。

亞塔心滿意足後，騎上輪子離開，幫忙準備晚餐。瑪麗重回漆片試驗，幾乎立刻有了重大發現。

她透過漆片時，注意到一大群金色閃光環繞亞塔的身形。可是這只出現在漆片一小塊部分，接著瑪麗了解理由何在：那是她用油膩手指碰觸漆片表面的部位。

亞塔！她叫道，快！回來！

亞塔轉身推動輪子回來。

給我一些油脂。瑪麗說，只要能塗上漆片就夠了。

亞塔很樂意讓瑪麗再用手指掏抹輪洞，還好奇地看著瑪麗將清晰香甜的油脂塗在一片漆片上。

瑪麗將兩片漆片重疊，移動漆片使油脂均勻分布，再讓兩片相距一掌寬。

她看過去時，一切都改變了，她終於能看見「影子」。如果瑪麗當時在約旦學院院長休息室中，看到艾塞列公爵用特殊感光乳劑攝得的幻燈片，她也會辨識出那種效果。目光所及處，四下都是亞塔形容的金色物質：閃光到處飄浮，有時有目的地流動，但這還是她用肉眼看到的世界——草地、河流、樹林；不過她看到有意識的生物如札伊夫時，金光變得更濃密，充滿活力。這不會使他們的形狀變模糊，反而更加清晰。

我不知道會這麼美，瑪麗對亞塔說。

怎麼不呢？當然很美，她朋友回答。奇怪的是妳以前都看不到。看看那個小傢伙……

亞塔指向一個在長草地中玩樂的小孩，他笨手笨腳地跟著蚱蜢亂跳、突然停步端詳一片葉子、跌了一跤，又跌跌撞撞爬起跑去告訴母親什麼事；看到一根棍子後又分心，試圖撿起棍子、卻發現象鼻上有隻螞蟻，焦躁地大叫……金色霧靄環繞著他，也環繞在住屋、魚網和傍晚火堆旁，孩子周遭的金霧較濃厚，但為數不多，也不像圍繞在其他物品間的金光，小孩周遭金光充滿旋轉的意圖之流，不斷迴旋、分裂、飄浮，終至消失，新的閃光又隨之出現。

另一方面，環繞在他母親身旁的金光強烈耀眼，迴旋之流也更強大穩定。她正準備晚餐，將麵粉撒在扁平石頭上，製作類似印度薄煎餅或墨西哥玉米薄脆餅的薄麵包，一面還看顧著小孩，沐浴在她身上的「影子」或思若夫或「塵」，就像是責任與明智的關懷影像。

所以妳終於看見了，亞塔說。嗯，那妳得跟我走。

瑪麗狐疑地看著她朋友，亞塔的聲調變得很奇怪，聽起來就像：妳終於準備好了，我們一直都在等待，現在事情將有所改觀。

別的札伊夫也出現了，分別從山邊、住家外、河邊沿岸而來：不僅這個聚落的成員，也包括一些瑪麗從未見過的陌生人。他們好奇地看著她駐足之地，輪子聲在堅硬地表上低沉又穩定。

我得去哪裡？瑪麗問，他們為什麼會來這裡？

別擔心，亞塔說，跟我走，我們不會傷害妳。

這個會議似乎籌畫多時，所有人都知道該去哪裡、期待些什麼。村落邊有個低矮土墩，填滿硬土，兩端各有斜坡，而群眾（瑪麗估計至少有五十多名）正朝土墩前進。炊煙懸浮在傍晚空中，夕陽朦朧的金光灑在萬物上，瑪麗聞到烤玉米味，還有謬爾發身上溫暖的味道——部分油脂、部分溫熱血肉，就像馬匹甜美的味道。

亞塔催促她朝土墩前進。

瑪麗問，發生什麼事？告訴我！

不，不……我不說。沙塔馬斯要說……

瑪麗沒聽過沙塔馬斯這個名字，亞塔提到的札伊夫對她來說是陌生人。他比她見過的任何札伊夫還年長：象鼻底端散布白色毛髮，移動時很僵硬，彷彿有關節炎，別的札伊夫小心翼翼跟在他身旁前進。瑪麗從漆片偷瞄一眼後就知道原因：老札伊夫的「影子」雲層豐富又複雜，雖然瑪麗不清楚那意味著什麼，卻也不由得心生敬意。

沙塔馬斯準備開始說話時，群眾都安靜下來。瑪麗站在靠近土墩處，亞塔則在一旁安撫她，瑪麗覺得大家都盯著她看，彷彿她是學校新來的轉學生。

沙塔馬斯開始發言，聲音低沉，音調豐富多變，象鼻手勢平緩優雅。

我們來這裡會見陌生人瑪麗。這些在她來此後認識她的人，有理由感激她所做的一切。我們一直在等她學會我們的語言，靠著許多人的幫助，特別是札伊夫亞塔，陌生人瑪麗現在得以了解我們。

但是她也必須了解另一件事，那就是思若夫。她知道思若夫的事，但要等她製造一個可以觀看的工具，才能像我們一樣看到思若夫。

現在她已經成功，已經能更進一步知道該如何幫助我們。

瑪麗，請來我這裡。

瑪麗覺得暈眩、忸怩、大惑不解，但還是上前。她認為自己最好開口說話，就說：

你們像待朋友一樣對我，善良又好客。我來自一個很不同的世界，但有些人就像你們一樣察覺到思若夫，我很感激你們協助我製作這塊玻璃，讓我看得到思若夫。如果有我可以效勞之處，我會盡全力幫忙。

瑪麗的演說比她和亞塔對話時更笨拙，她很擔心自己詞不達意。問題在於，說話時必須打手勢，而且不知該往哪裡看，不過群眾似乎聽得懂。

沙塔馬斯說：聽到妳說話真好，我們希望妳將來能幫我們。如果妳做不到，我不知道我們該如何生存下去，圖拉皮會將我們全數殲滅。他們的數量比以往更多，每年還在持續增加。這世界有什麼事不對勁。在過去三萬三千年來，謬爾發一直照顧地球，萬物均衡、樹木茂盛、放牧生物健康，即使圖拉皮偶爾會來侵擾，我們和他們的數量始終旗鼓相當。

但在三百年前，樹木開始生病。我們焦慮地看護、悉心照顧樹木，卻發現莢果愈來愈少、落葉不按時節，有些樹木更澈底死亡，這都前所未有。我們竭盡思慮也無法找到原因。

老實說，這些變化非常緩慢，我們的生活節奏也一樣。直到妳出現後，我們才察覺這點。我們看過蝴蝶和鳥，牠們沒有思若夫，妳卻有，儘管妳看來怪異；可是妳的行動迅速直接，就像鳥和蝴蝶一樣。妳知道妳需要某種東西來幫妳看思若夫，馬上從我們已知上千年的材料中，拼湊出一件工具來觀看。和我們相比，妳就像小鳥一樣快速思考和行動，至少表面看來是如此，因此我們知道我們的節奏對妳來說非常遲緩。

但發現真相就是我們的希望。妳可以看到我們看不到的事，就像妳看不到思若夫一樣，我們看不到某些關聯、可能和其他選擇。我們看不到繼續存活的方法時，希望妳可以看到。我們希望妳迅速找到樹的病因和療方，我們希望妳發明一個對付圖拉皮的方法，它們現在為數眾多，強大有力。

我們希望妳早日做到，不然我們將會全數毀滅。

群眾發出一種贊同的喃喃聲，他們全都看著瑪麗，她覺得自己像是新來的轉學生，大家對她期望很高。她還感到一種奇異的奉承感：對瑪麗來說，被描述為像小鳥般行動敏捷，是個全新愉快的想法，她總認為自己頑固又遲緩。但伴隨而來的另一種感覺是，他們全搞錯了，他們會這樣看待她，是因為他們不了解真相，她根本無法達成他們迫切的期望。

不管怎樣，她還是得硬著頭皮去做，他們正在等她。

> 她說：沙塔馬斯，謬爾發，你們信任我，我會盡力而為。你們一直很友善，你們的生活也很美好，我會盡全力協助你們，現在我已看到思若夫，也知道自己在做什麼。謝謝你們信任我。

群眾點頭低語，在她走下來時用象鼻搓揉她，她則對自己允諾要做的事心生怯意。

同一時刻，在喜喀則世界的山中，神父殺手戈梅茲正在橄欖樹扭曲的樹幹間，沿著崎嶇小徑往上攀爬。夕陽餘暉在銀色葉片間傾斜，空中充斥著蟋蟀和蟬的鳴聲。

神父看到前方有間藤蔓遮蔭的小農舍，有隻山羊咩咩叫，一道清泉流淌過灰色岩石。有位老先生在農舍旁做工，老太太帶領那隻羊走向小板凳和水桶。

在上個村落，村民告訴他那女人曾經過這裡，還提到要往山裡去，或許這對老夫婦看過她吧。至少他可以在農舍買些乳酪和橄欖，還可飲用山泉。戈梅茲神父早已習慣節儉度日，他的時間也很充裕呢。

第十八章
死人城

噢，我們可能
得和死人召開為期兩天的會議……
——約翰．韋伯斯特（John Webster）

萊拉在黎明前醒來，潘拉蒙在她胸前發抖。灰色光線滲入空氣時，她起身四處走動暖身。即使在冰雪覆蓋的極地，她也從未感受這樣的死寂：沒有一絲微風，海洋沉靜，連最細小的浪花都未沖擊到沙岸上，整個世界彷彿在呼與吸之間靜止不動。

威爾蜷曲熟睡，把頭枕在背包上保護匕首。斗篷從他肩頭滑落，她把斗篷緊緊裹在他身上，假裝小心避免碰到他的精靈——一隻貓，就像他一樣蜷曲。萊拉心想，她一定就在這附近某處。

萊拉抱著睡意仍濃的潘拉蒙，走到遠處沙丘斜坡上坐下，這樣說話聲才不會吵醒他。

「那兩個小小人。」潘拉蒙說。

「我不喜歡他們，我們應該盡快擺脫他們。」萊拉堅定地說：「應該用網子之類的東西抓住他們，威爾就可以割開一個世界後再關上，我們就自由了。」

「我們沒有網子，什麼都沒有。」潘拉蒙說：「反正，我看他們一定比妳想像中更聰明。他現在就在看我們。」

潘拉蒙一面說，一面變成老鷹，目光比萊拉銳利些。黑暗天色漸漸轉為飄逸淡藍，萊拉眺望過沙灘時，太陽第一道光環剛越過大海邊緣，使她不覺目眩。她坐在沙丘斜坡上，曙光先照射到她，幾秒後才到達沙灘，她看著光線籠罩住她，朝威爾匍匐前進，最後看到塔利斯騎士手掌高的身影，站在威爾的頭邊看著他們，清醒又警覺。

「問題是，」萊拉說：「他們不能強迫我們做他們想做的事。他們得跟著我們，我猜他們很快就會厭煩了。」

「要是他們捉住我們，」潘說，意指他和萊拉。「打算把毒刺刺進我們身體，威爾就非得照他們的話行事不可。」

萊拉想了想。她清楚記得考爾特夫人痛得驚聲尖叫、眼球轉動的痙攣，毒進入她血液時，金猴子伸舌頭流口水的可怕模樣……那只是輕輕一刺，她母親也在別處經人這麼提醒。威爾非得屈服，照他們意願辦事。

「假設他們認為威爾不會照他們的話做，」她說：「假設他們認為他鐵石心腸，只會眼睜睜看我們死掉。如果可能，威爾最好能讓他們那樣想。」

萊拉隨身攜帶探測儀，現在天已亮得可以看得分明，她拿出心愛的儀器，放在腿上。萊拉逐漸進入魂遊狀態，許多層意義也變得異常清晰，她能感到所有意義間的複雜網絡。手指找到圖案時，腦中也想著：我們要怎麼擺脫間諜？

指針開始衝向各處，她從沒見過指針轉得這麼快，事實上，她生平第一次擔心自己會錯過指針的某些動靜，但她的知覺還在計算，也立刻了解整個活動的意義。

它告訴她：別嘗試，你們的小命必須仰賴他們。

這倒讓人大吃一驚，也令人挺不快活。她繼續問：我們要怎樣才能到冥界？

答案是：往下，跟隨匕首，往前，跟隨匕首。

最後她半羞愧、半遲疑地問：我們做的是正確的事嗎？

是的，探測儀立刻說。

萊拉歎口氣，從恍惚中醒來，她將頭髮塞在耳後，感覺第一道溫暖陽光照在臉上和肩上。這世界也出現一些聲音：昆蟲咿咿作響，輕柔微風沙沙拂過沙丘高處的乾草莖。

萊拉收好探測儀，漫步走回威爾身邊，潘拉蒙盡力變大成獅子，希望嚇唬加里維刺人。騎士正在使用磁石共振器，等他完成後，萊拉問：

「你跟艾塞列公爵談過話？」

「跟他的代表。」塔利斯說。

「我們不要去。」

「那正是我告訴他的內容。」

「他怎麼說？」

「跟妳無關。」

「隨便你，」她說：「你和那位女士結婚了嗎？」

「沒有，我們是同事。」

「你有小孩嗎？」

「沒有。」

塔利斯將磁石共振器收好，他身旁的薩瑪琪夫人也已醒來，正從柔軟沙間挖掘的小洞中優雅緩慢地坐起。兩隻蜻蜓還在沉睡，用蛛絲般細繩繫住，翅膀因朝露而溼潤。

「你的世界中有大大人嗎？還是他們都像你們一樣？」萊拉問。

「我們知道如何對付身材龐大的人。」塔利斯回答，說了等於沒說。他走過去低聲和夫人說話，兩人輕聲細語交談，萊拉聽不到他們的對話，但她喜歡看他們啜飲濱草上的露珠提振精神。萊拉心中對潘拉蒙說，水對他們來說一定也不一樣：想想和你拳頭一樣大小的水滴！他們一定很難進去裡面，那些水滴有種彈性外皮，就像氣球一樣。

此時威爾也虛弱地醒轉。他清醒後第一件事，就是尋找加里維刺人，他們也全神貫注地注視著他。

威爾別過頭去，看到萊拉。

「我要告訴你一件事，」她說：「來這裡，離開……」

「如果你要離開我們，」塔利斯宏亮的聲音說：「一定要留下匕首；如果不留下匕首，你們就必須在這裡說話。」

「難道我們不能有些隱私嗎？」萊拉氣憤地說：「我們不要你們聽到我們說的話！」

「那就離開呀，留下匕首。」

附近沒有別人，加里維刺人鐵定也無法使用匕首。威爾在背包中搜出水壺和幾塊餅乾，遞了一塊給萊拉，和她一起走到沙丘斜坡。

「我問過探測儀，」她告訴他：「它說我們不該嘗試擺脫那兩個小小人，他們會救我們一命。所以我們可能要和他們糾纏不清了。」

「妳有沒有告訴他們我們要做什麼？」

「沒有！我也不想說。他們會用那個說話的小提琴告訴艾塞列公爵，那他就會去那裡阻止我們……我們直接去那裡，別在他們面前提起。」

「可是他們是間諜，」威爾指出，「一定很擅長偷聽和躲藏，我們最好連提都不要提。我們知道該去哪裡，就直接過去，提也別提。那他們只好忍耐，和我們一起走。」

「他們現在聽不到我們的對話，距離太遠了。威爾，我還問我們該怎麼去。探測儀說跟著匕首，就這樣。」

「聽起來簡單，肯定沒那麼簡單。妳知道歐瑞克告訴我什麼嗎？」威爾說。

「不知道。他說……我跟他道別時，他說這對你來說會很困難，但他認為你一定可以辦到。但他從沒告訴我原因……」

「匕首斷裂是因為我想起媽媽。」威爾解釋，「我絕不能再想她，可是……這就像別人說別想鱷魚時，自己反而會開始想，總會情不自禁……」

「嗯，可是昨晚你毫無困難就切開窗口了呀。」萊拉說。

「對，我想是因為我累壞了吧。唉，我們看著辦吧。只是跟著匕首？」

「探測儀是這麼說。」

「那最好現在就走吧。食物所剩不多，我們該找些東西帶走，麵包和水果之類。首先，我得找個可以拿食物的世界，再正式開始搜尋。」

「好。」萊拉興致勃勃、精神抖擻地說，很高興能再度和潘及威爾一起行動。他們回到間諜身邊，兩人警覺地坐在匕首旁，背著背包。

「我們想知道你們打算怎麼做。」薩瑪琪說。

「哼，反正我們不去艾塞列公爵那裡。」威爾說：「我們得先做另一件事。」

「既然我們無法阻止你們，你們能告訴我們是什麼事嗎？」

「不行，你們會告訴他們。」萊拉說：「你們不用知道我們要去哪裡，跟著走就是。當然，你們隨時可以放棄，回到他們那裡。」

「鐵定不會。」塔利斯說。

「我們需要一些保證，」威爾說：「你們是間諜，注定不老實，那是你們的註冊商標。我們要知道你們值得信任。昨晚我們都太累，沒法好好想這件事。但等我們睡覺時，就無法阻止你們跑來刺我們，使我們完全無助，你們再用磁石共振器呼叫艾塞列公爵。你們能輕易辦到這點，所以我們要你們真心保證不會動手，光是承諾還不夠。」

加里維刺人因這種輕忽他們名譽的態度而氣得全身顫抖。

塔利斯克制地說：「我們不接受單方面的要求，你們必須提供什麼作為交換。你們得說出意圖，我才會把磁石共振器交給你們保管。我要送出訊息時，你們必須讓我使用，但你們總知道我何時使用，我們也不會未經同意使用，這就是我們的保證。現在，告訴我們你們要去哪裡、原因為何。」

威爾和萊拉互看一眼以表確認。

「好吧，這很公平。」萊拉說：「我們打算去冥界，我們不知道在哪裡，可是匕首會找到。這就是我們要做的事。」

兩個間諜瞠目結舌地望著她，滿腹狐疑。

薩瑪琪眨眼說：「妳說的沒道理。死者已逝，就這樣，沒有冥界這回事。」

「我本來也這麼認為，」威爾說：「可是現在我不那麼肯定了。至少，我們可以用匕首查明。」

「但是為什麼？」

萊拉看看威爾，威爾點點頭。

「嗳，」她說：「我在認識威爾以前，在我沉睡前很久，我帶領一個朋友進入險境，結果他被殺死。我原以為自己是去救他，結果只是幫倒忙。我沉睡時夢到他，我想如果我到他去的地方向他道歉，或許可以補償他。而且威爾也想找他父親，他跟威爾相逢不久後就死了。艾塞列公爵和考爾特夫人絕不會想到這點。如果我們去他那裡，就得做他想做的事，他絕不會想到羅傑——那是我死去的朋友，對公爵而言不值一提，但對我來說很重要，對我們很重要，這就是我們要做的事。」

「孩子，」塔利斯說：「我們死後一切都結束了，沒有另一個生命。你們看過死人屍體，你們也看過人死後精靈會怎樣，它只是消失了。在那之後會有什麼樣的生命呢？」

「我們打算去查明真相呀。」萊拉說：「既然告訴你們了，我要拿走磁石共振器嘍。」

萊拉伸出手，豹子潘拉蒙站著緩緩搖尾巴，想強化她的要求，塔利斯鬆開背上肩帶，將共振器放在她掌心。磁石共振器重得驚人，雖然對萊拉稱不上什麼重擔，卻令她驚歎他的力量。

「你們認為這趟探險會花多久？」

「不知道，」萊拉告訴他：「我們對這件事一無所知，不會比你們知道的更多，但我們就是得去那裡看看。」

「首先，我們要去找些水和食物，一些容易攜帶的東西。我要先找一個可以提供這些東西的世界，然後出發。」威爾說。

塔利斯和薩瑪琪騎上蜻蜓，牠們顫抖地在地面上由主人控制。這些巨大昆蟲渴望高飛，但騎師的命令卻是絕對的。萊拉首次在大白天觀看牠們：異常細緻的灰絲韁繩、銀色蹬具和迷你鞍座。

威爾拿起匕首，巨大誘惑使他想感覺自己世界的觸感：他身上還有信用卡，可買些熟悉的食物，甚至可以打電話給庫波太太，問問母親的狀況……

匕首發出一種刺耳聲，彷彿指甲在粗糙石塊上劃過，威爾的心臟幾乎停止跳動。如果他又折斷匕首，這將會是終點。

過了片刻，他再試一次。他不但沒有抗拒想念媽媽，反而對自己說：對，我知道她在那裡，但是我在做這件事時，必須別過頭去……

這次成功了。威爾發現一個新世界，他將匕首一斜打開開口。一會兒，一行人站在清爽的富裕農家庭院，這裡看起來類似荷蘭或丹麥等北國，石板庭院清掃得很乾淨，一排馬房門戶大開。陽光從朦朧空中照下，空氣有種燃燒味，還有一種較難聞的味道。附近沒有人聲，只有從馬廄中傳來嘈雜的嗡嗡聲，活潑喧鬧得像是機器發出的聲音。

萊拉過去看看，立刻轉身回來，臉色蒼白。

「那裡有四……」她吞吞口水，手抓住喉嚨，最後神色終於恢復，「四隻死馬在裡面，還有幾百萬隻蒼蠅……」

「你們看，」威爾說，嚥了嚥口水，「最好還是不要看。」

他指著廚房花園邊的覆盆子，男人的雙腿從樹叢最濃密的部分伸出來，一腳有鞋，另一腳沒有。

萊拉不想看，但威爾過去看看那人是否還活著，需不需要幫忙。他回來後搖搖頭，神色很不安。

兩個間諜已來到農舍門邊，大門半掩著。

塔利斯衝回來說：「裡面有甜甜的味道。」他又飛回門檻，薩瑪琪則到遠處別館周圍探望。

威爾跟隨騎士進入一間方形廚房。這是間老式廚房，木製碗櫃上擺著白瓷，一張擦得光亮的松木桌，一只黑色茶壺冷冷地置在爐灶上。隔壁是食品室，兩個裝滿蘋果的架子使整個房間盈溢芳香。這份寂靜相當沉鬱。

萊拉悄聲問：「威爾，這是冥界嗎？」

威爾也思考過相同的問題，但他說：「不，我不認為。這是我們從未來過的世界。我們盡可能裝下帶得走的東西，這很像黑麥麵包，應該不錯……又輕……這裡還有些乳酪……」

他們大搬特搬後，威爾將一枚金幣丟進大松木桌的抽屜內。

「怎樣？」看見塔利斯揚起眉毛，萊拉問：「拿東西就得付帳呀。」

此時薩瑪琪從後門進來，催促發著藍色電子光的蜻蜓降落在桌上。

「有人來了，」她說：「步行，攜帶武器，離這裡只有幾分鐘路程。田地後方有個村落正在燃燒。」

她說話的當兒，他們可以聽到皮靴走在碎石上的聲音，還有命令聲及金屬鏗鏘聲。

「那我們該走了。」威爾說。

他用匕首尖在空中感覺，立刻察覺一種全新感受，刀鋒似乎沿著一種異常光滑的表面滑動，彷彿是面鏡子，接著匕首緩緩下沉。但空氣中有些阻礙，就像厚重布料一樣，威爾終於打開開口時，不覺驚愕得眨了眨眼：他打開的新世界就和他們目前所在的世界一模一樣。

「怎麼了？」萊拉問。

間諜也滿腹狐疑地看過開口，但更讓人大惑不解的是，就像空氣抗拒過匕首，現在這個開口也拒絕讓他們穿越。威爾得用力推開某種隱形物體，再將身後的萊拉拉過來，加里維刺人幾乎穿不透。他們將蜻蜓棲息在孩子手上，即使如此，拉扯時就像在對抗空中的一股壓力。蜻蜓的細薄羽翼彎折扭曲，小騎師揉揉蜻蜓，低聲安撫牠們的恐懼。

經過幾秒鐘掙扎，他們全數穿越。威爾找到開口邊緣（雖然不可能用眼睛看到）後關上，也將士兵的聲音關在那個世界。

「威爾。」萊拉說，他轉身看到廚房裡還有一個人。

威爾的心開始狂跳。他不到十分鐘前才看到那人的屍體，僵直地躺在樹叢間，喉嚨已劃開。

他時值中年，身材瘦削，外觀看來是個熱愛戶外活動的人；現在卻因驚嚇過度，幾乎發狂或麻木，張大眼睛，眼白充滿整個虹膜，顫抖的手緊握住餐桌邊緣。他的喉嚨——威爾很高興看到——是完整的。

他張嘴想說什麼，但一句話都說不出口，只能指著威爾和萊拉。

萊拉說：「抱歉闖入你家，我們必須逃離一些剛到的士兵，很抱歉嚇到你。我是萊拉，這是威爾，這兩位是我們的朋友塔利斯騎士和薩瑪琪夫人。你能告訴我們你的名字，還有我們人在哪裡嗎？」

這聽來正常的詢問似乎使男人恢復鎮定，但仍忍不住發抖，彷彿剛從夢中醒來。

「我死了，我躺在那裡死了。」他說：「我心裡很清楚。你們還沒死。到底發生什麼事？神啊，幫幫我。他們劃開我的喉嚨，到底發生什麼事？」

那男人提到「我死了」時，萊拉忍不住向威爾靠近，潘拉蒙則衝到她胸前變成老鼠。至於加里維刺人，他們正試圖控制蜻蜓，大昆蟲似乎對那人極為反感，正在廚房中到處衝撞尋找出口。

男人沒注意到牠們，他仍在設法了解發生了什麼事。

「你是鬼魂嗎？」威爾謹慎地問。

男人伸出手，威爾試圖抓住，手指卻穿過空氣，他只感到一絲寒意。

男人看到後，也滿臉驚怖地看著自己的手。那種麻木感已開始淡化，他能感到自己悲慘的狀況。

「的確，」他說：「我是死了……我死了，我要下地獄了……」

「噓，」萊拉說：「我們會一起走。你叫什麼名字？」

「德克．揚森，」他說：「可是我已經……我不知道怎麼辦……不知道要去哪裡……」

威爾打開門，庭院看起來和先前一樣，廚房花園也絲毫未動，相同的迷濛陽光照射下來。男人的屍體也還在那裡，沒人碰觸過。

揚森輕輕呻吟一聲，彷彿再也無法否認。兩隻蜻蜓衝到門外在地面上飄浮，然後迅速高飛，行動比鳥還快。男人無助地四下張望，他舉起雙手，又垂下來，小聲叫喊。

「我不能留在這裡……不能留下，」他說：「這不是我熟悉的農場。這樣不對。我要走了……」

「你要去哪裡，揚森先生？」萊拉問。

「到路上。不知道。我要走了，不能留在這裡……」

薩瑪琪飛下來停在萊拉手上，蜻蜓小爪子扎著她。夫人說：「有些人從村裡走來……像這人一樣的人……全都往同一方向前進。」

「那我們就跟他們走。」威爾說，將背包甩到肩後。

揚森已跨過自己的屍體，還避開視線。他看來彷彿醉了，停步、前進、左右搖晃，不斷被小徑上的小車轍和石頭絆倒。他生前對這些可再熟稔不過。

萊拉跟在威爾身後，潘拉蒙變成茶隼盡可能高飛，使萊拉氣喘吁吁。

「他們也是，」潘拉蒙飛下來後說：「一大堆人從村裡走來。死人……」

不久，他們也看到那些人：二十幾個男人、女人和小孩，全都像揚森一樣移動，心情不定且驚嚇過度。村莊坐落在半哩外，這些人正朝他們而來，緊靠在路中央。揚森看到其他鬼魂時，開始跌跌撞撞跑了起來，他們也伸手迎接他。

「即使他們不知道自己要去哪裡，他們還是會一起離開。」萊拉說：「我們最好跟他們一起走。」

「你想他們在這世界有精靈嗎？」威爾說。

「看不出來。如果你在你的世界看到他們其中之一，你會認為他是鬼魂嗎？」

「很難說。他們的確看起來不正常……我以前常常在城裡看到一個人，他老在商店外晃蕩，老是提著同一只舊塑膠袋。他從不跟人說話，也不走進店裡，從來沒人注意他，我以前常常假裝他是鬼魂。他們看起來跟他有點像。或許我的世界充滿了鬼魂，我卻一無所知。」

「我想我的世界沒有。」萊拉狐疑地說。

「反正，這一定是冥界。這些人才剛被殺……一定是那些士兵幹的好事……他們人都還在這裡，就像他們生前住的世界。我以為會很不一樣呢……」

「啊，它正在褪色，」她說：「你看！」

她抓住威爾的手臂。他停下來四處張望，她說的沒錯。威爾在發現牛津的窗口，進入喜喀則之前不久，他的世界曾出現日蝕。威爾與其他千百萬人一樣，正午時站在屋外，看著明亮日光逐漸消褪暗淡，最後只剩下一種詭異微光籠罩住房屋、樹木和公園。每樣東西就像在日光中一樣清晰，只是光線微弱，彷彿所有力量都從瀕死太陽中流失了。

現在的情況就和那天相仿，只是感覺更怪異，事物的輪廓也漸漸模糊難辨。

「這不像是我們變瞎了，」萊拉害怕地說：「不是因為我們看不到東西，而是東西自己慢慢消失……」

顏色正緩緩流出這個世界。朦朧綠灰色取代了樹木和草地的翠綠，朦朧沙灰色取代玉米田的鮮黃，朦朧血灰色取代了整潔農莊的紅磚瓦……

那些人現在更接近萊拉一行人，也開始注意這些情況，指指點點，彼此相擁以求安心。

整個景物中唯一明亮的東西，就是亮麗紅黃色及電子藍蜻蜓、牠們的小騎師、威爾、萊拉和低空盤旋的茶隼潘拉蒙。

第一批抵達的人已近在眼前。顯而易見，他們全是鬼魂。威爾和萊拉互相靠近一步，但實在沒什麼好害怕，因為鬼魂更怕他們，節節後退，不願接近。

威爾叫道：「別怕，我們不會傷害你們。你們要去哪裡？」

他們看看最年長的老人，彷彿他是嚮導。

「我們要去其他人都去的地方，」他說：「我似乎知道，但我不記得學過這件事。似乎沿著這條路走，我們到那裡後就會知道了。」

「媽咪，」一個孩子說：「為什麼白天愈變愈暗？」

「噓，親愛的，別怕，」母親說：「怕也沒有用，我想我們已經死了。」

「我們要去哪裡？」孩子問：「我不要死掉，媽咪。」

「我們要去看爺爺。」母親絕望地說。

但孩子不肯接受勸慰，開始嚎啕大哭。有些人滿懷同情、有些人不滿地看著母親，但什麼忙也幫不上，他們只能絕望地走過逐漸褪去的景物，孩子微弱的哭聲毫不間歇。

塔利斯騎士對薩瑪琪說些什麼，而後向前飛去，威爾和萊拉貪婪地看著活潑亮麗的蜻蜓愈變愈小。夫人飛下來停在威爾手上。

「騎士去看看前面有什麼，」她說：「我們認為景物會消失，是因為這些人在喪失記憶。他們離家愈遠，就會變得更暗。」

「他們為什麼要向前移動？」萊拉問：「如果我是鬼魂，我會想留在我熟悉的地方，而不是到處亂晃迷路。」

「他們在這裡並不快樂，」威爾猜測，「這是他們剛死的地方，他們很害怕。」

「不，他們被什麼東西拉向前去，」夫人說：「一種直覺拉著他們往前走。」

的確，鬼魂在看不到自己的村子後，便更有目標地前進。空中一片烏黑，彷彿醞釀著巨大風暴，卻沒有風暴前的高壓。鬼魂穩定前進，道路也在缺乏特色的景致間向前伸展。偶爾，某個鬼魂會瞄瞄威爾、萊拉或明亮的蜻蜓和騎士，彷彿他們很稀奇古怪。最後老人說：

「你們，你這個男孩和女孩。你們沒死，也不是鬼魂。你們為什麼要跟來？」

「我們意外來到這裡，」萊拉在威爾開口前說：「我也不知道是怎麼回事，我們想逃離那些人，卻發現自己身在這裡。」

「你們怎麼知道要去的地方？」威爾問。

「我想有人會告訴我們，」老人鬼魂自信地說：「我敢說，他們會將有罪和正直的人分開。現在禱告已經沒用，太遲啦，你該在生前禱告。現在沒用了。」

顯而易見，老人知道自己會屬於哪個團體，他也認為那個團體的人數不會太多。別的鬼魂不安地聽他敘述，但他是唯一的嚮導，他們只好不加爭辯地跟隨他。

他們沉默地前進，天空已轉為陰沉的鐵灰色，卻不再繼續變暗。活人不禁上下左右、四面八方地尋找任何明亮、生動或喜悅的東西，卻極度失望，直到一個小亮光在前方出現，迅速從空中朝他們前進。那是騎士，薩瑪琪督促蜻蜓向前與他會合，還高興地叫出聲。

他們商量一會兒，立刻飛回孩子身邊。

「前面有個城鎮，」塔利斯說：「看來像是難民營，但城鎮顯然已有幾百年以上的歷史。我認為城鎮後方有海或湖泊，可是籠罩在濃霧中，我還聽得到鳥叫。時時刻刻都有上百人自四面八方抵達城鎮，像這些鬼魂一樣的人……」

鬼魂也聆聽騎士說話，但顯得興趣缺缺。他們彷彿已進入一種遲鈍的恍惚。萊拉不禁想搖醒他們，督促他們掙扎、醒來、四處尋找出路。

「威爾，我們該怎麼幫這些人？」她問。

威爾根本無從猜起。他們繼續往前進，看到地平線從左到右充滿活動跡象，一抹骯髒煙霧在前方緩緩升起，為黑暗增添絕望的氣氛。活動的主角是人，或者該說是鬼魂：一排排、一對對、一群群，或踽踽獨行，全都空手而來，成千上百個男女老幼正飄過平原，往煙霧源頭而去。

地表開始下傾，愈看愈像垃圾坑。空氣沉悶又充滿煙霾，還傳來各種惡臭：刺激的化學藥品、腐爛蔬菜和排水溝。他們愈往下走，情況就愈惡劣。眼前沒有一方淨土，唯一生長的植物是蔓生雜草和低劣灰草。

前方水面上，大霧瀰漫。霧如峭壁升起，與陰沉天空融為一體，裡面還傳來塔利斯提過的鳥叫聲。

在垃圾堆和濃霧之間，是第一座死人城。

第十九章
萊拉和她的死神

我對友人感到憤怒；
我說出我的憤怒，
我的憤怒畫下結局。
——威廉．布雷克

廢墟四處點燃火堆。這城鎮雜亂無章，沒有街道、廣場、開闊的空間，只有傾頹建築。幾座教堂和公共建築的屋頂仍巍巍聳立，可是屋頂破洞處處、牆壁龜裂，有棟建築的廊柱已倒塌。在這些石造建築的骨架間，則是迷宮般的簡陋小屋和臨時木板屋，屋頂用木材、破爛汽油桶、餅乾桶、塑膠碎片、三夾板、硬紙板斷片搭建成。

和他們一起來的鬼魂正匆忙往城裡前進。四面八方也湧出更多，彷彿從沙漏上滴入洞裡的沙粒。鬼魂直接進入齷齪混亂的城鎮，彷彿確知自己的目的，萊拉和威爾正要跟隨他們，卻遭到阻攔。

有個身影從破爛的門口走出，說道：「等等，等等。」

一道微光從他身後照來，無法看清他的五官，可是他們知道他不是鬼魂，他和他們一樣生龍活虎。他身材細瘦，看不出年齡，身穿單調破舊的西裝，手握鉛筆和一疊紙，紙上還有個大鋼夾。他走出來的那棟建築，外觀看似鮮有訪客的邊境關哨。

「這是什麼地方？」威爾問：「為什麼我們不能進去？」

「你們還沒死呀，」男人虛弱地說：「你們要在等待區靜候。沿這條路向前走後左轉，將這些文件交給門口的官員。」

「抱歉，先生，」萊拉說：「希望你不介意我多問，但如果我們還沒死，我們怎麼會大老遠來此？這正是冥界，不是嗎？」

「這是冥界的郊區。有時活人會意外來此，他們得先待在等待區才能進去。」

「等多久？」

「等到死掉為止。」

威爾忽然覺得天旋地轉。看到萊拉準備發言爭辯，便搶先一步說：「在那之後呢？我的意思是，來這裡的鬼魂會永遠待在這嗎？」

「不，不會，」官員說：「這只是轉運港，他們會搭船繼續向前。」

「去哪？」威爾問。

「這我可不能告訴你，」男人苦笑說：「請你們務必往前，一定要到等待區。」

威爾從那人手中拿走文件，抓住萊拉的手，督促她趕快離開。蜻蜓笨拙地飛舞著，塔利斯解釋牠們需要休息，於是牠們棲息在威爾的背包上，萊拉則讓間諜坐在她肩上。豹子潘拉蒙嫉妒地抬頭望著他們，一句話也沒說。他們沿著小路前進，繞過悲慘簡陋的小屋和汙水潭，看著無數鬼魂抵達又離開，對城鎮本身沒造成任何妨礙。

「我們要像其他人一樣，橫跨那水域。」威爾說：「或許等待區的人會告訴我們該怎麼做。反正，他們似乎既不生氣，也沒有危險。真奇怪。還有這些文件……」

那些文件只是從筆記本撕下來的紙片，上面有些用鉛筆草草寫成又刪掉的字。彷彿這些人在玩什麼把戲，看旅人會不會質疑他們或大笑後投降，可是一切看起來又這麼真實。

天色漸趨陰暗，氣溫轉趨寒冷，他們無法判斷時間。萊拉想他們已經走了半小時，也可能是一小時，可是整個地方外觀不曾改變。最後，他們來到一間貌似他們之前停留過的小木屋，門上懸掛一顆微亮燈泡，電線裸露在外。

他們接近小屋時，一名打扮得很像先前那人的男子出來，手中拿著奶油吐司，一言不發看了文件後點頭。

他將文件還給他們，正要進屋時，威爾說：「抱歉，我們現在要去哪裡？」

「找個地方待下來，」男人說，倒不失客氣，「問別人嘛，人人都在等待，就和你們一樣。」

他轉身關門，阻隔屋外寒氣。旅人轉身進入活人必須待著的破舊城中心。

這裡和先前那個主城鎮很類似：破爛小屋至少修理過十來次，由塑膠或波紋鐵碎片補釘，荒唐地互相倚靠在泥濘巷道間。有些地方，電纜從托架上成環狀脫落，微弱電流足以提供電力給一、兩盞光禿禿的燈泡，照亮附近小屋，然而大部分光源來自火堆。這些冒煙的火焰在支離破碎的建築材料間血紅地閃耀著，彷彿是一場大火的餘燼，令人怵目驚心。

威爾、萊拉和加里維刺人愈往前進，就看清更多細節。他們認出幾個……不只幾個，很多身影獨坐在黑暗中，有的靠牆，有的圍成小圈圈細聲說話。

「這些人為什麼不待在屋裡？」萊拉說：「這裡很冷呢。」

「他們不是人類，」薩瑪琪夫人說：「甚至不是鬼魂，他們是另一種東西，但我不知道是什麼。」

他們來到第一群小屋，這裡只有一盞大而微弱的燈泡，電線在冷風中微微搖晃，威爾將手放在皮帶間匕首上。屋外有群人形生物蹲著擲骰子，兩個孩子走近時，他們都站起來：一共五人，全是男性，臉藏在陰影中，衣衫襤褸，沉默不語。

「這城鎮叫什麼名字？」威爾問。

沒人回答。有幾人後退一步，五人全都靠攏些，彷彿自己才是受驚的一方。雖然不知原因為何，萊拉卻覺得全身起了雞皮疙瘩，手臂寒毛豎立。在她的襯衫中，潘拉蒙正發抖低語。「不要，不要，萊拉，不要，走了啦，我們回去吧，求求妳。」

這些「人」還是文風不動，最後威爾聳聳肩說：「好吧，反正晚安就是了。」然後離開。可是，他們接下來碰到的人，全都出現類似反應，也使他們愈發焦慮。

「威爾，他們是幽靈嗎？」萊拉悄悄說：「我們現在已經大到能看見幽靈了嗎？」

「我想不是，如果真是這樣，它們會攻擊我們，可是它們似乎也很害怕。我不知道它們是什麼。」

一扇門打開，屋內光線流瀉到泥濘路上。一個男人——真正的男人，一個人類——站在門口，看著他們逐漸接近。一小群站在門邊的身影後退一、兩步，彷彿出於敬意。他們也看到男人的臉：遲鈍、無害且溫和。

「你們是誰？」他問道。

「我們是旅人，」威爾說：「我們不知道自己在哪裡，這是什麼樣的城鎮？」

「這是等待區，」男人說：「你們旅行很遠了嗎？」

「對，很長一段路，我們也累了，」威爾說：「我們可以買些食物，付錢住宿嗎？」

男人的眼神越過他們看入黑暗，接著他走出來，四下望望，彷彿有人失蹤。他轉身對站在一旁那些奇怪的身影說：

「你們有沒有看見死神？」

他們搖搖頭，孩子聽見一陣低語：「沒有，沒有，一個也沒有。」

男人轉過頭來，在他身後的門口，有些臉正向外張望：一個女人、兩個年幼的小孩和另一個男人，看起來都慌張又焦慮。

「死神？」威爾說：「我們沒帶什麼死神來。」

這似乎正是那些人擔心的事，威爾一提及此，那些活人輕輕倒抽一口氣，連屋外的怪人也稍微向後縮。

「抱歉，」萊拉說，她盡可能有禮地走向前，彷彿約旦學院的管家正盯著她看，「我很難不注意那些紳士，他們已經死了嗎？我很抱歉開口詢問，失禮了。可是我們來的地方很不尋常，也從未見過像他們那樣的人。如果我出言不遜，也請求你們原諒。在我的世界裡，每個人都有守護精靈，要是我們看見別人沒有精靈，就會驚嚇不已，就像你們看到我們也很驚恐一樣。威爾和我正在旅行——這是威爾，我是萊拉——我知道有些人看來似乎沒有精靈，像威爾就沒有，那使我非常害怕，直到我發現他們其實就像我一樣平凡。那可能是你們世界的人看到我們時很緊張的原因，因為你們認為我們不一樣。」

男人問道：「萊拉？和威爾？」

「是的，先生。」她謙遜地說。

「這些是你們的守護精靈嗎？」他指向她肩上的間諜。

「不是，」萊拉說，她心裡其實很想說：「他們是我們的僕人。」可是她想威爾會認為那是個壞主意，就說：「他們是我們的朋友，塔利斯騎士和薩瑪琪夫人，我們和這兩位傑出睿智的人一道旅行。噢，這是我的守護精靈，」她從口袋中抓出老鼠潘拉蒙，「你看，我們沒有惡意，我們保證不會傷害你們，只是需要食物和住處。老實說，我們明天就啟程。」

每個人都在等待。萊拉謙遜的聲調似乎安撫那人的焦慮，間諜也聰明地知道裝作謙虛無害的模樣。那人沉默片刻後說：

「好吧，雖然很奇怪，但我想這是個詭異的時機……那就進來吧，歡迎……」

屋外的身影點點頭，其中一、兩人微微鞠躬，威爾和萊拉走入溫暖明亮的小屋時，他們尊敬地站向一旁。男人關上身後的門，還用鐵釘掛在小鉤上，將門關好。

屋內只有一個房間，桌上點著石腦油燈，屋內整潔卻破舊。三夾板搭成的牆壁，裝飾著從電影明星雜誌剪下的圖片，還有些煤灰指印。鐵爐緊靠在一面牆邊，前方是晾衣架，幾件微黑襯衫正在冒氣。一張梳妝臺上，插著塑膠花的神龕、貝殼、五顏六色的香水瓶、一些俗氣華麗的小東西，全都環繞一個戴高帽子和黑眼鏡、栩栩如生的頭骨。

小屋內非常擁擠：除了男人、女人和兩個小孩之外，還有個嬰兒躺在有欄臥床中，以及一個老人，在堆滿毛毯的角落中還躺著個異常年老的女人，雙眼發亮地觀看一切，臉上皺紋如毛毯般。萊拉看到她時，不覺嚇了一跳：毛毯又動了動，一隻細瘦手臂從黑袖子中出現，接著出現一張臉，那是個男人，老得幾乎就像顱骨。事實上，他看起來更像圖片中的骨架，而不像人類。威爾和其他人都注意到，他就像屋外那些陰沉有禮的身影。他們全都大惑不解，就像那男人初次看見他們時一樣。

事實上，擁擠小屋中的所有人——除了熟睡嬰兒——全都無話可說。萊拉是第一個出聲的人。

「你們真好心，」她說：「謝謝，晚安，我們很高興能來這裡。就像我說的，我們很抱歉沒有死神陪伴就來此——如果那樣才是正常。我們不會過分打擾，我們只是在尋找死人的世界，結果意外來到這裡。我們不知道冥界在哪裡、這裡是不是它的一部分、怎樣才能到那裡。如果你們能告訴我們相關的事，我們會不勝感激。」

屋內的人仍盯著他們瞧，但萊拉說的話使氣氛緩和些。女人邀請他們坐在餐桌旁，拉出長凳。威爾和萊拉將睡著的蜻蜓高放在暗角處的架子，塔利斯說牠們會休息到天明，接著加里維刺人也坐在桌邊加入他們。

女人先前正在燜煮一道燉肉，她削了幾顆馬鈴薯，切塊後放入燉肉繼續燜煮，一面督促她先生提供旅人茶點。他拿出一瓶清澈刺激的酒精，萊拉聞後覺得有點像吉普賽人的珍尼維酒。兩個間諜接受一杯酒，再分別倒入他們的小碟子內。

萊拉預期這家人會老盯著加里維刺人看，可是他們對她和威爾也同感好奇，她不用久候，謎底就揭曉了。

「你們是我們看過第一群沒有死神相隨的人，」男人說，他名叫彼得。「自從我們來到這裡，就一直是這樣。我們和你們一樣，因為機緣或意外，死前就來到這裡，我們必須等我們的死神告訴我們時機到了。」

「你們的死神告訴你們？」萊拉問。

「是的。很久以前，大多數人來此後，發現我們也帶著死神一塊來，這也是我們了解這件事的地方。我們一直都不知道我們擁有死神，每個人都有死神，跟著主人到各處去，整整一輩子都伴隨身邊。我們的死神正在外面呼吸新鮮空氣，待會他們會一個個進來。奶奶的死神就在這裡，他和她很接近，非常接近。」

「你的死神老在身邊，難道你不害怕嗎？」萊拉問。

「為什麼害怕呢？如果他在這裡，正好可以監視他呀。我要是不知道他在哪裡，可能會更緊張呢。」

「所以每個人都有自己的死神嘍。」威爾驚異地說。

「當然，從你出生的那一刻，死神就和你一起來到世上，最後會把你帶走。」

「啊，」萊拉說：「那正是我們想知道的，我們想找冥界，可是不知道該怎麼去。我們死後會去哪裡呢？」

「你的死神會拍拍你的肩膀，或牽你的手，說：『跟我來，時候到了。』可能會在你發高燒生病、喉間噎到一塊乾麵包，或從高樓上跌下來時；在你痛苦或分娩時，你的死神和善地出現，說：『現在放輕鬆，放輕鬆，孩子，你跟我一起來。』然後你會跟他搭船渡過湖泊，進入霧中。那裡會發生什麼事，沒人知道，從未有人回來過。」

女人吩咐孩子去將死神叫進來，他跌跌撞撞走到門邊對他們說話。威爾和萊拉啞口無言地看著一切，加里維刺人也靠近些，那些死神進門——每人都有一個：蒼白難辨的身影、破舊衣衫，看來無聊、安靜又乏味。

「這些是你們的死神嗎？」塔利斯問。

「是的，先生。」彼得說。

「你們知道他們會在何時告訴你們該走了嗎？」

「不曉得。可是知道他們就在附近，多少是種安慰。」

塔利斯一言不發，很明顯，他認為這絕不會是安慰。死神有禮地沿著牆壁站立，看到他們所占的空間有多小、一點也不引人注目，讓人覺得分外詭異。很快，萊拉和威爾也忽視他們的存在，雖然威爾心想，我殺死的那些人……他們的死神隨時都跟在他們身邊……他們不知道，我也不知道……

彼得的妻子叫瑪莎，她用缺角瓷盤盛燉肉，也舀些到碗中，讓死神傳遞享用。死神沒真的吃，可是香味讓他們心滿意足，一家子和賓客都飢腸轆轆地大口嚼食。彼得問孩子們從哪裡來、他們的世界是什麼模樣。

「我會統統告訴你們。」萊拉說。

她這麼一說，彷彿已掌握全局，感覺胸中湧起一股喜悅，就像香檳的泡沫般。她知道威爾正在看她，也很高興他能看見自己的優點，這是為了他和大家而做的。

她開始敘述自己的雙親：他們是公爵和公爵夫人，身分重要又富有，因受政敵欺騙而失去財產，最後鋃鐺入獄。但他們利用繩子逃獄成功，公爵臂中還抱著嬰兒萊拉，最後他們重獲家族財產，卻遭攻擊謀殺致死。如果威爾沒有即時趕到救她，帶她回到狼群身邊，她也會被擊殺烤來吃掉。威爾由林中狼群撫養長大，他還是嬰孩時，從父親的船側掉落海中，被沖到荒蕪海岸，一隻母狼讓他吸食母奶，使他能生存下去。

屋裡的人聆聽這些無稽之談，連死神也擠近聆聽，他們分別坐在長凳上、躺在附近地板上，以溫和有禮的表情看著萊拉編織她和威爾在森林中的故事。

威爾與萊拉和狼群生活了一陣子，最後來到牛津約旦學院的廚房工作，他們在那裡認識羅傑。約旦學院受到泥床燒磚人攻擊時，他們不得不匆忙逃離，她、威爾和羅傑搶到一艘吉普賽窄船，一路航行到泰晤士河，差點在亞平頓碼頭被逮到，後來他們被瓦平的海盜擊沉，最後安全地游到一艘三桅帆船旁，那艘船正打算航行到中國杭州，和當地人交易茶葉。

在帆船上，他們認識了加里維刺人。這些從月亮上來的陌生人，被銀河一陣強風吹到地球，躲在烏鴉巢穴中避難，她、威爾和羅傑常輪流爬上去看他們，有天羅傑失足跌落，葬身魚腹。

他們試著說服船長掉頭尋找羅傑，可是那個強悍凶狠的人一心只想趕快到中國賺大錢，還把他們關到鐵欄中，加里維刺人替他們帶來一把銼刀，然後……

故事沒完沒了地說下去。萊拉不時轉向威爾或間諜尋求認同。薩瑪琪會添加一、兩個細節，威爾只會點頭，最後故事終於敘述到孩子和他們的月亮朋友必須找到通往冥界的路，才能從她雙親口中得知家族財富埋藏的地點。

「在我們世界中，如果我們能知道我們的死神，」她說：「就像你們這裡一樣，就簡單多了，我們真幸運能找到路進來，這樣就能聽聽你們的建議。謝謝你們好心聽我說話，還請我們吃晚餐，真的很好。

「我們現在需要的，或是說明天早上需要的，就是找到渡湖的方法，到死人去的地方，看我們是否能到那裡。我們可以雇船嗎？」

人人一臉疑惑。孩子因疲倦而滿臉通紅，用睡意惺忪的雙眼看著大人，沒人回答。

一個從未開口的人發聲了。屋角被單深處，傳來一種乾裂鼻音，不是女人聲音，也不是活人聲音：是奶奶死神的聲音。

「你們想橫渡湖面、進入冥界的唯一方法，」他說，還用手肘向前靠，用骨瘦如柴的手指指著萊拉，「就是和你們的死神結伴而行，你們必須召喚你們的死神。我聽說過像你們這樣的人，不願讓死神接近你們。你們不喜歡他們，他們出於禮貌，就躲在你們的視線之外。但死神就在附近。不管你們如何轉頭，他們總躲在你們身後，不管你們往哪個方向看，他們都會藏身。他們能躲在茶杯中、晨露裡、一陣風中。不像老瑪各達和我在這裡，」他說，還捏捏她縮水的臉頰，她推開他的手，「我們在慈愛和友情中一起生活。這就是答案，沒錯，你們得這麼做，對他們說歡迎，和他們做朋友，對他們和善些，邀請你們的死神接近，看你們是否能獲得他們同意。」

他的話使萊拉心一沉，威爾也是，兩人同時感受到這些話的致命重量。

「我們該怎麼做？」威爾說。

「你們只要期待，事情就會成功。」

「等等。」塔利斯說。

每雙眼睛都轉向他，連躺在地板上的死神也坐起來，將空白溫和的臉龐轉向這熱情的小人。塔利斯站在薩瑪琪身旁，手放在她肩上。萊拉看得出他在想什麼：他會說這太離譜了，他們應該回頭，他們在這不負責任的蠢事上浪費太多時間。

因此她趕快說：「抱歉，」她對彼得說：「我跟這位騎士朋友要到外面一下，他要用我的特殊儀器，和他在月亮上的朋友說話。我們不會太久。」

她小心拎起騎士，避免碰到利刺，將他帶到外面的黑暗中。屋頂上一片鬆垮發皺的鐵片，在冷風中吟唱憂傷之歌。

「妳得住手，」他說，她把他放在一個上下顛倒的油桶上，頭頂電纜上的電燈泡正在搖晃，發出弱光。「我們已經來得夠遠了，不能再前進了。」

「可是我們已經事先同意了呀。」萊拉說。

「沒有，沒到這種程度。」

「好吧，那就別管我們。你可以飛回去，威爾會割開一個窗口通到你的世界，或看你喜歡哪個世界。你可以平安飛過去，沒關係，我們不介意。」

「妳知道妳在做什麼嗎？」

「知道。」

「妳不知道。妳是個沒大腦、不負責任、愛說謊的小孩，妳可以輕易幻想，妳的本性一點也不誠實，連真相盯著妳看時，妳也不願承認。好，如果妳看不出來，我直接告訴妳：妳不能、不該拿妳的死神冒險。妳現在一定要跟我們回去，我會和艾塞列公爵聯絡，我們在幾個小時內就可安全抵達堡壘。」

萊拉覺得胸間逐漸興起一股怒意，她跺跺腳，無法保持鎮定。

「你才不知道呢，」她大叫：「你根本不知道我腦中或心裡想些什麼，對不對？我不知道你們這些人有沒有小孩，或許你們會生蛋之類的，我才不意外，因為你一點都不友善、不慷慨、不體貼……如果你很殘忍，可能還好些，那表示你會認真看待我們，不會在事情順你意時才和我們合作……噢，現在我一點也不信任你！你說你會幫忙，我們要一起達成，現在你卻阻止我們……塔利斯，你才不誠實！」

「我絕不會讓我的孩子用妳這種傲慢專橫的方式對我說話，萊拉……我先前沒有處罰妳是因為……」

「那你就下手呀！處罰我，用你那根該死的刺狠狠刺進去，刺呀！我的手在這裡，你刺呀！你一點都不知道我在想什麼，你這個驕傲自私的生物……你一點都不知道我對我朋友羅傑感到多傷心、不安和難過……對你而言，殺人就像這樣，」萊拉彈彈手指，「你一點都不在意……可是，我從沒對我朋友說再見，這對我來說是折磨也是遺憾，我想說對不起，盡可能把事情做對……你永遠都不會了解這點，因為你很自大，你們這些大人有多聰明？如果我必須一死才能做對事情，我也會去做，開開心心地去做，我看過更糟糕的事。如果你想殺死我，你這個硬漢、超人、毒刺人、騎士，那你就下手呀，來呀，殺死我，我和羅傑就可以在冥界永遠玩樂下去，還會嘲笑你，你這可憐的東西。」

塔利斯接下來會做什麼，不難看出來，他怒不可遏，忍不住發抖。但他還來不及採取行動，有個聲音在萊拉身後開口了，萊拉和塔利斯同時被一陣冷意籠罩。萊拉轉身，心裡清楚會看見什麼，雖然勇氣十足，還是恐懼不已。

死神站得很近，和善地微笑。他的臉和她看過的那些人一模一樣，可是這是她的，她自己的死神。潘拉蒙躲在她胸前咆哮發抖，貂的身形纏繞她的脖子，試圖將她從死神身邊推開，如此一來反而將自己推向死神，他一發現後馬上又縮回她身上，回到她溫暖喉嚨和強壯心臟的搏動旁。

萊拉緊抓住潘，和死神面對面。她不記得他說什麼，只從眼角瞄到塔利斯正迅速準備磁石共振器，忙得很呢。

「你是我的死神，對不對？」她說。

「是的，親愛的。」他回答。

「你還不打算把我帶走？」

「只要妳需要我，我永遠都在這裡。」

「對，可是……我是需要你。是，可是……我要去冥界，沒錯，可是不是死掉，我還不想死。我喜歡活著，我喜歡我的精靈，還有……精靈不能去那下面，對不對？我看過他們消失，人死後，他們就像蠟燭火焰般熄滅。冥界有精靈嗎？」

「沒有，」他說：「妳的精靈消失在空氣中，妳消失在地底下。」

「那我要帶我的精靈到死人國，」她堅決地說：「還要再回來。有沒有人做過這樣的事？」

「很久很久沒人這麼做了。孩子，最後妳會輕輕鬆鬆來到冥界，這是趟沒有風險、安全、平靜的旅程，由妳的死神伴隨，妳忠誠的密友。他在妳生命的每一刻都伴隨妳，也比妳更了解妳自己……」

「可是潘拉蒙才是我忠實的密友！死神，我不認識你，我認識潘也愛潘，要是他……要是我們……」

死神點點頭。他似乎頗感興趣，人也很和善，可是她一刻也無法忘記他的身分：她自己的死神，近在咫尺。

「我知道從現在起必須真正下工夫了，」她比較鎮定地說：「而且會很危險，可是我要這麼做，死神，真的。威爾也要，我們兩人都有親朋好友剛死，我們需要做些修正，至少我很需要。」

「人人都希望能再跟死人說話，妳為什麼會是例外？」

「因為，」她開始撒謊，「除了探望我朋友羅傑外，我還有別的事要做。有個天使分派我一個任務，除了我之外，沒有人能達成。這件事太重要，不能等我自然死後再去做，一定要現在達成。天使命令我，所以我們來到這裡，我和威爾，我們一定要去。」

在她身後，塔利斯將儀器放在一旁，坐看這孩子乞求她的死神，帶她到沒有人該去的地方。

死神抓抓頭，伸出雙手。沒有什麼能阻止萊拉說話，也沒有什麼能扭轉她的欲望，連恐懼也不能；她宣稱自己看過比死亡更恐怖的東西，這是真的。

最後，她的死神說：

「如果沒什麼能阻止妳，那我只能說，和我一起來，我會帶妳進入冥界。我會當妳的嚮導，指引妳進去，至於妳想再出來，就得全靠自己了。」

「還有我朋友，」萊拉說：「我朋友威爾和其他人。」

「萊拉，」塔利斯說：「雖然違反常理，但我們會跟你們一起出發。妳把事情弄得很僵，所以之前我對妳非常生氣……」

萊拉知道這是和解的時機，她也很高興能這麼做，反正她贏了。

「是的，」她說：「我真的很抱歉，塔利斯，如果你沒有大發脾氣，我們永遠也找不到這位紳士來帶領我們。我很高興你們在這裡，你和夫人，我真的很感激有你們伴隨。」

所以萊拉說服自己的死神，帶領她和其他人進入羅傑、威爾父親、托尼・馬克瑞斯和千千萬萬死者進入的世界。萊拉的死神告訴她，天空出現第一道光芒時，要到港口準備出發。

潘拉蒙不斷戰慄發抖，沒有什麼能安撫鎮定他，也無法平撫他不時發出的輕聲低吟。萊拉和別人一起躺在小屋地板上，睡眠破碎又淺短，她的死神則警覺地坐在她身邊。

第二十章
攀爬

憑著緩緩攀爬——
憑著攀附在喜悅和我之間的小樹杈——
我得到了它——
——愛蜜莉．狄瑾蓀

謬爾發能製作各式各樣的繩索。瑪麗花了一個早上檢測亞塔家中的繩索，挑選出適用的。謬爾發不知道扭轉纏繞繩索之法，所有繩索都是編結而成，卻非常結實有彈性，瑪麗很快就找到她要的類型。

妳在做什麼？亞塔問。

謬爾發語言中沒有攀爬一詞，瑪麗必須用許多手勢，拐彎抹角解釋。亞塔聽後卻嚇得魂飛魄散。

爬到樹上很高的地方？

我得看看發生什麼事，瑪麗解釋。現在妳可以幫我準備繩索。

有次在加州，瑪麗認識一位每逢週末都會爬樹的數學家。瑪麗自己有些攀岩經驗，因此興致勃勃地聆聽那人敘述爬樹技巧和設備，還決定一有機會就要親身一試。當然，她從沒料到自己會在另一個宇宙爬樹，而單槍匹馬上樹也不是個好主意，可是她別無選擇，只能在事前做好安全措施。

她挑出一條繩子，長度可從高高樹枝觸及地面，也足以支撐數倍於自己體重的重量；接著她將一條較短的結實繩子切成許多段短繩，用漁人結製成短環，綁在主繩上，當成拉環或踏環。首要問題是如何將繩索繞過樹枝。瑪麗花了一、兩個小時，用結實繩索和一根有彈性的樹枝做實驗，最後製成一把弓，又用瑞士刀削切一些箭，用硬邦邦的樹葉代替羽毛，輔助箭在飛行時產生穩定作用。經過一整天的工作，瑪麗終於準備動手，可是太陽漸漸下山，雙手也又瘦又累，她用膳、入睡，但整個人若有所思，謬爾發則不停地用音樂般的低語議論著她。

早上起來第一件事，瑪麗試著將弓箭射過樹枝上方。有些謬爾發聚集觀看，非常擔心她的安全。攀爬對有輪子的生物很陌生，光是想想就令他們不寒而慄。

私底下，瑪麗了解他們的感覺。她嚥下自己的焦慮，將最細最輕的繩子綁在箭尾，用弓將繩子送入空中。

瑪麗失去第一支箭：它高高卡在樹幹上，怎麼也拉不出來。她又失去第二支箭，雖然它越過樹枝，卻掉得不夠遠，沒落在另一側地上，瑪麗試著拉它回來，抓到箭時也折斷了箭，繫在箭身的長繩掉回地面。瑪麗嘗試第三次，終於成功。

她小心平穩地將箭拉過枝幹，免得勾住細繩後折斷。接著將準備好的繩子拉上去，繞過枝幹下來，直到繩子兩端都垂在地面。她將繩子兩端緊緊綁在一根類似拱壁的樹根上，樹根幾乎和她的臂圍一般粗。她心想，這應該夠牢固了吧，嗯，最好是。當然，她在地面無法判斷，她與自己的一切行頭得依賴什麼樣的樹枝。這不像攀岩，每隔幾公尺處可將繩索固定在岩石表面的鋼錐上，所以不會墜落太深；可是眼前這過程只能依賴一條無法固定的長繩子，如果出什麼差錯，就會直往下墜。為了更保險，她用三條小繩編成一條安全帶，用一個鬆鬆的結穿過主繩懸掛在兩側末端，這樣她可以在開始滑落的那刻把結拉緊。

瑪麗把腳放上第一個吊帶，開始攀爬。

她比預估時間更早爬到樹冠。整個攀爬過程也很直接，繩子好端端地待在手中；儘管她起先不敢想像如何爬上第一根樹枝，其實樹幹上有深縫可供她踩牢，感覺很有保障。事實上，瑪麗在離開地面十五分鐘後，就已站上第一根分枝，並計畫爬上另一根了。

她隨身多帶兩捆備繩，打算利用鋼錐、鑿子、工具和其他攀岩設備，設下固定繩子的網絡。她花了好幾分鐘繫好這些東西，一旦確保安全後，選出一根看來最保險的樹枝，纏繞住備繩，開始攀爬。

她謹慎攀爬十分鐘後，發現自己置身在樹冠最茂密的部位，可觸及細長樹葉，便用手撫摸，她看到一朵朵乳白色花，小得奇怪，每朵都長出圓幣大小的東西，未來會長成堅硬如鐵的巨大莢果。

她找到一處由三根樹枝交叉而成的舒服地點，將繩子牢牢繫住，綁緊安全帶後稍事休息。

從葉隙間，她可以看到蔚藍大海，清晰發亮延伸至地平線。從右肩往另一個方向看去，金棕色大草原上矮坡起伏，綴滿黑色公路。

微風輕拂，淡淡花香飄送開來，僵硬的樹葉摩挲起舞，瑪麗想像一種龐大朦朧的善意，像巨掌般將她托住。她躺在粗大樹杈處，感到往昔只經歷過一次的幸福，那不是在她發誓成為修女時。

歪歪扭扭放在樹杈上的右腳踝開始抽筋，她才又回到現實。瑪麗動動右腳踝，精神重回到任務上，圍繞著她如海洋般的喜悅仍教她頭暈目眩。

瑪麗曾向謬爾發解釋，她得將兩片漆片相隔掌寬，才能看到思若夫，他們立刻了解關鍵所在，就製作一個短竹筒，將琥珀色漆片如望遠鏡般安置在兩端。現在這個望遠鏡就塞在她胸前口袋裡，她拿出來後四下眺望，看見這些金色思若夫——「影子」、萊拉的「塵」——正在飄浮，猶如風中飄揚的一大片微小生物。大部分都漫無目的飄動，就像陽光中的微屑或杯中的水分子。

大部分是如此。

瑪麗觀看愈久，便愈注意到另一種運動。在這種漫無目的的飄浮底下，是一種更深刻、緩慢、共通的運動——一種從陸地飄往海洋的運動。

嗯，這倒奇怪。瑪麗將自己在固定繩上穩住後，開始橫向往樹枝側爬，仔細觀察她能找到的花頭。霎時，她了解問題所在。瑪麗重複觀察，有了十足把握後，才開始謹慎、漫長、艱困地往下爬。

瑪麗發現謬爾發正處於恐懼狀態，他們的朋友遠離地面，令他們萬分焦慮。

亞塔更是鬆了一口氣，她焦躁地用象鼻碰觸瑪麗全身，見她安然無事，便發出溫和喜悅的鳴聲，最後和十來個札伊夫迅速將她載回聚落。

瑪麗一行人一到山丘邊，村民紛紛奔相走告，等他們來到發言區時，早已擠得人山人海，瑪麗猜想有很多札伊夫也從別處來訪，想聽她會說些什麼。她真希望自己有好消息。

老札伊夫沙塔馬斯爬到講臺上熱烈歡迎瑪麗，她也以記得的謬爾發禮數回禮。行完禮後，她開始說話。

她斷斷續續、用許多拐彎抹角的措詞說：

我的好友，我爬到你們樹上最高處，仔細看看成長中的樹葉、小花和莢果。

我在樹頂上看見一股思若夫流，逆風飄動。空氣從海上吹向陸地，可是思若夫卻緩緩向海洋移動。你們從地面上看得到這種情況嗎？我看不到。

我們看不到，沙塔馬斯說，這是我們第一次聽到這種事。

噢，思若夫流穿越樹木時，有些思若夫會被花朵吸引。我看見整個過程：花朵向上開放，思若夫直接落下時，會進入花瓣，有如來自星星的花粉，使它們受孕。

可是思若夫不再往下掉落，而向外往海上飄去。若一朵花正好迎向陸地，思若夫可以飄進裡面，因此仍有莢果生成。可是多數花朵都向上開，思若夫只能飄過而不進入。花朵會演化成這樣，一定是以往的思若夫都直接往下落。思若夫一定出了什麼問題，不是莢果樹的原因。這只能從高處看到，所以你們不知情。

如果想拯救樹木和謬爾發的生命，必須找出思若夫變成這樣的理由。我還沒想出辦法，但我會試試看。

瑪麗看到很多謬爾發抬頭看看那股流動的「塵」，卻無法從地面上看到，瑪麗從望遠鏡看出去，也只能看到湛藍天空。

他們討論了很久，試圖在傳說和歷史中回想是否曾提及思若夫風，卻一無所獲。他們只知道思若夫一向來自星星。

最後，他們詢問瑪麗是否有別的想法，她說：

我必須再多觀察，我得知道風是否總往那方向飄，或者日間和夜間逆向而流。我得多花點時間在樹頂上，夜晚在那裡睡覺和觀察。我會需要你們幫忙建造類似平臺的東西，這樣我才能安全地睡在上面，我們的確需要多多觀察。

個性實際的謬爾發急著想發現問題核心，立刻提供她一切協助。他們知道滑輪和轆轤的技術，有個札伊夫建議一種輕鬆將瑪麗送上樹冠的方式，省卻危險的攀爬過程。

謬爾發很高興有事可做，立刻出發收集材料。在瑪麗指導下，他們將圓材和繩子編結、拉緊、捆綁，並組合樹頂觀察臺所需的一切。

戈梅茲神父和橄欖樹叢的老夫婦說過話後，就迷路了。他花了好幾天在每個方向的路口搜尋和詢問，可是那女人似乎銷聲匿跡。

即使情況讓人沮喪，神父也不放棄。他頸間的十字架和背上的來福槍，是決心達成使命的雙重象徵。

如果天氣沒有開始變化，他可能會花更長時間找尋。他所處的世界，天氣又熱又乾，他也益發口渴。他看到石堆頂端有塊潮溼岩石時，便爬上去查看那裡是否有泉水。沒有泉水，但輪子莢果樹的世界剛下過陣雨，戈梅茲神父因此找到窗口，發現瑪麗的去處。

第二十一章
人首鳥妖

我討厭全然捏造的事物……真相之下總該有事實基礎。

——拜倫（Byron）

萊拉和威爾在驚懼中醒來，感覺像行刑日清晨的死囚。塔利斯和薩瑪琪正在照顧蜻蜓，他們以屋外油桶上方電子燈套住的飛蛾、蜘蛛網上捕捉的蒼蠅，以及錫盤中的一點水餵食蜻蜓。薩瑪琪夫人注意到萊拉臉上的神情，及老鼠潘拉蒙緊靠在她胸口的模樣，就放下手中工作，走來和萊拉聊聊。威爾則到小屋外四處走走。

「妳還是可以做不同的決定。」夫人說。

「不，不行。我們已經決定了。」萊拉說，倔強與害怕的神色交互呈現。

「如果我們回不來了呢？」

「你們不用跟著來。」萊拉指出這點。

「我們不會遺棄你們。」

「那如果你們回不來呢？」

「我們會為重要的事一死。」

萊拉沉默不語，她從沒好好看過夫人。在石腦油煙霧瀰漫的燈光下，她清楚看見站在一臂之遙的夫人：她的臉龐鎮定和善，不美麗，也不悅目，卻是那種在生病、不快樂或害怕時希望見到的臉龐。夫人聲音低沉，富有表情，在清晰表層下緩緩擺盪著笑聲和快樂的潮流。在萊拉一生中，從未有人在床邊念書給她聽，也沒人為她說故事或唱兒歌，然後親親她，關上燈。現在，萊拉忽然想到，如果有個聲音可以用愛把自己安全又溫暖地抱在膝上，那會是薩瑪琪夫人的聲音。她在心中期待，有天自己也能有個孩子，她會用這樣的聲音撫平、安定並唱歌給她或他聽。

「噢。」萊拉說，發現自己已哽咽，就吞吞口水、聳聳肩。

「我們等著看吧。」夫人說完後轉身。

他們吃過那些人僅能提供的粗茶淡飯，謝過主人，拿起背包，出發穿過衰敗城鎮，往湖邊走去。萊拉四下張望想找到她的死神。當然，他也在，有禮地走在前面幾步，不願靠得太近，只是不時回頭看看他們是否有跟上。

天地間瀰漫昏暗大霧，看來像薄暮而非白晝。霧影和流光在水窪間陰沉升起，或像絕望戀人般緊纏著頭頂上的電纜。四下空無一人，附近也沒有幾個死神，蜻蜓飛過潮溼空氣，彷彿用隱形線頭將周遭景色縫綴在一塊兒，看到蜻蜓的亮麗色澤前後飛舞，令人不禁欣喜。

不久，他們來到住宅區邊緣，沿溪而行。小溪緩緩流過矮小光禿的樹叢，偶爾還會傳來淒厲的呱呱聲或飛濺聲，彷彿某種兩棲動物受到驚擾，可是他們只看到一隻威爾腳般大小的蟾蜍，笨手笨腳、痛苦地側身吹脹著，彷彿受了重傷。牠躺在路中間，想移動到路邊，還盯著他們，彷彿認為他們打算傷害牠。

「殺死牠可能會比較仁慈。」塔利斯說。

「你怎麼知道？」萊拉說：「不管怎樣，牠可能還是希望活下去。」

「如果殺死牠，我們得帶著牠一起走，」威爾說：「牠想待在這裡，我已殺生無數。就算是一處骯髒淤塞的水窪，也比死來得好。」

「如果牠很痛苦呢？」塔利斯問。

「如果牠能說話，我們就會知道答案，可是牠不能說話。我不打算殺死牠，這樣做是只顧我們自己，而不顧蟾蜍的感覺。」

他們繼續前進。不久，足音開始改變，暗示正接近開闊空間，大霧卻更濃重。潘拉蒙變成狐猴，盡量睜大眼睛，攀附在萊拉肩上，將自己壓入萊拉布滿霧珠的髮中，不斷四下張望，可是他能看到的東西不比她多。他還是不停顫抖著……

忽然，他們聽到淺淺的浪花拍擊聲，雖然輕微卻相當接近。蜻蜓和身上騎師一起飛回孩子身邊。萊拉和威爾不自主地靠近，潘拉蒙也爬回萊拉胸前，他們謹慎地踏著泥濘小路前進。

最後，他們終於來到岸邊。眼前出現一座油膩、滿布浮渣的靜止湖面，漣漪偶爾會緩緩拍打小石。

小路左邊稍遠處，木造碼頭懶懶地伸展在水面上，那裡的大霧濃重得近似凝固。碼頭木樁老舊腐朽、木板上也沾滿綠色黏泥，除此之外，一無所有，在它之後也空無一物。小路盡頭是碼頭，碼頭盡頭則是一片大霧。萊拉的死神帶領他們來此，向他們一鞠躬，萊拉還來不及問他接著該怎麼做，他已踏入霧中消失了。

「仔細聽。」威爾說。

從看不見的水畔傳來聲音，一種木頭嘎嘎作響和沉靜規律的濺水聲。威爾將手放在腰間匕首上，小心翼翼走上腐爛木板，萊拉也緊跟在後。蜻蜓停在兩根覆滿雜草的停泊柱上，彷彿戴著徽章的守衛。孩子站在碼頭末端，費勁地往大霧裡看去，還不時撥去凝結在睫毛上的水珠。唯一能聽到的聲音，是緩慢的嘎嘎聲和濺水聲，而那聲音也愈來愈接近。

「我們不要去啦。」潘拉蒙低聲說。

「一定要。」萊拉小聲回答。

她看了看威爾。他嚴肅、陰鬱又充滿期待，絕不會轉身離開。塔利斯站在威爾肩上，薩瑪琪則在萊拉肩上，鎮靜警覺。蜻蜓翅膀上沾滿霧珠，就像蛛網，牠們不時迅速抖落霧珠。萊拉心想，如果不這麼做，水滴會使牠們身體過於沉重。她希望在冥界找得到牠們能吃的食物。

突然，一艘船出現了。

那是艘非常古舊的划艇，幾經磨損、修補，顯得腐朽不堪，艄公看來也異常老朽。他胡亂套著一件抽繩麻布長袍，跛足駝背，雙手瘦骨嶙峋，始終緊抓划槳，溼潤的青白雙眼深陷在灰皮膚的皺褶和細紋內。

他放開一槳，伸手抓住碼頭角落木柱上的鐵環，只用另一隻手划槳，將船靠到碼頭旁。多說無益。威爾先踏進船裡，萊拉也上前準備上船。

艄公舉高手。

「他不行。」他低聲嚴厲說道。

「誰不行？」

「他不行。」

黃灰色手指直指潘拉蒙，他本來是隻紅棕色的鼬，霎時變成白色貂。

「可是他就是我呀！」萊拉說。

「如果妳想來，他必須留在原地。」

「我們不能這麼做！我們會死掉呀！」

「這不是妳要的嗎？」

生平第一次，萊拉終於了解自己在做什麼，這才是真正的結果。她目瞪口呆，站著發抖，緊抓住她最親愛的精靈，他則因為痛苦而開始啜泣。

「他們……」萊拉無助地說，卻馬上默然不語：指出其餘三人沒有放棄一切，並不公平。

威爾焦慮地看著她。萊拉四下張望，看看湖水、碼頭、起伏不平的小路、靜止水窪、死人和腐敗樹叢……把她的潘孤孤單單留在這裡……沒有她，他怎麼可能活得下去？他在襯衫內發抖，就靠在她的肌膚旁，他的毛皮需要她的體溫。這是不可能的！絕不可以！

「如果妳要來，他必須留下。」艄公又說了一次。

薩瑪琪夫人韁繩一抖，蜻蜓從萊拉肩上起飛，降落在船緣，塔利斯也加入她的行列。他們對艄公說了些話，萊拉就像被判刑的囚犯，看著法院後方的騷動，期待出現傳信人帶來釋放訊息。

艄公彎身聆聽，搖搖頭。

「不行，」他說：「如果她要來，他就必須留下。」

威爾說：「這不對呀，我們沒有將自己的另一部分留下，萊拉為什麼要這麼做？」

「噢，你們有呀，」艄公說：「算她倒楣，她可以看見並和留下來的那部分說話，你們自己還不知道發生什麼事哩。等你們來到湖中，一切就太遲了。可是你們全都要將自己的一部分留在這裡。在死人的土地上，沒有為他準備任何通路。」

不行，萊拉心想，潘拉蒙也這麼想著：我們可不是為了這樣，才經歷波伐格的一切，不行，我們以後怎麼可能找得到對方呢？

她又回頭看看汙穢絕望的湖岸，荒涼枯萎，充斥疾病和毒物。一想到她最親愛的潘，她的心靈伴侶，必須孤伶伶留在這裡等她，眼睜睜看著她消失在霧裡，她終於忍不住嚎啕大哭起來。激動的啜泣並未傳來回聲，霧氣吞噬了一切，可是沿著湖岸周圍，在無數小潭和水窪、悲涼的殘樹斷樁中的傷殘生物，都被這激動的大哭引來，還因害怕這樣的熱情，身體低伏地面。

「如果他可以來……」威爾大叫，絕望地想終止她的悲哀，艄公只是搖搖頭。

「他可以上船，要是他真這麼做，這艘船就會停在這裡。」他說。

「那她要怎麼再找到他？」

「我不知道。」

「等我們要離開時，會從這條路回來嗎？」

「離開？」

「我們還要回來。我們到冥界後，還要再回來。」

「不是從這條路。」

「那就會是從另一條路，我們一定會回來！」

「我載過無數人，從未有人回來過。」

「那我們就會是第一批，我們會找到出路的。既然我們打算這麼做，艄公，仁慈點，有點同情心，讓她帶著她的精靈！」

「不行，」他搖搖他老朽的腦袋，「這不是你們能打破的規則。這是個像這樣的法則……」他彎身到船側，用手舀起一些水，手一彎，水又流回湖中。「這法則會使水流回湖中，就是這樣的法則。我不可能彎手，使湖水向上飛濺，就像我不能帶她的精靈到冥界一樣。不管她要不要來，他都必須留在原處。」

萊拉眼前一片茫然，她把臉埋在潘拉蒙的貓毛中。威爾看到塔利斯從蜻蜓身上下來，打算縱身往艄公一跳，他多少同意間諜的企圖，可是老人也看到了，老朽的頭轉過來說：

「你們認為我載人渡湖有多久？如果有任何東西能傷害我，那不是早就發生了？你們以為我載的人會高高興興和我走？他們會掙扎、哭鬧、試著賄賂我、威脅我、和我纏鬥，沒一樣有效。你們無法傷害我，即使用那根毒刺也一樣。你們最好安撫那孩子，是她要來；別注意我。」

威爾再也不忍觀看。萊拉做出生平最殘忍的一件事，她恨自己、恨這行為，她為潘受苦、和潘一起受苦、也因潘而受苦。她試著將潘放在冰冷小路上，將他的貓爪從她衣服上拉開，兩人哭了又哭。威爾掩住耳朵，這聲音讓人肝腸寸斷。她一再推開精靈，而他仍哭著想攀附在她身上。

她可以回頭。

她可以說不要，這不是個好主意，我們不能這麼做。

她該誠實面對自己內心深處、生命深處聯繫著潘的那種羈絆，她應該把他放在第一位，她可以把其他事拋諸腦後……

可是她無法這麼做。

「潘，沒人這麼做過，」她發抖地對他低語，「可是威爾說我們會回來，我發誓，潘，我愛你。我發誓我們會回來……好好照顧自己，親愛的，你會很安全……我們會回來……我一定會，如果要我花一生的時問找你，我也會這麼做……我絕不會放棄，我不會休息，我不會……噢，潘……親愛的潘……我必須這麼做，我一定要……」

她又推開他，他苦苦地蹲在冰冷、讓人喪膽的泥濘路上。

此刻潘拉蒙變成什麼動物，威爾已辨別不出。他看起來很幼小，像是一隻幼獸、一隻雛狗，一種無助落敗的生物，一種沉浸在悲慘中的生物，最後看來更像是悲慘本身，再也不是個生物。潘的目光從未離開過萊拉的臉，威爾可以看到萊拉也試著注視潘，拒絕躲避自己的愧疚。威爾崇拜她的誠實和勇氣之餘，也對分離帶來的悲傷感到震撼。他們之間流動著生動的情感，以致周遭空氣都能感受到這種電流。

可是潘拉蒙沒有問：「為什麼？」他知道原因，他也沒問萊拉是否愛羅傑甚於他，他知道真正的答案。他知道如果他開口這麼問，她將無法抗拒。精靈安靜自持，不想使拋棄他的人類過於苦惱。現在，他們都假裝這不很痛，過不了多久，他們就會重逢，這麼做只是為了大家好。可是，威爾知道這小女孩正將自己的心從胸口間扯裂。

她走進船內，身體如此輕盈，船身幾乎沒搖晃。她坐在威爾身邊，目光從未離開潘拉蒙，潘站在碼頭末端湖岸上發抖，在艄公放開鐵環，划槳將船駛離時，小狗精靈無助地小步跑到碼頭前端，狗掌輕輕喀嗒一聲放在柔軟木板上，站在那裡看著，只是看著。船遠離後，碼頭也漸漸消失在霧中。

萊拉忽然激動地放聲大哭，聲音清澈嘹亮，即使在足以消音的霧中也響起一陣回聲，這當然不是回聲，這是她前往冥界時，她的另一部分也在人間放聲痛哭。

「我的心，威爾……」她呻吟著抓住他，淚水溼透的臉因痛苦而扭曲。約旦學院院長曾向圖書館員預言，萊拉會做出重大背叛行為，這件事將深深傷害她。現在，這預言終於應驗。

威爾也發現自己體內正醞釀著一種痛苦，苦惱之餘，他看到兩個加里維刺人緊抓住對方，正如他和萊拉做的一樣，他們全都被相同的苦惱所擾。

這種痛苦部分是生理的，彷彿有隻鐵掌緊抓住他的心臟，想從他的肋骨間拉扯出來。威爾將雙手用力壓在胸前，無助地抗拒，這比失去手指時的痛苦更深沉悲痛；這也是一種心理上的痛苦，如同某些隱私被扯出放到光天化日之下，威爾幾乎被痛苦、羞恥、恐懼和自責交纏的情緒征服，而這一切都是他自己造成的。

還有更糟糕的呢。這就像他說：「不，別殺死我，我很害怕，殺死我媽媽吧，她不算什麼，我並不愛她。」也像是她聽到他這麼說，卻假裝沒聽到，以免他受苦，還因為愛他，自願取代他的位置。他的感覺就有這麼糟，沒什麼比這更苦痛。

如此一來，威爾終於了解這種感覺就像擁有精靈一樣，不管他的精靈是什麼，她也被他留在身後，和潘拉蒙一起被留在那充斥毒物的荒蕪湖岸。威爾和萊拉同時想到這點，不禁矇矓淚眼相看。這是他們有生以來第二次在雙方臉上看到自己的表情——卻不是最後一次。

只有艄公和蜻蜓似乎對這趟旅程無動於衷。兩隻大昆蟲仍然生龍活虎，即使在濃霧中，看來依舊鮮豔美麗，不時振動細緻翅膀，將溼氣抖落。老人在麻布長袍中一前一後地彎身，光禿腳丫子抵住積了淺淺水窪的船底。

這趟旅程比萊拉估計的還長。部分的她還因錐心之痛而苦，不時想像潘拉蒙被拋棄在湖岸的模樣；另一部分的她則試著適應這種刺痛，測試自己的力量，好奇地想知道接下來會發生什麼、他們會在哪裡上岸。

威爾強壯的手臂環繞她，但他自己也向前看，試著看穿潮溼灰色的陰暗，想聽到划槳濺水外的聲音。這時，的確出現了一種變化：一座懸崖或島嶼矗立在正前方。他們聽到四面八方包圍而來的聲音，接著看到大霧變得更為昏暗。

艄公拉出一根槳，將船稍微駛向左邊。

「我們在哪裡？」塔利斯騎士問，雖然很小聲，仍如往常一樣有力，可是他的聲音中有種嚴厲尖銳的聲調，彷彿他也在受苦。

「接近島嶼了，」艄公說：「再過五分鐘，我們就會抵達碼頭。」

「什麼島？」威爾問。他發現自己的聲音也很緊張，聽來如此嚴厲，幾乎不像自己的聲音。

「進入冥界的大門就在這座島上，」艄公說：「人人都會來此，國王、皇后、殺人犯、詩人、小孩，人人都會來這裡，沒有人可以回去。」

「我們一定會回去。」萊拉激動地低語。

艄公一語不發，但老朽雙眼中充滿悲憫。

船更靠近島嶼後，他們看見茂密陰鬱的深綠絲柏和紫杉樹枝，低低懸掛在水面上，島上土地陡峻升起，樹木異常繁茂，連雪貂也無法從中間穿過，一想到此，萊拉發出攙雜著打嗝與啜泣的聲音，潘拉蒙一定會讓她知道他有多在行，可是不是現在，或許永遠也不會了。

「我們死了嗎？」威爾對艄公說。

「沒什麼差別，」他說：「有些來這裡的人，永遠不願相信他們已死。他們不斷堅持自己還活著，這是個錯誤，別人必須為此負責。這實在沒什麼差別。有人活著時渴望死掉，可憐的東西，生命中充滿痛苦悲愁，希望在自殺後得到長眠的祝福，卻發現一切都沒改變，只是比活著更糟，這次卻無處可逃，因為無法讓自己再活過來。另外有人身體虛弱，罹患重病，有時則是小嬰兒，他們還沒真正活過，就變成死人了。我曾無數次一面划船，大腿上還放著號啕大哭的小嬰兒，他們永遠不會知道上面和這下面的區別。還有些老傢伙，有錢人最糟，粗暴地謾罵、詛咒我，尖聲怪叫：我以為我是誰？他們存下囤積的黃金，我為什麼不拿一些，放他們回湖岸？他們會找到法律制裁我，他們的朋友有錢有勢，他們認識這個主教、那個國王、這個公爵，他們身處在一種可以看我受罰受懲的位置……可是他們最後總會了解真相：他們唯一的位置就是在我的船中，航向死人領土。至於那些國王和主教，他們也會來此，而且比他們預期的更早。我讓他們大哭、胡說八道，他們無法傷害我，最後他們總是沉默不語。

「如果你們不知道自己是死是活，而那小女孩盲目地發誓她會再回到人間，我不會說任何話駁斥你。你自己到底是什麼，很快就會真相大白。」

他一面說話，一面穩定地沿著湖岸划去，最後把槳收到船內，右手伸向湖中聳起的第一根木柱。

艄公把船拉到狹窄碼頭邊，將船穩住。萊拉不想離開船身：只要她和船很接近，潘拉蒙就能好好想著她，那是他最後一次見到她的模樣。但若她離開小船，他就再也不知道該如何想像她的情況。萊拉不覺遲疑，可是蜻蜓起飛了，威爾也爬出船外，面色蒼白，緊抓胸口，萊拉也必須離開。

「謝謝，」她對艄公說：「你回去時，如果看到我的精靈，告訴他我比任何在人間或冥界中的一切都更愛他，我發誓會回到他身邊，即使沒人做過這件事，我發誓我一定做到。」

「好，我會告訴他。」老艄公說。

他把船推開，緩緩的划槳聲在霧中逐漸消失。

加里維刺人先向前飛一段距離，又飛回來，夫人停留在萊拉肩上，騎士在威爾肩上。他們站在冥界邊緣，前方除了大霧，一無所有。不過他們可從濃厚霧中看見一座巨牆聳立在正前方。

萊拉不禁開始發抖。她覺得自己的皮膚彷彿變成蕾絲，潮溼刺骨的空氣可在肋骨間自由進出，冷冷刺傷潘拉蒙停留過的新鮮傷口。她暗想，羅傑滾落到山邊，絕望地想抓住她的手指時，感覺大概也和她現在雷同吧。

他們動也不動站著聆聽。唯一的聲音是樹葉落水的滴答聲。他們抬頭向上看時，感到一、兩滴水珠飛濺到臉上。

「我們不能留在這裡。」萊拉說。

他們離開碼頭，彼此緊靠，往巨牆走去。這些巨大石塊上方覆蓋著年代久遠的綠色黏泥，高聳霧中，瞧不見頂端。他們走近些，聽到牆後傳來的叫聲，無法判斷是不是人類：刺耳的尖叫和啼哭聲懸浮在空中，彷彿水母漂浮的細絲，一碰到就疼痛難當。

「那裡有扇門。」威爾說，聲音聽來粗啞又緊張。

那是一扇嚴重磨損的木製側門，上方有塊厚板石塊。威爾還來不及伸手開門，那種刺耳淒厲的叫聲便在附近響起，震耳欲聾，把他們嚇得魂飛魄散。

加里維刺人立刻飛到空中，蜻蜓就像小小的戰馬，渴望大戰一場。某個東西飛低，用翅膀狠狠一擊，將蜻蜓掃到一旁，自己則沉沉降落在孩子頭頂的架上。塔利斯和薩瑪琪重新會合，並安撫發抖的蜻蜓。

那東西是隻兀鷹大小的大鳥，臉和胸部卻是女人模樣。威爾看過這種生物的圖片，看清楚她的模樣後，「人首鳥妖」一詞立刻浮現腦海。她的臉看起來光滑、沒有皺紋，卻比女巫更老：她見證了幾千年光陰流逝，這經年累積的殘酷悲慘，全在她臉上形成惡毒表情。他們仔細端詳後，更覺反胃：她的眼眶中塞滿骯髒眼屎；脣上的紅色也凝結成硬疤，彷彿她一次又一次吐著老血；糾結汙穢的黑髮披在肩上，鋸齒狀爪子緊勾住石頭，有力的深色翅膀收攏背上，稍微移動，一種腐爛臭味就會飄過來。

威爾和萊拉都覺得作嘔且痛苦不堪，但還是站直身子面對她。

「可是你們還活著！」人首鳥妖說，淒厲的聲音開始諷刺他們。

威爾覺得他對人首鳥妖比對所有認識的人都更怨恨恐懼。

「妳是誰？」萊拉問，她和威爾一樣渾身不快。

人首鳥妖卻以尖叫回應。她張開嘴，聲嘶力竭直衝著他們的臉大吼，兩人的頭開始嗡嗡作響，幾乎向後倒去。威爾一把抓住萊拉，兩人緊抓住對方，尖叫聲也開始轉為瘋狂、譏諷和隆笑聲，這時，沿著霧中湖岸的其餘人首鳥妖也大叫呼應。這種充滿揶揄與恨意的聲音，使威爾想起遊樂場內孩子們無情的殘酷行為，只是現在沒有老師能維持秩序，沒有人可以申訴，也沒有地方可以逃避。

他把手放在匕首上，直勾勾看入人首鳥妖眼中，頭仍然嗡嗡作響，她喊叫的力量就足以使他頭昏目眩。

「如果妳打算阻止我們，」他說：「除了尖叫，妳最好也準備作戰，我們打算進門。」

人首鳥妖令人作嘔的紅嘴又動了動，這次卻將嘴脣抿抿，裝成親吻的模樣。她說：「你母親孤單一人，我們應該送她一些噩夢，我們應該送些尖叫聲到她夢中！」

威爾動也不動，眼角掃到薩瑪琪夫人正輕巧地沿著人首鳥妖棲息的樹枝移動。夫人的蜻蜓在地上，由塔利斯控住，翅膀抖動著。接著兩件事發生了：夫人朝人首鳥妖身上一跳，將毒刺深深插入那生物鱗狀的腳上，塔利斯也騎著蜻蜓向上衝。一秒鐘後，薩瑪琪轉身跳開樹枝，直接落在電子藍蜻蜓上，一飛沖天。

這對人首鳥妖立即生效，另一聲刺耳叫聲震碎沉默，比前次更大聲。她用力拍著深色翅膀，威爾和萊拉都可感到風勢強勁，身體也禁不住搖晃起來。人首鳥妖用爪子緊勾住石頭，臉頰因憤怒而轉為黑紅色，頭髮也向上豎起，看起來就像戴著蛇形飾物。

威爾拉拉萊拉的手，兩人立刻往門邊跑去，人首鳥妖也迅速向他們俯衝。威爾轉身，一把將萊拉扯到身後，並舉起匕首，人首鳥妖才突然止住並往上飛。

加里維剌人立刻往人首鳥妖飛去，在她的臉旁來回盤旋，雖然他們無法接近或打擊她，但足以使她心有旁騖、笨手笨腳地拍翅，最後半跌到地面上。

萊拉叫道：「塔利斯！薩瑪琪！停，停住！」

間諜拉回蜻蜓，高高盤旋在孩子頭上，別的黑色形體也開始在霧中聚集，沿著湖岸傳來一百多隻人首鳥妖嘲笑的尖叫聲。原先那隻人首鳥妖抖著翅膀，甩著頭髮，輪流伸展兩腳，舒展爪子。萊拉只注意到她毫髮無損。

加里維剌人在空中盤旋後衝向萊拉，她伸出手讓蜻蜓降落。薩瑪琪了解萊拉的意思，她對塔利斯說：「萊拉沒錯，不知為何，我們無法傷害她。」

萊拉問：「夫人，請問大名？」

人首鳥妖揮舞寬大的翅膀，每個人幾乎因她身上飄來的可怕惡臭和腐爛氣味而暈倒。

「無名氏！」她叫道。

「妳要什麼？」萊拉問。

「你們能給我什麼？」

「我們可以告訴妳我們到過哪裡，或許妳會感興趣，我不知道。來這裡的路上，我們看到各式各樣奇奇怪怪的東西。」

「噢，所以妳要說故事？」

「如果妳要聽。」

「或許吧。什麼故事？」

「妳或許會讓我們進門，讓我們尋找某個鬼魂。如果妳很仁慈，我希望妳會這麼做。」

「妳就試試看啊！」無名氏說。

即使覺得噁心又痛苦，萊拉認為自己剛剛打出一張王牌。

「小心點。」薩瑪琪說。萊拉的小腦袋早已開始回想昨晚說的故事，捏造、剪接、修改又加油添醋：父母雙亡、家族財富、船難、死後餘生……

「嗯。」她已將整個故事大綱在心中擬好，「故事從我還是嬰兒時說起，我父母是亞平頓公爵夫婦，非常富有。我父親是國王的顧問，國王也常常造訪我家，噢，還非常頻繁呢，他們常常一起在森林中打獵。我在那裡的房子誕生，那是全南英格蘭最大的房子，叫作……」

人首鳥妖甚至沒發聲警告，瞬間便伸爪攻擊萊拉。萊拉及時蹲下閃避，可是人首鳥妖的一根爪子仍劃破她的頭皮，還扯下一撮頭髮。

她又在空中盤旋，直接對準萊拉的臉衝來，威爾拿出匕首擋在萊拉面前。無名氏及時轉身離開，威爾推著萊拉往門邊前進，萊拉則因驚嚇過度，再加上頭皮滴血而成半盲，變得麻木呆滯。威爾不知道加里維刺人跑到哪裡去，人首鳥妖又朝他們飛來，充滿憤怒與恨意地叫喊著：

「騙子！騙子！」人首鳥妖尖叫著：「騙子！」

「騙子！騙子！騙子！」

聲音聽起來似乎從四面八方傳來，每句話都從霧中巨牆上反彈回音，聲音變得有些模糊扭曲，聽起來就像是在叫萊拉的名字，彷彿萊拉和騙子是同一件東西[1]。

威爾將萊拉緊抱在胸前，拱起肩膀保護她，他感覺她靠在自己身上發抖啜泣。威爾用匕首往腐爛的木門一揮，迅速砍落鎖鑰。

威爾、萊拉、騎在俯衝蜻蜓身上的間諜，一塊兒跌入亡魂領土中。他們身後，霧中岸邊的人首鳥妖也呼應著無名氏，一起尖聲高叫起來，音量加倍再加倍……

1　編注：萊拉（Lyra）和騙子（liar）在英文中發音近似。

第二十二章 低語者

如秋葉般濃厚，散落在
凡倫馬羅莎的小溪中，伊特里亞的陰影，
如高懸的弓形涼亭掩映……
——約翰．彌爾頓

威爾立刻讓萊拉坐下，拿出裝著血苔的小盒，檢查她頭上的傷勢。傷口正如所有頭皮傷般大量流血，可是不深。他將襯衫一角撕下一小條，將傷口擦拭乾淨，然後把膏藥塗抹在傷處，盡量不去想那根爪子的骯髒汙穢。

萊拉眼神呆滯，臉色蒼白。

「萊拉！萊拉！」他說，輕輕搖她，「來吧，我們要走了。」

她發一陣抖後深吸一口氣，注視他，眼中充滿瘋狂的絕望。

「威……我再也無法這麼做了……我做不到！我無法說謊了！我認為這很容易……可是行不通……這是我唯一在行的事，卻沒有效！」

後出發去找羅傑。」

「這不是妳唯一能做的事，妳可以解讀探測儀，對不對？來吧，我們看看現在在哪裡，然

他扶她站立，首次端詳冥界。

他們正站在一望無際的平原上，前方延伸入漫天大霧中，那裡光線單調，自動發光，光彷彿均勻照射各處，沒有真正的陰影，也沒有真正的光源，萬物全是相同的微黑色。

在這巨大空間中到處是成人和小孩，全是鬼魂，數目多得讓萊拉無法猜測。大部分人都站著，有些人則坐著、無精打采地躺下或睡覺；沒人到處閒逛、跑來跑去或玩樂。有些人轉頭看看新來者，瞪大雙眼中裝滿恐懼的好奇心。

「鬼魂，」她小聲地說：「這是死人來的地方……」

毫無疑問。既然身邊沒有潘拉蒙，萊拉向威爾靠近，緊抓住他的手臂，他也很高興她這麼做。加里維刺人領頭向前飛去，威爾看到蜻蜓亮麗的小身影，迅速飄過鬼魂頭頂上方，那些人抬起頭來，訝異地以目光追隨。這裡的死寂永無止境又異常壓抑，灰濛光線使威爾心生恐懼，身邊萊拉溫暖的身軀，是他覺得唯一有生命的東西。

在他們身後牆外，人首鳥妖的尖叫聲仍在湖岸邊回響。有些鬼魂焦躁地抬頭，但大多數只是盯著威爾和萊拉，然後擠上前來。萊拉向後退，她還沒有足夠力量能像過去一樣面對群眾，威爾得先開口。

「你們會說我們的話嗎？」他問：「你們能說話嗎？」

那些鬼魂害怕地發抖，彷彿痛苦不堪，他和萊拉比這一大群死人加起來還更有分量。可憐的鬼魂沒什麼力量，聽到威爾的聲音後——這也是他們成為死人後，第一次聽到響亮的聲

音——很多人都擠上前來，熱切地想要回答。

但他們只能低語。鬼魂只能發出虛弱淒涼的聲音，彷彿輕聲歎息。他們推擠著、奮不顧身向前衝撞時，加里維刺人衝下來，在鬼魂前面飛來飛去，避免群眾過於靠近兩個孩子。有些小孩鬼魂滿懷期待地抬頭，萊拉馬上了解這是怎麼一回事：他們以為蜻蜓是精靈，一心一意希望再抱抱自己的精靈。

「噢，牠們不是精靈，」萊拉同情地脫口而出，「如果我的精靈在這裡，你們都可以摸摸他，我保證……」

她把手伸向小孩，大人鬼魂向後退了退，不是麻木就是恐懼，可是孩子全都蜂擁而上。這些可憐的東西，他們就像霧氣一樣，萊拉的手可以穿過他們的身軀，威爾也是。鬼魂簇擁向前，身輕如燕，毫無生氣，想靠訪客流動的血液和強壯心跳取暖，鬼魂穿過威爾和萊拉的身體時，他們感到一陣尖銳、冰冷的感受。兩個活著的孩子覺得自己也在一點一滴死去，沒有無窮的生命和體溫可以施捨，他們已覺得渾身發冷，而無以計數的群眾仍不斷向前，彷彿永不停息。

最後，萊拉請他們退後。

她舉起手來，「拜託……我們希望能觸摸你們每個人，但我們來這裡是要找某人，請你們告訴我他在哪裡？該如何找到他？噢，威爾，」她說，把頭靠向他，「我好希望自己知道該怎麼做！」

鬼魂對萊拉前額的鮮血非常著迷。在幽暗中，它就像冬青漿果一樣耀眼發亮，有些鬼魂剛才還摸摸那處，渴望和如此有生命跡象的東西接觸。有個女孩鬼魂——如果她還活著，大概是九或十歲——害羞地上前想碰碰，又害怕地後退。萊拉說：「別怕……我們不會傷害你們……如果可以，請和我們說話！」

女孩鬼魂開口了，細薄不清的聲音聽來像是耳語。

「那是人首鳥妖弄的嗎？她們想傷害妳嗎？」

「對呀，」萊拉說：「如果那是她們唯一能做的事，我才不怕她們呢。」

「噢，不是……噢，她們會做更可怕的事……」

「真的？她們怎麼做？」

鬼魂卻不願明說，他們搖搖頭，一言不發。最後有個男孩開口，「對那些來此已經幾百年的人還好，經過這麼長的時間，他們早就習慣了，人首鳥妖不會再讓人那麼害怕……」

「她們最喜歡跟新來的講話，」第一個女孩說：「那就像是……噢，真讓人討厭。她們……我不能告訴你們。」

鬼魂的聲音不比枯葉落地聲響亮，而且只有孩子才願意開口，大人似乎陷入一種久遠的昏睡狀態，始終不想移動或說話。

「聽著，」萊拉說：「請各位聽著，我和朋友會來這裡，是因為我們必須找一個叫羅傑的男孩。他剛來這裡不久，只有幾個禮拜吧，所以他可能不認識很多人，如果你們知道他在哪裡……」

雖然萊拉這麼說，心裡也明白他們可能要在這裡待到老朽，不斷四處搜尋，看過每一張臉，那也只是一小部分死人罷了。她覺得絕望壓在肩上，彷彿沉重的人首鳥妖棲息在此。

可是她咬緊牙關，試著抬頭挺胸。她想，我們已經來到這裡，至少已達成部分使命。

第一個女孩鬼魂以那種細小、迷失的耳語說了些什麼。

「我們為什麼要找他？」威爾說：「唉，萊拉想和他說話，我也想找另一個人，我父親約翰．帕里。他也在這裡，我想在回到我的世界前和他說說話。如果可以，請你們四下問問，請羅傑和約翰．帕里過來和萊拉和威爾說話，問他們……」

瞬間，鬼魂轉身逃之夭夭，包括成人在內。像忽然吹來的陣風將枯葉四下吹散，一眨眼，兩個孩子四周變得空空如也，他們很快就了解原因：空中傳來尖叫、吶喊和嘶吼，接著人首鳥妖出現在他們頭頂上，伴隨著腐臭的陣風、拍擊的翅膀，還有譏諷的叫聲、諷刺、揶揄、尖笑和嘲弄。

萊拉立刻蹲下，用手摀住耳朵，威爾手中拿著匕首，彎身擋在她上方。他看到塔利斯和薩瑪琪往人首鳥妖飄去，但他們和人首鳥妖還有一段距離，威爾瞥見人首鳥妖來回盤旋、俯衝，臉龐突然向空中一咬，彷彿吃掉什麼昆蟲，也聽到她們的喊叫聲——辱罵和髒話，全和他母親有關。這足以使威爾心思動搖，可是另一部分的他卻相當冷靜疏離，不斷思考、估算和觀察。沒有一隻人首鳥妖願意飛到匕首附近。

他站起來，看看到底會發生什麼事。其中一隻人首鳥妖——可能是無名氏——立刻笨重地旋轉飛開，她先前低空俯衝，原本希望飛掠過他頭上。現在她笨拙地拍動沉重的翅膀，時間只夠她轉身。他大可伸出手，一刀削掉她的腦袋。

此時，加里維刺人已進入空中，正打算展開攻擊，威爾卻叫道：「塔利斯！回來！薩瑪琪，回到我的手上來！」

他們在他肩上降落，他說：「看，看她們做些什麼，她們只是來這裡亂叫，我想她襲擊萊拉只是個錯誤。她們根本不想碰觸我們，別理她們就是了。」

萊拉瞪大雙眼，抬頭張望。那些生物在威爾頭上盤旋，有時只離一、兩呎之遠，可是她們總在最後一刻向兩側旋轉或向上飛升。威爾感到兩個間諜渴望作戰，蜻蜓的翅膀也在微顫，渴望載著牠們致命的騎師衝上空中，可是他們克制住，知道威爾說的沒錯。

這對鬼魂也造成一些影響：看見威爾無懼地站著，毫髮無損，他們又往訪客身邊磨蹭。他們謹慎地看看人首鳥妖，可是這些溫暖的血肉、強壯的心跳，實在難以抗拒。

萊拉站起來加入威爾。她的傷口又裂開，鮮血流到臉頰，她只是抹掉。

「威爾，」她說：「我很高興我們一起下來……」

他聽得出她聲音中的某種聲調，也看見她的表情，這是這輩子最讓他歡喜的一件事：她腦袋裡正在想一件大膽的事，可是還沒準備好說出來。

他點點頭，表示了解。

女孩鬼魂說：「來這裡……和我們一起來……我們會找到他們的！」

小小的鬼手彷彿碰觸他們身體內部，拉拉他們的肋骨叫他們跟她一起走，兩人都有種特殊的感受。

他們出發穿越詭異、荒涼的平原，人首鳥妖在頭頂上空盤旋，不斷尖叫，可是仍舊保持距離，加里維刺人也飛向空中監視。

一行人向前移動時，鬼魂開始對他們說話。

「抱歉，」一個女孩的鬼魂問：「你們的精靈在哪裡？抱歉我這麼問，可是……」

萊拉每分每秒都想到她親愛的、被遺棄的潘拉蒙，她無法輕鬆地開口，所以威爾代她回答。

「我們把精靈留在外面，那對他們來說安全些，我們稍後會去接他們回來。妳以前也有精靈嗎？」

「有，」鬼魂說：「他叫桑德林……噢，我好愛他……」

「他定形了嗎？」萊拉問。

「不，還沒。他總認為他是隻鳥，我希望他不是，我喜歡他在夜裡上床時變得毛茸茸的，可是他愈來愈像隻鳥。妳的精靈叫什麼？」

萊拉告訴她，鬼魂又熱切地向前擠來，每個人都想談談他們的精靈。

「我的精靈叫瑪塔潘……」

「我們從前會玩躲貓貓，她會變成一隻變色龍，我根本看不見她，她真的好厲害……」

「有一次，我的眼睛受傷，看不見路，他就帶我回家……」

「他從來都不想定形，可是我想長大，我們老是吵架……」

「她老是蜷曲在我的手裡睡覺……」

「他們還在嗎？在某個地方？我們還能再看見他們嗎？」

「不會。你死的時候，你的精靈就像蠟燭熄滅般消失。我親眼見過。我再也看不到我的卡斯特……我也沒機會和他說再見……」

「他們不會就這樣不見了！他們一定在某處！我的精靈還在某個地方，我知道！」

不斷推擠的鬼魂看來生氣蓬勃且興致大發，他們眼神發亮、雙頰發熱，彷彿也從訪客身上借了些生命。

威爾說：「這裡有沒有人從我的世界來的？我沒有精靈。」

一個瘦巴巴、和威爾年齡相仿的男孩點點頭，威爾轉身面對他。

「噢，對呀，」他回答：「我們不知道什麼是精靈，但我們知道失去他們的感覺。這裡的人來自各式各樣的世界。」

「我認識我的死神，」一個女孩說：「我長大後就曉得他，我聽到他們談論精靈時，以為他們在說一種類似我們死神的東西。我現在很想他，可是我再也看不到他。『塵緣已盡』——那是他對我說的最後一句話，現在他永遠離開了。他和我在一起時，我總知道我可以信任某個人，他知道我們要去哪裡、做些什麼，現在我已失去他，再也不知道接下來會發生什麼事。」

「這裡什麼事都不會發生！」有人說：「永遠都不會！」

「你才不知道呢，」另一人說：「他們不是來了嗎？沒人知道這會發生。」她意指威爾和萊拉。

「的確是這裡從未發生過的事，」一個男孩鬼魂說：「或許從今天起，每件事都要改變了。」

「如果可以改變，你要怎麼做？」萊拉問。

「再回到上面的世界！」

「即使你只能再看它一次，你還是願意那麼做嗎？」

「是啊！是啊！」

「噢，反正我得先找到羅傑。」萊拉說，還因為她突然想到的主意而坐立不安，可是她得先告訴威爾。

在這廣漠平原上，數不盡的鬼魂中，正進行一項巨大而緩慢的行動。雖然兩個孩子察覺不到，在空中飛行的塔利斯和薩瑪琪卻注意到，這些蒼白的小小身影正以一種龐大鳥群或鹿群移動的方式行進。整個行動的中心是兩個不是鬼魂的孩子，他們穩定前進，並非領導，也非跟隨，但他們的行動多少集中了鬼魂行動的意圖。

小間諜的想法移動得比他們衝刺的蜻蜓更迅速，互看一眼，將蜻蜓並肩停在一根乾枯的樹枝上休息。

「塔利斯，我們也有精靈嗎？」夫人問。

「我們上船時，我覺得我的心似乎被拉扯出來，活生生丟到湖岸上。」他說：「那並非真的心臟，因為它還在我胸中跳動，可是我的一部分也和小女孩的精靈一起留下來，薩瑪琪，妳的也是，妳的臉看起來很憔悴，妳的手蒼白又緊張。是的，我們也有精靈，不管那是什麼。或許，在萊拉世界中的人是唯一知道自己擁有精靈的人種，那也是他們其中一人起來發動革命的原因。」

他從蜻蜓身上滑下來，繫好蜻蜓，拿出磁石共振器。他幾乎還沒開始，就倏然中止。

「沒有反應。」他嚴肅地說。

「所以我們已超越一切了？」

「可以肯定的是，也得不到任何幫助。唉，我們很清楚要來冥界嘛。」

「那男孩會跟著她到世界盡頭。」

「妳認為威爾的匕首可以切開一條回去的路嗎？」

「我想他是這麼認為，可是，塔利斯，我不知道。」

「他還很年輕。唉，他們兩人都還很年輕。妳知道，如果她無法生還，誘惑來臨時，她是否會做出正確選擇的問題根本不存在，一切再也無關緊要。」

「你不認為她已做出選擇？她選擇把精靈留在岸邊時？這會是那個選擇嗎？」

騎士低頭看看地面上百萬個緩緩移動的鬼魂，全都在耀眼、生龍活虎的蓮花舌萊拉身後活動。他只能看出她的髮色，那是陰暗中最明亮的顏色，旁邊是黑髮男孩，看起來結實又強壯。

「不，」他說：「還不是。不管未來會發生什麼，它尚未出現。」

「我們一定要將她安全帶到那裡。」

「是帶領他們兩人，他們已注定要在一起。」

薩瑪琪夫人抖抖如蛛網般輕盈的韁繩，蜻蜓立刻飛離樹枝，朝活著的孩子飛去，騎士緊跟在後。

他們未停留在孩子身旁，只是飛低看看他們是否沒事，然後又向前飛去，半因蜻蜓似乎靜不下來，半因他們想看看這絕望之地延伸多遠。

萊拉看見蜻蜓在前方頭上閃爍發光，不由得鬆一口氣，至少有些東西能往前衝、散發美麗的光芒。萊拉再也無法守住自己的祕密，她轉向威爾，可是她得低聲說話。她把嘴唇壓在威爾耳朵上，在一連串噪音的熱流中，他聽見她說：

「威爾，我要把這些可憐的鬼魂孩子全部帶到外面去——包括大人——我們可以讓他們自由！我們會找到羅傑和你父親，然後打開一條通往外面的路，讓他們都重獲自由！」

威爾轉頭給了她一個真正的微笑，如此溫暖和快樂，萊拉的心不由得一顫——至少這是她的感覺，可是沒有潘拉蒙，她無法問自己這到底是什麼意思。她心跳的方式也不同，不由得使她大吃一驚，只好告訴自己繼續往前走，以停止這種心蕩神迷的感覺。

他們繼續前進。有關羅傑的耳語，傳播得比他們移動得更快。鬼魂口中相互傳遞著：「羅傑……萊拉來了……羅傑……萊拉在這裡……」彷彿體內的電子訊息從一個細胞傳遞到另一個細胞。

間諜在他們永不疲憊的蜻蜓身上，一面飛、一面左右張望，最後終於注意到一種新的移動方式：遠方似乎有種小小的旋流。他們向下飛近，首次發現沒人理會他們，一種更有趣的東西吸引所有鬼魂的注意力。鬼魂興奮地以近乎沉默的耳語討論、指指點點，還督促某人上前。

薩瑪琪飛下去，卻無法降落：降落時產生的壓迫力太大，即使這些鬼魂膽敢嘗試，也沒有人的手或肩膀可以支撐住她。她看見一個男孩鬼魂，有張誠實但不快樂的臉，因聽到的消息而困惑不解，於是她叫道：

「羅傑？你是羅傑嗎？」

他抬起頭來，訝異又焦慮地點點頭。

薩瑪琪飛回同伴身邊，兩人一起朝萊拉飛去。這是一段遙遠的距離，而且很難確認方向，不過在觀察鬼魂的活動模式後，他們終於找到她。

「她在那裡。」塔利斯說，然後開口叫道：「萊拉！萊拉！妳朋友在那裡！」

萊拉抬頭，伸手讓蜻蜓降落。龐大昆蟲立刻落下，全身像珐瑯一樣閃著紅黃色光輝，兩側翅膀平穩地靜止不動。萊拉把塔利斯舉到眼前，他則設法維持平衡。

「在哪裡？」她問，興奮得幾乎無法呼吸，「他在很遠的地方嗎？」

「一小時的路程，」騎士說：「他知道妳來了，別人告訴他的，我們也確定那正是他。只要繼續走，妳很快就會找到他。」

塔利斯看見威爾試著站直身體，督促自己更有活力些。萊拉聽到消息後，精神一振，還向加里維刺人問了一大堆問題：羅傑看起來怎麼樣？他有沒有和他們說話？他很高興嗎？別的小孩注意到發生什麼事嗎？他們有沒有幫他，還是擋他的路？

以及諸如此類的問題，塔利斯也試著忠實耐心地回答。一步又一步，活著的女孩愈來愈接近那位因她而死的男孩。

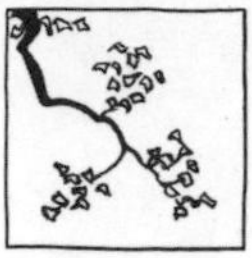

第二十三章
絕路

你們必曉得真理，
真理必叫你們得以自由。
——〈約翰福音〉

「威爾，」萊拉說：「如果我們讓鬼魂離開，這些人首鳥妖會怎麼做？」

那些生物愈來愈嘈雜、愈飛愈近，數目似乎不斷增加，彷彿幽暗本身開始聚集，凝結成一股惡意，還賦予她們雙翼。鬼魂也不時恐懼地朝上張望。

「我們愈來愈近了嗎？」萊拉對薩瑪琪夫人叫道。

「不遠了。」她在他們頭上盤旋，朝下叫道：「如果妳爬上那塊岩石，就能看到他。」

萊拉不想浪費時間。她用全副心思為羅傑擺出一副笑臉，可是在她心中，分分秒秒卻想著小狗潘拉蒙被遺棄在碼頭，大霧最後將他吞沒的可怕景象，這使她幾乎放聲吶喊。雖然如此，她一定要為羅傑帶來希望，從過去到現在，一直都是如此。

突然，兩人面對面重逢了。在一大堆鬼魂推擠中，他就在那裡，熟悉的面容看起來有點發青，表情卻是鬼魂所能表現出的喜悅神情，他衝上前去抱住她。

但羅傑如冷煙般穿過她的手臂，她感到他的小手抓住她的心臟，卻沒有力量握住。他們再也無法真正碰觸對方。

可是他可以低語，他說：「萊拉，我從沒想到自己會再見到妳……我想即使妳死後來到這裡，妳會變得老些，妳會長大人，就不會和我說話了……」

「那怎麼可能？」

「潘將我的精靈從艾塞列公爵精靈的手裡搶走時，我做錯一件事！我們應該逃走，我們不該試著和她打鬥！我們應該跑向妳！那她就無法再抓住我的精靈，峭壁崩塌時，她就會和我在一起！」

「那不是你的錯，笨蛋！」萊拉說：「是我把你帶到那裡的，我該讓你和別的孩子與吉普賽人一起回去，那是我的錯，真的很對不起，羅傑，真的，那是我的錯，不然你就不會在這裡了……」

「唉，我不知道。」他說：「或許我還是會死掉，這絕不是妳的錯，萊拉。」

她開始相信羅傑的話，不管如何，看見這可憐、冰涼的小東西讓人心碎，她和他這麼接近，卻無法碰觸他。她試著抓住他的手腕，卻只抓到空氣，可是他了解，就在她身旁坐下。其餘鬼魂稍微後退，讓他們兩人獨處。威爾也退到一旁，坐下來照顧他的手。傷口又開始流血。塔利斯正猛烈地飛來飛去，想逼迫鬼魂後退，薩瑪琪則幫忙威爾照顧傷口。

萊拉和羅傑卻沒注意到這些。

「妳還沒死嗎？」他說：「如果妳還活著，妳怎麼來這裡的？潘在哪裡？」

「噢，羅傑……我得將他留在岸邊……那是我做過最糟糕的事了，我覺得好痛苦……你知道那有多痛……他只是站在那裡，不斷看著，噢，我覺得自己像個殺人犯……可是，我必須那麼做，不然我就無法來這裡！」

「自從我死後，我就一直假裝在和妳說話，」他說：「我希望我可以，真的好希望……希望我可以出去……我和鬼魂們……萊拉，這是個恐怖的地方，毫無希望。人死後，一切就靜止不動了，還有那些像鳥的東西……妳知道她們會做什麼？她們等妳休息時——妳無法真正睡覺，只是打瞌睡而已——悄悄來到身旁，低聲說些妳在生前做過的壞事，讓妳無法忘懷。她們知道妳最糟糕的一面，她們知道怎麼讓人覺得不快，一心想著自己做過的蠢事和壞事。曾有過的貪念和惡念，她們全都知道，她們會使妳羞愧、厭惡自己……卻無法擺脫她們。」

「嗯，」她說：「聽著。」

萊拉放低聲音，緊靠著小小鬼魂，就像她當年在約旦學院心裡盤算惡作劇時一樣，她說：

「你可能不知道，可是女巫……你記得帕可拉吧……女巫有個關於我的預言。她們不知道我曉得這件事，沒人知道，我從沒向任何人提過。我在特洛塞德時，吉普賽人克朗爺爺曾帶我去見女巫的領事蘭塞里博士，他要我做一種測試，他說，我必須到外面，從許多雲松枝中選出正確的一根，看我是否真的會讀探測儀。

「嗯，我做完後很快就回去了，因為外面好冷啊，反正整個過程只花了一秒鐘，簡單得很。那時領事正和克朗爺爺說話，他們不知道我聽到他們的談話。他說女巫有個關於我的預言，說我將會做一件偉大且重要的事，而且會在另一個世界……

「我從沒對任何人提起，可能連我自己都忘了，後來又發生好多事。我把這件事拋到腦後，也從沒和潘討論過，我想，他聽了會笑掉大牙。

「後來考爾特夫人抓到我，我就一直陷入恍惚狀態，我不停夢到那件事，也夢到你。記得吉普賽人可斯塔媽媽嗎？你記得吧……我們在耶利哥時，和賽門、休和其他人到她船上……」

「對呀！我們幾乎把船開到亞平頓！萊拉，那是我們做過最棒的事了！我永遠不會忘記那件事，即使我在這裡當了一千年死人……」

「沒錯，可是，聽著，我第一次從考爾特夫人身邊逃走時，又找到吉普賽人，他們照顧我，還有……噢，羅傑，我發現這麼多事，你一定會大吃一驚……可是這很重要：可斯塔媽媽告訴我，我的靈魂中藏著巫火，她說吉普賽人是水上人家，可是我像沼火。

「我想，她試著讓我對女巫的預言有所準備，我知道自己會做出大事。蘭塞里博士說，直到那件事發生前，我不能發現自己的命運，這很重要，我絕不可以過問，所以我從不多問，我甚至沒想過那是什麼，也沒問過探測儀。

「可是，現在我想我知道了，能再找到你也是部分證據。羅傑，我要做的事……這也是我的命運……就是幫所有鬼魂永遠離開這裡。我和威爾必須拯救你們全體。我相信就是這件事，一定是的。我父親艾塞列公爵曾說過，死亡本身也會終結。可是我還不知道將來會發生什麼事，你絕對不能告訴任何人，答應我。我想你到上面可能無法活下去，可是……」

羅傑也急著想說什麼，她就住口了。

「這正是我想告訴妳的！」他說：「我告訴那些死人，我告訴他們妳會來！就像妳到波伐格救其他小孩一樣！我說，如果有人可以做到，那一定是萊拉。他們也希望這是真的，他們想相信我，可是他們並不真的相信，我看得出來。

「那主要是因為，」他繼續說：「每個孩子一到這裡，每一個喲，總是會說『我爸爸一定會來接我』，或說『我跟你賭，只要我媽媽一知道我在哪裡，就會來帶我回家』。不是爸爸或媽媽，就是朋友或爺爺，反正有人會來拯救他們，只是從未有人出現過。我告訴別人妳會來時，沒人相信我，只是最後我說對了！」

「對呀，」她說：「唉，沒有威爾的話，我也辦不到。威爾在那裡，還有那是塔利斯騎士和薩瑪琪夫人，羅傑，我有好多話要對你說……」

「誰是威爾？他從哪裡來的？」

萊拉開始解釋，絲毫沒注意她的聲音改變了。她不覺坐直身子，她敘述到兩人如何相遇，以及為了奧祕匕首而戰，眼神看起來也不同。她自己怎麼會知道這些呢？可是羅傑注意到了，對於生命一成不變的死人來說，他充滿了無言和傷心的嫉妒。

此時，威爾和加里維刺人也在稍遠處低聲說話。

「你和那女孩接下來要怎麼做？」塔利斯問。

「打開這世界，讓鬼魂出去。這也是匕首的功用。」

威爾從未見過任何人臉上有如此震驚的表情，更別提那些他重視的人。現在他已對這兩人非常敬重。他們沉默地坐了一會兒，塔利斯開口說：

「這將會毀滅一切，也會是最猛烈的重擊。在這之後，無上權威將一蹶不振。」

「他們怎麼會懷疑這點？」夫人說：「這根本就是無中生有！」

「接下來呢？」塔利斯問威爾。

「接下來？嗯，我想我們自己必須出去，找到我們的精靈。先別想那麼多，現在已經有很多事要操心了。我還沒對鬼魂透露這些，以免……以免失敗，所以你們也別說。現在，我要找到一個可以打開的世界，這些人首鳥妖正在盯著我們。如果你們想幫忙，可以在我開始行動時過去騷擾她們。」

加里維刺人立刻催促蜻蜓飛升到陰鬱上空，人首鳥妖的數目就像綠頭蒼蠅一樣濃密。威爾看著大昆蟲毫不畏懼衝向她們，彷彿在整個世界中，人首鳥妖才是蒼蠅，即使這些蜻蜓身材嬌小，牠們還是能用巨大下顎將人首鳥妖一隻隻咬斷。他還想到，如果天空大開，這些亮麗的生物將會多麼高興，牠們可以再飄回明亮水邊。

他拿起匕首。人首鳥妖先前對他說的那些辱罵他母親的話，瞬間浮現腦海。他停下來，放下匕首，試著清除腦中雜念。

他又試了一次，結果還是一樣。雖然有凶猛的加里維刺人，他仍可聽到她們在頭上喧擾。人首鳥妖人數眾多，兩個間諜實在無法阻止她們。

唉，事情就是這樣，絕不會變得簡單些。威爾放鬆心情，變得無動於衷，只是坐著輕握匕首，等自己再度準備好。

這次匕首直接切入空中，碰觸到岩石，他在這個世界打開一個窗口，卻碰到另一個世界的地底。他關上窗口，再試一次。

還是一樣，雖然這次是另一個世界。他過去打開的窗口中，曾發現自己身在另一個世界的半空中，所以這次碰上地底並不讓他格外震驚，卻多少有點驚惶失措。

他謹慎地用先前學到的方式感受，讓刀鋒尋找共鳴，卻顯示這是同一個地底世界。不管他怎麼感覺，觸感就是不對。這裡沒有他能打開的世界，他碰觸的每一處，都是堅硬的岩石。

萊拉感到出事了，她中斷和羅傑的密談，匆忙來到威爾身邊。

「怎麼了？」她輕聲問。

他告訴她原因，並說：「我們必須到別的地方，找一個能打開的世界，這些人首鳥妖絕不會讓我們這麼做。妳告訴鬼魂我們的計畫了嗎？」

「沒有，除了羅傑之外。我告訴他要保密，他會照我的話做。噢，威爾，我好害怕，我們可能永遠都出不去。如果我們永遠都被關在這裡呢？」

「匕首可以切穿岩石，如果有必要，我們會切出一條隧道。那會花費比我想像中更長的時間，不過我們做得到，別擔心。」

「對，你說的沒錯，我們一定做得到。」

萊拉看看威爾，他看來很虛弱，臉龐因痛苦而抽搐，眼睛四周出現黑眼袋，雙手發抖，手指又開始流血，他就像她一樣很不舒服。沒有精靈，他們無法撐太久。她感覺自己的靈魂在體內萎縮，她緊抱住雙臂，因潘而痛苦不堪。

鬼魂開始向前推進。這些可憐的東西，小孩子更是想親近萊拉。

「拜託，」一個女孩說：「妳回去後，不會忘記我們，對吧？」

「不會，」萊拉說：「絕不會。」

「妳會告訴他們有關我們的事嗎？」

「我答應妳。妳叫什麼名字？」

這可憐的女孩覺得尷尬又羞恥：她忘記自己的名字了。她轉過身子，掩住自己的臉，一個男孩說：

「我想，在這裡最好忘記自己的名字，我也忘記我的名字了。有些人剛來這裡不久，還記得自己是誰。有些小孩來這裡已經幾千年，他們不比我們大多少，可是他們已忘記很多東西。除了陽光——沒有人能忘記——還有風。」

「對呀，」另一個孩子說：「說說這些。」

愈來愈多人開始叫嚷，要萊拉告訴一些他們還記得的東西，包括太陽、風和天空，以及他們已忘記的事，例如怎麼玩耍。萊拉轉向威爾，低聲說：「威爾，我該怎麼辦？」

「告訴他們。」

「我好怕，在發生那件事後……人首鳥妖……」

「說實話，我們會趕走人首鳥妖。」

她疑慮地看著他，其實她焦慮得想吐。她轉頭面對鬼魂，他們也愈來愈靠近。

「拜託！」他們低語道：「妳剛從人間來！告訴我們，告訴我們！告訴我們有關人間的事！」

不遠處有棵樹——只是一棵枯死的樹幹，骨白色樹枝伸向灰濛的冰凍空氣——萊拉覺得異常虛弱，她不覺得自己有力氣邊走邊說，就往那裡前進，找地方坐下。鬼群推擠著挪出空間。

他們幾乎到達樹旁時，塔利斯降落在威爾手上，暗示威爾低頭細聽。

「她們又回來了，」他沉靜地說：「那些人首鳥妖，愈來愈多，準備好你的匕首。夫人和我會盡量阻擋她們，你可能要備戰。」

既然不用擔心萊拉，威爾從皮鞘中拿出匕首，手放在匕首旁。塔利斯又起飛了，萊拉來到樹旁，坐在粗大樹根上。

無數死人聚在四周，滿懷希望、睜大眼睛向前壓迫，威爾必須讓他們退後些，留出空間來，可是他讓羅傑待在近處，他正注視萊拉，熱切聆聽。

萊拉開始敘述她知道的世界。

她告訴他們，她和羅傑如何爬到約旦學院的屋頂上，在那裡找到斷腿烏鴉，他們如何照顧牠，直到牠痊癒後飛走；他們如何在布滿灰塵和蛛網的酒窖中探索，還喝了些加那利白葡萄酒，搞不好是托考伊酒呢，她無法判斷，最後他們喝得酩酊大醉。羅傑聽著，驕傲又心急，不斷點頭輕聲說：「對，對！就是那樣，那是真的，沒錯！」

她又告訴他們，牛津城和燒泥小孩間的偉大戰役。

她開始敘述泥床時，還逐件確認她記得的每件事：寬大的赭紅色清洗坑、拉鏟挖掘機以及有如巨大磚造蜂房的窯爐。她也告訴他們河邊的楊柳樹，樹葉背面是銀色的。她還告訴他們，太陽一連照了幾天後，泥土開始分裂成好看的大板塊，中間還會形成深深的裂縫，以及把手指壓在裂縫中的感覺；另外，緩緩撬開乾燥的泥板，盡可能維持最大塊的面積，小心別折斷它——泥板下方還是溼的，這是最佳的投擲武器。

她還形容那地方的氣味：窯爐中的煙味；西南風吹起時，河裡腐爛樹葉的霉味；燒泥人愛吃的烘焙馬鈴薯香味；水輕巧流進水閘，進入清洗坑中的聲音；想把腳拔出泥地時，那種厚重緩慢的吸力；還有在充滿厚泥的水中，沉重、潮溼的水閘竹板造成的啪嗒聲。

她又提到其他興之所至的遊戲，鬼魂向她挨近些，吸收她說的每個字，想起他們還有血有肉、有感覺時的情景，一心希望故事永遠講不完。

她又說到燒泥人小孩總向城裡小孩宣戰，他們有多遲鈍、愚蠢，腦袋裡只有泥巴；相反的，城裡小孩如燕子般犀利敏捷。有一天，城裡小孩拋去彼此間歧見，共同謀畫從三面攻擊燒泥人小孩。他們將燒泥人小孩壓入河裡，輪流將一團團沉重黑泥丟到他們身上，還衝進他們的泥巴城堡，一腳踩爛，並把城牆改裝成飛彈，直到空中、地面和水裡全都糊混成一團。最後每個孩子看起來都一模一樣，從頭到腳都是泥巴，那是他們一生中最精采的一天。

萊拉說完時，疲憊地看看威爾。忽然，她嚇了一大跳。環繞在她四周，除了沉默的鬼魂與身邊活生生的同伴外，還有新的聽眾。大樹枝幹上棲息著黑色鳥形，女人的臉向下看著她，既嚴肅又入神。

萊拉怕得趕快站起來，可是她們動也不動。

「妳，」萊拉懊惱地說：「妳在我試著告訴妳一些事時曾攻擊我。現在妳為什麼停下來呀？繼續呀，用妳的爪子將我撕裂，把我也變成鬼魂呀！」

「那是我們最不想做的事。」棲息在最中間的人首鳥妖說，她正是無名氏。「聽我說，幾千年前，第一批鬼魂下來這裡時，無上權威給予我們看穿每個人缺點的能力，從此以後，我們就不斷吸收這類汙穢，直到血液變得惡臭、心也開始生病為止。

「不管怎樣，那是我們能吸收的一切，也是我們唯一擁有的。現在我們知道，妳打算打開一條通往上面世界的路，帶領鬼魂進入空氣中……」

她嚴厲的聲音忽然淹沒在幾百萬個低語聲中，每個聽得見的鬼魂都滿懷喜悅和期望地大叫，但人首鳥妖也開始尖叫、鼓動翅膀，直到鬼魂再度安靜。

「沒錯，帶領他們出去！」無名氏叫道：「那我們今後該做些什麼？我告訴妳，我們以後該怎麼做：從今而後，我們再也不會讓步，我們會傷害、褻瀆、撕裂、劈開每個經過的鬼魂，我們會使他們因恐懼、自責和自我憎恨而發狂。這裡已是個荒地，我們將使它成為地獄！」

人首鳥妖開始放聲尖叫和嘲諷，許多飛離樹枝，直接朝鬼魂飛去，嚇得鬼魂四下流竄。萊拉緊抓住威爾的手臂說：「他們已經放棄了，我們辦不到……他們全都恨我們……他們認為我們背叛了他們！我們使情況雪上加霜，而不是更好！」

「安靜，」塔利斯說：「不要苦惱。叫她們回來，讓她們聽我們說話。」

威爾叫道：「回來！全部回來！回來聽我們說。」

一隻接著一隻，人首鳥妖轉身飛回樹上，臉上滿是渴望，還有對悲慘的欲望，鬼魂也慢慢踱回來。騎士讓薩瑪琪照顧他的蜻蜓，身穿綠衣、頭頂黑髮、精神抖擻的小小身影一下跳到岩石上，讓所有人能看見他。

「人首鳥妖，」他叫道：「我們可以提供妳們更好的東西，老實回答我的問題，聽我說完後再做判斷。萊拉在牆外和妳談話時，妳卻攻擊她。為什麼妳要那麼做？」

「謊話！」人首鳥妖大聲叫道：「謊話和幻想！」

「她剛才說話時，妳們卻沉默不語。為什麼？」

「因為那是真話，」無名氏說：「因為她說真話，那很營養，可以餵養我們，我們無法自拔，因為那是真話。除了邪惡之外，我們一無所知，而真話替我們帶來關於人間的消息：太陽、風和雨。因為那是真話。」

「那麼，」塔利斯說：「讓我們做個交易。除了只能看見鬼魂的缺點、殘酷和貪念，從今天開始，妳們也有權利要求每個鬼魂說出他們生命的故事，他們將會告訴妳們，他們在世上真正知悉、聽過、看過、觸摸過和愛過的真相。每個鬼魂都有自己的故事，每個下來這裡的人，都會告訴妳們關於人間的故事。妳們有權聆聽這些，他們也必須告訴妳們。」

萊拉對小間諜的勇氣非常佩服。他怎麼敢對這些生物如此說話，彷彿他有力量賦予她們權利？每隻人首鳥妖都能將他一口咬斷、用爪子將他撕裂，或將他銜到高空中，再把他丟下來摔個粉碎。可是他站在那裡，驕傲無懼地和人首鳥妖進行交易！而她們正在聆聽，面面相覷，低聲商量。

鬼魂害怕而沉默地看著一切。

最後無名氏轉過頭來。

「那還不夠，」她說：「我們要的更多。我們是在古老的天道下履行任務，我們有自己的地位和責任，勤奮地履行無上權威的命令，覺得非常光榮。雖然被人懷恨恐懼，卻覺得很榮耀。將來我們的榮譽心呢？如果鬼魂能簡單地走出冥界，他們為什麼要理睬我們？我們有自豪之處，你無法廢除，我們需要一個榮耀的位置！我們需要責任和任務，替我們贏得應有的尊重！」

人首鳥妖開始在樹枝間移動雙腳，低聲說話，還舉起翅膀。過一會兒，薩瑪琪也跳到岩石上，加入騎士的行列，她叫道：

「妳說的沒錯，每個人都該有重要的任務，那可以予人榮譽感，使人驕傲地履行。以下就是妳們的任務，也只有妳們能做到，因為妳們是這裡的守護者和看守人。妳們的任務，就是帶領鬼魂從湖邊碼頭穿越冥界，來到進入人間的新開口。相對，他們要說出故事，作為領路的回饋和費用。這聽起來公平嗎？」

無名氏看看她的姊妹，她們都點點頭。她說：

「如果他們說謊、藏匿真相或沒話可說，我們有權拒絕帶路。如果他們在人間活過，就應該看過、聽過、碰過、學過和愛過。我們會為嬰兒破例，他們沒機會學習任何東西，否則，如果人們雙手空空地下來，我們拒絕帶領他們。」

「這很公平。」薩瑪琪說，活著的人也都同意。

所以協議達成了。人首鳥妖已聽完萊拉的故事，因此同意帶領他們前往最靠近人間的地點作為交換。那是一條漫漫長路，必須穿越地道和洞穴，可是她們會忠誠地帶領他們，所有鬼魂都可以追隨。

他們還來不及出發，有個聲音突然以低語所能發出的最大聲量叫喊。一個瘦骨嶙峋的男鬼魂表情激憤地叫道：

「接下來會發生什麼事？離開冥界後，我們會再活過來嗎？還是會像我們的精靈一樣消失？兄弟姊妹，除非知道將來會發生什麼事，否則我們不該跟隨那孩子離開！」

其他鬼魂也附和，「對呀，告訴我們要去哪裡！告訴我們該期待些什麼！除非知道接下來會怎麼樣，否則我們才不跟妳去！」

萊拉苦惱地轉向威爾，他說：「告訴他們真相。詢問探測儀，告訴他們它說些什麼。」

「好吧。」她說。

萊拉拿出金色儀器，答案立刻出現。她收好儀器後站起來。

「這是將來會發生的事，」她說：「這是真相，真切的事實。你們離開這裡後，組成你們的粒子將會鬆開、飄散，就像你們的精靈一樣。如果你們看過瀕死的人，會知道那是什麼情況。但你們的精靈現在並非虛無，他們是萬物的一部分，所有的原子也是他們，他們進入空中、風中、樹中、泥土中和生物中。他們並未消失，而是成為萬物的一部分。這也會發生在你們身上，我發誓，以我的信譽保證。沒錯，你們會解體，可是你們會在開闊空間中，成為萬物的一部分，獲得新生。」

沒有人說話。看過精靈消失的鬼魂正在回想這些，沒看過的則開始想像。最後，一個年輕女鬼魂上前來，她在幾世紀前因殉教而死。她四下張望一番後說：

「我們還活著時，他們告訴我們，死後會上天堂。他們也說天堂是個充滿喜悅和榮耀的地方，我們會在受到祝福的永世中，和聖徒與天使一起歌頌上帝，那是他們告訴我們的。那也使我們有些人奉獻生命、有些人積年累月獨自祈禱，圍繞在我們身邊的生命喜悅都因此浪費殆盡，我們卻一無所知。

「冥界不是個犒賞或懲罰的地方，而是虛無之地。好人、壞人都會來這裡，所有人都在這陰鬱死地一起永遠受苦，沒有自由、喜悅、睡眠、歇息或平安的希望。

「現在這孩子提供一條出路，我打算跟隨她。朋友，即使這意味著遺忘，我也很歡迎。因為這將不再是虛無，我們會在草地上的成千葉片中，也會在雨滴中落下，會在清爽微風中活過來，我們會在星子和月亮下的露水間發光，過去那個物質世界是我們真正的家，未來也不會改變。

「所以我敦促你們：和這孩子一起到天空下吧！」

但她突然被一個男鬼魂推到一旁，他看來像個修士，細瘦修長，即使死了還是很蒼白，有狂熱的黑眼。他先在身前畫十字，說了句禱文，然後說：

「這是個難堪的訊息，一個可悲殘忍的笑話。難道你們無法看清真相嗎？那不是孩子，而是惡魔的代理人！我們告別的世界裡充滿腐敗和眼淚，那裡沒什麼可以滿足我們。可是神提供我們這個受福的地方作為永世居所，對墮落的靈魂來說，這個天堂看似荒涼空虛，但對有信仰的人來說，卻充盈奶水和蜂蜜，響徹甜蜜的天使聖詩。這才是真正的天堂！那個惡魔女孩允諾的只是一堆謊話，她想帶領你們進入地獄！和她一起走，你們將會萬劫不復。我同伴和我是真正有信仰的人，我們會留在這個受福的天堂，利用永世來吟唱讚美神，祂給了我們辨別真假的判斷力。」

他又在胸前畫了十字，和他同伴既嫌惡又咒罵地轉身離去。

萊拉非常困惑。難道她錯了嗎？難道她犯下大錯嗎？她四下張望，視野所及一片陰暗荒蕪。可是她也曾對事物外表做出誤判：因為考爾特夫人美麗的微笑和甜蜜的香味而信任她。搞錯事情真的很容易，沒有精靈指導她，或許這次她又做錯了。

威爾搖搖她的手臂，把手放在她臉上，稍微抬了起來。

「妳知道那不是真的，」他說：「正如妳可以感覺到的，別理他！他們也可以看出來他在說謊。他們全得靠我們。來吧，我們動身吧。」

萊拉點點頭。她必須信任自己的身體及感官告訴她的真相，她知道潘也會這麼做。

他們出發了，無數鬼魂也紛紛跟隨。在他們身後，因距離太遠而看不到之處，冥界其他住民也聽說這件事，加入這場大遊行。塔利斯和薩瑪琪飛到後方，在看到自己的族人時非常開心振奮，還有其他稀奇古怪的種族，他們都被無上權威以放逐或死亡作為懲罰。在那些族類中，有些生物看來完全不像人類，可是瑪麗・瑪隆能一眼認出他們——謬爾發。還有些奇奇怪怪的鬼魂。

威爾和萊拉沒力氣回頭，他們唯一能做的事，就是滿懷希望地跟著人首鳥妖前進。

「威爾，我們幾乎做到了吧？」萊拉輕聲說：「這是不是快結束了？」

他無法判斷。他們渾身虛弱又很不舒服，所以他說：「沒錯，快結束了，我們幾乎做到了。我們很快就會出去了。」

第二十四章 考爾特夫人在日內瓦

母親怎樣，女兒也怎樣。

——〈以西結書〉

考爾特夫人等天黑後，才朝著聖哲榮學院接近。夜幕低垂，她駕著意念機在雲中下降，維持在樹頂高度，緩緩沿湖岸前進。在日內瓦的古老建築中，聖哲榮學院的形狀非常特殊，她很快就認出它的尖塔、空洞的黑色修道院及教會風紀法庭主席定居的方塔樓。她造訪過學院三次，知道在屋脊、山形牆和屋頂煙囪間有許多藏身處，即使意念機這麼大的機器，也綽綽有餘。

她在屋瓦上緩緩飛行，剛下過雨，屋瓦看來閃閃發亮，她將機器停在陡峭屋頂和塔樓牆間的小排水溝中。只有從聖懺悔教堂的鐘樓上才能看到此處，是個適當的藏身處。

夫人優雅地降落，讓機器六根支柱找到平衡處，調整維持駕駛艙的水平。她逐漸喜歡這架機器：它遵照她的指示，行動如思路般敏捷迅速，而且寂靜無聲。它可以在某人頭頂伸手可及處盤旋，卻絲毫不被察覺。夫人偷走機器不過一天，已對儀表駕輕就熟，可是仍不了解動力來源為何，這也是她唯一擔心之處：她無法辨別油料或電池是否已經耗盡。

她確定機器停穩，屋頂也牢固得能支撐住後，就脫掉頭盔爬下來。

她的精靈已撬開一塊沉重的舊屋瓦。她跟著做，很快便掀開十幾塊屋瓦。她折斷懸掛屋瓦下方的壓條，弄出足以穿越的縫隙。

「進去看看。」她輕聲說，精靈跳入黑暗中。

她可以聽見他的爪子在閣樓地板上謹慎移動的聲音，接著他有金環的黑臉出現在開口處。她心領神會，跟著他穿過開口，等待眼睛適應一切。在幽光中，她漸漸看出一間狹長閣樓，小櫃、桌子、書架和各類家具堆置其中。

她先將一個高大的櫃子推到掀開的屋瓦縫隙前，接著躡手躡腳走到遠端的門前，試了試把手。門當然鎖著，可是她有髮夾，鎖也很容易開。三分鐘後，她和精靈站在長廊盡頭，從布滿灰塵的天光中，看見一條窄梯通往下方。

他們走了五分鐘後，在兩層樓之下、廚房隔壁的餐具室打開一扇窗戶，爬入小巷。學院警衛室就在角落，夫人對金猴子說，不管將來打算如何離開，以正統方式來訪是非常重要的。

「移開你的手，」她冷冷地對守衛說：「放尊重些，否則我會毒打你一頓。告訴主席，考爾特夫人來了，希望立刻見他。」

男人向後退，他的獵犬精靈原先對著溫文儒雅的金猴子齜牙咧嘴，現在立刻退縮下來，將尾巴盡可能夾低。

守衛搖搖手搖電話，一分鐘後，一位面目清秀的神父匆忙進入警衛室，把手掌在長袍外抹抹，以備夫人會想握手，但她毫無意願。

「你是誰？」她問。

「路易斯兄弟，」男人說，一面安撫他的兔子精靈，「教會法庭的祕書處召集人，麻煩您……」

「我來這裡不是要和書記打交道，」她告訴他：「帶我去見麥菲爾神父，現在就走。」

男人無奈地鞠躬，帶頭領路。在她身後，守衛鼓起雙頰，大大鬆了一口氣。

路易斯試過兩、三次和夫人交談，最後終於放棄，沉默地將她帶到塔樓中的主席房外。麥菲爾神父正在祈禱，可憐的路易斯神父敲門時，手還劇烈發抖。他們聽到一聲歎氣和呻吟聲，接著沉重腳步聲橫過房間。

麥菲爾神父看見來訪者時，不覺瞪大眼睛，如豺狼般微笑了。

「考爾特夫人，」他說，還伸出手來，「很高興見到妳。我的書房很冷，我們的待客之道也很簡單，進來，進來。」

「晚安，」她說，跟隨他進入單調的石牆房間中，他先發發小牢騷，然後指著一張椅子，「謝謝，」她對路易斯說，後者仍在一旁流連，「我想喝杯熱巧克力。」

他們沒拿出任何東西待客，夫人心中知道，自己對待路易斯神父就像對待僕人一樣，是種侮辱，可是他太低聲下氣，這是他應得的。主席點點頭，路易斯神父有點不高興，因為他必須離去準備飲料。

「當然，妳被捕了。」主席坐在另一張椅子上，將檯燈開亮些。

「噢，為什麼還沒開始，就先糟蹋我們的談話呢？」考爾特夫人說：「我是自願來此，就在我從艾塞列公爵的堡壘逃出來後。事實上，主席神父，我有很多有關那座堡壘和那孩子的訊息，我來這裡提供您。」

「那孩子，先從孩子說起。」

「我女兒已經十二歲，很快就會進入青春期，我們就快來不及預防大災難，自然和機會猶如火光和火種般同時出現。多虧您干預，現在這更有可能發生，我希望您很滿意自己的傑作。」

「妳的責任是將她帶來給我們照顧，妳反而選擇偷偷摸摸躲在山洞裡。像妳這麼聰明睿智的女人，怎麼會希望藏匿起來，真讓我大惑不解。」

「您搞不懂的事還多著呢，主席大人，先從母女關係說起吧。如果您真的思考過，您覺得我會讓女兒給一群腦子裡只有性愛、指甲骯髒、身上發著惡臭汗味、心底只想如蟑螂般匍匐過她身體的男人照顧嗎？哼，照顧！如果您認為我會讓自己的孩子處在這種情況下，主席先生，您比我想像中更愚蠢。」

有人敲門，主席還來不及回應，路易斯就進來了，用木托盤端來兩杯熱巧克力。他緊張地一鞠躬，將托盤放在桌上，還對主席微微一笑，希望主席要他留下來，可是麥菲爾神父對著門點點頭，年輕人只好心不甘情不願地離開。

「所以那時妳打算怎麼做？」主席問。

「我打算保護她的安全，直到危險結束。」

「什麼危險？」他說，將一只杯子遞給她。

「噢，我以為您知道我的意思。某處有個誘惑者，換言之，一條蛇，我必須防止他們相遇。」

「有個男孩和她在一起。」

「是的。如果沒有您干涉，他們兩人現在都會在我的控制下。現在，他們可能在任何地方，但至少不是和艾塞列公爵在一起。」

「我毫不懷疑公爵也會尋找他們。男孩的匕首有種不尋常的能力，光是那點，就值得找到他們。」

「我也注意到這點，」考爾特夫人說：「我想辦法折斷它，不過男孩又試著修復成功。」

主席心想她微笑了，所以她並不認可那不幸的男孩？

「我們知道。」他簡短地說。

「哎喲，」她說：「帕佛兄弟的速度愈來愈快了。我所認識的他，大概要花一個月才能讀到這些。」

她喝了喝淡薄無味的熱巧克力，心中暗想，這些自以為是的禁欲神父，以己欲施於人的方式對待訪客，真令人生厭！

「告訴我有關艾塞列公爵的事，」主席說：「告訴我一切。」

考爾特夫人舒服地向後一靠，開始告訴他一些事──當然不是全部，主席也不認為她會和盤托出。她告訴他關於堡壘、聯盟、天使、礦坑和鑄造廠的事。

麥菲爾神父坐著動也不動，他的蜥蜴精靈正牢記她說的每個字。

「那妳是怎麼到這裡來的？」神父問。

「我偷了一架旋翼機，油料用完後，我把它丟棄在離這裡不遠的鄉村，然後走路到這裡。」

「艾塞列公爵積極尋找女孩和男孩嗎？」

「當然。」

「我假設他也想得到那把匕首。妳知道它有個稱呼嗎？北方的峭壁鬼族稱它為『上帝毀滅者』。」他繼續說，還走到窗戶旁，向下看了看修道院，「那也是艾塞列公爵的目的，不是嗎？摧毀無上權威？有人說神已死了。如果公爵還有摧毀祂的野心，那他就不是這個說法的信徒。」

「哼，神在哪裡？」夫人問：「祂還活著嗎？為什麼祂不再降旨了？世界之初，神在伊甸園中行走，並對亞當和夏娃說話。後來祂開始隱身，摩西只能聽到祂的聲音。接著是先知但以理的時代，祂已年邁。那是古老的年代，現在祂在哪裡？如果祂以一種無法想像的年齡活著，衰老又發狂，無法思考、行動或死亡，就像一具正在腐爛的殘骸？如果這是祂的情況，如果真能找到祂，獻上死神的禮物，難道不是最仁慈、最能顯現我們對神的真愛的證據嗎？」

夫人說完，感覺一種狂喜的冷靜，心裡也懷疑自己是否能活著走出去。不過，能對這人說出這種話，的確太讓人陶醉了。

「還有『塵』呢？」他問：「在妳這個異端的內心深處，妳認為『塵』是什麼？」

「我不知道，」她說：「我不知道它是什麼，沒有人知道。」

「我了解了。哼，我必須提醒妳，妳被捕了。我想現在是替妳找個地方睡覺的時候，妳會很舒服的，沒人會傷害妳，可是妳逃不了。我們明天再聊。」

他拉了拉鈴，路易斯神父幾乎立刻進門。

「帶考爾特夫人到最好的客房，」主席說：「把她鎖起來。」

最好的客房破爛簡陋，裡面的家具也是些便宜貨，不過至少很乾淨。夫人身後的鎖一轉上，她立刻轉身尋找麥克風，她在精心設計的檯燈配件上找到一個，又在床架下找到另一個，她拔掉兩個麥克風的電源，接著出現可怕的驚喜。

門後的櫃子上方抽屜，盯著她的人是洛克公爵。

她忍不住叫出聲，手倚在牆上以鎮定自己。加里維刺人舒舒服服蹺腿坐著，金猴子竟也沒注意到。她等心跳和呼吸平緩後，說：「大人，您打算什麼時候才讓我知道您的存在？在我解衣前還是解衣後？」

「之前，」他說：「叫妳的精靈鎮定，不然我會廢了他。」

金猴子口露白牙，毛髮豎立，表情中的刻薄惡意足以使任何人洩氣，但公爵只是微笑以待。他的毒刺在微光下閃閃發亮。

小間諜站起來伸伸懶腰。

「我剛和我在公爵堡壘中的代理人說過話。」他繼續說：「艾塞列公爵向妳致意，希望妳在弄清楚這些人的意圖後，盡快讓他知道。」

夫人忽然覺得呼吸困難，彷彿在她和公爵的角力戰中被用力摔倒在地。她睜大眼睛，緩緩坐在床上。

「您是來這裡監視我，還是幫我？」她問。

「都有，妳應該很高興我人在這裡。妳一抵達後，他們就啟動地窖中一些電子儀器。我不知道那是什麼，有組科學家正在操作它，妳的到訪似乎使他們更為振奮。」

「我不知道該覺得受寵若驚還是憂心忡忡。老實說，我已經累壞了，我要睡覺。如果您是來幫我，可以幫我守衛。首先，請您看向別處。」

公爵一鞠躬，面對牆壁。她在破損的臉盆中清洗，用一條薄毛巾擦乾，解衣上床睡覺。她的精靈在房間內巡邏，檢查每個衣櫃、畫框、窗簾及窗外黑色修道院的景觀。洛克公爵注視他的一舉一動，最後金猴子也上床，他們立刻呼呼大睡。

洛克公爵並未說出從艾塞列公爵那裡得知的全部消息。聯盟正在追蹤共和國前線各族類的空中活動，他們發現西方可能有天使或其他生物的大聚合，遂派出巡邏調查，可是一無所獲：不管那是什麼，它懸掛空中，被無法穿透的大霧包圍。

間諜心想最好別讓夫人為此擔心，她已經累壞了。他讓她睡覺，自己安靜地在房中移動，在門旁聆聽，看看窗外，清醒又警覺。

夫人回房後一小時，公爵聽到門外一種輕悄的聲音：輕微的摩擦和耳語，同時，一道微光照亮門框四周。洛克公爵移動到最遠的角落，站在夫人擱置衣服的椅腳後。

一分鐘過去，鑰匙在鎖中靜靜轉動。門被打開一吋之寬，僅止於此，燈光熄滅了。

洛克公爵可藉著穿透薄簾的微光，看得一清二楚，入侵者卻必須等待，讓自己的眼睛適應。最後門慢慢打開，年輕神父路易斯進門。

他在胸前畫個十字，躡手躡腳走到床邊。洛克公爵正準備縱身一躍，但神父只是聆聽夫人穩定的呼吸聲，仔細觀察她是否睡著，然後轉身面對床邊小桌。

他先用手蓋住手電筒光源，然後打開開關，讓細細光線自指間流瀉。他小心地看著小桌，鼻子幾乎碰到桌面。不管他要找的東西是什麼，他都沒看到。夫人在上床前，將幾樣東西放在小桌上：一把零錢、一枚戒指、手錶，路易斯對這些都不感興趣。他轉身面對她，看到他要的東西，不覺齒間輕發嘶聲。洛克公爵看出他為什麼這麼苦惱：他尋找的東西，是夫人頸間金鏈子上的小紀念盒。

洛克公爵靜悄悄沿著牆壁移動到門邊。

神父又畫了十字，因為他打算碰觸她。他屏息俯身向床，金猴子騷動了一下。年輕人動也不動，手還伸在半空中，兔子精靈在腳邊發抖。真沒用，洛克公爵心想，她至少可以幫這可憐的人把風。猴子一轉身又睡著了。

如蠟像凝凍一分鐘後，路易斯發抖的手放低伸到夫人頸間。他磨菇了好久，公爵以為他會等黎明來時才把事辦妥，最後他輕輕拉起小紀念盒扣環，並站起身來。

洛克公爵安靜敏捷如鼠，在神父轉身前溜出門外。他在漆黑的走廊中等待，年輕人輕手輕腳溜出，鎖上門，加里維刺人也開始跟蹤他。

路易斯神父來到塔樓。主席開門時，洛克公爵立刻衝入屋子角落的祈禱椅。他找到反照的陰影，蹲在那裡聆聽。

麥菲爾神父並非獨自一人，探測儀解讀員帕佛也在書堆中忙碌，還有一個身影焦慮地站在窗邊，那是庫博——被放逐的波伐格實驗神學家。兩人都抬起頭。

「做得好，路易斯兄弟，」主席說：「把東西拿到這裡，坐下，讓我看看，讓我看看。做得好！」

帕佛移動一些書，年輕神父將金鏈子放在桌上。麥菲爾神父開始把弄扣環，另兩人則彎身端詳。庫博博士拿出一把摺刀，接著他們聽到一聲輕輕的喀嗒聲。

洛克公爵爬到書桌上觀看。在石腦油燈照射下，深金色物體熠熠生輝：那是一撮頭髮，主席將之纏在手指間左右扭轉。

「哈！」主席輕呼了一聲。

「確定是那孩子的？」他問。

「我很確定。」帕佛用中氣不足的聲音回答。

「庫博博士，這夠嗎？」

臉色蒼白的男人彎身拿起那撮頭髮，舉高對準光線。

「噢，夠了，」他說：「一根頭髮就夠了，這樣綽綽有餘。」

「我很高興聽到這點，」主席說：「現在，路易斯神父，你一定要將小盒放回夫人的頸子。」

路易斯神父一聽之下幾乎暈倒：他一心希望任務已結束。主席將萊拉的頭髮放入信封中，然後蓋上紀念盒，抬頭四下看看，洛克公爵不得不先躲起來。

「主席神父，」路易斯兄弟說：「我當然會照您的指示做，可是我能請問您，為什麼需要那孩子的頭髮？」

「不行，路易斯兄弟，這會使你心神不寧，就讓我們來處理這件事。離開吧。」

年輕人拿起小盒後離開，一面安撫自己的不滿。洛克公爵想和他一同回去，並在神父將鏈子放回去時吵醒夫人，讓她知道發生什麼事。可是更重要的是，他得先搞清楚這些人的意圖。門一關上後，公爵就回到陰影中聆聽。

「您怎麼知道她有這樣東西？」科學家問。

「每次她一提到那孩子，」主席說：「她的手就不由自主地摸摸紀念盒。還需要花多久準備？」

「幾小時。」庫博博士說。

「那頭髮呢？你打算怎麼做？」

「我們會將頭髮放在共振房中。您知道，每個個體都是獨特的，基因粒子的組成方式也各有不同……嗯，等我們做過分析後，所有資料會被編成一系列電子脈衝，然後傳送到瞄準器中。儀器會找到頭髮的來源，不管她身在何處。事實上，這過程必須運用巴納德—史托克斯的異教說法，也就是多重世界的觀念……」

「博士，別大驚小怪。帕佛神父告訴我們，這個孩子現在身在別的世界，請繼續。頭髮可以引導炸彈的方向嗎？」

「是的。對準每根被割斷頭髮的原生處。沒錯。」

「所以不管那孩子身在何處，炸彈爆炸時，那孩子也會被消滅？」

科學家深深吸了一口氣，不甘願地說：「是的。」他吞吞口水，繼續說：「這過程需要巨大無比的能量，電子能源。就像原子彈需要高性能的炸藥使鈾產生連鎖反應，這儀器需要巨大的電流，釋放比切割過程中更大的力量，我在想……」

「在哪裡爆炸都沒關係？」

「是的，這正是重點。任何地點都可以。」

「儀器已完全就緒？」

「現在我們有了頭髮，可是在能量方面，您看……」

「我會打理這點。聖約翰瀑布的水力發電廠已被我們徵用。那能提供足夠的能量，不是嗎？」

「沒錯。」科學家說。

「那我們立刻著手進行。庫博博士，請前去檢查儀器，盡快為運輸做好安排。山上天氣變化迅速，暴風雨不久就會來了。」

科學家拿起放著萊拉頭髮的信封，離開前還緊張地一鞠躬。洛克公爵和他一起離開，如影隨形。

等他們離開主席房間的聽力範圍外，公爵一躍而起。庫博博士人在樓梯上，突然感覺肩膀一陣劇痛，他伸手抓住階梯小柱，卻覺得肩膀出奇無力，他開始往下滑，一路滾下整條階梯，半失去意識地躺在底端。

洛克公爵艱困地將信封從男人抽搐的手中扯開，因為信封就有他身體一半大小。他在陰影中朝夫人的房間前進。

門下方的縫隙寬得足以讓他鑽進。路易斯已經來過又離開了，他沒膽子將鏈子放回夫人頸上，就把它留在枕邊。

洛克公爵用手搖醒夫人。夫人雖然筋疲力盡，仍立刻警醒，坐起來揉揉眼睛。

他對她解釋發生了什麼事，將信封交給她。

「妳應該立刻毀掉這個，」他告訴她：「那男人說，一根頭髮就夠了。」

她看看一小縷鬈曲的深金色頭髮，搖搖頭。

「太遲了，」她說：「這只是我從萊拉頭髮上剪下來的一半，他一定藏起另一部分。」

洛克公爵憤怒一噓。

「他四下張望時！」他說：「啊……我必須躲開他……他一定在那時把另一部分拿開……」

「我們無法知道他將那部分藏在哪，」夫人說：「不過，如果我們能找到炸彈……」

「噓！」

蹲在門邊聆聽的金猴子發出聲音，接著他們也聽到：沉重的腳步聲正匆匆往房間走來。

夫人將信封和頭髮塞給公爵，他接過來後瞬間跳到衣櫃上方。鑰匙在門上喧囂轉動時，她在精靈身旁躺下。

「它在哪裡？妳把它怎麼樣了？妳是如何攻擊庫博博士的？」主席嚴厲地說，燈光突然照在床上。

夫人用手臂遮住眼睛，掙扎地坐起。

「您倒很喜歡娛樂您的客人，」她昏沉地說：「這是個新把戲嗎？我該怎麼做？庫博博士是誰？」

和麥菲爾神父一起進來的是警衛室的守衛，用手電筒巡視房間的角落和床底下。主席看起來有些驚惶失措：考爾特夫人睡眼惺忪，即使從走廊照射進來的光線，也使她睜不開眼。顯然，她根本沒離開過床鋪。

「妳有個同夥，」他說：「有人攻擊學院的客人。那是誰？誰和妳一起來？他在哪裡？」

「我根本不知道您在說些什麼。這是什麼？」

為了使自己坐起來，夫人的手探到枕上的紀念盒。她突然停止動作，拿起它，用惺忪大眼瞪著主席，洛克公爵見識到一場精采絕倫的演出。她困惑地說：「可是這是我的……它為什麼會在這裡？麥菲爾神父，誰到我的房間？有人從我脖子上拿走這個。還有……萊拉的頭髮到哪裡去了？裡面有撮我孩子的頭髮。誰拿走了？為什麼？到底發生什麼事？」

她已經站起來，頭髮蓬亂，聲音中帶著激情，看起來就和主席一樣大惑不解。

麥菲爾神父退後一步，把手放在頭上。

「一定有人和妳一起來，妳一定有個同夥，」神父焦急地對著空中說：「他躲在哪裡？」

「我沒有同夥，」夫人生氣地回答：「如果這裡有個隱形殺手，我想那一定是惡魔本人。我敢說他一定覺得賓至如歸。」

麥菲爾對守衛說：「把她帶到地下室，戴上鉸鏈。我知道該怎麼對付這女人，她一出現時，我就該想到這點。」

考爾特夫人瘋狂地四下張望，最後和洛克公爵的眼神相會一秒，他的眼睛在靠近天花板的黑暗中瑩瑩發光，一看到她的表情，就清楚她要他做些什麼。

第二十五章
聖約翰瀑布

如骨般亮麗髮色的手環……

——約翰．唐（John Donne）

阿爾卑斯山脈東邊盡頭的支脈上，聖約翰瀑布從岩頂一瀉而下，發電廠就建在瀑布上方山脈的一側。這塊飽受風吹日晒的荒蕪野地人跡罕至，如果不是峽谷間飛奔洶湧的幾千噸大水足以驅動龐大的電子發電機，沒人會費神在此建造任何東西。

考爾特夫人被逮捕的當晚，暴雨即將來襲。在靠近危巖前方的發電機前，一艘飛船在呼嘯的風中緩慢盤旋。飛船下方的探照燈，使飛船看來就像站在幾束光腿上，光腿逐漸縮短以降落。

飛船駕駛心中很不滿：強風已形成漩渦，以及從山邊吹來的過山風；此外，電纜、高壓線和變壓器都在近處，飛船本身充滿易燃瓦斯，如果被風吹過去，會立即導致致命後果。此時，冰雹也斜斜敲打在飛船龐大堅硬的外皮上，噪音幾乎淹沒使用過度的引擎隆隆聲和咆哮聲，也遮住地面視野。

「這裡不行，」駕駛試著壓過噪音叫道：「我們從另一座支脈進去。」

駕駛把節流閥推前，調整引擎，保持平衡，麥菲爾神父神情激動地看著一切。飛船一抖後向上攀升，飛過山脈頂端，那些光腿突然伸長，似乎在山脊間忙著探路，底端則消失在旋轉的冰雹和雨中。

「你不能更接近電廠嗎？」主席向前傾身，讓駕駛聽到他的聲音。

「如果你想降落，就不能更靠近。」駕駛說。

「是的，我們要降落。很好，讓我們在山脊下下船。」

駕駛向其他船員發布命令，準備停泊。他們要卸下的裝備既精密又沉重，因此穩住飛船非常重要。主席向後坐好，用手指敲敲座椅椅臂，咬咬嘴脣，一言不發，讓駕駛從容工作。

洛克公爵在船艙後方，從橫軸隔板藏身處觀看。在這趟飛行中，他那有如小小陰影的身軀，不時沿著金屬網狀物後方前進，如果這些人轉頭仔細張望，便會清楚看到。公爵為了聽清楚他們的對話，必須冒著被他們看到的風險。

他逐步前移，在呼嘯的引擎聲、冰雹和雨雪的巨響、電纜在風中的尖叫聲、靴子在金屬走道落地的隆隆聲中，費神聆聽。飛船工程師向駕駛呼喊幾個數字，後者複誦確認，洛克公爵沒入陰影中，飛船開始傾斜下降時，他緊抓住船身支柱。

終於，公爵感到飛船幾乎停住，就沿著船艙外殼回到右側座位。

工作人員──船員、技師和神父──從兩個方向相互穿越。大多數精靈都是狗，顯然滿腹好奇。在走道另一側，考爾特夫人清醒地坐著，一語不發，精靈也坐在她腿上觀看一切，眼中流露惡意。

洛克公爵一等到機會，立刻衝到夫人座椅旁，爬上她肩旁陰影中。

「他們在做什麼？」她喃喃說道。

「降落。我們很接近發電廠了。」

「你打算和我在一起，還是獨自行動？」她小聲說。

「我會和妳在一起，我必須躲入妳的大衣裡。」

她穿著一件沉重的羊皮大衣，在悶熱船艙中非常難受，但她雙手已被銬上，無法脫下大衣。

「好吧，趁現在。」她一面說一面四下張望，他瞬間衝入她的胸間，找到一個毛皮鑲邊的口袋，可以安穩地坐在那裡。金猴子熱心地將夫人的絲質領子壓進去，彷彿吹毛求疵的服裝設計師，正照顧最心愛的模特兒，其實他只想確定洛克公爵是否完全隱蔽在大衣褶縫裡。

他躲藏得正是時候。不到一分鐘，一個手持來福槍的士兵就過來命令夫人下船。

「我一定要戴手銬嗎？」她問。

「沒人告訴我可以解開它，」他回答：「請站起來。」

「如果我不能扶著東西，會很難站起來。我全身都很僵硬……我幾乎坐在這裡一整天沒動過……你知道我身上沒有武器，你已經搜查過了。去問問主席，是否真的需要銬住我，難道我會想在荒郊野外溜走嗎？」

洛克公爵對夫人的魅力無動於衷，卻很想知道對別人產生的效果。守衛是個年輕人——他們應該派個頭髮斑白的老戰士來看管她。

「唉，」守衛說：「我確定您不會，夫人，可是我不能抗命。我相信您明白這點。夫人，請站起來，如果您跌倒，我會抓住您的手臂。」

夫人站起來，洛克公爵感到她正笨拙地前進——笨拙是偽裝的，她是公爵看過最優雅的人類。他們來到走道前方時，公爵感到她絆倒，還驚惶失措地大叫，最後感覺守衛的手臂扶住她時的一震。他聽到四周聲音已經改變：風的咆哮聲，引擎穩定轉動以供應燈光電力，附近還有下達命令的聲音。

他們往走道下方前進，夫人將全身重量都壓在守衛身上。她柔聲說話，洛克公爵只能聽到守衛的回答。

「夫人，士官長……就是大柳條箱旁的那位……他才有鑰匙。夫人，我不敢問他，抱歉。」

「噢，好吧。」她的聲音中有種遺憾的聲調，「不管怎樣，謝謝你。」

公爵聽到靴子的腳步聲走到岩石旁，她低聲說：「你聽到關於鑰匙的事嗎？」

「告訴我士官長在哪裡？我得知道他的方位和距離。」

「離我大概有十步遠。在右邊。是個身材魁梧的男人，我可以看到他腰間有一大串鑰匙。」

「除非我知道是哪一根，不然根本沒用。妳有看著他們上手銬嗎？」

「是的。那是根粗短的鑰匙，上面包覆黑色膠帶。」

洛克公爵沿著她的羊毛大衣爬下到她膝蓋邊緣，緊抓著大衣，四下張望。

他們打開探照燈，燈光掃射在潮溼岩石上，公爵向下看，四處尋找地上的陰影，光影因為陣風而向一側傾斜，他聽到一聲叫喊，燈光突然全滅。

公爵立刻跳到地上，在猛烈冰雹中衝到士官長旁，士官長正踉蹌走上前去，試著抓住傾倒的探照燈。

一陣混亂中，洛克公爵跳到壯碩男人的腿邊，一把抓住早就因雨水而變得潮溼沉重的仿毛料褲子，用力把毒刺刺入靴子上方的皮肉中。

士官長大叫一聲，蹣跚跌倒，他抓住腳，想要呼吸並叫出聲來。公爵放開他，從跌倒的身軀旁跳開。

沒人注意到發生什麼事：風聲、引擎聲和冰雹擊落聲，掩蓋住男人的叫聲。在黑暗中，別人也看不見他的身影，可是別人就在附近，公爵的動作必須快。他跳向倒地男人身旁，看到大串鑰匙掉落在一潭冰水中，他拉開粗大的鐵製骨軸——幾乎有他的手臂那麼粗、身高的一半那麼長，最後找到那把有黑膠帶的鑰匙。但他得先解開鑰匙環的鉤子，加上冰雹的威脅，這對加里維刺人來說相當致命：每塊冰雹都有他的兩個拳頭那麼大。

他頭上突然傳來聲音，「士官長，你還好吧？」

士兵的精靈咆哮並磨蹭士官長的精靈，後者已進入半昏迷狀態。公爵毫不遲疑縱身一擊，士兵也倒在士官長身旁。

公爵拉扯抬舉了半天，終於扯開鑰匙環，接著他必須移開其他六根鑰匙，才能拿到有黑膠帶的那根。對方隨時可能重新點亮燈光，即使在半黑暗狀態下，也很難不注意到兩個躺在地上、失去意識的人……

公爵舉起鑰匙時，有個叫聲突然傳來。他用盡全身力量，連拖帶爬地拉扯著龐大的鋼骨，藏身到小圓石後，腳步聲已經來到，一個聲音要求開燈。

「被射中了？」

「什麼都沒聽到呀……」

「他們還有呼吸嗎？」

現在探照燈已牢牢固定住，燈光也立刻打開。洛克公爵彷彿像隻被車燈照到的狐狸般，無處藏身。他站著動也不動，眼神左右掃射，確定每個人的注意力都放在兩個離奇倒下的人的身上後，把鑰匙扛在肩上，衝過水窪和圓石，來到考爾特夫人身旁。

一秒鐘後，夫人已經解開手銬，安靜地把它放在地上。洛克公爵跳到她大衣邊緣，飛奔到她肩上。

「炸彈在哪裡？」他靠著她的耳朵問。

「他們剛剛卸下，就在那邊地上的大柳條箱裡。我什麼也不能做，除非他們把它拿出來，即使如此……」

「好，」他說：「快跑，藏起來。我會待在這裡觀察。快跑！」

他往下跳向她的袖子，接著迅速跳開。夫人無聲地離開探照燈照射的範圍，她先緩緩移動，避免引起守衛注意，接著突然蹲下，跑向大雨滂沱的黑暗斜坡，金猴子則衝到前面探路。

在她身後，引擎持續的咆哮聲仍不斷傳來，主席困惑的叫喊與有力的嗓音正試著在現場發號施令。夫人記得自己被塔利斯騎士一刺後，承受可怕漫長的痛苦和幻覺，她一點都不羨慕那兩人醒來時的感受。

她迅速向上攀爬，爬過潮溼的岩石，身後唯一可見的，是在巨大弧形飛船肚皮下，探照燈交錯反射的光線。現在，燈光又熄滅了，她只能聽到引擎在風中無謂掙扎的吼叫聲，以及下方大瀑布的轟隆聲。

水力發電廠的工程師群集在峽谷邊，奮力將電纜連接到炸彈旁。對考爾特夫人來說，問題不是如何死裡逃生，這是次要；最重要的是，如何將萊拉的頭髮在炸彈引爆前拿開。夫人被帶走後，洛克公爵已燒毀信封中的頭髮，讓風將灰燼帶入夜空中。接著他摸索找到實驗室，觀察他們將剩下的深金色細小髮絲放入共振室中做準備。他清楚頭髮放在哪裡，也知道如何打開共振室，可是實驗室裡有耀眼燈光和閃閃發亮的地面，更別提不斷走動的技師，這使公爵英雄無用武之地。

他們得將那撮頭髮在炸彈引爆前拿開。

目前更是難上加難，因為主席打算這麼對付考爾特夫人：炸彈的能源來自將人類和守護精靈間的聯繫切開，這意味著利用金屬牢籠和銀色鍘刀的恐怖切割手術；他打算切斷夫人和金猴子間一輩子的聯繫，並用這股釋放的力量摧毀她的女兒。夫人和萊拉會因為她自己的發明而香消玉殞。她暗想，至少非常乾淨俐落。

夫人唯一的希望就是洛克公爵。公爵在飛船內的耳語交談中，解釋了毒刺的力量：他無法持續使用毒刺，每次使用毒刺後，毒液就會減弱。等功效完全恢復需花上一整天。不久，他主要的武器就會失去力量，他們只能臨機應變。

考爾特夫人找到一塊懸空岩石，在一棵紅針樅樹根旁，岩石攀附著峽谷側面，她躲在下面左右張望。

在她後上方的峽谷邊，水力發電站正承受強風全力吹襲。工程師正在安裝一組燈光，以便他們將電纜拉到炸彈旁，呼喊的命令聲就在不遠處，她也能看到燈光纏繞在樹上。電纜幾乎有人的手臂那麼粗，從斜坡頂端卡車上一個巨大捲筒中拉出。總之，他們正在岩石間下降，不到五分鐘就會到炸彈旁。

麥菲爾神父在飛船中重新召集士兵。幾人站著守衛，來福槍已上膛，正注視著大雪紛飛的黑夜，其他人則忙著打開裝炸彈的柳條箱，準備銜接電纜。夫人在探照燈掃射下，清楚看見那個巨大醜陋的機器，因雨水而冒煙，電線則微微傾斜地躺在旁邊岩石地上。她聽見燈光發出一種高度緊張的劈啪聲和嗡嗡聲，電纜也在風中吹擺，四下抖落雨水，使影子在岩石間上下搖晃，彷彿是條醜怪的跳繩。

夫人對那架機器結構的一部分有恐怖的熟悉感：金屬牢籠和上方的銀色鍘刀，都聳立在儀器末端。她對其他部分則一無所知，搞不清後方的螺旋圈、罐狀物、一組隔緣物和有格子的小管；但在這複雜結構中，有決定一切的一小撮頭髮。

在她左方，斜坡一直往下降入黑暗中，更下方則是發著白色微光和傳來隆隆水聲的聖約翰大瀑布。

有人叫喊了一聲，一個士兵放下來福槍，向前跌倒在地，因痛苦而踢腿、掙扎、呻吟。主席立刻抬頭看看天空，將手放在嘴間，發出一聲刺耳的吶喊。

他在做什麼？

過一會兒，夫人恍然大悟。眼前出現一件最不可能的事：一個女巫飛下，降落在主席身旁，他在風中大叫：

「搜索這一帶！有某種生物在幫那女人，它已攻擊我好幾個人。妳可以看透黑暗，找到它後格殺毋論！」

「有樣東西來了，」女巫說，以一種夫人也能清楚聽見的聲音說：「我可以看見它在北方。」

「別管它。找到那生物後毀了它，」主席說：「它不會離這裡太遠，順便去找那女人。快去！」

女巫又跳回空中。

突然，猴子抓住夫人的手，用手指了指。

洛克公爵正躺在一叢開闊的青苔上。他們怎麼會沒看見他？不過有件事不對勁，他一動也不動。

「去把他帶過來。」她說，猴子蹲低身子，從一塊岩石後衝到另一塊岩石後，往岩石間一小叢綠色東西前進，金色毛髮很快就因為淋了雨而加深顏色，還緊貼在身上，使他顯得更瘦小、更不容易被發現，不過，他還是顯眼得可怕呀。

此時，麥菲爾神父轉身處理炸彈。水力發電站的工程師已將電纜牽下來，技師正忙著固定螺旋鉤，並準備好接頭。

夫人想知道，既然他的受害者已脫逃，他接下來要怎麼做。主席忽然轉頭看著他的肩膀，她看見他的表情僵硬而緊張，看起來較像張面具而不是人臉。他的嘴唇開始蠕動祈禱，眼睛睜大向上看，雨水不斷打進去，總之，他看來就像某些陰鬱的西班牙畫中聖者殉教時的狂喜模樣。夫人突然打了個寒顫，她知道他要怎麼做：他打算犧牲自己。不管她是不是其中一部分，炸彈都會引爆。

金猴子在岩石間不斷前進，最後來到洛克公爵身旁。

「我的左腳斷了，」他平靜地說：「最後一人踩到了我。仔細聽……」

金猴子將他移開光照範圍，公爵解釋共振房的確切位置，以及如何打開。事實上，他們幾乎是在士兵的眼皮底下行動。不過，一步接著一步，從一個影子藏到另一個影子，精靈帶著他小小的包袱匍匐前進。

考爾特夫人咬緊嘴脣觀看，忽然她聽到一陣風聲，隨即感覺沉重一擊——沒擊中她，但擊中樹木。一支箭射中離她左臂一掌之距，還微微顫抖。她立刻向一旁滾開，以免女巫射出另一支箭。她朝著金猴子所在的斜坡滾下去。

接著，每件事都迅雷不及掩耳地同時發生：先是一連串槍聲，斜坡上瀰漫一陣翻騰、辛辣的煙味，但她並未看見火光。金猴子看到夫人遭攻擊後，放下洛克公爵，跳過去防衛她，女巫正好飛下來，手上的小刀準備出手。洛克公爵掙扎著站起來，背靠著最近一塊岩石，金猴子拔掉女巫雲松枝的針葉。

此時，主席已將他的蜥蜴精靈推進較小的銀色網籠，她扭打、尖叫、亂踢，還張口亂咬，他揍了她一拳，迅速將門關上。技師正在做最後的調整，開始檢查儀表和測量器。

突然，不知從哪裡出現一隻海鷗，瘋狂叫著飛下，一把用爪子抓住加里維刺人，那是女巫的精靈。洛克公爵奮力抵抗，可是那隻鳥爪緊抓住他，女巫隨即擺脫夫人的拉扯，一把抓住破爛的雲松枝跳到空中，和她的精靈會合。

考爾特夫人往炸彈一側衝去，感覺煙霧如爪子般攻擊她的鼻子和喉嚨，是催淚瓦斯。大部分士兵都已跌倒或因無法呼吸而蹣跚離開（她心想，這些瓦斯到底是從哪裡來的？）。風吹散瓦斯後，士兵又重新聚集。由骨架支撐的飛船船身在炸彈上方膨脹，在風中拉扯電纜，銀色側翼有流動的水珠。

此刻，頭上突然傳來一聲尖叫，使夫人的腦袋不覺嗡嗡作響：那叫聲如此高亢可怖，連金猴子都嚇得一把抓住夫人。一秒鐘後，白色四肢、黑色絲絨、綠色樹枝形成的漩渦開始向下俯衝，女巫跌落在麥菲爾神父腳前，她的骨頭撞擊在岩石上，發出碎裂聲。

夫人向前衝去，看看洛克公爵是否死裡逃生。可是加里維刺人已經死了，他的毒刺深深插在女巫頸間。

女巫還活著，她的嘴唇蠕動著，「有東西來了……其他東西……來了……」

這一點道理也沒有。主席跨過她的身體，來到較大的籠子前方。他的精靈在旁邊另一個籠子裡上下亂跑，小小爪子抓得銀色籠子喀啦作響，還悲慘地亂叫。

金猴子向麥菲爾神父縱身一跳，但並不打算攻擊他：他爬過男人的肩膀，進入複雜電線和管子的核心——共振房。主席試著抓住他，夫人則抓住男人的手臂向後拉。雨水流進她的眼裡，空中還存留一些瓦斯，她什麼也看不見。

四周開始出現槍響。到底是怎麼回事？探照燈在風中搖擺，沒一樣東西是穩定的，連山邊黑岩也一樣。主席和考爾特夫人赤手空拳搏鬥，抓扯、毆打、撕裂、拉推、亂咬，她異常疲憊，他則強而有力，不過她奮不顧身。她本來可以把他拉走，可是，另一部分的她也看到她的精靈正在操縱把手，他黑色的小手將儀器這裡折斷、那裡拉扯、扭曲、伸手摸索……

她的太陽穴突然遭到一擊。她震驚地往後一仰，主席掙脫開來，滿身是血地擠入籠子中，將門在他身後關上。

金猴子已打開共振房附有沉重鉸鏈的玻璃門，他進到房內，那裡有一撮頭髮，就在金屬扣的橡皮墊上！還有許多事要做呢，考爾特夫人用顫抖的手撐著站起來，用盡全力搖晃銀色籠子，抬頭看看刀鋒、閃閃發亮的接頭和裡面的男人。金猴子打開扣子，主席的臉是張陰沉又喜悅的面具，正忙著將電線扭接在一塊兒。

接著是一陣強烈的白光、猛烈的撞擊聲，金猴子的身影飛到半空中。和他一起出來的，還有一些金色的東西：那是萊拉的頭髮嗎？還是他自己的毛髮？不管是什麼，它在黑暗中立刻被風吹走。夫人的右手因緊抓籠子而開始痙攣，她半躺、半懸在上面，腦子裡嗡嗡作響、心跳加快。

她的視力開始出現毛病，眼前呈現恐怖的清晰感，一種足以看穿最細枝末節的能力，視線聚焦在宇宙中最重要的細節上：共振房內的扣子墊上，有一根深金色頭髮。

考爾特夫人悲痛得放聲狂嚎，不斷搖晃牢籠，試著用她最後的力氣搖掉那根頭髮。主席用手抹抹臉龐，抹掉臉上雨水。他嘴唇動了動，彷彿說些什麼，可是她什麼也聽不到，只是無助地想扯裂網籠。他將兩根電線連接在一塊，擦出一陣火花時，她全身摔在機器上。在無邊的死寂中，耀眼的銀色刀鋒落下了。

某樣東西在某處爆炸了，可是夫人什麼都感覺不到。

有雙手將她拉了起來：是艾塞列公爵的手。再也沒有什麼事能讓她訝異了，意念機就聳立在他身後，四平八穩地站在斜坡上，維持完美的平衡感。他將她拉起來，將她帶回意念機內，絲毫不理會周遭的槍砲聲、起伏的煙霧及驚慌困惑的叫聲。

「他死了嗎？炸彈爆炸了嗎？」她最後終於開口問。

艾塞列公爵爬上她身旁的座位，雪豹也跳上去，嘴裡叼著驚嚇過度的金猴子。公爵開始操作儀器，意念機立刻跳入空中。夫人用痛苦茫然的雙眼俯視山坡，人群像螞蟻般四下亂跑，有些躺在地上已經死了，有些則拖著破碎的身軀匍匐在岩間。從發電廠內延伸出來的大電纜，彷佛蛇般蜿蜒在這片混亂中，那也是眼前唯一有意義的景觀，它一直延伸到炸彈旁，主席的屍體癱瘓在籠中。

「洛克公爵？」艾塞列公爵問。

「死了。」她輕聲回答。

他按下按鈕，噴槍火焰向前噴射到正在扭轉、搖晃的飛船上。一瞬間，整艘船化為一朵盛開的白火玫瑰，也波及到懸掛在空中、動也不動的意念機，可是意念機毫髮無損。公爵不慌不忙地移開意念機，他們看著燃燒的飛船緩緩掉落在眼前、炸彈、電纜、士兵和每樣事物的正上方，所有事物隨即滾進山邊洶湧的煙霧和火焰中，還不斷加快速度，一路將飽含樹脂的樹木燃為灰燼，最後滾入大瀑布的白水中，旋轉著將這一切帶入黑暗裡。

艾塞列公爵再度操作儀表，意念機往北方前進。考爾特夫人無法將視線從眼前景致移開，有好長一段時間，她不斷回頭看，直到它終於變成黑暗中一抹橘色的地平線、煙霧和蒸氣的渦圈，然後化為虛無。

第二十六章 深淵

太陽脫離黑暗，來到清新黎明，
皎月在爽朗無雲的夜裡歡慶……
——威廉．布雷克

天地間一片墨黑，來自四面八方的晦暗沉重地壓迫萊拉的雙眼，她幾乎感覺黑暗本身重如上千噸岩石。唯一光源來自薩瑪琪夫人蜻蜓發亮的尾巴，但那點光也逐漸消褪。可憐的昆蟲無法在冥界找到食物，不久前，騎士的蜻蜓死了。

塔利斯坐在威爾肩上，萊拉手拿著夫人的蜻蜓，讓夫人安撫、對著發抖的生物低語。一開始，夫人用餅乾屑餵食牠，現在則用她自己的鮮血。如果萊拉知道夫人要這麼做，她一定會自告奮勇，因為她的鮮血比夫人的多很多。但現在她唯一能做的事，就是專心找到安全的踏腳處，避開頭上最低的岩石。

人首鳥妖無名氏帶領他們穿過一個個洞穴，這會帶他們到冥界中最靠近另一世界開口之處。在他們身後則是無數鬼魂。隧道中充滿耳語，走在前面的鬼魂鼓勵後方的鬼魂，勇敢的鬼魂督促意志不堅者，老鬼魂也提供年輕鬼魂希望。

「無名氏，還要走很遠嗎？」萊拉低聲問：「這隻可憐的蜻蜓快死了，牠的亮光快熄滅了。」

人首鳥妖停下來轉頭說：

「跟著走就是了。如果妳看不到，注意聆聽；如果妳聽不到，用心感受。」

她的眼睛在灰暗中炯炯有神，萊拉點點頭說：「好，我會的，可是我已不像過去那麼強壯，也不勇敢，至少不是非常勇敢。請不要停下，我會跟隨妳……我們全都會。無名氏，請繼續走。」

人首鳥妖轉頭後繼續前進。蜻蜓的亮度每分每秒都在減弱，萊拉知道它很快就會完全熄滅。她跌跌撞撞前進時，一個聲音在她身旁響起——一個熟悉的聲音。

「萊拉……萊拉，孩子……」

她滿心欣喜地轉頭。

「史科比先生！噢，我好高興能聽到你的聲音，是你……我看得出來，只是……噢，我好希望能碰碰你！」

在微光中，她看到一個細瘦身形，嘴邊掛著嘲諷的微笑，正是德州熱氣球飛行員，她不由自主地伸出手，卻撲了個空。

「我也是，親愛的。聽我說……他們正在外面製造一些麻煩，瞄準妳……別問我他們怎麼做。這是那個有匕首的男孩嗎？」

威爾一直盯著史科比，他也想見見萊拉的老朋友，可是他的目光越過史科比，望向他身旁另一個鬼魂。萊拉立刻認出他是誰，她訝異地看著成人版的威爾——一模一樣的突出下頷，也以相同的方式抬頭。

威爾一時語塞，他父親說：

「聽……現在沒時間聊天……照我說的做。拿好匕首，找到萊拉頭上曾被剪下一撮頭髮的地方。」

他的聲音聽起來很緊急，威爾沒浪費時間詢問原因。萊拉警覺地瞪大眼睛，一手舉高蜻蜓，另一手則摸著頭髮。

「不行，」威爾說：「拿開妳的手……我看不見。」

在微弱亮光下，他終於看到了：在她左邊太陽穴上方，有一小撮頭髮比其他部分更短。

「誰做的？」萊拉問：「還有……」

「安靜，」威爾說，問他父親的鬼魂，「我該怎麼做？」

「將那撮短髮全都從頭皮上削下，小心收好，每根都要，一根也不可遺漏。打開另一個世界……哪個世界都好……把頭髮放在那裡，然後關上窗口。現在就做，快。」

人首鳥妖正在觀看，後面的鬼魂也簇擁而上，萊拉在幽暗中看到他們模糊的臉龐。威爾照著父親的話做，萊拉只能驚恐又困惑地站著咬嘴唇。在蜻蜓漸淡的亮光下，他把臉貼近匕首刀鋒。隨後他打開另一個世界，在岩石中割出一小塊空間，把短短的金髮放進去，再把岩石塞回去後關上那世界。

大地開始搖晃。從地底深處傳來一種咆哮摩擦聲，地球核心像個巨大水車般轉動，岩石小碎片從洞頂掉落，突然，地表開始向一側傾斜。威爾立刻抓住萊拉的手臂，腳下岩石開始移動滑落，他們緊抓住對方，鬆動的石頭從他們身邊滾動滑開，他們的手腳都布滿瘀傷……

兩個孩子忙著保護加里維刺人，他們蹲下，用手抱住頭部。接著地表也出現恐怖的滑動。他們發現自己滑落到左方，兩人瘋狂地抓住對方，氣喘吁吁，發抖得連叫都叫不出口。他們聽到幾千噸岩石翻動滾落的呼嘯聲。

最後，地表變動終於停止，環繞在他們身邊的小石頭仍不斷在一分鐘前還沒出現的斜坡上滾動、跳躍。萊拉躺在威爾左臂間，他用右手摸摸匕首：它還在腰間。

「塔利斯？薩瑪琪？」威爾發抖地問。

「我們都在，也都活著。」騎士的聲音就在他的耳邊。

空中充滿灰塵、粉碎岩石的火藥味，簡直讓人無法呼吸，什麼也看不見。蜻蜓已經死了。

「史科比先生？」萊拉說：「我們什麼都看不到……發生什麼事？」

「我在這裡，」史科比在附近說：「我猜炸彈爆炸了，不過錯過目標就是。」

「炸彈？」萊拉害怕地說，接著她又說：「羅傑……你在那裡嗎？」

「對呀，」小小的耳語說：「帕里先生救了我。我幾乎跌下去，他抓住我。」

「聽著，」約翰．帕里的鬼魂說：「緊抓住岩石，別動。」

灰塵漸漸消散，某處出現一道光線：一種奇怪、微弱的金色薄光，彷彿發光的霧雨灑落在他們四周。這就足以使他們心驚膽戰，那道光線照亮他們左方，所有光線都往那裡墜落或漂流，彷彿瀑布上方邊緣的河流。

爆炸形成的深淵是片巨大、深邃的虛無，金色光線流入後消失無蹤，彷彿一支箭般射入無底黑暗中。他們無法看到另一端，這比威爾丟一顆石頭的距離還遠。在他們右方是個滿布粗糙石塊的斜坡，鬆動的石頭只勉強平衡住，斜坡頂端高聳入煙霧瀰漫的陰鬱中。

孩子和他們的同伴抓著甚至不算是岩架的地方——只是個還算幸運的踏腳和置手處——就在深淵邊緣。除了往上爬，沒有別的出路，他們必須沿著這條滿布散落岩石與滾動圓石的斜坡前進，彷彿最輕微的接觸，都會使所有東西滾落下方。

塵埃落定後，他們身後愈來愈多鬼魂也張口結舌、心驚膽顫地注視著深淵。他們緊攀住斜坡，嚇得動都不敢動。只有人首鳥妖不為所動，她們在空中盤旋，前後掃視，飛回來安撫這些還在洞穴中的人，再向前飛去尋找出路。

萊拉檢查了一下，至少探測儀很安全。她壓抑恐懼，四下環視，找到羅傑小小的臉龐，就說：

「走吧，我們都還在這裡，沒受傷，至少現在看得見了。我們只能沿著邊緣走到另一邊……」她用手指指深淵，「所以我們要繼續前進，我發誓我和威爾會繼續往前走，不要害怕，不要放棄，不要裹足不前。告訴其他人，我無法老是回頭，因為我必須看路，我相信你會跟在我後面，好嗎？」

小鬼魂點點頭。在震驚的死寂中，大批鬼魂開始沿著深淵繼續旅程。這需要多久，萊拉和威爾心裡都沒個準，但這有多危險恐怖，兩人一輩子都不會忘記。下方的黑暗如此深刻，彷彿目光都會跟著一起墜落，如果向下看，就會感到一陣暈眩。他們盡可能直視前方——這塊岩石、那個踏腳處、這個突起或那片鬆散的碎石斜坡——試著將視線避開大裂縫，可是它卻牽動著、誘惑著，使人無法不去看它，接著會覺得失去平衡、頭暈目眩，一種恐怖的噁心感也自喉頭浮起。

生者不時回頭看看，也看到不計其數的死人在裂縫中蜿蜒：母親將嬰兒壓在胸前、年老的父親緩慢匍匐、小孩緊抓前方大人的衣裾、和羅傑年齡相仿的男孩女孩謹慎堅定地前進……有那麼多人，全都追隨威爾和萊拉，他們仍一心希望來到開闊空氣中。

可是有些人並不信任他們，那些人就聚集在他們身後，兩個孩子可以感覺冰冷的雙手放在他們的心臟和內臟間，並聽到惡毒的耳語：

「哪裡才是上面的世界？還要走多遠？」

「我們很害怕！」

「我們根本就不該來……至少在冥界中，我們有一點光線和別人作伴……這裡更糟糕！」

「你們根本就不該來我們的土地！你們應該待在自己的世界，等你們死後再下來騷擾我們！」

「你們有什麼權利領導我們？你們只是小孩子！誰授權給你們？」

威爾想轉身斥責他們，可是萊拉拉住他，她說他們憂慮又害怕。

突然，薩瑪琪夫人說話了，她清澈冷靜的聲音在巨大的虛無中傳得老遠。

「朋友們，勇敢些！聚集在一起繼續前進！道路雖然艱辛，可是萊拉會找到路的，耐心點、快活些，我們會帶你們出去，別害怕！」

萊拉自己在聽到這番話後，也覺得精神一振，這正是夫人真正的意圖。他們繼續痛苦地掙扎、辛苦地前進。

「威爾，」幾分鐘後，萊拉說：「你可以聽到風聲嗎？」

「可以，」威爾說：「可是我無法感覺它。我告訴妳關於下面那深淵的事：那和我切開世界窗口時的感受一樣，那是同一種邊緣，這種邊緣相當特殊，一旦感覺過，就一輩子不會忘記。我看到它在那裡，就在岩石滾落入黑暗之處。但下面那個巨大的空間不像其他世界，它是不同的。我不喜歡這種感覺，我希望能關上它。」

「你並未關上每個你曾打開的窗口。」

「沒有，有些我沒辦法，可是我知道我應該這麼做。如果讓它們開著，會出事的。那個又那麼大……」他向下指指，但不想向下看，「這是不對的，會有壞事發生。」

兩人說話時，不遠處也有一場對話正在進行：塔利斯騎士正和史科比與帕里的鬼魂低聲對談。

「約翰，你怎麼說？」史科比說：「你說我們不該進入開闊的空氣？老天，我身體每一部分都渴望再加入活著的宇宙！」

「是的，我也是。」威爾的父親說：「可是我相信我們這些沙場老將應該可以先按捺不動，我們可以加入艾塞列公爵那方作戰。如果時機正確，可能會改變一切。」

「鬼魂？」塔利斯說，試著壓抑住懷疑的語氣，卻徒勞無功，「你們怎麼能作戰？」

「毋庸置疑，我們無法傷害活著的生物，可是公爵的軍隊也得和其他種類的生物作戰。」

「幽靈。」史科比說。

「那正是我所想的。他們會攻擊精靈，不是嗎？我們的精靈早就消失了。李，這值得一試。」

「噢，那我支持你，朋友。」

「還有您，先生，」帕里的鬼魂對騎士說：「我曾和您族人的鬼魂聊過。您會活得夠長到再看到人間，死後又成為鬼魂回來嗎？」

「沒錯，和你們的生命相比，我們的短暫多了。我只剩下幾天時間，」塔利斯說：「薩瑪琪夫人或許稍微長一點。多謝這些孩子的努力，使我們不致成為放逐鬼魂，我很高興能助他們一臂之力。」

他們繼續前進。萊拉心想，那可怖的裂縫還是不停墜落，只要一失足，把腳放在鬆動的岩石上，只要粗心大意抓錯地方，就會永遠墜落，會在掉到谷底前就餓死，然後可憐的鬼魂會繼續在無邊深淵中墜落，沒人可以幫忙，沒有手會伸下來把自己拉上去，只是永遠意識清楚地墜落……

噢，這比他們離開的那個寂靜灰色世界糟糕得多，不是嗎？

突然，萊拉腦子裡出現一件怪事。她心中想著的墜落突然轉換成一種暈眩，她晃了一下。威爾就在她前面，可是距離太遠了，否則她可以抓住他的手。那一刻，她卻想到羅傑，心中突然浮現一絲虛榮的小火花。有一次，在約旦學院的屋頂上，為了驚嚇羅傑，她克服自己的暈眩，沿著石頭導管邊走。

她轉頭想提醒他這件事：她是羅傑的萊拉，充滿優雅和膽識，她不須像昆蟲一樣匍匐而行。

小男孩的聲音響起，「萊拉，小心……記得，妳和我們死人不一樣……」

整個過程彷彿慢動作，她卻無能為力：她的重心一變換，石頭就從她腳下滑開，她開始無助地向下滑。起先她覺得有些懊惱，彷彿喜劇般，心想「好笨噢」，可是當她什麼都沒抓住，石頭開始滾動並在她身後滑落，她開始加速向邊緣滑去時，她被無邊的恐懼籠罩。她會滑下去，沒有東西可以阻止她，一切都太遲了。

她的身體因為恐懼而痙攣，完全沒注意到其他鬼魂撲上來想要抓住她，卻發現她像石頭滾入霧中一樣衝過他們，她也不知道威爾聲嘶力竭地叫喊她的名字，整個深淵中都充滿了回音。她只是被不斷升起的恐懼漩渦籠罩。她滾動得愈來愈快，愈來愈向下墜落，有些鬼魂不忍卒睹，他們閉上眼睛，放聲悲號。

威爾愕然失色，痛苦地看著萊拉愈滑愈遠，知道自己無能為力，也知道自己必須繼續看下去。他就像她一樣，聽不見自己絕望的哀嚎。兩秒鐘過去……再兩秒鐘……她就來到深淵邊緣，無法停下來，就在那裡，她開始墜落……

黑暗中突然衝下一隻生物，不久前，她的爪子還使萊拉的頭皮開花，現在，人首鳥妖無名氏，這隻有著女人臉與鳥翅膀的生物，用相同的爪子緊抓住女孩腰部。她們兩人一起向下墜落，額外的重量幾乎使人首鳥妖強壯的翅膀無力支撐，可是她不停拍打、拍打、再拍打，強壯爪子牢牢抓著女孩，最後緩慢、沉重地將女孩慢慢拉高，拉離深淵，將手腳癱瘓的她放在威爾伸出的臂膀中。

威爾緊抓住萊拉，將她緊貼在胸口前，感覺她的心臟在他肋骨前猛跳。此刻她不是萊拉，他也不是威爾，她不是小女孩，他也不是小男孩。在巨大的死亡深淵邊，他們是唯二活生生的人類。他們緊抓住對方，鬼魂群聚在身旁，輕聲安慰著孩子，也讚美人首鳥妖。威爾的父親和史科比最靠近兩個孩子，他們也渴望摸摸她。塔利斯和薩瑪琪正和無名氏說話，誇獎她，稱她是所有人的救星，最慷慨的一位，還祝福她的仁慈。

等萊拉終於能移動時，她顫抖地伸出手，將手臂環繞住無名氏的頸子，一次又一次親吻她醜惡的臉龐。萊拉一句話也說不出來，所有話語、自信和虛榮心一掃而空。

他們動也不動地躺著，幾分鐘後，等恐懼減弱些，再度出發上路。威爾用強健的手緊抓住萊拉的手，向前匍匐而去，在放下重心前先探測一番，這過程緩慢又無聊，他們以為自己會因疲倦而死，可是他們不能休息，也不能停止。誰能在下方有這麼恐怖的深淵時安心休息呢？

經過一個多小時的辛苦攀爬後，他對她說：

「看前面，我想那裡有個出口……」

他說的沒錯：斜坡已愈漸緩和，甚至可以站起來，離開邊緣輕鬆攀爬。在他們前方不是有個峭壁的凹處嗎？那會是個出口嗎？

萊拉看看威爾晶亮、堅定的眼睛，微笑了。

他們向上攀爬，愈爬愈高，每一步都帶領他們遠離深淵。他們爬得愈高，愈覺得地面變得堅固，擱手處也變得更牢靠，踏腳處也比較不容易滾動使腳踝扭傷。

「我們一定爬了很長的距離，」威爾說：「我可以用匕首試試，看看能發現什麼。」

「還不行，」人首鳥妖說：「必須更高些。這還不是打開的好地方，最好再向上爬些。」

他們沉默地繼續爬行，手腳並用、變換重心、移動、探測、手腳並用……他們的手指皮開肉綻，膝蓋和臀部因用力過度而顫抖，腦袋則因頭痛加上疲倦而嗡嗡作響。他們爬完最後幾步路，登上峭壁頂端，那裡有條小小的隘道，一路通到陰影中。

萊拉用痠痛的眼睛看著威爾用匕首尋找空氣，觸摸、縮手、尋找又觸摸。

「哈！」他說。

「你找到開闊的空間了嗎？」

「我想是的……」

「威爾，」他父親的鬼魂說：「先等一下，聽我說。」

威爾放下匕首後轉身。先前，他盡心盡力工作，沒想到父親，只要知道父親在附近，他就覺得安心。突然，他了解這是他們最後一次分離。

「你們到外面後會怎樣？」威爾問：「就這樣消失了嗎？」

「時機未到。史科比先生和我另有想法，我們之中有些人會在這裡再待一陣子，我們需要你幫我們進入艾塞列公爵的世界，他可能需要我們協助。更重要的是，」他嚴肅地說，還看了看萊拉，「如果想再找到你們的精靈，你們也必須去那裡，因為他們已經到那裡了。」

「可是帕里先生，」萊拉問：「你怎麼知道我們的精靈到我父親的世界去了？」

「我生前是巫醫，學會如何看事情，問問妳的探測儀……它會證實我說的話。記得這些關於精靈的事，」他說，聲音變得異常緊張，還特別強調，「你們認識的查爾斯爵士，必須定期回到他自己的世界，他無法永遠住在我的世界。天使塔公會的哲學家在過去三百年來的旅行中，也發現相同的真相，結果他們自己的世界開始衰微。

「這正是發生在我身上的事。我是軍人，過去是皇家海軍士官，靠探險維生，以人類的標準而言，我的體格魁梧又健康。在我意外走出自己的世界，找不到回家的路時，我在新世界做了許多事，也學會許多東西，可是幾年下來，我卻罹患絕症。

「這也是一切事情的原因：你們的精靈只能在出生的世界中完整地活下去，如果在別的地方，最後都會患病死去。如果其他世界有開口，我們可以在其間旅行，可是我們最終只能生活在自己的世界裡。艾塞列公爵最偉大的事業，將會因同樣的理由失敗：我們必須在自己居住的地方建立天堂共和國，對我們來說，它不存在別處。

「威爾，我的孩子，你和萊拉可以出去稍微休息一下。你們需要休息，也應該休息，可是你和萊拉一定要再回到黑暗中，和史科比先生與我進行最後一趟旅程。」

威爾和萊拉互視一眼。威爾打開一個窗口，窗口後是他們見過最甜美的事物。

夜晚的空氣盈溢在肺中，新鮮、乾淨又清涼，他們看見滿天閃爍的星斗、下方某處正在發亮的水光，到處都是巨樹叢林，猶如城堡般高大，散布在開闊的大草原上。

威爾盡可能拉開窗口，從草地左方移動到右方，使窗口可以同時讓冥界中七、八個鬼魂並肩走出。

第一批出現的鬼魂滿懷希望地顫抖，他們的興奮就像漣漪般傳送到後方冗長的隊伍中。不管是年幼的孩子或年長的父母，全都欣喜又驚奇地抬起頭，用他們可憐飢渴的眼睛，看看幾世紀來所見的第一批星子。

第一個離開冥界的鬼魂是羅傑。他向前跨一步，轉頭看看萊拉，發現自己身在夜色中，面對星光、感覺到空氣後，驚喜地放聲大笑……接著他消失了，身後留下一個活潑快樂的小小爆裂，使威爾想到杯中香檳酒的小泡泡。

其餘鬼魂也跟在他身後。威爾和萊拉筋疲力盡地倒在充滿露水的草地上，身上每根神經都在讚頌甜美的大地、夜晚的空氣和星辰。

第二十七章 觀察臺

我的靈魂在樹枝間翱翔：
如鳥般棲息、高歌，
磨喙、梳理銀色羽翮……
——安德魯．馬維爾（Andrew Marvell）

謬爾發開始替瑪麗建造平臺，又快又好。瑪麗很喜歡看他們工作，他們可以毫不爭執地討論事情，充分合作，絕不互相妨礙，而且他們劈砍、接合木頭的技術優雅又有效率。

兩天之內，觀察臺已設計、建造好並拉到定位。這是個堅固、開闊且舒適的平臺，她爬到上面時，心中萬分欣喜。這種感覺是感官上的，在濃密綠幕下，從樹葉間看出去的是湛藍天空，微風輕拂，肌膚也無比涼爽。無論何時，她只要一聞到淡淡花香，就覺滿心歡喜。在沙沙作響的樹葉間，幾百隻鳥同聲高歌，遠處海岸浪花呢喃，瑪麗的感受也變得益加沉靜豐富，如果她能停止思考，就能達到極樂境界。

當然，她到這裡，正是為了思考。

她從望遠鏡中看出去，看到思若夫——「影子粒子」——正殘酷地向上飄浮，她覺得快樂、生命和希望彷彿都隨它們一起飄離。她根本無法找到真正的原因。謬爾發說，三百年來樹木逐漸死亡，如果「影子粒子」能穿越所有類似世界，這種事也會發生在她的宇宙及其他宇宙。三百年前，皇家學會成立，這是她世界中第一個真正的科學機構，牛頓也即將發現光學和重力。

三百年前，在萊拉世界中，有人發明真理探測儀。

同一時間，在她來這裡前所穿越的詭異世界中，有人發明奧祕匕首。

她躺在木板上，感覺平臺輕巧平緩地移動著，巨樹在海風中搖擺。她把望遠鏡放在眼前，看見一大群小小金光飄浮穿過樹葉，飄過盛開的花朵，飄過巨大樹枝，逆風而流。這是一股緩慢從容的潮流，一點都看不出具有意識。

三百年前到底發生什麼事？那是造成這股「塵」流的原因嗎？還是結果？或兩者都是另一原因造成的？或許它們之間根本毫無關聯？

這股潮流具有催眠效果，瑪麗很快陷入恍惚，心思隨著這些飄浮的粒子一起晃蕩……她的身體正在休息，還來不及了解自己在做什麼，事情就發生了。她突然醒來，發現自己在自己身體外面，不覺大驚失色。

她離開平臺有點距離，就在上方幾呎的樹枝間。這股「塵風」似乎出現異常行為：它不再緩慢飄流，反而像暴漲河水一般奔流。難道它開始加速？還是現在她在自己體外，時間的運動也不同？不管怎樣，她感到驚人的危險，洪水威脅著要將她整個人沖離，這股力量勢不可擋。她伸出手臂想抓住堅固的東西，但她沒有手臂，也沒有任何聯繫。現在她幾乎超過那恐怖的降落距離，身體愈飄愈遠。就在下方，她的身體像豬一樣沉睡。她試著大叫搖醒自己，卻發不出聲。她的身體還在熟睡，她只能看著自己被帶離遮篷的樹冠，來到廣闊天空下。

不管怎麼掙扎，她都無法移動。帶領她離開的那股力量強大又平滑，彷彿流過水堰的溪流；「塵」粒流動著，彷彿正從一處隱形邊緣滑落。

然後把她帶離她的身體。

瑪麗將精神的生命線投給自己的身體，試著回想靈魂在身體裡的感覺，一切讓感覺活著的感受：她朋友亞塔柔軟的象鼻尖端精準地搔著她頸子；培根蛋的滋味；她將自己從岩石表面撐起，肌肉振奮的張力；她的手指頭輕巧地在電腦鍵盤上舞動；咖啡的味道及冬夜在被窩裡的溫暖。

逐漸地，她停止飄升，生命線緊緊拉住。懸浮在空中時，她可以感到潮流推著她的重量和力量。

詭異的事發生了。漸漸地（她不斷強化這些記憶，還附加些新記憶：在加州時品嘗冰瑪格麗塔雞尾酒、坐在里斯本一家餐廳外的檸檬樹下、冬天早上刮去擋風玻璃上的結霜），她感覺到「塵風」平息，壓力也瞬間減輕。

可是這只發生在她身上：在她四周上下左右，那股潮流仍快速流動，但在她附近卻出現一小塊靜止部分，那裡的粒子和潮流相互抗衡。

它們是有意識的！它們可以感受她的焦慮並加以回應。它們開始將她帶回被遺棄的身體，她終於近得可以再看到它，沉重、溫暖且安全，沉默的啜泣使瑪麗心中升起一陣痙攣。

她沉入自己的身體，終於醒來。

瑪麗深深抽搐般吸口氣，把手腳壓在粗糙的平臺木板上，一分鐘前，她幾乎因恐懼而發狂，現在則進入一種深邃、緩慢的狂喜，心滿意足地和自己的身體、大地以及重要的一切合而為一。

最後，她坐起來拿出配備。她的手指頭碰到望遠鏡，就拿起來放在眼前，還用顫抖的手支撐住另一隻手。沒錯：遮蓋天空的一大片緩慢飄流物已成為大洪流。如果沒有望遠鏡，聽不到、感覺不到也看不到這種情況，即使她將望遠鏡拿離眼睛，那種快速沉默的洪流感受仍栩栩如生；不過，還有一種她尚未注意、在她身體之外的恐怖感受：空氣中，四下瀰漫著深刻無助的遺憾。

「影子粒子」知道發生什麼事，它們也為此而憂傷。

她自己的一部分也是「影子」物質，身體的一部分也屬於這股潮流，正向宇宙流去。謬爾發也是，每個世界的人類、各種有意識的生物，無論他們身在何處。

除非她找出事情原委，否則他們會發現自己正朝著遺忘飄去，人人都是。

突然，她心中再度渴望大地。她將望遠鏡放入口袋，開始往地面爬，那是段漫長路程。

夕陽餘暉開始拉長而變得柔和時，戈梅茲神父穿過窗口。他看見許多巨大的輪子樹、大草原上分布的道路，就像瑪麗早先在同一地點看見的。但空中沒有霧氣，因為剛下過一點雨，所以他可以看得比她更遠，他特別注意到遠方大海上的閃閃金光，一些白色的東西正在閃動，看起來就像風帆。

他把背包在肩膀上舉高，轉身面對它們，看看能發現些什麼。在這漫長傍晚的寧靜氣氛中，走在平緩道路上讓人心曠神怡，長長草叢中傳來像是蟬的叫聲，餘暉烘烤他的臉龐。這裡的空氣清新、乾淨、甜美，完全沒有石腦油和煤油之類的汙染——在他穿越的某個世界，空氣中充滿這類東西：那是他目標物的世界，也就是誘惑者自己的世界。

他來到夕陽下淺灣旁的海岬。海上如果有潮汐，一定會漲得很高，因為水面上只有一道狹窄的柔軟白沙灘。

而飄浮過平靜海灣的則是十幾隻……戈梅茲神父必須停下來好好思考。十幾隻雪白大鳥，身材如滑艇般大小，又長又直的翅膀拖在身後水面上，修長的翅膀幾乎有兩碼長。牠們真的是鳥類嗎？牠們有羽毛、頭和鳥喙，和天鵝非常相似，可是牠們的翅膀前後伸展，不至於吧……

突然，牠們看到神父。鳥頭迅速轉動，所有翅膀立刻舉高，看來就像遊艇的風帆，牠們藉著微風朝向岸邊漂來。

戈梅茲神父對大鳥美麗的帆翼、肌肉的伸縮、完美的平衡姿態及速度印象深刻，接著他看到牠們撩水前進：牠們在水中的腳，不像翅膀般前後伸展，而是左右並置。牠們翅膀和腳並用，在水中具有無與倫比的速度和優雅。

第一隻上岸的鳥笨拙地穿過乾燥沙地，直朝神父前進。牠懷著惡意地嘶嘶作響，在岸邊搖擺前進時，頭頸還向前猛戳，鳥喙也一張一合。鳥喙裡有牙齒，就像一串尖銳內彎的鉤子。

戈梅茲神父站在離水邊一百碼遠處，一塊有草地的低岬，他有足夠的時間放下背包，拿出來福槍，上膛後瞄準射擊。

大鳥的腦袋爆炸成一堆紅白色煙霧，斷頭生物還笨拙地向前跌了幾步，最後才癱瘓下來。在接下來一分多鐘內，牠還沒死，雙腳不斷亂踢，翅膀舉起又放下，還不斷拍打翅膀，流著血兜圈子，亂踢粗糙的草地，最後肺中噴出一攤血，在呼了一口發泡的長氣後，終於倒地不起。

牠的同伴在看到第一隻鳥倒下後，立刻止步。牠們站著看牠，也看看神父，眼神中流露出一種迅捷猙獰的智慧，牠們從他的身上看回死鳥，再看看來福槍，最後又看看神父的臉。

神父又把來福槍舉到肩上，觀看大鳥的反應，牠們笨拙地後退聚集。牠們很了解狀況。

牠們是健康強壯的生物，碩大、有寬廣的背部，事實上就像活生生的船。戈梅茲神父心想，如果牠們懂得什麼叫死亡，如果牠們可以看出死亡和他之間的關聯，那他們之間將會有種深刻的了解基礎。一旦牠們學會懼怕他，就會對他百依百順。

第二十八章 午夜

我曾與閒逸的死亡相戀多次……

——濟慈（John Keats）

艾塞列公爵說：「瑪莉莎，醒醒，我們快降落了。」

意念機從南方飛向玄武岩堡壘時，狂暴的朝陽正要升起。考爾特夫人酸楚又憂傷地張開眼睛，她並未睡著。在意念機上，她可以看到天使賽芬娜爾飄到起降場上方，又升起飛到塔樓上。

意念機一降落，艾塞列公爵立刻跳出，跑向西方瞭望塔上的歐剛威王，毫不理會夫人。照顧飛行機的工程師也瞬間出現，但沒理會她，也沒人質問她偷走的機器，彷彿她是隱形的。她傷心地回到石塔房間，傳令兵問她是否要些食物和咖啡。

「隨便什麼都好，謝謝。」她說：「噢，對了。」她對正要轉身的傳令兵說：「艾塞列公爵的探測儀解讀員……」

「巴澤狄先生？」

「是的，他現在有空過來一會兒嗎？」

「他正在查閱解讀書，夫人。我請他有空時上來。」

夫人盥洗後，換了件她先前留在這裡的乾淨襯衫。冷風搖晃窗戶，清晨灰沉的天光使她打顫。她將更多煤炭放入鐵爐中，希望能不再發抖，可是這股寒意來自骨子裡，不是皮肉。

十分鐘後，傳來敲門聲。臉色蒼白、有黑眼圈的探測儀解讀員，肩上帶著夜鶯精靈，進門後微微鞠躬。過一會兒，傳令兵也端著托盤進來，送上麵包、乳酪和咖啡。夫人說：

「巴澤狄先生，謝謝你過來。你要些點心嗎？」

「我想來些咖啡，謝謝。」

「請告訴我，」她倒好咖啡後說：「我相信你一直都在追蹤整件事的發展：我女兒還活著嗎？」

他遲疑了一會兒。金猴子緊抓住夫人手臂。

「她還活著，」他謹慎地說：「可是……」

「嗯？噢，拜託，你要說什麼？」

「她目前在冥界裡。有很長一段時間，我無法了解探測儀告訴我的意思，這似乎不可能。但無疑的，她和男孩進入冥界，替鬼魂打開一條通往外界的通路。死人來到出口時，就像他們的精靈一樣消失，對他們來說，這似乎是最甜美、最令人渴望的結局。探測儀告訴我，女孩之所以那麼做，是因為她偷聽到一個關於終結死亡的預言，她認為那是她的任務，現在冥界的確出現一條出路。」

考爾特夫人一句話都說不出。她轉過身子，來到窗前，藏住臉上表情。最後她終於說：

「她會活著出來嗎？不，我知道你不能預測。她……她怎麼樣……她有沒有……」

「她正在受苦，她痛苦又害怕。可是她有男孩和兩個加里維刺間諜陪伴，他們都還在一塊兒。」

「那炸彈呢？」

「炸彈並未傷害她。」

夫人突然覺得筋疲力盡，她只想躺下來睡上幾個月、幾年。塔樓外，旗幟的繩子在風中抖動，劈啪作響，烏鴉沿著壁壘盤旋，呱呱啼叫。

「先生，謝謝你。」她說，轉身看看解讀員，「我非常感激。如果你發現更多有關她的消息、她人在哪裡或正在做什麼，請讓我知道。」

男人鞠躬後離開。夫人躺在行軍床上，可是不管她怎麼努力，就是無法閉眼。

「國王，您認為怎麼樣？」艾塞列公爵問。

他從瞭望塔上的望遠鏡看著西方空中某種東西。那東西外觀像座山，但懸浮在地平線上一掌高處，且團裹著雲層。山的距離還很遠，事實上只有拇指指甲那麼大。它才剛出現，動也不動地懸在空中。

望遠鏡可以讓它近在眼前，卻無法看出更多細節：雲看起來還是雲，不管怎麼放大都一樣。

「雲山，」歐剛威王說：「或是……他們怎麼稱它？雙輪戰車？」

「在攝政王統治時期，這邁塔頓把自己藏得很好，但他們曾在偽經中提到他：他過去是人類，名叫以諾，是約雅得之子，離亞當有六代之遠，現在他卻主導神國。如果他們在硫磺湖發現的天使說的沒錯——就是那位進入雲山刺探的天使——邁塔頓打算做得更澈底。如果他贏得這場戰爭，他打算直接干涉人類的生活。歐剛威，想想看……永恆的宗教審判所——比起教會風紀法庭所能想像到的更糟。在每個世界裡，都由間諜和叛徒司職，並由那座飄浮山中的情報局直接指導……老無上權威至少有隱身的雅量，把燒死異教徒、吊死女巫這類骯髒工作交由神職人員執行，這個新來的人只會搞得更糟。」

「哼，他會先攻擊共和國，」歐剛威說：「看……那是煙霧嗎？」

一團灰色飄浮物從雲山離開，黑點緩緩散布在藍天中，但那不是煙霧，那團東西正逆風從雲中分離出來。

國王拿起雙筒望遠鏡觀察。

「天使。」他說。

艾塞列公爵離開望遠鏡架並站起來眺望。那裡出現成千上萬個天使，遮蔽半邊天空，小小身影還不斷湧出。公爵看過強大無數倍的藍歐椋鳥群，日落時分盤旋在康普皇帝的王宮，可是他這輩子沒看過這麼龐大的數量。這些飛行生物群聚後，緩慢朝北方和南方飄走。

「啊！那又是什麼？」艾塞列公爵指著天空說：「那不是風。」

雲層在山的南側旋轉，形成破碎的長煙霧旗幟，在強風中飄揚。公爵說的沒錯，那種運動是從裡面造成，而非來自外界空氣。雲朵開始攪動旋轉，接著散開片刻。

雲裡不只有山脈，兩人只有短短數秒時間觀看，雲朵又旋轉回來，彷彿被無形的手吸引，遮蓋住整座山。

歐剛威王放下望遠鏡。

「那根本不是一座山，」他說：「我看見砲座掩體。」

「我也看見了，非常複雜的東西。我懷疑他能否從雲中看見外面一切？在某些世界中，他們有種機器具有這種功能。至於他的軍隊，如果那些天使是他們唯一擁有的……」

歐剛威王半因震驚、半因苦惱地驚呼一聲。艾塞列公爵轉身用手指抓住他的手臂，力道大得深及骨頭，還在他手臂上形成一些瘀青。

「他們沒有這個！」公爵說，猛烈地搖晃國王的手臂，「他們沒有血肉！」

公爵把手放在老友粗糙的臉頰上。

「我們人數雖然不多，」他繼續說：「生命短暫，視力也不佳，但和他們相較，我們仍然強壯些。歐剛威，他們嫉妒我們！我相信這更點燃他們的恨意。他們渴望擁有我們珍貴的身軀，扎實強壯，可以在土地上適應良好！如果我們用力量和意志力迫使他們，我們可以擊落無數天使，就像你的手可以穿過霧靄一般。他們的力量僅止於此！」

「艾塞列，他們擁有上千個世界的聯盟，那些生物就像你我一樣是血肉之軀啊。」

「我們還是會贏。」

「假設他派遣那些天使去尋找你女兒呢？」

「我女兒！」公爵雀躍地大叫：「帶那樣的孩子來這世界，不是很有趣嗎？您認為她單槍匹馬到武裝熊王面前，將他的王國從他熊掌前騙走，已算驚天動地了呢；可是她還去到冥界，鎮靜地讓鬼魂全體離開！而那男孩，我要見見那男孩，我要和他握手。我們展開這場叛亂時，知道自己會面對什麼嗎？不知道。可是他們——無上權威和他的攝政王邁塔頓——知道我女兒涉入時，他們要面對些什麼嗎？」

「艾塞列公爵，」國王說：「您了解她對未來的重要性嗎？」

「老實說，不知道。這正是我想見見巴澤狄的原因，他到哪裡去了？」

「去見考爾特夫人。可是他已經累壞了，如果不先休息，他無法繼續下去。」

「他應該事先休息好的。派他過來，好嗎？噢，還有一件事：請奧克森坦夫人有空時移駕到塔樓來，我要向她致哀。」

奧克森坦夫人是加里維刺人的副領袖，現在她必須接管洛克公爵的職責。歐剛威王一鞠躬後離開，留下最高指揮官掃視著陰沉的地平線。

當天，大軍開始會合。艾塞列公爵的天使部隊飛到雲山上方找尋開口，卻一無所獲。一切文風不動，不再有天使飛進或飛出，高空的風不斷扯開雲層，可是無數雲朵又立刻遞補，一秒都不放過。太陽橫跨冰冷湛藍的天空，往西南方滑落，將環繞山脈的淡淡雲霧鑲上金邊，染成奶油和深紅色陰影。太陽下山後，雲山內部隱隱發光。

每個世界支援艾塞列公爵叛變的戰士都已就定位，技師和工匠忙著替飛行器添加燃料、裝載武器、測定標尺和刻度。夜幕低垂時，一批大受歡迎的增援部隊也抵達了：來自北地，沉默地沿著冰冷的地表行軍，陸續抵達的是武裝熊族，為數眾多，包括他們的熊王。不久後，第一批女巫部族也來到，她們的松枝與空氣摩擦時發出的呢喃聲，在夜空中久久不散。

堡壘南方平原上，閃爍成千上萬點微光，標示著這些來自遠方族類的營地。在更遠處，也就是營地界線的四個角落，偵察天使正毫不疲憊地巡邏監視。

午夜，在石塔內，艾塞列公爵坐著，與歐剛威王、天使賽芬娜爾、加里維刺的奧克森坦夫人及巴澤狄商議。探測儀解讀員剛發完言，公爵起身走到窗邊，看看掛在西方天空遠處發亮的雲山，其他人則陷入沉默。他們剛才聽到一些事，足使公爵臉色發白，開始顫抖，沒人知道該怎麼回應。

最後公爵說話了。

「巴澤狄先生，」他說：「你一定累壞了，我很感激你做的努力。請和我們一塊飲酒吧。」

「謝謝您，大人。」解讀員說。

他的雙手不斷發抖，歐剛威王替他倒杯黃金托考伊酒，將酒杯遞給他。

「公爵，這意味著什麼？」奧克森坦夫人清晰的聲音說道。

艾塞列公爵走回桌邊。

「唉，」他說：「這意味著我們有了新的戰略目標。小女和那男孩不知怎的和他們的精靈分開並存活下來。他們的精靈就在這世界某處……巴澤狄先生，如果我說錯了，請糾正我……孩子的精靈就在這世界中，邁塔頓打算抓住他們。如果他們抓住精靈，孩子就必須跟隨他們，而如果他能控制這兩個孩子，那未來就是他的，永永遠遠。我們的任務很明確：必須先他一步找到精靈，確保他們安全，直到孩子與他們重逢。」

加里維刺領導人說：「這兩隻迷路的精靈是什麼模樣？」

「夫人，他們尚未定形，」巴澤狄說：「可能是任何模樣。」

「所以，」公爵說：「總之，所有人，整個共和國，每個有意識生物的未來，全都仰賴小女的存活，以及保護她和男孩的精靈別落入邁塔頓手中？」

「是的。」

公爵歎了口氣，幾乎心滿意足，彷彿在經過漫長複雜的估算後，終於得到結論，可是答案卻和他想像的大相逕庭。

「好吧，」他說，雙手攤開，放在桌上，「戰鬥開始後，我們該這麼做：歐剛威王，請您指揮所有軍隊防禦堡壘；奧克森坦夫人，請您立刻派遣您的手下，出發尋找兩個孩子和他們的精靈，找到他們時，全力守護他們，直到他們團圓為止。那一刻來臨時，我相信男孩會想辦法安全地逃到另一個世界。」

夫人點點頭。她粗硬的銀髮輝映著燈火，像不鏽鋼似地閃閃發亮，她繼承了洛克公爵的藍鷹，牠在門旁托架上稍稍展翅。

「現在，賽芬娜爾，」公爵說：「妳對這個邁塔頓知道多少？他曾經是人類，他仍有人類的體力嗎？」

「他在我被放逐很久後才異軍突起。」天使回答：「我從沒和他近處交鋒過。不過，他可能很強壯，在各方面都異常強大，否則不足以領導神國。大部分天使都避免徒手搏鬥，邁塔頓卻對此情有獨鍾，而且是個常勝軍。」

歐剛威可以看出公爵心生一計，他的注意力突然轉移，眼神暫時失焦，接著精神又為之一振，回到現實。

「我懂了，」公爵說：「最後，賽芬娜爾，巴澤狄先生告訴我，他們的炸彈不僅炸開所有世界下方的深淵，還嚴重扯裂萬物結構，現在到處都充滿這種裂縫和罅隙。這附近一定有個可以通往深淵邊緣的通道，我要妳去找找看。」

「你打算做什麼？」歐剛威王嚴厲地質問。

「我打算毀滅邁塔頓。我的任務幾乎完結，小女才是必須活下去的人，我們的任務是將神國的所有力量帶離她身邊，讓她有機會找到通路通往安全世界——她、男孩和他們的精靈。」

「那考爾特夫人呢？」國王問。

公爵不禁以手覆額。

「我不會令她為難，」他說：「別管她，如果可能，保護她。雖然……或許我對她並不公平，不管她做過什麼，她總有辦法讓我大吃一驚。現在我們都知道我們該做什麼，以及我們為什麼必須這麼做：我們必須保護萊拉，直到她找到她的精靈並逃開為止。我們的共和國，或許必須將幫助萊拉視作唯一目標。那麼，讓我們全力以赴吧。」

考爾特夫人躺在隔壁房間公爵的床上，聽到隔壁房間的聲音後就醒轉，並未熟睡。她從惱人睡眠中醒來，渾身不自在又滿心期盼。她的精靈坐在身旁，她不想移到門邊聆聽談話內容，只想聽聽艾塞列公爵的聲音。她認為他們兩人都會被毀滅，他們全都會被毀滅。

最後，她聽到隔壁房門關上的聲音，就站了起來。

「艾塞列。」她走入石腦油燈溫暖的光輝中。

他的精靈輕聲咆哮，金猴子低頭安撫她。公爵捲起一張大地圖，沒有轉身。

「艾塞列，將來會發生什麼事？」她說，在椅子上坐下。

他用手揉揉眼睛，面容因疲憊而憔悴不堪。他坐下來，手肘也擱在桌上休息，他們的精靈動也不動：金猴子蹲在椅背上，雪豹警覺地在公爵身旁坐直，眼睛眨也不眨地看著夫人。

「妳沒有聽到我們說的話？」他問。

「只聽到一點。我沒睡著，可是也沒在聽。有人知道萊拉在哪裡嗎？」

「沒有。」

他還是沒回答她的第一個問題，她也知道他不打算告訴她。

「早知如此，我們應該結婚，將她撫養長大。」她說。

這些意外之語使他不覺眨眼。他的精靈從喉間發出最柔和的叫聲，伸出前掌，以獅身人面獸的姿勢趴著。他一言不發。

「艾塞列，我無法忍受遺忘，」她繼續說：「沒有比它更糟了。我從前認為痛苦是最糟糕的——永遠被折磨——我認為那一定很糟……可是只要你有意識，那還是頗好，不是嗎？比起什麼都感受不到，就這樣進入黑暗中……每件事都永遠消逝，還要好多了。」

公爵只需聆聽。他直直盯著她的眼睛，全神貫注，毋需回答。她繼續說：

「那天，你那麼冷酷地談論她，還有我……我以為你恨她。我可以了解你恨我。我從沒恨過你，但我可以了解……現在我了解你為什麼恨我，可是我不了解你為什麼恨萊拉。」

他將頭緩緩轉開，又看回來。

「我記得你在斯瓦巴說了些很奇怪的話，就在山上，你離開我們的世界前，」她繼續說：「你說，和你一起來，我們會永遠毀滅『塵』。你記得自己那麼說嗎？但你不是真心的。你的意思剛好相反，對不對？現在我明白了，為什麼你不說真話？為什麼你不告訴我，你打算要保全『塵』？你可以告訴我真話。」

「我當時要妳加入我，」他說，聲音沙啞又沉靜，「我認為妳可能比較喜歡聽謊話。」

「是的，」她低聲說：「那正是我所想的。」

她再也坐不住了，可是又沒力氣站起來。有一刻，她覺得十分暈眩，頭也嗡嗡作響，四周聲音開始減弱，房間突然變暗，可是她的感官立刻又回到這空前無情的現實中，一切仍未改變。

「艾塞列……」她喃喃地說。

金猴子將一隻手試探地伸出，放在雪豹掌上。男人一言不發地看著，史特拉沒有動彈，她的眼睛緊盯著考爾特夫人。

「噢，艾塞列，我們將來會怎麼樣？」夫人又問了一次，「這是一切的終結嗎？」

他沒說話。

她猶如夢遊般站起來，拿起躺在房間角落的背包，從裡面拿出手槍，她接下來要怎麼做，沒人知道，因為就在此刻，外面突然傳來跑上階梯的腳步聲。

兩人和他們的精靈轉頭看看進來的傳令兵，他上氣不接下氣地說：

「抱歉，大人……那兩個精靈……有人看到他們，就在離東門不遠處……貓的模樣……守衛試著和他們說話，想帶他們進來，可是他們不願靠近。那是一分鐘前發生的……」

艾塞列公爵坐直身子，神情大變。那一瞬間，他臉上的疲憊似乎一掃而空。他一躍而起，抓起大外套。

他理也不理夫人，把外套披在肩上，對傳令兵說：

「立刻告知奧克森坦夫人。傳令下去：不准威脅、驚嚇或壓迫兩個精靈，任何人一看到他們應先……」

考爾特夫人沒聽到他接下來說的話，因為公爵已經下樓了。他狂奔的腳步聲逐漸消失後，唯一剩下的聲音是石腦油燈柔和的嘶嘶聲，以及屋外野風的呼嘯聲。

她看了看精靈的眼睛。金猴子的表情一如往昔般神祕複雜，在他們三十五年的生命中始終如此。

「很好，」她說：「我看不出有其他出路，我想……我想我們要……」

他立刻了解她的意思。他跳進她胸前，兩人緊緊擁抱。她找到自己鑲著毛皮的大衣，安靜地離開房間，走向黑暗的階梯。

第二十九章
平原大戰

每個人都在
自我魅影的掌控下
直到人性覺醒的那一刹
——威廉·布雷克

要萊拉和威爾離開前晚睡覺的那個甜美世界，可真是難上加難，但若想找到自己的精靈，他們必須再回到黑暗王國。經過幾小時疲倦地匍匐在幽暗隧道內，現在，萊拉第二十次彎身在探測儀上，還無意識地發出懊惱的低聲——她抽抽噎噎地喘息，再用力些就成了啜泣。威爾也一樣，精靈離開後留下的痛苦，就像敏感柔軟的燙傷處，每次呼吸都彷彿被冰冷的鉤子拉扯。

萊拉厭煩地轉動探測儀的轉輪，她的思想如鉛沉重，三十六個圖案各有意義等著抽絲剝繭，過去她輕鬆自信地轉動，現在卻變得鬆散不可靠。至於要在心中貫串其間聯繫……這在過去就如飛奔、唱歌或說故事一樣，是種自然的本能，現在卻必須絞盡腦汁。她的理解力逐漸衰微，可是她絕不能失敗，否則一切都會功虧一簣……

「不遠了，」最後她終於說：「那裡有各種危險……還有一場大戰，那裡有……我們幾乎已找到正確位置。在這洞穴盡頭有塊光滑大石頭，上面有流泉，你可以在那裡打開窗口。」

預備戰鬥的鬼魂興致勃勃地向前推擠，萊拉感到史科比就在她身旁。

他說：「萊拉，女孩，時間快到了。如果妳見到那隻老熊，告訴他，李出去打仗了。等戰爭結束後，我有一生的時間可以在風中飄浮，找到過去曾是海斯特的粒子，還有綠色大地上我母親、我的心上人，所有的心上人……萊拉，孩子，等這件事完成後，妳就能好好休息，聽到了嗎？生命是美好的，死亡是結束……」

他的聲音消失了。萊拉想用手臂環繞住他，這當然不可能。她只能看著他蒼白的身影，鬼魂看到女孩眼中的熱情和光彩，不覺精神大振。

兩個加里維刺人待在萊拉和威爾肩上，他們短暫的生命幾乎已到盡頭，兩人都感到四肢僵硬，心臟有陣寒意。他們很快就會回到冥界——以鬼魂的身分。他們看了對方一眼，發誓盡可能陪著兩個孩子，對死亡一事絕口不提。

孩子一言不發繼續爬，聽著彼此劇烈的喘氣和腳步聲，還有腳下小石子鬆動的聲音。在最前方，人首鳥妖沉重地踉蹌前行，翅膀拖在身後，爪子磨地，沉默又陰鬱。

此時，突然出現一種新聲音：規律的涓滴聲回響在洞穴中，接著是較快的滴答聲、涓涓細流，最後則是流動的泉水聲。

「這裡！」萊拉說，向前摸摸一塊擋路的岩石，那是塊光滑、潮溼而冰涼的岩石，「在這裡。」

萊拉轉頭看看人首鳥妖。

「我一直在想，」她說：「妳救了我，又答應帶領鬼魂通過冥界，來到我們昨晚睡覺的那塊土地。我又想，妳沒有名字，那是不對的，至少在未來是不對的，所以我想我能給妳一個名字，就像歐瑞克王給了我蓮花舌萊拉之名。我要叫妳『優雅之翼』，這是妳的名字，它會永遠伴隨著妳：優雅之翼。」

「有一天，」人首鳥妖說：「我會再見到妳，蓮花舌萊拉。」

「知道妳在這裡，我就不會擔憂懼怕。」萊拉說：「再見，優雅之翼，直到我死時。」

她擁抱人首鳥妖，緊摟著她，親吻她的雙頰。

接著塔利斯騎士說：「這是艾塞列公爵世界的共和國？」

「是的。」萊拉說：「探測儀是這麼說，很接近他的堡壘。」

「那麼讓我對鬼魂說話。」

萊拉將騎士舉高，他叫道：「聽著，薩瑪琪夫人和我是唯一看過這世界的人。山頂上有座堡壘，那是艾塞列公爵鎮守之處，我不知道誰是他的敵人。現在萊拉和威爾只有一項任務，就是尋找他們的精靈，我們的任務是幫助他們。讓我們勇氣十足地作戰吧。」

萊拉轉身面對威爾。

「好，」他說：「我已經準備好了。」

他拿出匕首，看著他父親鬼魂的眼睛。他就站在附近，他們相處的時間不多，威爾心想，如果他母親也在這裡會有多好，三人能在一起……

「威爾。」萊拉警覺地說。

他停住了，匕首卡在空中。他放開手，匕首仍懸掛著，卡在一個看不見的物質世界裡。他深深吸了口氣。

「我幾乎……」

「我看得出來，」她說：「威爾，看著我。」

在鬼火中，他看見她明亮的髮色、堅毅的雙脣和誠實的眼睛，他感到她呼出的熱氣，聞到她身上的馨香。

匕首鬆動了。

「我會再試一次。」他說。

他轉身，全神貫注讓心思游移在匕首刀鋒，觸摸、退縮、搜尋，最後他終於找到了。匕首切入、劃開、往下切，然後抽回。鬼魂擠得這麼近，威爾和萊拉感到寒意在每根神經中抽動一下。最後他終於切開了。

他們感受到的第一件事就是「嘈雜」。光線讓人目眩神迷，不管是鬼魂或活人都得遮住眼睛，有幾秒鐘時間，他們什麼都看不到。可是撞擊聲、爆炸聲、槍砲聲和狂喊尖叫聲卻清晰異常，恐怖得讓人心驚。

約翰・帕里和史科比的鬼魂最先恢復知覺，兩人過去都是軍人，也經歷過戰役，他們不會受嘈雜的噪音干擾。威爾和萊拉只是又懼又驚地看著一切。

在他們頭頂上空，火箭砲爆炸了，岩石和金屬碎片四下散落在稍遠處的山坡。空中，天使和天使正在對決，還有女巫，把箭枝射向敵人時，口中尖叫著自己部落的語言。他們看到一個加里維刺人爬到蜻蜓身上，俯衝攻擊一架飛行機，機上駕駛試著和他徒手對抗，蜻蜓向前飄浮而去時，牠的騎師從上一躍而下，將毒刺深深插入駕駛頸子內，接著蜻蜓又飛回來，飛低讓騎師跳到亮綠的背上，飛行機則一頭衝向堡壘底端的岩石。

「開大一點，」史科比說：「讓我們出去！」

「等一下，李，」帕里說：「那邊出事了……看那邊。」

威爾又在父親指示的方向打開另一個小窗口，他們向外看出去，發現戰爭的模式改變了。攻擊方開始撤退：一群武裝齊全的車輛停止前進，在掩護火力下，艱困地掉頭退後。有隊飛行機在和艾塞列公爵的旋翼機對抗中取得優勢，也掉頭往西方飛開。神國在地面上的軍力——無數步槍手，身上配備火焰投擲器和毒藥噴灑砲，還有一些從未見過的武器——全都開始解散並向後撤退。

「發生什麼事？」史科比問：「他們離開戰場……為什麼？」

這似乎沒有道理：艾塞列公爵的軍力優勢不如他們，武器也沒有他們精良，許多人還身負重傷躺在地上。

突然，威爾感到鬼魂中一陣騷動，他們正對飄浮在空中的某種東西指指點點。

「幽靈！」帕里說：「那正是原因。」

威爾和萊拉第一次覺得自己可以看見這些東西，像是發著微光的薄紗面罩，又像是薊花冠毛從天而降。它們看起來相當模糊，降落到地面後，幾乎看不清楚。

「它們在做什麼？」萊拉問。

「它們正往步槍兵團前進……」

威爾和萊拉知道接下來會發生什麼事，他們恐懼地大叫：「跑！趕快走！」

有些士兵聽到附近有孩子的叫聲，訝異地回頭看看。其他人看到有個幽靈朝他們的方向前進，詭異、冷漠又貪婪，就舉起來福槍射擊，當然，一點效果也沒有。它開始攻擊第一個接觸的人。

那人是從萊拉世界來的非洲士兵，他的精靈是隻長腿黃斑貓，身上有黑色斑點，她露出牙齒準備一躍而上。

他們看見這人毫不畏懼地瞄準，絲毫不為所動。接著看到精靈陷身在一張無形網中，無助地嗥叫咆哮，士兵試著想走到她身邊，手上的來福槍掉了下來，口中不斷呼喊著她的名字，自己也因痛苦和劇烈的噁心而虛弱、暈厥。

「好了，威爾，」帕里說：「現在讓我們出去，我們可以和這些東西作戰。」

威爾打開窗口，然後跑開，讓鬼魂前鋒部隊一擁而上，接著，一場超乎想像的詭異戰役就此展開。

鬼魂從地表下爬出，蒼白身影在正午日光下看起來更形蒼白。他們毫無所懼地將自己投向隱形的幽靈，對著威爾和萊拉完全看不見的東西拉扯、角力、廝打。

步槍手和其他活人聯盟對此都震驚不已：他們對這場鬼魂與幽靈之戰大惑不解。威爾也加入這場混戰，他拿著匕首四下揮舞，心中記得幽靈從前一遇到匕首就會逃之夭夭。

不管他到哪裡，萊拉都跟在他身後，心中希望她也能有什麼武器，可以像威爾一樣作戰。她四下張望，往更遠處看去時，覺得自己可在油般發亮的空氣中不時看到幽靈。這時，萊拉首次感覺身陷險境的戰慄。

薩瑪琪坐在她肩上，萊拉發現自己置身在稍高處——有山楂樹叢的土堆，她可以看到入侵者棄置不顧的連綿荒野。

太陽高懸頭頂，前方西邊的地平線上，堆積的雲層閃耀發光，被黑暗的裂隙分隔，雲層頂端則被高空強風吹散。平原上也一樣，敵人的地面部隊正在等待：他們的武器閃閃發亮，多彩旗幟迎風飄揚，軍團整裝以待。

在萊拉身後左方，是通往堡壘的鋸齒狀山丘，在暴風雨來襲前的火紅光線中閃爍灰光，遠方則是黑色玄武岩堡壘。她甚至可以看見小小身影在上面移動，忙著修理受損的城垛，拿出更多武器預備，或只是觀望戰局。

就在那一刻，萊拉首次感覺到一種隱約的反胃、痛苦和恐懼，那種絕不會混淆的幽靈觸摸。雖然她從未有過這種感覺，卻立刻了解這是什麼。這意味著兩件事：第一，她一定大到可以成為幽靈的受害者；第二，潘一定就在附近。

「威爾……威爾……」她叫道。

他聽到她的叫聲後轉頭，手中握著匕首，眼睛熠熠發亮。

但他還來不及開口，就倒抽一口氣，一種突來的滯悶使他緊抓住胸口，她知道同樣的事也發生在他身上。

「潘！潘！」她叫道，踮腳四下張望。

威爾彎身克制噁心感。一會兒，那種感覺終於消失，他們的精靈似乎順利逃脫，可是兩人卻無法在附近找到他們。四下空中充滿槍聲和叫聲，還有因痛苦或恐懼發出的吶喊，遠方也傳來峭壁鬼族在空中盤旋時發出的「奴克—奴克」聲，偶爾還會傳來颼颼響和砰然箭聲，接著是新的聲音：風起的聲音。

萊拉的臉頰最先感到風的吹拂，接著看到草身彎腰，在山楂叢中聽到風的呼嘯。前方天空布滿風暴：白雲被雷暴雲頂驅趕，雲層開始滾動翻轉，變換著硫磺黃、大海綠、煙霧灰和石油黑，在地平線上幾哩處的整片天空中不安地攪動。

在萊拉身後，太陽仍持續閃耀，介於她與風暴之間的每片樹叢、每棵樹都猶如熱烈生動地燃燒著，每個脆弱的小東西，都用樹葉、樹枝、果實和花朵對抗黑暗。

在這一切中，兩個「已經不再是孩子」的孩子四下走動，幾乎可以看清幽靈。強風吹打威爾的眼睛，萊拉的頭髮鞭打臉頰，這風應該可以吹走幽靈，可是這些東西卻穿越風直接飄落地面。男孩與女孩手牽手，越過死傷人群，萊拉呼喊著她精靈的名字，威爾則警覺地感受自己的精靈。

此時，空中閃電四射，第一聲巨大雷響猶如斧頭般敲著他們的耳膜，萊拉用手抱住腦袋，威爾幾乎蹣跚跌倒，彷彿被這聲音壓迫。他們彼此緊抓，抬起頭來，看到一個在幾百萬個世界中從未有人見過的畫面。

絲卡荻、瑞娜．米提及好幾個部落的女巫手中都持著一根浸過瀝青、正在燃燒的松枝，從堡壘東側——也就是最後一片清朗空中——不斷湧出，直接往暴風飛去。

地面上的人可以聽到頭上揮發性碳氫化合物咆哮和爆裂的燃燒聲。有幾個幽靈仍待在高空，有些女巫渾然不覺地飛過這些幽靈間，立刻放聲尖叫、渾身著火地墜落地面。可是這些慘白生物大都已落地，一大群女巫就像一道火河，朝風暴中心蜂擁而入。

一隊身上配備矛與箭的天使，從雲山出來正面和女巫交鋒。他們身後有風，前進速度比箭枝還快，可是女巫也不遑多讓，第一批女巫向上飛升，然後俯衝入天使陣營，左右揮舞燃燒火炬。天使一個個在火中顯現輪廓，翅膀也開始燃燒，最後尖叫著從空中墜落。

滂沱大雨開始落下。如果風暴雲中的指揮官希望澆熄女巫的火焰，可要大失所望，松脂和瀝青可以對抗雨水，愈大的雨滴落在火炬上，就爆發出愈多嘶嘶作響的火花。雨滴滿懷惡意地擊打在地上，四下飛濺在空中。不到一分鐘，威爾和萊拉已成為落湯雞，兩人冷得直發抖，雨水就像小石頭般打在兩人頭上和肩上。

他們跌跌撞撞地掙扎前進，抹掉眼前的雨水，在騷動中大叫：「潘！潘！」

頭頂上的雷聲幾乎不曾間歇，雷聲劃破天空、摩擦並撞擊，彷彿每個原子都被撕開。威爾和萊拉在雷鳴聲及驚懼的悲痛中狂奔，萊拉叫著：「潘！我的潘拉蒙！潘！」威爾卻默默無語，他知道自己失去什麼，卻不知道她的姓名。

兩個加里維剌人跟著他們四處亂闖，警告他們小心這邊、往那邊走，或留意孩子還無法完全看清的幽靈。萊拉將薩瑪琪放在手中，因為夫人已沒力氣抓住萊拉的肩膀。塔利斯四下掃視天空，尋找族人，他看到一個針般明亮的東西在上空移動時，就會出聲吶喊，可是他的聲音也失去力量。無論如何，其他加里維剌人也在尋找他們族人兩隻蜻蜓的標誌——電子藍和紅黃色，可是那兩隻蜻蜓的顏色早已褪去，牠們的屍體遺留在冥界。

忽然，空中出現異常活動。孩子抬頭張望，以手擋住不斷擊落的雨水，他們看見一種從未見過的飛行機：黑色、六腳、外形笨拙、寂靜無聲。它從堡壘低空飛出，從兩人頭上飄過，高度不比屋頂更高，迅速進入風暴正中心。

他們沒時間猜測那是什麼，另一陣撕裂頭部的噁心感，告訴萊拉潘又遭逢危險，威爾也感受到了。他們盲目、跌跌撞撞地穿越水窪、泥巴、傷者、惡鬥鬼魂的混亂場景，無助、恐懼又噁心。

第三十章
雲山

遠方天堂帝國，延伸廣布
環繞，塔樓和雉堞或方或圓，
綴點蛋白石與
亮麗藍晶……
——約翰・彌爾頓

意念機中的人是考爾特夫人，駕駛艙中只有她和她的精靈。在風暴中，氣壓高度計幾乎毫無作用，但她多少能藉著觀察天使墜落地面燃燒的火焰，來估計自己的高度；儘管大雨如注，他們在高空中猶如照明彈一樣。至於路線，一點也不難：環繞雲山的閃電就是最明亮的標記。但她得避開幾個在空中纏鬥的族類，還要躲避下方聳起的高地。

夫人並未開燈，她希望能在他們看見並擊落她之前，接近雲山，順利降落。她愈飛近雲山，上方氣流就愈猛烈，陣風更急更狂暴。旋翼機在這種情況下無法倖存，猛暴的氣流會將它像蒼蠅般掃落，但在意念機中，她輕鬆地馭風而行，就像在平靜海中的乘浪者，可以調整自身的平衡。

她小心翼翼攀升，專心往前看，不再理會儀表板，只憑視覺和直覺航行。她的精靈在小小玻璃駕駛艙中從一側跳到另一側，看看前方和上下左右，不斷對她叫喚。一整片如槍矛般的閃電，在意念機上方和周圍閃爍爆裂。她在小小意念機中穿越這一切，一點一點攀升，不斷朝懸浮在雲山裡的王宮前進。

夫人接近雲山時，卻發現山脈的樣貌令她感到炫目困惑。這使她想起某個可憎的異端理論，發起人正在教會風紀法庭地牢中，飽受應得的折磨。他認為空間中的向度比一般熟知的三維還多，在很小的規模中會有七度甚至八度空間，卻無法直接觀測。他甚至曾製作一個模型，展示理論的作用，夫人在那東西被驅邪燒毀前看過一次。那東西層層疊疊，角落和邊緣相互包容，內部無處不包，外部則在萬物之外。對夫人來說，雲山和那模型給她的感受很類似，與其說它像一塊岩石，不如說是個力場，它能操縱空間本身：彎折、延伸和層疊，由空氣、光線和蒸氣形成迴廊、陽臺、房間、廊柱和觀測塔。

她覺得胸口緩緩湧現一股詭異的狂喜，同時思忖如何將意念機安全駛到南側雲層濃密的平臺。小小機器在混濁空氣中拉扯扭曲，可是她穩定地掌握航道，她的精靈則引導她降落在平臺上。

截至目前為止，她看到的光主要來自閃電，偶爾是破雲而出的日光、天使燃燒的火光及電子探照燈的光芒。現在的光線卻迴然不同，自山脈本身的物質，以一種類似緩慢吐納的韻律，一明一滅地照耀著，伴隨珠貝似的光輝。

考爾特夫人和精靈從意念機下來四處張望，看看該往哪個方向走。

她感到上方和下方都有生物在迅速移動，他們在山脈物質中快速掠過，身上帶著訊息、命令和資料。她無法看到他們，唯一可見的是讓人混淆、角度曲折的廊柱、階梯、陽臺和正立面。

夫人還沒決定該往哪裡走，就聽到一些聲音，她立刻藏身在一根廊柱後。有人正邊走邊唱聖詩，他們更靠近時，她看見一隊天使肩上抬著轎子。

他們逐漸移近她的藏身處，一看見意念機後就止步。歌聲變得有些遲疑，有些抬轎者甚至懷疑恐懼地四下張望。

夫人的位置近得可以看見轎中人——那是個天使。她心想，真是老得不可思議。她不容易看清他，轎子四周層層圍繞閃耀的水晶，還和山脈的光線相互折射。但夫人似乎目睹一張衰老得驚人又皺紋滿布的臉，雙手不停發抖，嘴裡不斷地喃喃自語，還有一雙黏膜發炎的眼睛。

老者顫抖地對意念機指指點點，咯咯地喃喃自語，不時拉拉鬍鬚，把頭向後一仰，發出痛苦的吼叫聲，夫人不禁掩住耳朵。

但是抬轎者顯然另有任務，他們鼓起勇氣，繼續沿著平臺前進，完全忽視轎中傳來的叫聲和咕噥聲。他們來到一處開闊空間時，翅膀大展，領隊一聲令下，他們抬著轎子起飛，最後在旋轉煙霧中飛離夫人的視線。

她沒時間多想這件事，她和金猴子迅速移動，爬上巨大階梯，穿越橋梁，向上移動。她爬得愈高，愈能感受到充斥四周的無形活動，最後，他們轉過角落，進入煙霧瀰漫的大廣場，發現自己面對一個手中執矛的天使。

「妳是誰？有何貴幹？」他問。

考爾特夫人好奇地看他。古早以前，這些族類曾愛上人類的女人，愛上男人的女兒。

「不，不，」她柔聲地說：「請別浪費時間，立刻帶我去見攝政王。他正在等我。」

夫人心想，最好使他們驚惶失措、失去鎮定。這天使不知該怎麼辦，只好照著夫人的話做。她跟著他走了幾分鐘，穿越令人困惑的透射光，來到前廳。夫人不知他們是怎麼進來的，可是他們抵達了。短暫停留一會後，前方忽然像道門一樣打開。

精靈銳利的指甲掐入她上臂肌膚中，她緊抓他的毛皮安撫他。面對他們的是個由光線組成的生物。夫人心想，他具有人類的形體，可是光線過於炫目，以致看不清。金猴子將臉藏在她肩膀間，她也伸出手臂擋住眼睛。

邁塔頓說：「她在哪裡？妳女兒在哪裡？」

「攝政王大人，我正是來告訴您的。」她說。

「如果她在妳的控制下，妳應該會帶她來。」

「不是她，而是她的精靈。」

「那怎麼可能？」

「邁塔頓，我發誓我控制住她的精靈。偉大的攝政王，求求您，請稍微隱身些……我覺得眼花撩亂……」

他將眼前一抹雲拉在前方。就像透過燻黑玻璃看太陽一樣，她現在能清楚看到他，雖然她仍假裝被他的面容震撼。他看起來就像中古世紀早期的人類，高大、魁梧、具有權威感。他穿衣嗎？他有翅膀嗎？她無法辨識，他眼中放射出來的力量，使她無法移開眼神。

「求求您，邁塔頓，請聽我說，我剛從艾塞列公爵那裡來。他有孩子的精靈，他知道那孩子很快就會去找他。」

「他要怎麼處理那孩子？」

「將她藏起來不讓你找到，只等她到了年紀。他不知道我到哪裡去，我一定要趕快回去。我說的都是實話，看看我，偉大的攝政王，我無法看清您。看透我，告訴我您看到什麼。」

天使之王定定看著她，這是瑪莉莎．考爾特經歷過最嚴苛的檢視，她赤裸裸地站著，身體、鬼魂和精靈都承受邁塔頓凶猛的注視，所有障蔽和詭計都被粉碎。

她知道自己的本性會替她作答，她很害怕他看到的自己還不夠充分。萊拉曾用言語對雷克森撒謊，她母親卻必須用全部的生命來說謊。

「好，我懂了。」邁塔頓說。

「您看到什麼？」

「腐敗、嫉妒、權力欲；殘酷、冷漠、卑鄙刺探的好奇心；純粹、有害、有毒的惡意。妳在估算出會獲得什麼好處前，絕不顯示一絲同情、憐憫或仁慈，自幼即如此；妳拷打、殺人，從不遲疑後悔；妳也會為背叛、陰謀和叛逆得意洋洋。妳是道德糞坑中的一片穢物。」

這宣判的聲音深深搖撼夫人。她知道這一刻遲早會來臨，為此感到恐懼，卻也相當期待；現在，這些話已說出，她反而有一絲勝利感。

她向他靠近。

「您看，」她說：「我可以輕易背叛他，我可以帶您到他看管我女兒精靈的地方，您能摧毀艾塞列，那孩子也會毫不遲疑地走入您手中。」

夫人感到她四周霧氣的移動，她的感官突然混亂起來：他接下來說的話，像支有香味的冰鏢刺入她的肌膚。

「我還是人類時，」他說：「有好幾個妻子，可是沒有一個像妳一樣動人。」

「您什麼時候當過人類？」

「我還是人類時，被稱作以諾，是約雅得之子，約雅得是邁哈萊爾之子，邁哈萊爾是肯納之子，肯納是以諾士之子，以諾士是塞思之子，塞思是亞當之子。我在地球上一共活了六十五年，最後無上權威將我帶到他的神國。」

「您有許多妻子。」

「我愛她們的血肉。我也了解天堂之子愛上地球女兒的情形，我為了她們向無上權威抗辯，可是他態度堅決地反對她們，還讓我親口預言她們的劫數。」

「所以您已有幾千年沒有妻子……」

「我一直是神國的攝政王。」

「這難道不是您擁有王妃的時機嗎？」

此刻，夫人感覺自己暴露無遺，險關難過，不過她信任自己的血肉，相信她知道的那些關於天使的奇怪真相，特別是這些過去曾是人類的天使：他們缺乏血肉，因此特別覬覦並渴望碰觸它。現在，邁塔頓非常接近她，近得可以聞到她髮中香味，可以注視她肌膚紋理，可以用蒸氣般的手碰觸她。

接著出現一種奇怪聲響，就像聽到某種特殊的模糊低語和碎裂聲，然後才恍然大悟原來是家中失火。

「告訴我艾塞列公爵在做些什麼，還有他人在哪裡。」他說。

「我現在就帶您到他那裡。」她說。

抬轎的天使離開雲山後朝南飛。邁塔頓下令將無上權威送往一個遠離戰場的安全場所，他還想讓無上權威活久一點。他並未吩咐一連衛隊保護他，這只會吸引敵人注意，他對這場陰暗的風暴有信心，估算在這種情況下，只派遣一小隊人馬會更為有利。

這可能是個妙計——如果那個忙著以半死戰士大飽口腹的峭壁鬼族沒有抬頭張望，見到被探照燈隨意照到的水晶轎側面。

峭壁鬼族突然想到什麼，他停下來，一隻手還握著溫暖的肝臟，他的兄弟將他推到一旁。極地狐狸胡言亂語的那段回憶，突然浮現在他腦海中。

他立刻展開皮翼向上跳去，一會兒，其餘峭壁鬼族也跟著他一起飛入空中。

賽芬娜爾和她的天使不眠不休地搜尋整夜，第二天早上終於在堡壘南方山上找到一個小縫隙，這縫隙前一天並未出現。他們探查一番並鑿大洞口，艾塞列公爵已從洞口爬入堡壘下方，此刻正在延伸到遠處的一連串洞穴和地下甬道中前進。

那裡並不如公爵想像中漆黑，有種像是由幾億個微小粒子形成的微弱光源，散發微光，在地下甬道中如光流般穩定飄浮。

「『塵』。」他對精靈說。

他從沒用肉眼看過「塵」，也從未見過這麼多「塵」聚集在一塊。他繼續前進，突然，眼前一片開闊，他發現自己置身在巨大洞窟頂端：大得足以容納十幾個禮拜堂的穹窿。地面消失不見，兩側以令人暈眩的角度傾斜到深及百哩的坑穴邊。裡面比黑暗本身更黑暗，無盡的「塵瀑」毫不間斷地傾瀉入深淵，億萬粒子如同每個銀河中的星辰，每顆都有一小片段意識思想，那是一股令人視之憂傷的光芒。

他和精靈朝深淵爬下。在攀爬中，他們逐漸看清沿著深淵遠端、幾百碼外模糊處發生的事。他想那裡有些活動，他愈往下爬，情況就愈明朗：一群幽暗慘白的身影，正沿著險峻斜坡前進，男人、女人、小孩、各種他看過和沒看過的生物，全神貫注地維持平衡，不理睬他，公爵明白他們都是鬼魂時，感覺頸後毛髮也豎立起來。

「萊拉來過這裡。」他沉靜地對雪豹說。

「小心腳下。」她則回答。

此時，威爾和萊拉已淋成落湯雞，不斷發抖，痛苦不堪，只能盲目顛躓地走過泥地，越過岩石，來到小峽谷裡，那裡的溪流因風暴挾帶而來的水流轉為紅色。萊拉很怕薩瑪琪夫人快死了：她已有幾分鐘沒說話，只是虛弱、無精打采地躺在萊拉掌中。

他們在河床間找尋掩蔽，至少那裡的水流是白色，他們飢渴地喝了好幾口水，威爾感覺塔利斯站起來對他說：

「威……我聽見馬群來了……艾塞列公爵沒有騎兵部隊，那一定是敵人。越過溪流躲起來……那裡有灌木叢……」

「走吧。」威爾對萊拉說，他們涉水渡過冷冽刺骨的水流，及時爬上峽谷另一側。那些從斜坡上下來喝水的鏗鏘生物根本不是騎兵隊：他們身上毛髮緊密，就和他們的馬匹沒有兩樣，身上也沒有衣服和馬具，卻攜帶武器：三叉戟、網子和彎刀。

威爾和萊拉沒有停步觀看，只是低頭彎腰穿過起伏不平的地面，一心希望不露蹤跡，及時脫身。

他們維持低頭姿勢，看清自己的腳步，避免扭到腳踝或更糟的事。他們沒命地往前奔逃時，閃電在頭上爆裂，因此無法聽到峭壁鬼族的尖叫和咆哮，直到當面撞見。

峭壁鬼族正圍著一件在泥地上閃閃發亮的東西：稍微比他們高大，倒向一側，或許是個大籠子，有水晶製的壁面。鬼族正用拳頭和岩石敲打它，尖叫、吶喊。

威爾和萊拉來不及停步、轉向跑開，就這樣跌跌撞撞誤闖入鬼族之中。

第三十一章
無上權威末日

帝國不復存在，
獅與狼也將長埋。
——威廉・布雷克

考爾特夫人對身邊陰影低語：

「邁塔頓，看看他是怎麼藏身的！像老鼠一樣在黑暗中匍匐……」

他們站在巨坑內高聳的岩架上，看著艾塞列公爵和雪豹在遙遠的下方，小心往下爬。

「我現在就可以擊倒他。」陰影低語。

「對，你當然可以，」她低聲回應，彎身靠近，「可是我想看他的臉，親愛的邁塔頓，我想讓他知道我背叛了他。來吧，我們跟上他……」

落「塵」如巨大的微弱光柱般發亮，平滑無止境地飄落深淵。夫人無暇注意這點，她身旁的陰影因欲望而全身顫抖，她必須隨侍在旁，全力控制他。

他們默默往下移動，跟蹤艾塞列公爵。他們愈往下爬，她就愈心煩意亂。

「怎麼了？怎麼了？」身旁陰影低語，他感受到她的情緒，立刻心生懷疑。

「我在想，」夫人不懷好意、甜蜜地說：「我很高興那孩子永遠沒機會長大去愛人和被愛。她還在襁褓時，我以為我很愛她，可是現在……」

「在妳心中還有股遺憾，」影子說：「妳很遺憾不能看她長大。」

「噢，邁塔頓，你當人類是多久以前的事呀！你真的看不出我遺憾的是什麼嗎？不是她即將來到的青春期，而是我的。我多遺憾自己在少女時不知道您存在，那我就可以熱情洋溢地將自己奉獻給您……」

她朝陰影傾身，彷彿無法控制自己身體的衝動，陰影飢渴地嗅聞著，吞噬她的體香。他們在滾落破碎的岩石間奮力移動，朝斜坡底端前進。他們愈往下，「塵」光愈使萬物呈現金色霧氣。夫人將手伸到他的手可能置放處，彷彿陰影是個人類同伴。她鎮定心思後輕聲說：

「邁塔頓，留在我身後……在這裡等……艾塞列很多疑……讓我先哄哄他，等他失去戒心，我再叫你。但你要像陰影般過來，以這種小小體型，他才不會看到你……否則他會讓孩子的精靈飛走。」

攝政王是個有大智大慧的人，在過去幾千年來也使自己變得更深沉強大，他的知識可擴延上百萬個宇宙。然而，此刻他被自己雙重的執著蒙蔽：摧毀萊拉與占有她母親。他點點頭，待在原地，女人和金猴子盡可能安靜前進。

艾塞列公爵在巨大的花崗石後等待，攝政王看不到他，雪豹聽到他們前來，公爵也在夫人來到角落時站定。每件東西、每種表面、每一處空氣都被落「塵」滲透，使每個小細節都有種柔和的清晰感。在「塵」光中，公爵看到夫人淚流滿面，也看到她咬緊牙關不哭出聲。

他拉著她的臂膀，金猴子擁抱雪豹的頸子，將黑臉埋在她的皮毛中。

「萊拉安全嗎？她找到精靈了沒？」她低聲問。

「男孩父親的鬼魂在保護他們。」

「『塵』好美喲……我以前都不知道……」

「妳跟他說了什麼？」

「我不斷說謊，艾塞列……我們不要拖太久，我受不了……我們不會活下去，對不對？我們不會像鬼魂一樣存活下來嗎？」

「如果我們掉入深淵，就不會。我們來這裡，是讓萊拉有時間找到精靈，有時間活著長大。瑪莉莎，如果我們摧毀邁塔頓，她就會有時間，就算我們得跟他一起走也無所謂。」

「那萊拉會安全嗎？」

「會，會。」他溫柔地說。

他吻了她。她在他懷中，感覺就像十三年前她懷萊拉時一樣柔軟輕盈。

她靜靜啜泣，直到又能說話時，才輕聲說：

「我告訴他我會背叛你，背叛萊拉，他會相信我是因為我既墮落又邪惡，他是那麼深奧，我以為他能看見真相。可是我的謊言太高明，我的每根神經、纖維和一切都在說謊……我要他認為我一無是處，結果他什麼也沒找到，一無優點。可是我愛萊拉，這份愛是從哪來的？我不知道，就像夜裡小偷來到我面前。我愛她愛得這麼深刻，心都快因她而爆裂。我只希望，我罪無可逭，這份愛藏在罪惡的陰影中，比芥菜籽還小，我但願自己犯下更惡毒的罪行，才能將愛埋得更深……可是種子已生根成長，綠色小芽將我的心撕裂扯開，我好擔心他會看穿……」

她停了停才能鎮定下來。他揉搓她閃亮的頭髮，髮上全覆上金色的「塵」，他等候。

「他隨時都會失去耐心，」她輕聲說：「我叫他把自己變小，即使他曾經是人類，現在畢竟也只是個天使。我們可以和他搏鬥，把他引到深淵邊，我們可以和他一起墜落……」

他親吻她，說：「對。萊拉會很安全，神國也無力對付她。瑪莉莎吾愛，現在就喚他吧。」

她深吸一口氣，再吐出一陣顫抖的長歎，抹平大腿前的裙子，將頭髮撥到耳後。

「邁塔頓，」她輕聲叫道：「時候到了。」

邁塔頓披著影子的輪廓從金色空氣中現形，立刻了解發生了什麼事：兩隻精靈機警地蹲著，女人身上散發「塵」的光輝，而艾塞列公爵……

公爵瞬間撲向他，緊抓他的腰部，試圖將他扭到地上，可是天使的手臂可自由活動，他用拳頭、掌心、手肘、指關節和手臂痛毆公爵的頭部和身體，一連串巨大痛擊，將空氣從公爵肺中擠至肋骨間反彈，他猛擊公爵的顱骨，公爵幾乎失去知覺。

可是公爵雙臂仍然抱住天使雙翼，緊緊卡在身體兩側。一會兒，考爾特夫人一躍而起，從這雙受箝制的翅膀間猛扯邁塔頓的頭髮。邁塔頓力量巨大無比，這麼做就像拉住衝撞中馬的鬃毛。他猛烈搖頭，她也被四處甩動，感覺到收摺的巨大翅膀在公爵緊鉗雙臂中那股竭力高舉的力量。

精靈也投入混戰。史特拉的牙齒緊咬住天使的腿，金猴子則忙著扯裂翅膀側緣，扯下羽毛、折斷羽瓣，這使天使怒火中燒。突然，他用盡全力向側一傾，掙開一邊翅膀，還將夫人用力摔向岩石。

夫人愣了一瞬，雙手放鬆。天使立刻站起來，用鬆脫的翅膀將金猴子擊落，可是公爵的手臂仍緊錮住他——現在公爵反而更輕鬆些，因為必須環抱住的範圍縮減了。公爵猛撞邁塔頓，使他喘不過氣，又頂撞他的肋骨，並試著忽視那些落在自己顱骨和頸間的殘暴痛擊。

可是這些痛毆逐漸生效。公爵試著在碎岩上站穩時，有樣東西在他腦後破裂。邁塔頓側向急傾時，順手拿起一塊拳頭大小的岩石，現在正猛力對準公爵的顱骨砸擊。公爵感覺自己的頭骨相互碰撞，知道再那樣一擊，他就會當下斃命。他痛得頭暈目眩，痛苦不堪。他的頭靠著天使的側面，使情況雪上加霜，他仍緊抓住天使，右手手指壓擠著左手手骨，在破碎岩間跌跌撞撞地想站穩。

邁塔頓將血淋淋的岩石舉高時，一個金毛形影飛奔而上，就像火焰流竄到樹頂般，金猴子的牙齒深陷天使手中。岩石隨之脫落，喀噠喀噠滾落深淵。邁塔頓手臂左右搖晃，企圖抖落精靈，可是金猴子用牙齒、爪子、尾巴緊緊纏住，接著考爾特夫人也介入拍動中的大白翼間，阻礙他的行動。

邁塔頓雖受到牽制，卻仍未受傷，離深淵邊緣也頗遠。

艾塞列公爵已愈來愈虛弱，他鮮血淋漓，仍努力保持清醒，但每做一個動作，就失去一點清明。他感覺顱骨內各處邊緣正互相摩擦，他聽得到那些聲音。他的感官大亂，只知道要抓緊並拉下去。

突然，考爾特夫人發現天使的臉就在她手下，便將手指深深嵌入他的眼睛。

邁塔頓放聲大叫。回聲從遠方穿越巨大的山洞而來，從一座峭壁彈到另一座，音量不斷加倍又縮小，使遠方那些不斷前進的鬼魂抬起頭來。

雪豹史特拉的意識正跟公爵的意識一起減弱，她使出最後一分力氣，躍向天使的喉嚨。

邁塔頓跪倒在地，夫人也跟著一起摔倒，她看見公爵血絲滿布的雙眼盯著她。她蹣跚而起，用雙手迫使拍動中的翅膀靜止，抓住天使的頭髮扭轉，讓他的喉嚨暴露在雪豹牙齒下。

公爵開始拖著天使往後走，他步履蹣跚，石頭紛紛從腳邊滾落，金猴子也跟著躍下，還不斷痛咬、抓扯和撕裂天使。他們快到了，快到深淵邊緣了。邁塔頓迫使自己起身，用盡最後一絲力氣大張雙翼，巨大的白色天篷不斷向下抖動，一次又一次，夫人跌落一旁，邁塔頓卻直立起來，翅膀振動得愈來愈猛烈，他開始升空飛離地面，身上還帶著死纏不放的公爵，公爵力氣正迅速消逝。金猴子的手指纏住天使的頭髮，絕不鬆手……

他們飄浮在深淵邊緣上方，不斷攀升，如果他們飛得更高，公爵最後終會墜落，邁塔頓也會死裡逃生。

「瑪莉莎！瑪莉莎！」

公爵竭盡全力吶喊，夫人身旁的雪豹也在她耳邊響起一陣咆哮。萊拉的母親爬起來，站穩腳步，全心全意向前跳去，朝天使、她的精靈、她垂死的愛人身上撲去，一把抓住拍打的翅膀，將他們全部帶入深淵。

峭壁鬼族聽到萊拉絕望的叫喊，扁平的腦袋立刻轉頭張望。

威爾縱身向前，匕首往最近的一群鬼族亂砍。他感覺肩上一陣小踢，塔利斯一下跳開，落在一張最大的面頰上，厲鬼還來不及抖落，塔利斯已出腿猛踢下巴。那生物跌進泥地，又是咆哮又是滾動，另一個厲鬼則呆呆望著自己的斷臂，而後驚恐地低頭看地，斷臂在滾落時竟抓住自己的腳踝。一瞬間，匕首已來到胸膛內：威爾感覺刀柄在垂死的心臟間跳躍三、四次，在厲鬼跌倒扯走匕首前，便抽出匕首。

威爾聽到其他鬼族流竄而逃時懷恨的尖叫，也知道萊拉在他身邊毫髮無損，他一把撲向泥地，心中只記掛一件事。

「塔利斯！塔利斯！」他大叫，將最大厲鬼的腦袋推到一側，避開亂咬的利牙。塔利斯已經死了，毒刺仍深深插在厲鬼頸間。那生物還在亂踢亂咬，於是他砍掉她的頭，扔到一邊，再將死去的騎士從脖子間舉起。

「威爾，」萊拉在他的身後說。「威爾，你看這個……」

她注視著水晶轎，雖然上面沾滿鬼族之前飽食留下的汙泥和血漬，轎身並未破損。水晶在岩石間猛烈傾斜，裡面是……

「噢，威爾，他還活著！可是……這可憐的東西……」

威爾看見她的手壓在水晶上，設法碰觸天使並安撫他，那天使很老又受驚，猶如嬰孩般哭泣，蜷縮在最低的角落裡。

「他一定很老了……我從沒看過有人這樣受苦……噢，威爾，我們能不能放他出來？」

威爾用匕首切開水晶，手伸進去幫天使出來。這老朽的生物精神錯亂又羸弱無力，只能在恐懼、痛苦和悲傷中哭泣咕噥，他向後一縮，彷彿面臨另一股威脅。

「沒關係，至少我們可以幫你躲起來。來吧，我們不會傷害你。」威爾說。

老人顫抖的手虛弱地握住威爾的手，一而再、再而三地發出不成話的呻吟和啜泣，咬緊牙關，無法自抑地用另一隻手拔扯自己的身體。萊拉也去扶持他，他試著微笑鞠躬，老朽的眼睛深陷皺紋中，帶著無邪的驚奇，正對她眨眼呢。

萊拉和威爾合力幫老翁走出水晶牢房，這不困難，因為他如紙片般輕盈。他可能會跟隨他們到天涯海角，因為他沒有自己的意志，別人單純的善意，他也會像花朵對太陽般回應。可是在開闊空氣中，沒有事物可以阻止風對他造成的損害，兩個孩子絕望地看著他的身形開始鬆動解體，不一會兒，他就完全消失了，他們對他最後的印象是那雙眼睛，驚訝地眨著，最後是深沉力竭的一聲歎息。

他消失了：一樁神祕事件消失在神祕中，整個過程不到一分鐘。威爾立刻轉向跌落的騎士，他拾起小小的身軀，放在掌心呵護，發現自己淚如雨下。

可是萊拉正急切地說話。

「威爾……我們該走了……我們一定要走……夫人聽到那些馬匹朝我們來……」

蔚藍天空中，一隻藍鷹俯衝而下，萊拉大叫蹲下，薩瑪琪卻用盡全力叫道：「不，萊拉！不！站高，伸出拳頭！」

萊拉伸出拳頭，用另一隻手臂撐住，藍鷹再度盤旋轉彎又俯衝，用尖爪抓住她的指節。老鷹背上坐著一位銀髮女士，明亮的眼睛先看看萊拉，再注視抓住萊拉衣領的薩瑪琪。

「夫人……」薩瑪琪虛弱地說：「我們已經做到……」

「你們做了該做的事，現在我們人在這裡。」奧克森坦夫人說，還絞了絞韁繩。

老鷹立刻大叫三聲，宏亮的聲音使萊拉的腦袋嗡嗡作響。空中隨即傳來回應聲，一隻、繼而兩隻、三隻、愈來愈多隻，最後是幾百隻亮麗的蜻蜓戰士，牠們迅速滑翔，彷彿最後會相撞，可是這些昆蟲的反應及騎師的技術精準無比，牠們彷彿在孩子頭上和身旁快速沉默地編織起一片色彩亮麗的掛氈。

「萊拉，」騎在老鷹身上的女士說：「還有威爾，現在跟著我們，我們會帶你們找到你們的精靈。」

老鷹從萊拉的一隻手上展翅起飛時，她感覺薩瑪琪小小的身軀也在另一隻手中倒下，她瞬間了解夫人是憑藉精神力量，才撐了這麼久。萊拉將夫人的屍體靠近自己，跟著威爾一起在蜻蜓雲下拔腿狂奔，雖然不只一次顛簸跌倒，卻總是溫柔地將夫人的身體放在心口。

「左邊！左邊！」藍鷹身上的聲音叫道，在閃電劈開的灰濛中，他們向左轉，在右側，威爾看到一群男人的身軀，身穿灰色輕裝盔甲，戴著頭盔面具，灰色的狼精靈也在他們身邊前進。一大群蜻蜓立刻朝他們進攻，那些人開始退縮，他們的槍枝毫無用處，加里維刺人瞬間置身對手間，每個戰士都從蜻蜓身上跳下，找到一隻手、一條臂膀、赤裸裸的頸子，把刺用力一戳，再跳上盤旋回來的蜻蜓，動作迅速，教人幾乎無法看清。那些士兵轉身驚慌逃竄，紀律蕩然無存。

孩子身後突然傳來馬蹄隆隆聲，他們慌忙轉身。騎兵正快速朝他們前進，一、二人已拿出網子，在頭上呼呼打轉，紛紛將蜻蜓戰士陷住，先如揮鞭般抽動網子，再將破碎的昆蟲甩開。

「這邊！」女士的聲音叫道，接著又說：「彎下，現在就彎……趴下！」

他們立刻趴下，感覺土地在震動。會是馬蹄嗎？萊拉抬起頭，將溼答答的頭髮從眼前抹開，她看見一群和馬匹截然不同的生物。

「歐瑞克！」她叫道，胸口漲滿喜悅，「噢，歐瑞克！」

威爾立刻再將她拉低，不只歐瑞克，一整隊熊族都朝他們衝來。萊拉及時低頭，歐瑞克跳過他們頭頂，勒令熊族左右進攻，擊潰他們之間的敵人。

熊王的盔甲彷彿毛皮般輕盈，他輕鬆轉身面對威爾和萊拉，兩個孩子正掙扎起身。

「歐瑞克……你後面……他們有網子！」威爾叫道，騎兵幾乎已到他們面前。

熊王還來不及移動，騎兵的網子就嘶嘶穿過空中，歐瑞克立刻陷入堅如鋼鐵的網中。他咆哮、直立、用巨掌砍劈騎兵。可是網子非常堅固，雖然馬匹恐懼哀鳴，抬起前腿亂踢，歐瑞克仍無法掙脫牢網。

「歐瑞克！」威爾叫道：「保持靜止！別動！」

騎兵忙著控制馬匹時，威爾跌跌撞撞向前，穿過水窪，跨過草叢，來到歐瑞克身邊，此時第二個騎兵出現，另一張網又嘶嘶穿過空中而來。

威爾保持冷靜，沒有瘋狂劈砍，使網子愈纏愈緊，反而觀察網子的動線，不一會兒就割穿自己身上的網子。第二張網則掉到地上，毫無作用，威爾跳向歐瑞克，用左手感覺，右手割網。巨熊站著動也不動，男孩迅速越過他巨大的身體，切割、解開、割穿網子。

「趁現在！」威爾喊道，向一旁跳開，歐瑞克直起身，全力擊向最近一匹馬的胸腔。

騎兵舉起彎月刀，對著熊王頸子砍下，可是穿著盔甲的熊王幾近兩噸重，所向披靡。他把馬匹和騎師都打得稀爛，摔落一地，跌落一旁，完全不具威脅。歐瑞克重新平衡身子，四處張望置身的地理位置，對孩子咆哮：

「到我背上來！快！」

萊拉一躍而上，威爾也有樣學樣。他們雙腳夾緊冰冷的鐵甲，在歐瑞克開始移動時，感到巨大起伏的力量。

在他們身後，其餘熊族正和這些詭異的騎士作戰，加里維刺人也協力助陣，他們的毒刺使馬匹更加暴怒。藍鷹上的女士飛低叫道：「現在往前直走！就在山谷樹林裡！」

歐瑞克在一小塊土坡頂端停下，前方破裂的土地往下傾斜到四分之一哩外的小樹林。後方某處，砲彈咆哮越過上方，一時槍聲大作，有人投擲照明彈，在雲端下方爆炸，向下飄流入樹林，形成冰冷綠光，也成為槍手最佳射擊目標。

想控制樹叢的是二十幾個幽靈，而幽靈又被一群襤褸的鬼魂壓制。萊拉和威爾一看到那叢樹，就知道他們的精靈在那裡，也知道如果他們沒盡快趕到，精靈就會死去。愈來愈多幽靈蜂擁抵達，從右邊山脊湧入。威爾和萊拉現在可以清楚看見幽靈了。

山谷上方的爆裂震撼大地，將石頭和土塊震到空中。萊拉放聲尖叫，威爾也抓住胸口。

「抓好。」歐瑞克咆哮道，開始衝鋒陷陣。

照明彈在高空爆炸，一個接一個，像鎂一樣的亮麗火焰緩緩下墜。另一顆砲彈爆炸，這次離他們很近，他們感到空氣震動，一、兩秒後，泥土和石頭紛紛彈起刺痛臉龐。歐瑞克並未因此退縮，他們卻很難抓緊他：孩子無法將手指插入毛皮，只能用膝蓋夾住熊王盔甲，熊王的背部非常寬大，兩人也不住地下滑。

「看！」萊拉大叫，指著另一個在附近爆炸的砲彈。

十幾個女巫朝火焰飛去，隨身帶著葉片粗大的茂密樹枝，藉此將火焰掃向後側天空。夜色又降臨樹叢，槍砲手也頓失目標。

現在樹林只在幾碼之外，威爾和萊拉都感覺失去的部分就在附近，一種興奮油然而生，狂野的渴望夾雜恐懼：樹林間充滿幽靈，他們必須直接越過幽靈，但光看這些生物，就使他們心生反胃的虛弱感。

「他們很怕匕首。」身旁一個聲音說。熊王突然止步，威爾和萊拉陡然從他身上滾下。

「李！老戰友，我從沒見過這種事。你已經死了……我在跟什麼東西說話？」

「歐瑞克，老夥伴，你什麼都不知道呢。現在由我們來接手吧……幽靈不怕熊族。萊拉，威爾……往這邊走，舉高匕首……」

藍鷹再次俯衝到萊拉拳上，銀髮女士說：「別浪費時間……進去找到你們的精靈後就離開！更危險的情況就要出現了。」

「謝謝您，夫人！謝謝你們大家！」萊拉說，老鷹又展翼飛翔。

威爾看到史科比的鬼魂幽暗地站在他們身旁，催促他們前往樹叢，可是他們必須和歐瑞克道別。

「親愛的歐瑞克，我無話可說……祝福你，祝福你！」

「謝謝你，熊王。」威爾說。

「沒時間了，快走，快走！」

他用戴著盔甲的頭將他們頂走。

威爾跟著史科比鬼魂進入樹叢，用匕首左切右砍。林內光線斷續沉靜，四處充滿糾纏混亂的影子。

「靠緊。」威爾對萊拉說，繼而叫出聲來，一根荊棘劃過他的臉頰。

他們四周充滿活動、聲響和掙扎，影子如樹枝在疾風間前後移動，可能是鬼魂，兩個孩子都感到一種再熟稔不過的寒意，接著他們聽到四下傳來的聲音：

「往這邊！」

「在這裡！」

「繼續走……我們拖延住他們了。」

「不遠了！」

最後傳來一聲萊拉熟悉又深愛的叫聲：

「噢，快來！快，萊拉！」

「潘，親愛的……我在這裡……」

她投入黑暗，忍不住啜泣發抖，威爾切扯下樹枝和常春藤，又砍斷荊棘和蕁麻，身邊的鬼魂傳來各種鼓勵和警告的喧鬧聲。

可是幽靈也找到目標，開始擠過樹叢、荊棘、樹根和樹枝交纏的斷根間，一路暢行無阻。十幾個蒼白、滿懷怨恨的幽靈朝樹叢中心前進，約翰·帕里的鬼魂則領導同伴擊退幽靈。

威爾和萊拉因恐懼、疲憊、噁心和痛苦而虛弱得發抖，但絕不能放棄。萊拉用雙手扯開荊棘，威爾用匕首左右劈砍，他們周圍那些影子生物的戰役也愈來愈殘酷。

「那裡！」史科比叫道：「看到他們了沒？就在大岩石旁……」

一隻野貓，不，兩隻野貓，正呼嚕發聲、嘶嘶作響、又抓又咬。兩隻都是精靈，威爾覺得如果時間允許，他可以輕易看出哪隻是潘拉蒙，可是他沒時間，有個幽靈從最近的陰影中可怖地朝精靈飄去。

威爾跳過最後一道障礙——一棵倒下的樹幹——將匕首切入空氣中毫無抵抗的淡光。他覺得自己的手臂失去知覺，可是他咬緊牙關，手指抓住刀柄，那個青白的身形似乎開始蒸發，繼而融入黑暗。

他們已經快到了，精靈幾乎驚嚇發狂，愈來愈多幽靈穿越樹林而來，驍勇善戰的鬼魂正全力阻擋。

「你能切穿嗎？」約翰．帕里的鬼魂說。

威爾舉起匕首，立刻又停手，一陣劇烈的噁心感使他從頭抖到腳。他的胃裡空無一物，那種痙攣更讓人痛不欲生。史科比鬼魂知道原因，往精靈處一跳，與從他們後方岩石間飄出的慘白物體搏鬥。

「威爾……拜託……」萊拉說著，又倒抽一口氣。

匕首劃下，一路切割下去，然後又收回來。史科比鬼魂看過去，看到月光下一片寬廣靜謐的大草原，就像自己的家鄉。

威爾跳過空地，一把抓住最近的精靈，萊拉也撈起另一隻。

即使在那間不容髮的一刻，即使身處極端危險中，兩人各自感到同樣的輕微興奮感：萊拉抱的是威爾的精靈，那隻無名貓，威爾抱著潘拉蒙。

兩人都將眼神移向別處。

「再見，史科比先生！」萊拉叫道，四下尋找他，「但願……噢，謝謝，謝謝……再見！」

「再見，我親愛的孩子……再見，威爾……好好走！」

萊拉蹣跚地穿越開口，威爾卻站住不動，看入他父親鬼魂眼中，一雙在陰影中發亮的眼睛。在離開父親前，他必須說出心裡的話。

威爾對父親的鬼魂說：「你說我是戰士，告訴我那是我的本性，我不該爭辯。但爸爸，你錯了，我作戰是因為我必須一戰。我不能選擇本性，但我可以選擇要做什麼。我會選擇的，因為現在我已經自由了。」

他父親的笑容充滿驕傲與溫柔。「做得好，我的孩子。做得真好。」他說。

威爾再也看不到他。他轉身跟在萊拉身後穿過開口。

現在，鬼魂的任務已經結束，孩子找到精靈並順利脫逃，經過這麼長的時間，這些已死的戰士開始讓自己的原子放鬆飄散。

離開小樹叢，遠離困惑的幽靈，飄離山谷，穿越老夥伴武裝熊王巨大的身形，飛行員李・史科比最後一點意識正向上飄浮，就像他的熱氣球曾飄浮過無數次。他不受火焰和爆破砲彈所擾，也聽不到爆炸聲及憤怒、警告、痛苦的吶喊和叫聲，他唯一的意識就是向上飄升。史科比的最後一部分穿過濃密雲層，來到明亮星子下，他深愛的精靈海斯特的原子，正在那裡等著他呢。

第三十二章 清晨

清晨降臨，夜晚衰退，守衛離開崗位……

——威廉．布雷克

史科比鬼魂從威爾割開的窗口中匆匆看到的那片寬廣金色大草原，正靜靜躺在清晨第一道朝陽下。

天地間布滿金、黃、棕、綠及介於其間的百萬種色調，四下散布黑亮的線條和斑紋，草地上某種新綻放的小花則反射陽光，呈現銀色；還有藍——不遠處寬廣湖泊和近處小池塘，都反照出湛藍天空。

四周一片靜謐，但非寂靜無聲。柔柔微風吹拂幾十億根小樹枝，億萬隻昆蟲和小生物也在草裡嘰吱、嗡鳴、啁啾。小鳥在高得看不見的青天飛翔，忽遠忽近，高唱著迴旋似鐘聲的旋律，曲調從不重複。

在這片開闊景色中活著的唯一生物，是沉睡的男孩和女孩。他們背對背，躺在小斷崖頂端突出的岩石陰影下。

他們動也不動，看來十分蒼白，說不定已經死了呢。飢餓使他們臉上的皮膚收縮，痛苦也在眼眶四周留下皺紋，全身覆蓋灰塵、泥土和血漬。從四肢完全癱軟的狀況看來，他們似乎已徹頭徹尾累壞了。

萊拉首先醒來。太陽向上挪移，經過岩石上方，輕撫她的頭髮，她開始扭動。太陽照射她的眼皮，她像魚般從熟睡中浮出，緩慢、沉重、抗拒。

可是沒人能向太陽抗議。她開始移動腦袋，將手臂擋在眼前，喃喃念道：「潘……潘……」

她在手臂陰影下睜眼，終於醒來。好長一段時間動也不動，手腳又痠又痛，身體各處虛弱不堪，不過她還是醒著，感覺輕柔微風和溫暖陽光，聽到小昆蟲咿咿輕鳴，頭上遠處還有小鳥鈴聲般的鳴唱。啊，一切都這麼美好，她已忘記這世界有多美好了。

她一轉身，看見仍在沉睡的威爾。他的手流了很多血，襯衫又破又髒，頭髮因為灰塵和汗水而黏滯。她注視他良久，看著他喉間小小鼓動，胸膛緩緩起伏，以及陽光照到他睫毛上時投下的優雅陰影。

他喃喃說些什麼，開始蠕動。萊拉不想在看他時被逮個正著，便望向另一側，昨晚他們挖掘的小墓。墳墓只有幾隻手寬，現在塔利斯騎士和薩瑪琪夫人就在那裡長眠。附近有塊扁平石頭，她站起來，將石頭從土中撬鬆，直立在墳上方，然後坐起身子，眺望平原。

平原似乎無止境地伸展，沒有一處完全平坦，不管她望向何方，總會看到微微起伏、小山丘和峽谷。四處是一群群樹木，高大得不像是長出來，而像由人工打造，直挺樹幹和深綠色樹冠高居其上，即使從好幾哩外也看得一清二楚。

但在近處——其實就在斷崖下方，距離不到一百碼處——岩間湧泉形成小池塘，萊拉恍然發現自己有多渴。

她巍巍顫顫起身，慢慢走向小池塘。潺潺泉水從苔岩間流下，她把手一次又一次伸入泉流，洗淨泥土塵垢，再將清水舀到唇間。泉水冰得讓牙齒發痛，她仍欣喜吞嚥。池塘邊點綴些許蘆葦，有隻青蛙正呱呱大叫。池塘水淺，比泉水暖，萊拉脫鞋涉水，站立許久，頭上頂著烈日，腳下感受涼涼的泥土及流過小腿肚的冷泉。

她蹲下把臉浸入水中，將頭髮打溼，讓髮絲四下漂開，用手指在髮間攪動，清除灰塵和汗垢。

等她覺得自己比較乾淨，也解了渴後，就抬頭望向斜坡，看威爾醒來沒。他正彎膝坐著，手臂環抱膝，像她先前一樣注視平原，對開闊平原、光線、溫暖和安詳全心讚歎。

萊拉緩緩爬上斜坡，看到他正在小墓碑上刻下加里維刺人的姓名，並把墓碑在泥土中豎立得更扎實。

「他們……」他問，萊拉知道他指的是精靈。

「不知道。我還沒看見潘，我想他離我們不遠，可是我不知道。你記得發生什麼事嗎？」

他揉揉眼睛，大大打了個呵欠，甚至聽得見下頷輕微劈啪聲，接著他眨眨眼，搖搖頭。

「不多。」他說：「我抓起潘拉蒙，妳抱起……另外一隻，我們穿過來，四下都是月光，我就把他放在窗口旁。」

「而你的……精靈從我手臂中跳走，」她說：「我還想從窗口看看史科比先生和歐瑞克，然後看潘到哪裡去，可是我四下張望時，他們已經不見了。」

「不過這種感覺不像我們進入冥界，好像我們真正分離了。」

「對，」她也同意，「他們就在附近。我記得我們小時候，常常想玩躲貓貓，只是從沒成功過，我個子太大躲不開他，而即使他偽裝成蛾之類的躲起來，我也知道得一清二楚。可是這很奇怪，」她說，不自覺將手壓在頭上，彷彿想趕走什麼咒語，「他不在這裡，我卻不覺得被撕裂開，我覺得很安全，也知道他很安全。」

「我想他們兩個在一起。」威爾說。

「對啊，一定是。」

他忽然站了起來。

「妳看，」他說：「那裡……」

他放眼遠眺，指向目標。她隨著他的目光望去，看見遠方一陣活動的震顫，和浮動熱氣中的微光完全不同。

「動物嗎？」她懷疑地問。

「妳聽。」他說著，把手放在耳後。

經他一說，她也聽到一種低沉持續的隆隆聲，幾乎像雷鳴，從極遠處傳來。

「他們消失了。」威爾說道，一面指著。

那些模糊移動的小點消失了，可是隆隆聲仍持續片刻。原先已非常靜謐，現在忽然變得更安靜。兩人仍注視同一方向，不久，他們看到那活動重新展開，過了片刻，聲音也出現了。

「他們正往山谷或什麼東西後方前進，」威爾說：「他們更靠近了嗎？」

「看不太清楚。對，他們轉身了，你看，他們朝這裡來了。」

「嗯，如果我們必須和他們作戰，我要先喝水。」威爾說，拿起背包跑到溪邊，深飲溪水，洗掉大部分泥土。他的傷口流了很多血，全身看起來骯髒邋遢，他渴望洗個泡泡熱水浴，換上乾淨衣服。

萊拉看著……不管他們是什麼，都十分詭異。

「威爾，」她叫道：「他們騎在輪子上。」

不過她語帶遲疑。他爬回斜坡稍高處，手掩在眉上觀看。現在已能辨認個體，這群約有十幾隻，強壯無比，就如萊拉所說，騎在輪子上移動。他們看起來像麋鹿和摩托車的混合體，甚至更奇怪——他們有小象的象鼻。

他們顯然針對威爾和萊拉而來。威爾拿出匕首，坐在他身邊草地上的萊拉，已在旋轉探測儀指針。

探測儀很快回應，那些生物還在幾百碼外。指針迅速左轉、右轉、左轉又左轉，萊拉焦慮地看著指針，最近幾次閱讀都非常困難，她覺得心思不定、猶豫不決，彷彿正步出了解一切的岔路。她的手不像鳥般從一個棲息處衝向另一停腳處，反而交疊雙手以確保安全，但意義清晰如昔，她很快就了解箇中含意。

「他們很友善，」她說：「沒關係，威爾，他們正在找我們，他們知道我們在這裡……而且奇怪，我不太懂……瑪隆博士？」

萊拉半是自語，她不相信瑪隆博士會在這世界，可是探測儀清楚指向她（當然，探測儀不會說出她的名字）。萊拉把探測儀放在一旁，站起來慢慢走到威爾身邊。

「我想我們該下去找他們，他們不會傷害我們。」萊拉說。

部分生物已停下等候。領袖稍微向前移，舉起象鼻，他們看到他如何前進——他用側腳向後力踩。有些生物到池塘邊喝水，其他則在等待，但不像牧場中的牛群只有和善被動的好奇心，這些都是個體，活生生、充滿智慧和目的。他們是一種民族。

威爾和萊拉走下斜坡，前進到可以和他們說話為止。雖然萊拉已說明，但威爾仍將手放在匕首上。

「我不曉得你們能不能了解我的意思，」萊拉小心翼翼地說：「可是我知道你們很友善，我認為我們應該……」

領袖搖搖象鼻，說：「來見瑪麗。你們騎。我們載。來見瑪麗。」

「噢！」萊拉說，轉向威爾，欣然微笑。

兩個生物身上備有繩子編織的轡頭和蹬具，沒有鞍座。事實上，他們菱形的背部舒服得不需鞍座。萊拉騎過熊，威爾騎過腳踏車，可是兩人都沒騎過馬，而騎馬最類於此。騎師通常能控制一切，孩子卻很快發現自己沒控制權，轡頭和蹬具只是讓他們有東西抓取，藉以取得平衡，一切都由那些生物決定。

「我們要去哪……」威爾開口，可是身下生物開始移動，他又得馬上住嘴，保持平衡。

那群生物轉身往小斜坡下前進，緩緩穿過草地，這個過程顛簸卻不難受，因為那些生物沒有脊椎，兩人覺得就像坐在彈性極佳的椅子上。

不久，他們來到原先在斷崖上看不清的地方：黑或深棕色的小塊地面。他們驚愕地發現，這種光滑岩石道路縱橫穿越大草原，瑪麗先前也為此瞠目結舌。

這些生物滾動到路面上出發上路，加速前進。這條道路比較像水道而非高速公路，有些地方加寬成為類似小湖的寬廣地帶，其他地方則分裂成窄小水道，最後又出乎意料地連接起來。

這不太像威爾世界中殘酷理性的道路——切穿山邊、利用水泥橋橫跨山谷。這是地景的一部分，而非強加上去。

他們前進得愈來愈快。威爾和萊拉花了好一陣子才習慣肌肉活生生的鼓動，及堅硬輪子在結實路上發出的轟然雷聲。起先，萊拉比威爾更難適應，因為她從沒騎過腳踏車，也不知道在彎道時應側邊彎身的技巧，可是，一看到威爾的動作，她很快就發現這種高速帶來的快感。

輪子聲音太大，他們無法交談，只能比手畫腳：他們指著樹木，對大樹的尺寸和宏偉歎為觀止；指著鳥群，這是他們見過最奇怪的鳥類，前後並排的翅膀，飛越空中時形成扭動旋轉的動感；一隻胖胖的藍蜥蜴，幾乎像馬一樣長，正在路中央做日光浴，輪子生物分從兩側經過，連理也不理。

日頭高掛，他們已放慢速度，空氣充滿真確的海鹽味。這條路是上坡，現在移動速度就跟步行沒兩樣。

萊拉全身又僵硬又痠痛，就說：「你能不能停下？我想下去走走。」

那生物感到轡頭拉扯，不管是否聽懂她的話，他停了下來。威爾也有樣學樣，兩個孩子爬下來，發現歷經持續的顛簸和緊張後，全身僵硬，不停發抖。那些生物四處滾動找人聊天，象鼻優雅地伴隨發聲揮舞。幾分鐘後，一行人繼續出發，兩人也興高采烈地走在香如乾草、暖如綠茵、推著小輪前進的生物間。一、兩個已先行前進到小山坡頂，孩子既不需專心抓緊轡繩，便觀察他們如何移動，讚歎這些生物前進、傾斜、轉彎時的優雅和力道。

他們來到小山坡頂便停下，威爾和萊拉聽到領袖說：「瑪麗近，瑪麗那裡。」

他們向下一望，地平線上有大海的藍色淡光，緩緩流動的寬河在近處的豐饒草原間蜿蜒而過。長長斜坡底端，小灌木叢和一排排蔬菜間，坐落著由茅草屋組成的村落，小屋間有許多同類生物在活動，不是忙著照顧穀物，就是在樹林裡幹活。

「現在騎。」領袖說。

距離不遠了。兩人又爬回生物身上，其他生物仔細觀察他們是否保持平衡，用象鼻檢查蹬具，彷彿要確保他們安全。

他們又出發了，用側腳擊打道路，往斜坡下方飛奔，最後達到一種可怕的高速。威爾和萊拉用手和膝蓋緊緊抓牢，感覺空氣鞭打臉龐，吹散頭髮，在他們的眼球上施壓。輪子隆隆作響，兩旁草地向後急馳，這些生物有把握、有勁道地傾斜準備進入前方寬廣的彎道，這種控制下製造的速度狂喜——啊，這些生物熱愛此道，兩人感到他們的喜悅，也高興地大笑回應。

他們在村子中央停下，看著他們前來的其餘生物也聚集在周圍，舉起象鼻，說出歡迎詞。

萊拉叫道：「瑪隆博士！」

瑪麗從一間小屋內出來，褪色的藍襯衫、健壯身影、溫暖紅潤的臉頰，顯得既陌生又熟悉。

萊拉跑上前去擁抱她，瑪麗緊抱住她，威爾站在後方，謹慎又生疑。

瑪麗熱情地親吻萊拉，然後上前歡迎威爾，但她心中突然出現一種同情和尷尬的心境，雖然一閃而逝。

瑪麗受兩個孩子的處境感動，一開始本也要像抱萊拉一樣擁抱威爾。可是瑪麗是大人，威爾也幾乎長大了，她看得出這種反應會使他覺得像小孩子。她可能會擁抱一個小孩，卻絕不會對一個陌生男子做這個動作，所以她在心境上退縮，一心想禮遇萊拉的朋友，又不想使他覺得丟臉。

最後她伸出手來，他和她握握手，一種了解和尊重的電流在兩人之間傳遞，力道之強使兩人立刻產生好感。他們各自覺得已交上一生的朋友，彷彿真已認識一輩子。

「這是威爾，」萊拉說：「他從妳的世界來……記得嗎，我對妳提過他……」

「我是瑪麗．瑪隆，你肚子餓了吧？你們兩個，你們看來餓壞了。」她說。

她轉身對身邊的生物說出如歌唱般的喇叭聲，還不時移動手臂。

那些生物立刻離開，從最近的房內拿出靠枕和毯子，鋪在附近一棵樹下結實的土地上。濃密樹葉和低懸樹枝形成一片涼爽芳香的樹蔭。

他們舒服地安頓後，主人帶來光滑木碗，盛著牛奶，內有淡淡檸檬辛味，使人不覺精神一振；像榛實的小堅果，奶油味更為濃郁；生菜沙拉剛從土裡採擷，新鮮有加，辛辣的辣椒葉混合滲出乳汁的柔軟厚葉，櫻桃大小的根菜嘗起來就像甜胡蘿蔔。

可是他們吃不下太多，這實在太營養了。威爾想報答他們的慷慨，但他能輕易吞嚥的東西，除了牛奶之外，就是一些扁平、微焦、類似薄煎餅或玉米薄脆餅的麵包。這種麵包清淡營養，也是唯一能讓威爾下肚的東西。萊拉每樣都嘗一些，但她和威爾一樣，很快就發現吃一點已足夠。

瑪麗盡量避免詢問。兩個孩子的經歷已在他們身上深深留下印記：他們還不想談論這些。所以她只是回答他們關於謬爾發的問題，簡短告訴他們她如何來到這世界，然後讓他們待在樹蔭下，她看得出他們眼皮沉重，頻頻打瞌睡。

「現在，你們只要睡覺，什麼事都不用做。」

午後空氣溫暖靜謐，樹蔭下懶洋洋地傳來蟋蟀耳語。不到五分鐘，他們吞下最後一口飲料，沉沉入睡。

他們的性別不同嗎？亞塔驚訝地問，妳怎麼判斷的？

很簡單，瑪麗說，他們外型不同，行動也不同。

他們沒有比妳小多少，可是他們的思若夫比較少。思若夫什麼時候會到他們身上？

我不知道，瑪麗說，我猜快了，我不知道思若夫什麼時候會到我們身上。

沒有輪子，亞塔同情地說。

她們正在蔬菜園除草，瑪麗製作一把鋤頭，免得老是要彎腰駝背。亞塔利用象鼻，因此兩人的對話斷斷續續。

可是妳知道他們會來，亞塔問。

對。

是那些棍子告訴妳的嗎？

不是，瑪麗說著，臉紅了。她是科學家，承認自己詢問《易經》就已夠糟糕，這讓人更尷尬。是夜晚的圖畫，她坦白說。

謬爾發沒有表示夢的單字，但他們的夢栩栩如生，也很認真對待夢境。

妳不喜歡夜晚的圖畫，亞塔說。

不會呀，我很喜歡，不過我直到現在才相信。我清楚看到男孩和女孩，有個聲音告訴我要準備迎接他們。

什麼樣的聲音？如果妳看不到它，那它怎麼說話？

亞塔很難想像，沒有闡明和定義對話的象鼻動作，會是什麼樣的對話。她在一排菜豆中間停下，滿心好奇地看著瑪麗。

好吧，我的確看得到它，瑪麗說，是個女人，可能是智者，就像我們一樣，像我的族類。可是很老又一點都不老。

智者是謬爾發對領袖的稱呼，她看得出亞塔對此興致高昂。

她怎麼能很老又不老？亞塔問。

那是一種假裝像，瑪麗說。

亞塔搖搖象鼻，再確定一番。

瑪麗盡可能解釋：她告訴我應該等待那兩個孩子，還告訴我他們出現的時間和地點，可是沒說為什麼。我必須照顧他們。

他們受傷又很疲倦，亞塔說，他們會阻止思若夫離開嗎？

瑪麗不自在地抬頭。不用望遠鏡檢查，她也知道「影子粒子」正以空前的速度飄離。

但願如此，她說，可是我不知道該怎麼辦。

傍晚初至，烹煮的柴火已經點燃，第一批星子出現時，村裡來了一群陌生人。瑪麗正在清洗，一聽見隆隆輪聲和焦躁低語，連忙跑向屋外，一面擦乾自己。

威爾和萊拉已睡了一整個下午，他們聽到噪音才醒轉。萊拉搖搖晃晃坐起，看見瑪麗正和五、六個謬爾發說話，他們都圍繞她，顯然十分激動，卻無從分辨是生氣還是高興。

瑪麗看到她時就中斷對話。

「萊拉，」她說：「出事了……他們找到一種無法解釋的東西，那東西……我不知道是什麼……我一定要過去看看。路程大概一小時，我會盡快趕回來。妳需要什麼東西，就到我房裡拿……我不能留下，他們太心焦了……」

「好吧。」萊拉說，她仍因長眠而昏沉。

瑪麗望著樹下，威爾正在揉眼睛。

「我真的不會去太久，亞塔也會和你們在一起。」瑪麗說。

領袖顯得很不耐煩。瑪麗迅速將轡頭和蹬具放在他身上，為自己的笨拙道歉後，立刻騎上。他們滑行轉彎，朝薄暮出發。

他們往陌生的方向，沿北邊海岸的山脊前進。瑪麗從未在夜間騎乘，她發現這種速度比白天時更讓人心驚。開始攀爬時，她看到左方遠處海上點點月光，這些銀墨色光輝似乎將她環繞在清冷可疑的驚歎中：她心中懷著驚歎，這世界充滿懷疑，清冷則在兩者之中。

她不時抬頭，碰觸口袋中的望遠鏡，但得等他們靜止不動才能使用。謬爾發匆忙趕路，似乎打算馬不停蹄，經過一小時艱困旅程後，他們轉往內陸，離開石路，沿著在野地中踏出的泥土小徑緩緩前進，兩側是及膝野草。他們穿過一群輪子樹，最後往上朝一座山脈前進。大地在月光下瑩瑩發亮，寬闊荒涼的小丘偶爾出現小峽谷，小溪也流經群集在此的樹林。

他們帶領她進入其中一座峽谷。離開路面後，她從謬爾發身上下來，配合他們的速度穩步行走，穿過山丘邊緣，進入峽谷。

她聽到潺潺泉水聲、草地上的夜風、輪子靜靜輾過結實的泥土地表，也聽到前方謬爾發彼此耳語，突然，他們停下來。

就在山邊幾碼遠處，有個由奧祕匕首劃出的開口，像個洞穴口，月光稍微照射入內，彷彿開口內部就是山間景象，但其實不然，因為從裡面出來的是一列列鬼魂。

瑪麗不覺心旌淆惑。她鎮定下來，抓住最靠近自己的樹枝，確定這裡仍是物質世界，她也還是這世界的一部分。

她靠近些，年老男女、小孩、懷裡的嬰孩、人類，還有其他生物，愈來愈多，愈來愈密集，他們從黑暗中進入明亮的月光世界後……就消失了。

這真是天底下最離奇的事。那些人走入這世界的草地、空氣和銀色月光下，四下張望，臉上突然充滿狂喜——瑪麗從未見過這種喜悅——他們伸出雙臂，彷彿擁抱整個宇宙。接著他們像煙霧般飄散，變成泥土、露珠和夜風的一部分。

有些人朝瑪麗前進，彷彿想告訴她什麼，他們伸出手來，她感到他們的碰觸是種冰冷微震。有個年老鬼魂女人招手叫她上前。

接著她開口說話，瑪麗聽見她說：

「說故事給他們聽。我們一點都不曉得……經過這麼長久……我們從來都不曉得！可是他們要聽真相，這可以提供他們養分。妳一定要告訴他們真實的故事，那麼每件事都會變好。只要說故事給他們聽。」

她說完這些就消失了。這就像突然想起一場無端忘懷的夢境，夢中所有情緒如潮水般湧來。這也是她嘗試對亞塔解釋的夢，夜晚的圖畫，瑪麗想再找回那場夢，夢境卻已消融飄散，就像這些在開闊空氣中消失的鬼魂。夢已遠離。

最後僅存那種甜美的感覺，以及說故事給他們聽的諄諄叮囑。

瑪麗看入黑暗，視力所及處，在無垠沉寂中出現愈來愈多鬼魂，成千上萬，就像難民重返故鄉。

「說故事給他們聽。」她對自己說。

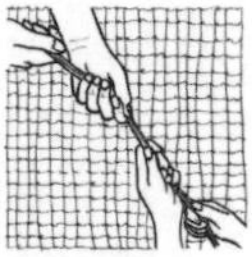

第三十三章
杏仁糖

甜美的春天，充滿甘甜春日和玫瑰，
一個塞滿甜食的筐篚……
——喬治・赫伯特（George Herbert）

第二天早晨，萊拉從夢中醒來。夢裡，潘拉蒙已回到她身邊，顯現最後定型的模樣，她不禁欣喜若狂，可是現在她毫無頭緒。

太陽剛升起，空氣還有種新鮮芳香。她可從昨晚睡覺的小茅草屋——瑪麗家——洞開的大門看到陽光。她躺著聆聽一會兒，外面有鳥鳴，還有某種蟋蟀唧吱，瑪麗就在身邊沉睡，傳來輕聲呼吸。

萊拉坐起來，發現自己竟赤身露體，她生了一會兒悶氣，接著看見身旁地板上有摺好的乾淨衣服：瑪麗的一件襯衫、一塊淡花軟布，可以綁成裙子。她整裝完畢，覺得自己好像陷身在襯衫裡，不過至少看得過去。

她離開小屋。潘拉蒙就在附近，她很確信這點，也幾乎可以聽見他說話大笑，意味著他很安全，他們之間多少還是相連。等他原諒她又回來後，他們會花好幾小時聊天，把所有的事全盤告訴對方……

威爾還在樹下呼呼大睡，那個懶骨頭。萊拉想叫醒他，不過如果單獨一人，她可以到河裡游泳。她以前常在查威爾河中開心地和牛津的小孩一起裸泳。不過和威爾一定很不同，即使想到這點，也使她羞紅了臉。

她在珍珠色的清晨下水，四周蘆葦間，有隻類似蒼鷺的頎長鳥類，直挺靜止地用單腳站立。她安靜緩慢前進，以免驚動牠，可是大鳥對她不睬不理，彷彿她只是水中的小樹枝。

「好吧。」她說。

她把衣服留在河岸上，滑入水中，奮力游水以保持體溫，最後走出水面，在河岸上蜷縮成一團發抖。通常潘會幫她擦乾身體：他會變成魚，躲在水底下嘲笑她嗎？還是甲蟲，匍匐到她衣內幫她搔癢？還是鳥？還是他根本就在別處，和另一個精靈在一起，完全忘了她？

太陽漸暖，她的身體很快烘乾，重新穿上瑪麗的寬鬆襯衫，看到河岸上有些扁石，打算清洗自己的衣服，卻發現有人已幫她洗好：她和威爾的衣服都掛在芳香灌木中的彈性小枝上，差不多已晒乾。

威爾開始醒轉，她坐在附近輕聲叫他。

「威爾！起床！」

「我們在哪裡？」他立刻問，坐起來伸手要拿匕首。

「很安全，」她回答，看著別處，「他們已洗好我們的衣服，也可能是瑪隆博士洗的。我幫你拿衣服，那些衣服差不多乾了……」

她把衣服遞給他，背對著他，等他穿好衣服。

「我剛在河裡游泳，」她說：「我去找潘，可是我想他躲起來了。」

「這主意不錯，我是說游泳。我覺得身上好像帶著多年積塵……我也要下去洗洗。」

威爾離開後，萊拉在村裡晃蕩，卻不敢看得過於仔細，以免違背當地禮節規範，可是她對眼前一切都非常好奇。有些屋子相當古老，有些卻很新，屋子都用木頭、泥土和茅草建造，結構類似。這些房屋一點也不原始，每扇門、窗緣和窗楣上都雕刻奧妙圖飾，但完全不像刻在木頭上的圖飾，反而像是圖飾說服木頭，自然而然長成那種模樣。

她看得愈多，就愈能辨別村中各種秩序和周密處，正如探測儀中層層意義。她的部分心思渴望能解決所有謎題，從一種熟悉的輕快進入另一種熟悉中，就像她用探測儀時，從一種意義找到另一層意義一樣；可是另一部分心思又不覺納悶，在他們重新出發前，得在這裡待多久。

唉，如果潘不回來，我哪裡也不去，她對自己說。

此時威爾從河裡上來，瑪麗也從屋中出來，喚他們吃早餐。不久，亞塔也來了，整個村子都已甦醒。兩個年幼的謬爾發小孩，身上沒有輪子，不斷從屋角偷看，萊拉會突然轉頭，直直瞪著他們，使他們忍不住跳起來，又害怕又好笑。

「好，現在，」瑪麗在他們吃過麵包和水果，喝過一些煮沸的薄荷汁後說：「昨晚你們太疲憊，只能好好休息，今天看起來有精神多了，你們兩個都是。我想，我們得談談彼此知道的事。這會花很久時間，所以我們聊天時，雙手也別閒著，做些有用的事。我們可以修補一些魚網。」

他們把一堆塗上焦油的僵硬繩子搬到河堤，攤開鋪在草地上，瑪麗教他們如何在破損部位重新打結。瑪麗也異常警覺，亞塔曾告訴她，沿岸人家曾看到無數大白鳥圖拉皮在海上集結，每個人一聽到警告就得立刻離開，可是目前的工作還是得繼續進行。

他們坐在陽光下的沉靜河邊工作。萊拉開始敘述她的故事，從很久很久以前在約旦學院時，她和潘決定偷看院長休息室的事開始。

潮漲潮退，他們沒看到圖拉皮的蹤跡。當天下午稍晚，瑪麗帶著兩人沿河堤散步，經過撒網的魚柱，穿越寬廣鹽田往海邊走去。退潮時那裡比較安全，大白鳥只會在漲潮時登陸。瑪麗帶他們沿泥地上的堅硬小路前進，正如許多謬爾發製作的東西一樣，小路歷久彌新，維修良好，彷彿是大自然的一部分，而不是強加上去。

「他們建造了那些石路嗎？」威爾問。

「不是。我想，從另一方面來說，是那些路創造了謬爾發。」瑪麗說：「如果沒有這麼多堅硬平坦的路面，他們絕不會開始使用輪子。我想這些道路原本是遠古火山的熔岩流。

「因為有這些道路，他們才開始使用輪子。別的事也接踵而至，就像輪子樹，還有謬爾發身體的構造——他們並非脊椎動物，所以沒有脊骨。在我們世界中，脊椎動物較容易生存，後來各種生物逐漸演化，都以脊椎為基礎。在這世界中，機遇走上不同的路，菱形構造竟演化成功。當然，這裡也有脊椎動物，可是不多。舉例來說，這裡有蛇，蛇在這裡很重要，謬爾發照顧牠們，試著不傷害牠們。

「反正，他們的身形、道路和輪子樹加起來使整件事成了今天的樣子。很多小小機遇累積在一起，就使一切發生了。威爾，你的故事怎麼開始？」

「對我來說，也有許多小小的機遇。」他一面想著鵝耳櫪樹下的貓，一面說。如果他早或晚三十秒鐘到那裡，可能不會看到那隻貓、不會發現那扇窗口，也永遠不會發現喜咯則和萊拉，那這一切都不會發生。

他從頭說起，其他人邊走邊聽。他們來到沼地時，他正好提到他和父親在山頂上搏鬥。

「但那女巫殺死了他……」

他從來就不懂這點。他解釋女巫自殺前告訴他的話：她愛過約翰．帕里，他卻輕視她。

「女巫是很烈性的。」萊拉說。

「但如果她愛他……」

「唉，」瑪麗說：「愛情也是很狂暴的。」

「可是他愛我母親，」威爾說：「現在我可以告訴她，他從來沒有對她不忠。」

萊拉看著威爾心想，如果他戀愛，一定也會像那樣吧。

他們四周，午間的沉靜聲響充斥在溫暖的空氣中：沼地不間斷的吸吮聲、昆蟲嘰吱聲，還有海鷗叫聲。潮水已完全退下，一路向下延伸的海灘在鮮麗陽光下看來清晰亮麗，閃閃發光。成千上萬小生物在泥地表層生活、進食和死亡，那些小小孔竅和呼吸孔中的隱約活動，顯示這整片地景正充斥生命的顫動。

瑪麗一言不發，看著遠方海洋，掃視地平線找尋白色風帆。藍天在海洋盡頭逐漸泛白處，形成迷濛亮光，海洋吸收了蒼白色，使它在發亮的空氣中閃耀。

瑪麗教兩人如何在沙上找小小呼吸管，捕捉一種特殊的軟體動物。謬爾發很喜歡這種美食，可是他們很難在沙地上移動採集，所以每次瑪麗到海邊，總盡可能多採集一些，現在多了兩雙手和眼睛，他們可以飽餐一頓。

瑪麗給他們一人一個布袋，他們一面工作，一面聆聽故事。布袋漸漸填滿，瑪麗謹慎地帶領他們回到沼地，又開始漲潮了。

故事說了很久，他們還沒提到冥界那部分呢。他們靠近村子時，威爾正告訴瑪麗，他和萊拉了解人類有三部分本質。

「你知道，」瑪麗說：「教會——我過去歸屬的羅馬教會——並不使用守護精靈一詞，可是聖保羅提到精神、靈魂和身體，所以人類本質中有三個部分的想法並不奇特。」

「可是最好的一部分是身體，」威爾說：「至少巴魯克和巴瑟莫是這麼告訴我：天使希望他們也有身體，他們告訴我，天使無法了解為什麼我們不多享受這世界，如果他們能有我們的血肉和感官，他們會欣喜若狂。在冥界……」

「等我們提到這部分時再談。」萊拉說，她對他笑笑，微笑中充滿甜蜜的理解和喜悅，使他有點暈眩。他也報以微笑，瑪麗看到他的表情，是她見過人類表情中最完美的信任感。

此時，他們已回到村子，準備晚餐的時間到了。瑪麗讓兩個孩子坐在河堤上，看著潮水湧入，她則去幫忙爐火旁的亞塔，亞塔對甲殼動物大豐收不禁喜上眉梢。

可是瑪麗，她說，圖拉皮摧毀前面海邊村落，接二連三，他們從沒這麼做過。他們通常只攻擊一個村落，就回到海裡。今天又有一棵樹倒下了……

天啊！在哪裡？

亞塔提到離溫泉不遠的樹叢，瑪麗三天前才到過那裡，一切都好端端呀。她拿出琥珀望遠鏡瞭望，沒錯，大片「影子粒子」流動得更為澎湃，以一種河岸漲潮的快速和規模前進。

妳能做些什麼嗎？亞塔問。

瑪麗覺得這重擔就像沉重的手壓在她肩胛骨間，使她稍微坐直身子。

說故事給他們聽。她說。

晚餐後，三人和亞塔坐在瑪麗屋外的地氈上，溫暖星辰俯視大地。他們躺在地上，吃飽喝足，舒服地置身於充滿花香的夜裡，聽瑪麗說她的故事。

她從遇見萊拉前說起，她在黑暗物質研究小組中做的研究及資金不足的危機。她得花多少時間尋求贊助，又只剩多少時間從事研究！

可是萊拉的到來，改變了一切，迅如雷火：幾天內，她也離開自己的世界。

「我照妳的話做，」她說：「我做了個設計，一組指令，讓『影子』透過電腦和我對話，他們告訴我該怎麼辦。他們說他們是天使，還有……嗯……」

「如果妳是科學家，」威爾問：「我不認為他們會這麼說，妳可能根本不相信天使。」

「哈，可是我了解他們，我曾是修女，認為物理因神的榮耀而臻至完善，直到我發現天底下根本沒有神，物理也有趣多了。基督教是強大而有說服力的錯誤，僅止於此。」

「妳什麼時候開始不再當修女？」萊拉問。

「到現在我還記得一清二楚。」瑪麗說：「我物理很好，他們讓我繼續在大學工作，我完成博士學位後，打算開始教書，大學不在教會的隔絕律令之列。事實上，我們甚至不用穿教袍，只是必須衣著端莊、戴十字架。我打算到大學教書，從事應用物理研究。

「後來有個會議跟我的研究主題有關，他們要我與會報告。那會議在里斯本舉行，我從沒到過里斯本，事實上，我從未離開英格蘭。這整件事：搭飛機、旅館、亮眼陽光、充斥四周的外國語言和知名學者的演講……噢，一想到自己的報告是否會有人前來聆聽、我是否會太緊張而說不出話……我形容不出自己到底有多緊張。

「我當時很天真——你們必須記住這點。過去我是個乖女孩，定期望彌撒，認為自己在性靈生活上聽到神的召喚。我要全心全意侍奉神，要將全部的生命像這樣奉獻出來，」瑪麗說，將雙手舉起，「放在耶穌面前，照祂希望的去做。我想我對自己相當滿意，太滿意了，我既聖潔又聰明。哈！一直持續到，噢，七年前，八月十日晚上九點半。」

萊拉坐直身子，抱著膝蓋，仔細聆聽。

「那是在我報告的傍晚，」瑪麗繼續說：「過程很順利，有些知名人士也前來聆聽，有人提出問題，我也沒應答得太糟，不管怎樣，我大大鬆了一口氣，滿心喜悅……無疑也相當自豪。

「反正，有些同事打算去下灣處一間餐廳，他們問我要不要同行。通常我都會編些藉口，這次我卻想，嗯，我是成人，我在重要會議上報告，別人反應不錯，我又跟不錯的朋友在一塊兒……氣候如此溫煦，討論話題也是我最感興趣的，大夥興致又這麼高，我想自己可以放鬆一下。我開始發現自己的另一面，像是喜歡品嘗美酒、烤沙丁魚，感受溫暖空氣輕拂肌膚，以及背景音樂的節拍。我很喜歡這些。

「所以我們在花園坐下用餐。我就坐在長桌末端一棵檸檬樹下，身邊是西番蓮的樹蔭，鄰座的人正和坐在對面的人說話，而……嗯，坐在我正對面的男人，我在會議中看過一、兩次。我不知道該和他說些什麼，他是義大利人，研究過一些當時很熱門的主題，我想聽他說話應該很有趣。

「反正，他只比我大一點，有柔軟的黑髮、漂亮的橄欖色肌膚和深邃眼睛，他的頭髮不斷從前額滑落，他也不斷慢條斯理地把頭髮撥回去……」

她做給他們看。威爾覺得她把一切記得好清楚。

「他並不英俊，」她繼續說：「不是那種女士喜愛的類型或帥哥，如果真是那樣，我會很害羞，我會不知該怎麼跟他說話。可是他只是很和善、聰明、風趣。我坐在檸檬樹下，燈籠搖曳，身邊充滿花香、烤食、美酒，談笑風生，心裡希望他認為我很漂亮，這真是天底下最簡單的事。瑪麗．瑪隆修女在賣弄風騷！我的誓言呢？我打算對耶穌和那些事物奉獻的生命呢？

「唉，我不知道是否因為美酒、痴傻、溫暖空氣、檸檬樹之類的……逐漸地，我似乎了解我過去讓自己相信一些不真實的東西。我讓自己相信自己過得不錯、快樂又充實，卻不需要別人的愛。戀愛就像中國：妳知道它在哪裡，無疑是個有趣的地方，有些人到過那裡，可是我永遠也不會去。我會走完我的人生，卻不曾到過中國，可是沒關係，世界上還有很多可供遊歷的角落。

「接著有人給我一些甜食，我突然了解我到過中國。這麼說好了，我到過中國，卻忘記了，是某種甜食的滋味將那些記憶帶回來……我想那是杏仁糖……一種甜甜的杏仁糖膏。」瑪麗向萊拉解釋，因為她看來滿臉困惑。

萊拉說；「哈！麻札帕糖！」然後舒服地向後一靠，等著聽接下來發生什麼事。

「反正……」瑪麗繼續說：「我記得那種滋味，我突然回到初嘗杏仁糖的那一刻，當時我還是小女孩。

「才十二歲，在朋友的宴會中，是一場生日宴會，還有迪斯可──他們用唱片機播放音樂，大夥都在跳舞，」瑪麗看到萊拉狐疑的表情後解釋道：「通常女孩子會一起跳舞，因為男孩害羞得不敢邀舞，可是那男孩……我不認識他……他邀請我跳舞，所以我們一起跳了第一支舞，接著又一支，我們一面說話……當妳喜歡上一個人，妳馬上就會知道，唉，我好喜歡他喲。我們繼續聊天，接著開始吃生日蛋糕，他拿起一小塊杏仁糖，輕輕放在我嘴裡——我記得自己試著微笑，卻臉紅了，覺得自己好愚蠢……我因為這個原因愛上了他，因為他溫柔地用杏仁糖碰觸我的雙唇。」

瑪麗這麼說時，萊拉突然覺得身體起了異樣變化，她感覺頭皮發麻，呼吸急促。她從沒坐過雲霄飛車或類似事物，不然就會認出那種在胸口間的感受：毫無緣由地同時覺得興奮又害怕。這種感受持續，且開始加深轉化，她覺得身體其餘部分也受到影響。彷彿別人給了自己一把鑰匙，可以通往一幢她從不知道的大房子，一幢其實存在她自己體內的房子，她旋轉鑰匙時，感覺建築物深邃黑暗中的其他門扉也開啟了，燈光已點亮。她坐著發抖，抱著膝蓋，幾乎不敢呼吸。瑪麗繼續說：

「我想就是在那場宴會中，或在另一場宴會中，我們第一次接吻。那是在一座花園裡，室內傳來音樂聲，林間卻幽靜涼爽，我覺得好痛……全身都因為他而痛起來，我感到他也一樣……我們幾乎過於害羞而不敢亂動。幾乎。可是，其中一人採取行動，接著就沒有阻礙……就像量子躍遷一般，突然……我們開始親吻對方，噢，那不只是中國，那是天堂。

「後來我們又見了對方幾次，就這樣。接著他搬家了，我再也沒見過他。那是多麼甜美的時光，多麼短暫……可是沒錯，我知道，我去過中國。」

這真是奇怪極了：萊拉完全了解瑪麗在說什麼，就在半小時前，她可能根本搞不清楚。在她體內，華麗房子的門戶大開，所有房間燈火通明，都在安靜地等待，有所企盼。

「那天晚上九點半，在那家葡萄牙餐廳桌旁，」瑪麗繼續說，沒注意到萊拉心中上演的安靜戲碼，「有人給了我一塊杏仁糖，所有感覺都回來了。我想：難道自己下半輩子再也不能擁有那種感覺了嗎？我想：我要去中國，那裡充滿寶藏和奇風異俗、奧祕和喜悅。我想，如果我直接回旅館，開始禱告，對神父懺悔，發誓絕不會受到誘惑，這對誰會有好處？有人會因為我過得悲慘而開心嗎？

「答案立刻出現……沒有。沒有人。沒有人會焦慮，也沒有人會指責我。沒有人會因為我乖就誇讚我，因為我壞而處罰我。天堂是空洞的，我不知道神是否已經死亡，或神是否存在過。不管如何，我覺得自由又寂寞，我不知道自己快不快樂，可是一件怪事確實發生了。這些巨大改變之所以出現，只是因為一塊杏仁糖在我嘴裡，我甚至還沒吞下呢。一種滋味，一場回憶，一次山崩……

「我吞下軟糖後，看了看桌子對面那男人，我看得出他知道有事情發生了。我無法在當下告訴他，那對我來說，還是太奇怪、太私密。但稍後我們在黑暗中沿著海邊散步，溫暖夜風不斷攪亂我的頭髮，大西洋也很馴良……只有一點安靜波浪在我們腳邊騷動……

「我從脖子上拿起十字架，丟到海裡。就那樣，一切都結束了，完了。

「那就是我不再當修女的緣由。」她說。

「這男人和那個發現顱骨的男人是同一人嗎？」萊拉熱心地問。

「噢……不是。發現顱骨的人是佩恩博士，奧利佛．佩恩。他很久之後才出現。不，那個在會議上的男人叫作阿佛多．蒙特爾，他非常特別。」

「妳親吻他了嗎？」

「嗯，」瑪麗笑著說：「有，但不是那時。」

「離開教會很難嗎？」威爾問。

「從一方面來說，很難，因為人人對我失望透頂。每個人，從修道院院長、神父到我父母……他們生氣地責怪我……我彷彿覺得，他們熱情信仰的東西，必須依賴缺乏信仰的我來持續。

「但從另一角度來說則相當簡單，因為這樣才合理。首次，我感覺自己完全順從本性行事，而不是部分本性。有一陣子我覺得很孤寂，不過很快就適應了。」

「妳嫁給他了嗎？」萊拉問。

「沒有，我還沒結婚。我和某人同居——不是阿佛多，是別人。我們同居將近四年，家人都認為這是家族醜聞。後來，我們覺得分開會讓兩人更快樂，所以現在我一個人住。曾和我同居的那人喜歡登山，他教我如何爬山、在山裡健行，還有……後來我找到工作，嗯，我曾經有工作。雖然孤單一人，可是很快樂，你們了解我的意思吧。」

「那男孩叫什麼？」萊拉問：「在宴會中那位？」

「提姆。」

「他長得怎麼樣？」

「噢……不錯。那是我唯一記得的事。」

「我第一次看到妳，在妳的牛津，」萊拉說：「妳說妳會成為科學家是因為妳不必再思考善惡的問題。妳當修女時，會思考這件事嗎？」

「嗯，不會。可是我知道我應該要想，那時教會教我如何思考。後來我從事科學，我必須同時思考其他問題，所以毫不需要為自己去思考那些問題。」

「現在妳會嗎？」威爾問。

「我想我必須這麼做。」瑪麗說，試著說得精準些。

「妳不再相信上帝時，」威爾繼續說：「也不再相信善惡嗎？」

「不，可是我不再相信，在我們之外有股善與惡的力量。我相信善惡只是人類行為的名稱，而不是本質。我們只能說這是善行，因為這能幫助某人，或說那是惡行，因為它傷害別人。人類過於複雜，無法輕易貼上標籤。」

「對。」萊拉堅定地說。

「妳會想念上帝嗎？」威爾問。

「會，」瑪麗說：「想得發瘋，現在還是一樣。而我最想念的，是一種跟整個宇宙聯繫的感覺。我從前感覺自己和上帝有那樣的聯繫，因為祂就在那裡，我和祂的整個造物聯繫。可是如果祂不在，那麼……」

遠方沼地間，一隻鳥唱了一長串憂鬱的音符。餘燼在火中熄滅，夜風在草地上輕吹。亞塔像貓似地打著盹，輪子平放在身旁草地上，她的腳在身下蜷曲，雙眼半閉，注意力一半在此，一半則到別處神遊。威爾躺在地上，目光朝星子望去。

至於萊拉，自那件怪事發生後，她動也不敢動，緊抓著心中的感受記憶。她不知道那是什麼、意味著什麼或從哪裡來，所以她緊抱著膝蓋，想要停止因興奮過度而不問歇的顫抖。很快，她想，我很快就會知道了，我很快就會知道了。

瑪麗已筋疲力盡。她的故事說完了，明天她無疑會再多想些新的。

第三十四章
正確時機

使世界朝氣生發，每顆塵粒因喜悅而吐納。

——威廉·布雷克

瑪麗睡不著。每次合上眼，就有樣東西使她覺得搖搖欲墜，猶如置身斷崖邊，她會立刻醒來，恐懼又緊張。

這情況發生四、五次後，她知道睡眠根本是妄想，就安靜起身穿衣，走出屋外，離開枝葉如篷幕的大樹，威爾和萊拉正沉睡樹蔭下。

月光皎潔，高掛空中。夜風浮動，廣大地景因雲影挪移而顯得斑駁，瑪麗心想，這雲影就像一群超乎想像的野獸正在遷徙。可是動物遷徙總帶有目的，馴鹿群穿越凍原，非洲大羚羊穿越大草原，牠們是去覓食、求偶或生育，牠們的活動總具有意義。這些雲層純粹隨機飄動，只是原子和分子層次的隨機作用，它們的影子也毫無意義地快速飛掠草地。

然而，它們看起來卻別有目的，噪動不安，被一種意圖驅動，整夜都是，連瑪麗也感覺到了，只是她不清楚那意圖為何。但與她不同，雲似乎知道行動的目的，風知道，草也知道，這整個世界都是活的、有意識的。

瑪麗爬上斜坡，回頭望過沼地，漲潮在黑暗中為閃爍的沼地和蘆葦床鑲嵌銀邊。雲的倒影清晰可見，看來似乎正飛奔躲避身後某種怪物，或追趕擁抱前方美妙事物。那到底是什麼，瑪麗永遠不會知道。

她轉身朝經常攀爬的大樹所在前進，相距二十分鐘路程，她能清楚看見它：高高在上，搖晃著巨大頭部，和疾風交談。它們有話要說，瑪麗卻聽不見。

她匆匆前進，被騷亂的夜感動，一心渴望加入其中。這正是威爾問她是否想念神時，她回答的重點：那是種整個宇宙都活著的感受，每樣東西都藉著千絲萬縷的意義相互聯繫。她還是基督徒時，覺得自己也有所聯繫，可是一旦離開教會，便覺得鬆散、自由而輕盈，處身在一個沒有意向的宇宙裡。

接著她發現「影子」，展開了另一世界的旅程，然後是這個活潑生動的夜。很明顯，事事物物都因某種目的和意義而不安，她卻被排除在外，再也不可能找到聯繫，因為沒有上帝。

瑪麗覺得狂喜又絕望，她決定爬上自己的樹，再次嘗試在「塵」中迷失自我。

她還沒來到樹叢，半途便聽見在樹葉搖擺和風吹草地的聲音之間有異聲。有樣東西正在呻吟，一種深沉嚴肅的聲調，聽來像風琴。此外還有東西斷裂聲——劈折碎裂聲，以及重疊樹枝的尖叫和吶喊。

這該不會是她的樹吧？

她在廣闊草地上停步，風拍打臉頰，雲影快速掠過，高高野草拂打雙腿。她看著樹叢的樹冠：枝幹沉吟，枝條彎折，綠意盎然的主幹如乾燥小枝條般斷裂，一路跌落地面；接著是樹頂本身，她最熟悉的部分正不斷傾斜，最後緩緩倒下。

樹幹、樹皮與樹根的每根纖維，都絕望地吶喊抗議著這場謀殺。但大樹還是不斷向下傾倒，樹幹直衝撞出樹叢，跌落地面時彷彿大浪沖擊防波堤，一路朝瑪麗的方向倒下。巨大樹幹稍微彈了彈，斷裂的樹木呻吟一聲，便塵埃落定。

瑪麗跑上前去碰碰翻落的樹葉，那是她的繩子和瞭望臺的斷木。她的心痛苦重擊，她爬過折落的樹枝間，以不熟悉的角度穿越熟悉的大枝，盡可能在最高處平衡自己。

她緊靠在一根樹枝旁，拿出琥珀望遠鏡，看到天空中兩種截然不同的活動。

一種是雲層，正飄過月亮朝某方向前進；另外是一股「塵」流，似乎正反向飄過月亮。「塵」以更快速、更大的規模流動，事實上，似乎整個天空都飄滿「塵」，像無情的洪水般流出這世界、所有世界，進入終極的虛無。

緩緩地，「塵」流似乎也流出她心中，不斷有東西加入這行列。

威爾和萊拉說過，塔上老人告訴他們，奧祕匕首至少有三百年歷史。

謬爾發告訴她，思若夫豐富他們的生活和世界已有三萬三千年，可是也在三百年前開始衰退。

根據威爾的說法，天使塔公會——也就是奧祕匕首的擁有人——一向粗心大意，不總記得關上打開的窗口。嗯，至少瑪麗就找到一個，此外一定還有無數個。

假設在這段期間，「塵」從奧祕匕首在大自然中造成的傷口一點一滴流失……

瑪麗開始覺得頭暈腦脹，不僅因為她企圖穿越不斷搖晃、高起或陷落的枝條。她小心將琥珀望遠鏡放入口袋，用手扣住前方樹枝，凝視天空、月亮和輕快飛奔的雲。

奧祕匕首要為「塵」小規模緩慢流失負責，這的確造成損害，整個宇宙也因此受苦，她一定要告訴威爾和萊拉，並找到阻止的方法。

可是空中巨流完全是另一回事。那是個新現象，而且是大災難，如果不阻止，一切有意識的生命將會滅絕。正如謬爾發告訴她，生物變得有意識後，「塵」也成形，謬爾發從樹上得到輪子和油脂，「塵」也需要一些回饋使它強化、穩定，如果沒有這種過程，最後就會全部消失。所有思想、想像力和感覺全會萎縮飄散，除了動物般的機械行為，一無所剩。在幾億個世界中，有意識的生命曾像蠟燭般熊熊發光，現在卻即將熄滅。

瑪麗深切感覺這重擔使她衰老，覺得自己已經八十歲，疲憊、虛弱、渴望一死。

她心情沉重地爬出倒落的大樹枝條間，風仍狂亂吹著樹葉、草地和她的頭髮，她往村子出發。

在斜坡頂端，她最後一次看看「塵」流，雲和風正穿過它，月亮則堅定地立在正中央。

突然，瑪麗了解它們在做什麼了，她也明白那個巨大急迫的目的。

它們正試著拉住「塵」流，它們努力想製造某種屏障，以阻擋這股恐怖的巨流：風、月、雲、樹葉、草地，所有美好的東西都在狂嚎，將自己投入這場奮戰，想將「影子粒子」留在宇宙中，因它們都曾受滋養。

萬物熱愛「塵」，它們不要看見它離開，這正是這一夜的意義，也是瑪麗的意義。

上帝離開後，她不是認為生命缺乏意義和目的嗎？是的，她曾這麼想。

「那麼，現在有意義了，」她大聲說，並且又大聲說了一次，「現在有了！」

她再看看「塵」流中的雲層和月亮，它們就像由小樹枝和鵝卵石築成的小堤防，脆弱不堪地想阻擋密西西比河。不管怎樣，它們全都在嘗試，它們會繼續嘗試，直到末日降臨。

瑪麗到底在那裡待了多久，自己也不清楚，強烈的情緒終於退去後，疲倦如潮水湧出，她緩緩下山朝村子前進。

走到半途，就在一小叢打結灌木附近，她看到有樣東西在泥地上異常顯眼。那是一種白色亮光，一種穩定的活動：有東西跟著潮水一起上來。

她動也不動，仔細注視，不會是圖拉皮吧，牠們通常成群結隊活動，這隻卻形單影隻。此外一切都和正常的圖拉皮沒兩樣——風帆般的翅膀，修長頸子。毫無疑問，是那群大鳥中的一隻，她從未聽過牠們會單獨行動。在跑去警告村民前，她遲疑了。大鳥終於停住，開始漂過水面靠近小徑。

牠開始解體……不，有樣東西從牠身後下來。

那是個男人。

即使從這距離，她也可以清楚看到他。月光燦爛，她讓眼睛適應光線後，從琥珀望遠鏡看過去，確認無誤，那是個男人身影，全身環繞發光的「塵」。

男人手中拿著什麼，一根長棍子之類。他輕快迅速地沿著小徑而行，不曾快跑，卻像運動員或獵人般移動。他穿著素樸深色衣服，通常可隱藏得很好，可是在琥珀望遠鏡下，他就像在探照燈下一樣顯眼。

他愈來愈接近村子，瑪麗突然了解那根棍子是什麼：男人帶著一把來福槍。彷彿有人將冰水倒在心臟上，瑪麗全身每根寒毛都豎立起來。

她因距離太遠而無能為力，即使放聲大叫，他也聽不到。她看著他走進村裡，東張西望，不斷駐足聆聽，從一間屋子走到另一間。

瑪麗的心思就像月亮和雲拚命想拉回「塵」一樣，在心中呼喊：別看樹下……離開樹下……

但他愈來愈靠近大樹，最後終於在她屋外停下。瑪麗再也忍不住，她把琥珀望遠鏡放入口袋，朝斜坡下拔腿狂奔。她想大叫出聲，不管做什麼都好，或是發狂吶喊，又及時想到這可能會吵醒威爾或萊拉，使他們暴露形跡，就把聲音硬吞回去。

但沒有望遠鏡協助，瑪麗無從得知男人在做什麼，她再也忍受不了，就又停下來，慌亂翻出望遠鏡，站定後觀看。

他打開她屋子的門走進去，消失在瑪麗視線內，身後留下一陣騷動的「塵」，如手穿過煙霧一般。那一分鐘對瑪麗來說猶如永恆，接著他又出現。

他站在門口，緩緩地從左看到右，目光掃過大樹。

他離開門檻，站住不動，若有所失。瑪麗突然意識到自己站在荒涼山丘邊有多醒目，來福槍可以輕易擊中她，可是他只對村子感興趣；一分鐘又過去，他轉身安靜離開。

瑪麗看著他一步步走回河邊，清楚看他跨上大鳥背部，蹺腳坐著，大鳥轉身漂離。五分鐘後，他們失去蹤影。

第三十五章
山丘遠方

我的生辰
到了，我的愛也來臨。
——克麗絲提娜．羅塞蒂（Christina Rossetti）

「瑪隆博士，」早上萊拉說：「威爾和我要去找我們的精靈，一找到他們，我們就會知道接下來該怎麼做，可是我們等不下去了，我們得去找他們。」

「你們要去哪裡？」瑪麗問。經歷不安的一夜後，她睡眼惺忪，頭痛欲裂。瑪麗和萊拉在河堤上，萊拉要去梳洗，瑪麗則四下張望，暗自尋找男人的腳印，可是一個也沒找到。

「不知道，」萊拉說：「他們就在某處。我們從戰場逃過來時，他們溜走了，彷彿再也不信任我們。不能怪他們。我們知道他們就在這世界，可能還看過他們幾次，也許能找到他們吧。」

「聽著……」瑪麗心不甘情不願地告訴萊拉昨晚的事。

她敘述時，威爾也來到她們身邊，兩個孩子都張大眼睛認真聆聽。

「他可能只是個旅人，發現窗口後，從別處晃到這裡。」瑪麗說完後，萊拉回答道。私底下，她另有心事，相較之下，這男人的事也不怎麼有趣，「就像威爾的父親。」她繼續說：「現在到處一定都是開口。反正，如果他轉身就走，應該不會心懷惡意吧？」

「我不知道，我不喜歡這件事。我很擔心你們獨自出發——如果不知道你們經歷過更危險的事，我一定會更擔心。噢，我不知道，請格外小心，隨時注意四周。至少在大草原上行動，這樣你們可以老遠就看到外人蹤影……」

「我們如果看到別人，會立刻跑到另一個世界，他不會傷害到我們。」威爾說。

他們心意已定，瑪麗也不願爭辯。

「至少答應我，別走進樹林。」她說：「如果男人還在附近，他可能會躲在樹林或樹叢間，你們可能無法及時脫逃。」

「我們答應妳。」萊拉說。

「唉，那我替你們準備些食物，免得你們一去一整天。」

瑪麗拿些麵包、乳酪和一些味甜解渴的紅色水果，包在一塊布內，用繩子綁住，讓他們掛在肩上。

「祝你們順利，」她在他們離開時說：「千萬小心。」

她仍然很焦慮，站在那裡目送他們一路走下斜坡。

「我不知道她為什麼看起來這麼傷心。」威爾說，他和萊拉順著小路爬上山脊。

「她大概覺得自己無法回家吧，」萊拉說：「或是等她回去後，她的實驗室不再屬於她。也許她是因為那個她愛上的人傷心。」

「嗯，」威爾說：「妳認為有一天我們會回家嗎？」

「不知道。反正我不認為我有家。約旦學院大概不會要我回去，我也不能和熊族或女巫住在一起，或許我可以跟著吉普賽人，如果他們真的要我，我不會介意。」

「那艾塞列公爵的世界呢？妳不想住在那裡嗎？」

「沒用的，記得嗎？」她說。

「為什麼？」

「你父親的鬼魂在我們離開前提到精靈的事，他們只能在自己的世界中活得久，或許艾塞列公爵，我是說我爸爸，也沒想到這點，他開始進行整件事時，沒人知道其他世界的情況……那一切，」她訝異地說：「一切勇氣和技術……全都糟蹋了！白白浪費了！」

他們繼續向上爬，發現岩石路走來輕鬆舒適。他們爬到山頂，停下來往回看。

「威爾，」她說：「如果我們找不到他們呢？」

「我們一定會的，我很好奇我的精靈會是什麼模樣。」

「你看到她了呀，我還抱過她。」萊拉說著臉紅了。當然，碰觸如別人精靈這麼私密的東西，是粗野冒瀆的行為，這不僅由於禮貌之故而遭禁止，還因為更深刻的理由，類似一種羞恥感。萊拉迅速瞟過威爾溫暖的臉頰，知道他心裡也有數，只是她無法判斷，他是否也有那種半害怕、半興奮的感覺，正如她前晚的感覺——噢，那種感覺又來了。

他們並肩走著，忽然害羞起來。但威爾不會因害羞而避開話題，他問：「妳的精靈什麼時候停止變形？」

「大概……我猜大概是在我們這個年齡，或更大一點，或許更久以後吧。我和潘從前會討論他的定型，總猜測他將來會變成什麼……」

「你們難道不知道嗎？」

「年紀小時不知道。稍長大後就會開始思考，嗯，他們可能會變成這個或那個……通常會變成個性相符的東西，我的意思是符合本性。例如，如果你的精靈是狗，那表示你喜歡照別人的話做：知道誰是上司、遵守規定、喜歡取悅掌權者。很多僕人的精靈都是狗。這能幫你了解自己的長處。那你們世界的人怎麼知道自己是什麼樣的人？」

「我不知道。我不清楚我自己的世界，我唯一知道的是保守祕密，安靜地躲起來，所以我不太懂有關……成人和朋友的事，還有戀人。我想如果有精靈一定很辛苦，別人光是看看你，就會了解你。我喜歡保持隱密，不引人注意。」

「或許你的精靈是種擅長躲藏的動物，或是某種會偽裝的生物，有些看起來很像黃蜂的蝴蝶可以掩飾自己，你的世界中一定有這類生物，我的世界就有，而我們兩人的世界這麼類似。」

他們在宜人的靜謐中前行。這是個開闊清朗的早晨，珍珠藍的空氣清澈透明，在他們眼前，大草原起伏翻騰，棕色、金色、淺黃綠色的草浪向地平線滾動，在陽光下閃閃發光。他們可能是整個世界中唯一的人類。

「這不會真的空無一物吧？」萊拉說。

「妳是指那男人？」

「不，你知道我的意思。」

「是的，我知道。我可以在草地上看見影子……或許是鳥。」威爾說。

他的目光四下追蹤正在前進的小影子，如果不正眼看去，反而更容易看清影子。他對萊拉如此描述時，她說：「那是反效果。」

「那是什麼？」

「詩人濟慈最先提到的，瑪隆博士也知道，那是我解讀探測儀的方法，也是你使用匕首的方式，不是嗎？」

「是的，我想沒錯。可是我在想，那可能是精靈。」

「我也這麼想，可是……」

她把手指放在脣間，他點點頭。

「看，」他說：「那是倒下來的樹。」

那是瑪麗的大樹。他們小心翼翼上前，一面注意樹叢，以防別的樹也倒下來。在寧靜晨間，只有微風摩挲樹葉，這麼巨大的東西似乎應該永遠屹立不搖，但它真的倒了。

雄偉樹幹躺在樹叢間，被自己扯裂的樹根和眾多枝幹撐住，橫亙在兩人頭上。有些樹枝儘管斷落破裂，仍巨大無比，可與威爾見過最大的樹比擬；樹頂粗枝密布，看來仍相當堅固，樹葉也仍鮮豔翠綠，像座毀壞宮殿高掛半空。

突然，萊拉緊抓住威爾的手臂。

「噓，別看，」她輕聲說：「我想他們就在上面，我看見有東西在動，我發誓那是潘……」

她的手很溫暖，威爾對此比對上方那一大群枝葉更敏感。他假裝漫無目的地注視地平線，注意力卻集中在上方一團紛亂的綠、棕和藍色間遊蕩，就在那裡，她說的對，那裡有個不是樹木的東西，它身旁還有一隻。

「我們走開，」威爾低聲說：「到別處去，看他們會不會跟蹤我們。」

「如果他們不要……可是，好吧。」萊拉輕聲回答。

他們假裝四下張望，把手放在一根橫躺的樹枝上，彷彿打算開始攀爬，又假裝改變心意，搖搖頭離開。

「我希望我們能回頭看。」萊拉說，他們已離開幾百碼遠。

「繼續走。他們可以看到我們，也不會迷路。如果他們願意，會回來的。」

他們離開黑色大路，進入草長及膝的大地，雙腿也在草莖間咻咻作響，看著昆蟲翺翔、亂竄、振翅飄浮，聽著幾百萬種聲音製造出啁啾和嘰吱的大合唱。

「威爾，你打算怎麼辦？」他們沉默地走了一會兒後，萊拉悄聲問。

「嗯……我得要回家。」他說。

他的聲音聽起來不太確定，萊拉希望他真的也不太確定。

「他們可能還在追蹤你，」她說：「那些男人。」

「畢竟我們見過更糟的事。」

「沒錯，我認為……可是我想帶你看看約旦學院，還有沼澤區。我希望我們……」

「沒錯，」他說：「我想……即使再回到喜喀則也不錯，只要幽靈全都離開，那會是個美麗的地方……可是我媽，我得回去照顧她。我把她留給庫波太太，這對她們兩人都不公平。」

「如果你這麼做，對你也不公平。」

「不，這不一樣，」他說：「這就像地震或暴風雨，雖然很不公平，但不能責怪任何人。如果我只是把媽媽留給一個自身都不太強健的老太太照顧，那種不公平是不同的，那是不對的。我必須回家。或許不可能再回到從前那種生活，或許別人已發現這個祕密。如果我媽變得很害怕，我不認為庫波太太還能繼續照顧她，她可能已找人幫忙，如果我回去，我可能必須進某種機構。」

「噢，不！像是孤兒院嗎？」

「我想他們會這麼做，我不知道，我會很恨它。」

「你可以用匕首逃跑，威爾！你可以到我的世界！」

「我仍屬於那個可以和媽媽在一起的世界，等我長大後，我就可以在自己家中好好照顧她，那時就沒人可以干涉了。」

「你想，你將來會結婚嗎？」

他沉默良久，她知道他在思考這個問題。

「我無法看得那麼遠，」他說：「她必須了解……我不認為我的世界有那樣的人。那妳會結婚嗎？」

「我也是，」她說，聲音有點顫抖，「那人不會是在我的世界，我不認為。」

他們慢慢前進，朝地平線晃去。他們的時間充裕得很呢。

一會兒，萊拉問：「你會保存匕首，對不對？那你就可以拜訪我的世界？」

「當然，我絕不會把它交給任何人，永遠不會。」

「別看……」她說，照舊前進，「他們又出現了，就在左邊。」

「他們在跟蹤我們。」威爾高興地說。

「噓！」

「我就知道。好吧，我們來假裝，我們到處亂晃，假裝在找他們，我們到各種蠢地方去找。」

結果變成一個遊戲。他們看到一座池塘，開始在蘆葦和泥土中搜尋，大聲說精靈應該會變成青蛙、水甲蟲或蛞蝓；他們在捲鬚木叢邊，拔下一棵倒下已久樹木的樹皮，假裝兩個精靈變成蠼螋，正在下方匍匐而行；萊拉還大驚小怪地認為她踩到一隻螞蟻，心疼牠的瘀傷，宣稱那隻螞蟻的臉就和潘一樣，還假裝以傷心的口吻問牠，牠為什麼不再和她說話。

萊拉認為精靈聽不到他們說話聲時，緊靠著威爾認真地低聲問：

「我們那時必須離開他們，對不對？我們真的沒有選擇？」

「是的，我們必須那麼做。那對妳來說更糟，可是我們別無選擇，因為妳已答應羅傑，妳必須遵守諾言。」

「而你必須再和你父親說話……」

「我們必須把他們留在那裡。」

「是的，我們必須這麼做，我很高興我們做到了。有一天，等我死後，潘會很高興我那麼做，我們再也不會分開，我們那麼做是件好事。」

太陽一升高，空氣變得更暖和，他們開始四下尋找樹蔭。接近正午時分，他們身處一座上升的斜坡，爬到坡頂時，萊拉用力撲倒在草地上說：「唉！如果我們不快找到有樹蔭的地方……」

山坡另一側是座山谷，長滿小樹叢，他們猜想那裡可能會有小溪，便橫越山坡來到谷頂。沒錯，在羊齒植物和蘆葦間，一道清泉從岩石間漉漉湧出。

他們將熱呼呼的臉頰浸在水中，滿懷感激地啜飲。他們跟著水流往下走，看見它匯集成一個個小漩渦，漫淹過小石堆，水流也變得愈大愈寬闊。

「這是怎麼形成的？」萊拉讚歎道：「沒有水流從別處加入呀，可是這裡的水流比上游更大。」

威爾斜眼看看陰影，注意到他們向前溜去，跳過羊齒植物，消失在更遠處的樹叢。他默默地指著。

「水只是流得更慢，不像泉水剛噴出來時流得那麼快，所以匯聚成這些小水窪……他們到那裡面去了。」他小聲說，指指斜坡底下一小群樹。

萊拉心跳加速，她可以感到喉間脈動。她和威爾互看一眼，神情凝重嚴肅，然後繼續沿溪而行。他們往谷底走去，矮樹變得更加茂密，小溪進入綠色隧道，又在斑駁空地上出現，撞擊溜過一塊石頭，然後再度埋入綠蔭，兩人除了觀看，還必須憑著水聲才能繼續跟蹤小溪。

在山腳下，小溪溜入一座有著銀色樹身的小樹林。

戈梅茲神父在山坡上觀看。跟蹤他們不難，儘管瑪麗相信在開闊大平原上會較為安全，但草地有無數藏身處，偶爾還有捲鬚木和漆木灌木叢。先前，兩個孩子花很長時間四下張望，彷彿認為自己被人跟蹤，他必須保持一段距離，可是隨著早晨流逝，他們也愈來愈專注在彼此身上，不再注意周遭風景。

神父不想傷害那男孩，他很驚恐自己會傷及無辜。唯一可以命中目標的方法，就是近得可以看清她，這表示必須跟蹤他們進入樹林。

他安靜謹慎地順著溪流下行，綠背甲蟲精靈在前面上方飛著感受空氣，她眼力沒他好，可是嗅覺非常靈敏，可以輕易嗅聞出兩個年輕人的體味。她稍微往前飛，停在一根草莖上等他，然後繼續前進。她聞到兩人體味痕跡後，戈梅茲神父開始為這項任務讚美神，顯而易見，男孩和女孩正步入一種重大罪惡。

就在那裡：深金色是女孩的頭髮。他向前移動些，拿出來福槍，槍上有遠距瞄準鏡，瞄準距離雖然不遠，可是製作精良，從準星看過去，視線也更清晰放大。沒錯，她就在那裡，停下來轉過身子，他能看到她的表情。神父不解的是，一個深陷罪惡的人，怎麼能散發出這種充滿希望和快樂的光輝？

困惑使他遲疑，時機一閃即逝，兩個孩子走入樹林，離開他的視線。哼，他們不會走太遠的，他跟蹤他們順水而下，蹲伏前進，一手拿著來福槍，另一手維持平衡。

眼見他已即將成功，不覺開始思考接下來該怎麼做，如何才能更取悅天堂神國：是回日內瓦？還是留在這世界傳福音？如果留在這裡，首先要做的事，就是說服那些四腳生物。他們似乎有點基本的理性，可是他們騎在輪子上，是種變態和邪惡的行為，違反神的旨意。如果能打破這習慣，救贖就會來到。

他來到坡底，那裡的樹木愈來愈茂密，他靜靜放下來福槍。

他注視著銀—綠—金色的陰影，雙手放在耳後傾聽，試著專注在昆蟲嘰吱聲和小溪漉漉聲外的細微聲音。沒錯，就在那裡，他們停下腳步了。

他彎身拿起來福槍……

神父突然發出一種沙啞、無法呼吸的喘氣，有個東西抓住他的精靈，將她拉離他身邊。可是前面什麼也沒有呀！精靈在哪裡？痛苦來勢洶洶，他聽到她在大叫，開始瘋狂地四下搜尋。

「別動，」空氣中傳來一個聲音，「安靜。我抓住你的精靈了。」

「可是……你在哪裡？你是誰？」

「我叫巴瑟莫。」那聲音說。

威爾和萊拉隨著小溪進入樹林，他們小心翼翼前進，兩人都不多話，一直走入林中央。樹叢間有塊小小空地，地上鋪著柔軟草皮和苔蘚斑斕的岩石。樹枝在頭頂上交錯遮天，只有點點金光搖曳穿透，每樣東西都覆上金銀斑點。

樹林裡一片靜謐，只有小溪涓涓聲，偶爾還有高高在上的樹葉於微風中摩挲作響，打破寂靜。

威爾放下食物包，萊拉也放下小背包。四下沒有精靈的蹤跡，天地間只有他們兩人。他們脫下鞋襪，坐在長滿青苔的岩石上，將腳丫子浸在冰涼水中，頓時精神一振。

「我肚子餓了。」威爾說。

「我也是。」萊拉說，雖然她還感覺到別的東西，那是種壓抑、克制、半是快樂、半是痛苦的感覺，她不確定那到底是什麼。

他們打開布包，吃了些麵包和乳酪。不知為何，他們的手動得緩慢笨拙，且食不知味，雖然從熱呼呼烘烤石上製作的麵包粉白香脆，乳酪細薄、新鮮又鹹味十足。

萊拉拿起小小紅色水果，心跳開始加快，她轉向他，說：「威爾……」

她輕輕將水果舉到他脣間。

她可以從他眼中看出，他隨即了解她的意思，竟高興得說不出話來。她的手指還停留在他脣間，不停顫抖，他伸出手握住她的手。兩人都沒看著對方，只是覺得困惑又快樂。

就像兩隻蛾笨拙地相碰，甚至還更輕盈些，兩人的嘴脣接觸了。他們還不了解到底發生什麼事，就緊抓住對方，慌亂地將臉壓向對方。

「就像瑪麗說的……」他低聲說：「喜歡上一個人時，會立刻知道。那次在山上，妳已經入睡，在妳被抓走前，我告訴潘……」

「我聽到了，」她輕聲回答：「當時我醒著，我想告訴你同樣的話，現在我知道我一直都有這種感覺：我愛你，威爾，我愛你……」

「愛」這個字使他的神經開始燃燒，渾身悸動，他也以相同的字眼回答她，一次次親吻她滾燙的臉頰，崇敬地吮飲她的體味，髮上溫暖、蜂蜜似的芳香，以及甜蜜溼潤的嘴脣，上面還有紅色水果的滋味。

四周一片死寂，彷彿整個世界都屏住了呼吸。

巴瑟莫嚇壞了。

他沿著溪流上游前進，遠離樹林，手中握著不斷亂抓、亂刺和亂咬的精靈，盡可能躲開跟在他身後跌跌撞撞而來的神父。

巴瑟莫絕不能讓神父追上他，他知道神父當下就會殺死他。他這階層的天使，即使健康又強壯，仍不是人類的對手，而他既不健康也不強壯，還因巴魯克的死而愁腸百結、被先前拋棄威爾的羞恥籠罩。他甚至沒有力氣飛行。

「停下來，停下來。」戈梅茲神父叫道：「請不要動。我看不到你……讓我們說說話，拜託……別傷害我的精靈，求求你……」

事實上是精靈在傷害巴瑟莫。天使從握住的手背中隱約看見綠色小東西，她強健有力的下顎一次次插入他手掌，如果他鬆開手，她會立刻逃之夭夭。巴瑟莫只能緊緊握拳。

「這邊，」巴瑟莫說：「跟著我，離開樹林。我想和你說話，不過不是這裡。」

「你是誰？我看不到你。靠近些……如果你不靠近些，我怎麼會知道你是誰？別動，別移動得這麼快！」

快速移動是巴瑟莫唯一的防衛。他試著忽視不斷叮咬的精靈，踏在一塊又一塊岩石上，順著小溪流下的小峽谷前進。

天使犯了個錯誤：他回頭看看身後，結果滑了一跤，一隻腳踏入水中。

「哈。」神父看到水花後滿意地輕喊。

巴瑟莫立刻將腳從水中抽回，繼續迅速前進，但每次他將腳踏在乾燥的岩石上，都會留下一個潮溼腳印。神父看到了，一躍而前，感到手掠過些羽毛。

「天使」一詞在他心中回響，他驚愕得倏然停步。巴瑟莫趁機踉蹌前行，神父不由得蹣跚跟在他身後，一種殘酷的劇痛正絞扭他的心臟。

巴瑟莫對身後說：「再走遠一點，我答應你，到了山頂，我們就可以聊聊。」

「在這裡說！停下來，我發誓我不會碰你！」

天使沒有回答，這實在太難專心了。他必須一心三用：想法避開身後的人、看著前方的路，還有凶猛的精靈正折磨他的手掌。

神父的腦筋快速轉動：真正可怕的敵人會立刻殺死他的精靈，當下了結整件事，這個敵手竟恐懼得不敢出手。

心裡一有了譜，神父讓自己摔一跤，發出小小呻吟聲，祈求天使停下來，同時仔細觀察，謹慎前移，估計對方的體型、對方移動多快，以及他注視著哪個方向。

「拜託，」他可憐兮兮地說：「你不知道這有多痛……我不可能傷害你……我們能不能停下來說說話？」

神父不想離開樹林。他們已來到小溪源頭，他可以看見巴瑟莫的腳形輕輕壓在草皮上。神父一路觀察腳印，現在他確定天使駐足的地點。

巴瑟莫轉身，神父看著他認為天使臉龐應該在的地方，這是他第一次看到天使本人：只是空氣中的微光，可是絕對沒錯。

神父並未近得可以一擊中的，事實上，天使不斷拉扯他的精靈，使他深受痛苦，愈來愈虛弱。或許他應該再前進一、兩步……

「坐下，」巴瑟莫說：「坐在原地，別再前進。」

「你要什麼？」戈梅茲神父問，動也不動。

「我要什麼？我要殺了你，可是我沒有力量。」

「可是你是個天使？」

「那又怎樣？」

「你可能搞錯了，我們可能是在同一陣營。」

「不，我們不是。我跟蹤你很久了，我知道你屬於哪一陣營……不，不，別動，留在那裡。」

「現在悔改還不會太遲，即使天使也一樣，你可以向我告解。」

「噢，巴魯克，幫幫我！」巴瑟莫轉身絕望叫道。

他出聲吶喊時，戈梅茲神父也向他一躍而去，肩膀擊中天使的肩，害得天使失去平衡，不得不鬆手以保命，也放走了精靈。甲蟲立刻飛開，神父鬆了一口氣，感到力量立刻增強。事實上，大大出乎他意料，這反而要了他一命：神父用力投向天使虛弱的身影，預料會遭逢前所未見的抵抗，因此沒有試著平衡住自己，結果腳一滑，加速度使他煞不住腳，人也衝向小溪，巴瑟莫一面想著巴魯克會怎麼做，一面在神父伸手尋求支撐時，一腳踢開他的手。

戈梅茲神父狠狠跌了一跤，頭用力撞在岩石上，人昏了過去，臉浸在水中。冰冷立刻震醒了他，他窒息又虛弱地想起身時，苦惱的巴瑟莫不理會仍在刺他眼睛和嘴巴的精靈，用盡微弱的力量將男人的頭壓入水中，拚命壓、拚命壓，直到那顆腦袋不再掙扎為止。

精靈瞬間消失，巴瑟莫才鬆手。男人已死，他確認無誤後，將男人的屍體拉出小溪，小心地放在草地上，並將神父的手交叉放在胸前，合上他的眼皮。

巴瑟莫站起來，感到作嘔、虛弱，渾身疼痛。

「巴魯克，」他說：「噢，巴魯克，親愛的，我再也撐不下去了。威爾和女孩都很安全，事事都會很順利，這會是我的結束，雖然我在你死時也一塊死去了，我摯愛的巴魯克。」

一會兒後，天使也消失了。

瑪麗在菜豆田裡，午後熱氣使人昏昏欲睡，她聽到亞塔的聲音，卻無法判斷那是興奮還是擔心：難道另一棵樹又倒下了？那個持有來福槍的男人出現了嗎？

看！看！亞塔說，用象鼻蹭蹭瑪麗的口袋，瑪麗拿出琥珀望遠鏡，照著好友的話做，將望遠鏡朝向天空。

告訴我怎麼了！亞塔問，我可以感到它不同，卻看不到。

空中那股可怕的「塵」流已停止流動，它並未完全靜止，瑪麗用望遠鏡掃瞄整個天空，看見這裡一股潮流，那裡一股漩渦，遠處還有個渦動，它還是不斷運動，卻不再流失。事實上，它正如雪花般向下飄落呢。

瑪麗想到輪子樹，那些向上開的花朵正在暢飲這些黃金雨吧，她幾乎可以感覺它們用可憐、乾透的喉嚨迎接「塵」，那是接受它最完美的形狀，而它們已飢渴了這麼久。

那些年輕的。亞塔說。

瑪麗轉身，看見威爾和萊拉的身影，她手中仍拿著望遠鏡。他們還在一段距離外，看來相當悠閒，兩人手握著手，頭靠在一起說話，對一切視而不見，即使從這個距離，瑪麗也看得出這點。

她幾乎將琥珀望遠鏡舉到眼前，卻忍住沒看，又將它放回口袋裡。沒必要使用望遠鏡了，她知道自己會看到什麼，他們看起來會像是走動的黃金。一旦承續本能，他們正是人類最真實的影像。

從星星上掉落的「塵」，重新找到歸屬，這些再也不是孩子的孩子，沉浸在愛河中，這正是一切的主因。

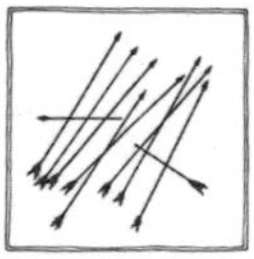

第三十六章 斷箭

命運的確能撬開介入，置身其中。

——安德魯・馬維爾

兩個精靈在安靜的村裡移動，在陰影中進進出出，兩隻貓形身軀穿越月光灑落的集會場，最後在瑪麗小屋敞開的房門外停住。

他們小心翼翼往內張望，只見熟睡的女人，就後退再次穿梭月光中，往樹籬前進。頎長樹枝上，富含香味的螺旋形樹葉幾乎垂落地面。他們緩慢前行，小心避免摩挲樹葉或踩斷掉落的樹枝。兩隻貓溜到樹葉形成的簾幕間，看到他們正在找尋的對象：男孩和女孩，正在對方的臂膀間沉睡。

他們越過草地前移，用鼻子、掌心和鬍鬚輕蹭沉睡者，感受賦予他們生命的體溫，又小心避免吵醒他們。

他們檢視自己的主人，或輕柔地舔淨威爾迅速復原的傷口，或撥開萊拉臉上一縷髮絲。身後突然傳來一聲輕響。

精靈立刻不聲不響地轉身，變形為狼，雙眼瘋狂發亮，露出白牙，身上每根線條都發出恫嚇。

一個女人站在那裡，月光勾勒出她的身形。那不是瑪麗。他們可以清楚聽見她說的話，雖然她並未發出任何聲音。

「跟我來。」她說。

潘拉蒙心中雀躍不已，可是他一言不發，直到遠離樹下的沉睡者後，才出聲歡迎她。

「帕可拉！」他滿心歡喜地說：「妳到哪裡去了？妳知道發生什麼事嗎？」

「安靜，我們飛到一個能談話的地方。」她說，心中想到沉睡的村民。

她的雲松枝擱在瑪麗小屋門旁，她撿起來，兩個精靈分別變成鳥——夜鶯和貓頭鷹——和她一起飛過茅草屋頂、草地、山脈，朝著最近的輪子樹叢前進。輪子樹猶如城堡一樣宏偉，在月光照射下，樹冠看起來有如銀色凝乳。

帕可拉降落在一根最高、最舒服的樹枝上，置身於吸吮「塵」的茂盛花間，兩隻鳥也在附近降落。

「不久後，你們就不再是鳥了，」她說：「你們很快就會定型。好好看看四周，將這些景致存入你們的記憶。」

「我們會變成什麼？」潘拉蒙問。

「你們會比自己想像中更早發現。聽著，」帕可拉說：「我要告訴你們一些除了女巫之外，沒人知道的知識。我能這麼做，是因為你們現在和我在一塊兒，你們的人類卻在下面沉睡。只有哪種人可能做到這點？」

「女巫，」潘拉蒙說：「還有巫醫，所以……」

「萊拉和威爾將你們留在冥界的湖岸時，做了一件自己都不了解的事，那也是女巫首創的事。北地某個區域是個荒蕪可怕的地方，在世界之初，那裡發生巨大災難，沒有任何東西可在那裡存活，也沒有精靈能夠進入。如果想變成女巫，女孩必須單獨穿越那裡，將精靈留在身後。你們知道那得經歷什麼樣的痛苦，但若能做到這點，她的精靈不會像在波伐格那樣遭受損害，他們仍是一體，但精靈可以自由徜徉，到遠方去看奇風異俗，將知識帶回來。

「你們並沒受損，對不對？」

「沒有，」潘拉蒙說：「我們還是一體，可是那好痛苦，我們也好怕……」

「嗯，」帕可拉說：「他們不會像女巫一樣飛翔，也不會長命百歲，可是多虧他們所做的一切，你們和他們都可算是女巫了。」

兩個精靈開始思考這件詭異的事。

「那我們將來會變成鳥，就像女巫的精靈一樣嘍？」潘拉蒙問。

「有些耐心。」

「威爾怎麼可能是女巫？我以為所有女巫都是女生。」

「他們兩人改變了許多事，我們都在學習新的事物，包括女巫在內。不過有件事還是沒變：你們一定要協助你們的人類，而不是阻礙他們。你們要幫助指導他們，鼓勵他們走向智慧，這是精靈存在的意義。」

他們沉默了。帕可拉轉身對夜鶯說：「妳叫什麼名字？」

「我沒有名字。直到我從他的心中被拉扯出來，我才知道自己出生了。」

「那我就叫妳克札娃。」

「克札娃，」潘拉蒙試著念出這個名字，「這是什麼意思？」

「你們很快就會了解它的意義。可是現在，」帕可拉繼續說：「你們要仔細聽著，我要告訴你們該知道的事。」

「不要！」克札娃激烈地說。

帕可拉溫柔地說：「我能從妳的音調聽出，妳曉得我接下來要說什麼。」

「我們不想聽！」潘拉蒙說。

「這太快了！」夜鶯說：「太快發生了。」

帕可拉沉默不語，她贊同他們的話，也覺得十分哀傷。但她是三人中最有智慧的一位，她必須引導他們走向正途，她等他們不再焦慮後才繼續說。

「你們四處晃蕩時，去了哪些地方？」她問。

「我們穿越很多世界，」潘拉蒙說：「我們每找到窗口就穿過去，窗口比我們想像中多得多。」

「你們看到……」

「是的，」克札娃說：「我們仔細觀看，看到發生的一切。」

「我們還看見其他事，」潘拉蒙接口說：「我們看見天使，和他們說話。我們還看到那些小小加里維刺人來的地方，那裡也有大大人，他們要殺死小小人。」

他們告訴女巫他們看見什麼，想使她心有旁騖，女巫心裡明白，可是她讓他們說話，因為他們深愛彼此的聲音。

最後他們終於說完所有故事，陷入沉默。此時，四下僅餘樹葉輕柔無盡的呢喃聲。帕可拉說：

「你們故意躲避威爾和萊拉以處罰他們。我知道你們正在這麼做，我穿越荒涼野地後，我的凱薩也一樣，但最後他還是回來了，因為我們深愛彼此。他們很快就需要你們協助進行接下來該做的事，你們必須說出你們知道的事。」

潘拉蒙放聲大叫，那是純正清冷的貓頭鷹叫聲，一種從未在這世界出現的聲音。在遠處的巢穴或洞穴中，那些小小的夜間生物，不管是在獵食、吃草或尋找腐食，全都湧現一種無法忘懷的全新恐懼。

帕可拉在一旁觀看，滿腹同情。她看看威爾的夜鶯精靈克札娃，想起自己和女巫絲卡荻的對話，絲卡荻只見過威爾一面，就問帕可拉是否曾直視威爾的眼睛，帕可拉說她不敢。這隻棕色小鳥渾身散發難以平息的暴怒，如熱氣般灼人，連帕可拉也為之喪膽。

最後，潘拉蒙瘋狂的叫聲開始消退，克札娃說：

「我們必須告訴他們。」

「沒錯，是的。」女巫柔聲說。

漸漸地，棕色小鳥眼中的殘暴消失了，帕可拉再看看她，一種寂寞的憂傷取而代之。

「有艘船快到了，」帕可拉說：「我離開船飛來這裡找你們。我和吉普賽人一路從我們的世界來此，再過一、兩天，他們就會抵達。」

兩隻鳥緊坐在一起，在這短短的一刻，他們變形為兩隻鴿子。

帕可拉繼續說：「這可能是你們最後一次飛翔，我可以看到一點未來，我看到你們能攀爬到這麼高的地方，可是你們不會定型成鳥。盡可能瀏覽這一切，好好記住這些。我知道你們、萊拉和威爾都必須認真、費力思考，我也知道你們會做出最佳選擇，但這會是你們自己的抉擇，絕不是別人的。」

他們一言不發。帕可拉拿起雲松枝，飄離高聳的樹頂，在高空中盤旋，她的肌膚感到清涼微風、閃爍星子，以及她從未見過、慈悲的、不斷篩落下來的「塵」。

帕可拉又飛回村裡，靜靜回到女人小屋中。她不認識瑪麗，只知道她也來自威爾的世界，在整件事中扮演的角色絕頂重要。帕可拉無法判斷瑪麗是凶暴還是和善，可是她必須喚醒瑪麗，而且不能嚇著她。女巫有個可用的咒語。

帕可拉坐在女人身邊的地上，半閉著眼看她，和她同時呼氣、吸氣。此刻，在帕可拉的半幻覺中，出現瑪麗曾在夢中看見的蒼白形象，帕可拉調整自己的心智和它們共振，就像替弦樂器調音一樣；在帕可拉進一步努力下，終於進入那些形象間。她一進去後，利用瞬間出現的好感——就像我們有時對夢中人產生的好感——開始對瑪麗說話。

一會兒後，她們便以一種快速的呢喃交談，但瑪麗稍後醒來時，什麼也記不得。她們一起走過一幅可笑的風景，那裡有蘆葦床和電子變壓器。這時，帕可拉主導的時機到了。

「再過一會兒，妳會醒來，」她說：「別怕，妳會發現我就在妳身邊。我這樣喚醒妳，妳會覺得很安全，沒什麼東西會傷害妳，那時我們可以好好聊聊。」

帕可拉向後退，帶著做夢的瑪麗一起離開，直到意識又回到小屋中，自己盤腿坐在泥土地上，瑪麗雙眼發亮地看著她。

「妳一定是那個女巫。」瑪麗輕聲說。

「是的。我叫作席拉芬娜．帕可拉，妳叫什麼？」

「瑪麗．瑪隆。我從沒被這麼安靜地喚醒過，我醒著嗎？」

「是的。我們必須聊聊，夢中對話很難控制，也不容易記得，所以最好醒著說話。妳想留在屋內還是和我在月光下散步？」

「散步，」瑪麗說，坐起來伸伸懶腰，「威爾和萊拉在哪裡？」

「在樹下睡覺。」

她們離開小屋，穿過大樹下濃密的葉簾，往河邊走去。

瑪麗看著帕可拉，謹慎和景仰之情交雜：她從沒看過如此纖細優雅的人類，雖然萊拉說她已有幾百歲，但她似乎比瑪麗年輕。唯一的年齡暗示，是她滿布複雜憂傷的表情。

她們坐在河堤上，俯視銀黑色河水，帕可拉告訴瑪麗，她已經和孩子的精靈談過了。

「今天孩子出去尋找他們，」瑪麗說：「可是有件事發生了。威爾從沒好好看過他的精靈，只有在他們逃離戰場時看過，不過那只是一瞬間，他不確定自己有精靈。」

「嗯，他有，妳也有。」

瑪麗注視她。

「如果妳可以看見他，」帕可拉繼續說：「妳會看見一隻黑色的鳥，有紅色的腿、亮黃色鳥喙，略微捲曲。一種山鳥。」

「阿爾卑斯紅嘴山鴉……妳怎麼看到的？」

「我半合眼睛時，就可以看到他。如果我們有時間，我會教妳如何看他和妳世界中其他人的精靈。對我們來說，看不到精靈才是件怪事。」

帕可拉告訴瑪麗，她對精靈說的事及其中意涵。

「精靈必須告訴他們這些？」瑪麗問。

「我本想喚醒孩子告訴他們，也想到請妳擔負這個責任，可是我看見他們的精靈後，知道他們會是最佳人選。」

「他們戀愛了。」

「我知道。」

「他們才剛發現……」

瑪麗試著了解帕可拉剛剛告訴她的事，可是這實在太難以理解。

一會兒後，瑪麗問：「妳能看見『塵』嗎？」

「不行，我從沒看過它。在大戰開打之前，我們從沒聽說過它。」

瑪麗從口袋拿出琥珀望遠鏡，交給女巫。帕可拉將它放在眼前，不覺倒抽一口氣。

「那就是『塵』……真美……」

「轉身看看樹下。」

帕可拉照她的話做，忍不住又叫了一聲，「他們做了這些？」她問。

「今天或昨天半夜發生了一件事，」瑪麗試著解釋，又想起她將「塵」流視為密西西比河般的洪流，「一件渺小但重要的事……如果妳想使巨河變換河道，只要利用一塊小鵝卵石。如果能將鵝卵石放在正確地點，使第一滴水流向別處，就可以做到。昨天發生類似的事，我不知道到底是什麼，孩子開始以不同的眼光看待對方之類的……在這之前，他們對彼此沒有那種感覺，可是他們忽然感受到，結果『塵』被他們強烈吸引，使『塵』不再往另一方向流失。」

「所以這就是事情的經過！」帕可拉驚歎，「現在終於安全了，只要再等天使將地底巨大的裂縫填補好。」

帕可拉告訴瑪麗有關深淵一事，以及她自己如何發現的經過。

「我在高空飛翔，」她解釋，「尋找一處山崩，接著碰到一位天使，女性天使。她非常古怪，看起來又老又年輕，」她繼續說，忘記自己對瑪麗來說也一樣，「她叫作賽芬娜爾，告訴我很多事……她說所有人類的歷史都是在智慧和愚蠢之間掙扎。她和叛變的天使——也就是智慧的追隨者——總想打開人們的心智；但無上權威和他的教會卻總想封閉起來。她告訴我許多我世界中的例子。」

「我也可以在我自己的世界想到很多例子。」

「在大部分時間中，智慧必須祕密進行，散播它的耳語，像間諜般穿行在世界所有卑微角落，而法院和宮殿都充滿它的敵人。」

「是的，」瑪麗說：「我也明白這點。」

「這場抗爭還沒結束，雖然神國軍力遭遇重挫，但他們會在新指揮官下重整軍力，以更強大的陣容捲土重來，我們一定要做好對抗的準備。」

「艾塞列公爵怎麼了？」瑪麗問。

「他和攝政王天使邁塔頓搏鬥，公爵將他扭鬥到深淵中，邁塔頓永遠消失了，艾塞列公爵也是。」

瑪麗屏住呼吸說：「那考爾特夫人呢？」

對於這個問題，女巫顫抖地拿出一支箭。她花了一段時間，挑出一支最好、最直、最具平衡感的箭。

她將它一折兩斷。

「過去在我的世界，」她說：「我看見那女人拷打一個女巫，我發誓一定要將一支箭送入她的喉嚨中，現在我不會那麼做。她犧牲自己，和艾塞列公爵一起和天使決鬥，使萊拉能在安全的世界存活下去。如果只靠一人之力，他們絕對無法做到，可是他們一起辦到了。」

瑪麗苦惱地說：「我們該怎樣告訴萊拉？」

「等她問了再說，」帕可拉說：「她或許不會開口問。不管如何，她有符號解讀器，那會告訴她所有她想知道的事。」

她們友善、沉默地坐了一會兒，星子緩緩在空中運行。

「妳能預測未來，猜測他們接下來會怎麼做嗎？」瑪麗問。

「不行。如果萊拉回到她自己的世界，只要她還活著，我會是她的姊姊。那妳會怎麼做？」

「我……」瑪麗說，才發現自己想也沒想過這問題，「我想我屬於自己的世界，雖然離開這裡會讓我很難過。我在這裡非常快樂，我想，這是我一輩子最快樂的時光。」

「唉，如果妳真的回家了，妳將會在另一個世界中有個姊妹，我也一樣。」帕可拉說：「一、兩天內會有艘船來此，我們將會重逢，到時我們可以在回程中多聊聊，然後我們會永遠分別。妹妹，擁抱我。」

瑪麗擁抱她。帕可拉騎上雲松枝，飛過蘆葦、沼澤、溼地、海岸，橫過大海，直到瑪麗再也看不見她為止。

此時，一隻藍色大蜥蜴找到戈梅茲神父的屍體。當天下午，威爾和萊拉從另一條路回村裡，因此沒看見他的屍體，神父不受干擾地躺在巴瑟莫安置他的地方。蜥蜴是腐食動物，溫和無害，古早以前牠們就和謬爾發達成協定，天黑以後，牠們有權銜走任何死去的生物。

蜥蜴將神父的屍體拖到巢穴中，她的孩子也飽食一頓。至於那把來福槍，就躺在神父放下的地方，沉靜地開始生鏽。

第三十七章 沙丘

我的靈魂不求永恆生命，
但求發現一切可能。
——品達（Pindar）

第二天，威爾和萊拉又單獨出去，兩人話不多，只是想單獨相處。他們看起來茫茫然，彷彿有個快樂的意外將他們的機智奪取一空，他們慢吞吞地晃著，對周遭一切視而不見。

他們花了一整天待在廣闊山丘上，在下午的熱氣中造訪金銀色樹林。他們聊天、游泳、吃東西、親吻，沉浸在快樂的恍惚中，輕聲說些語調和意義都含混不清的話語，融化在彼此的愛中。

傍晚時，他們和瑪麗、亞塔一塊用餐，兩人不怎麼說話。空氣相當悶熱，他們打算散步到海邊，心想那裡可能吹著清涼微風。兩人沿河邊漫步，最後來到開闊海岸，在月光下看來明亮皎潔，潮水正在退卻。

他們躺在沙丘下方柔軟的沙地上，突然聽到一聲鳥鳴。

他們同時轉過頭，那聲鳥叫不像是這世界的聲音。從黑暗上空傳來優雅、婉轉的歌聲，另一隻鳥也從不同的方向回應。威爾和萊拉開心地跳起來，想看看高歌的鳥群，可是只看到一對發著微光的黑色形影，飛低又衝高，還不斷發出嘹亮、婉轉、如鐘聲般的音調，無盡地唱著各種曲調。

最後，有對拍打的翅膀濺起眼前沙粒，第一隻鳥在幾碼外落地。

萊拉說：「潘？」

他是隻鴿子，在月光下看起來是深色的，無法辨別顏色，不論如何，他在白色沙地上清晰現形。另一隻鳥仍在頭上盤旋高歌，最後降落在潘身邊：另一隻鴿子，珍珠白色，還有暗紅色的彎月形羽毛。

威爾終於了解看到精靈的感覺。她飛下沙地時，他的心以一種永難忘懷的方式一抽一緊。六十年後，有個老人對這些感受仍覺歷歷如新：在金銀色樹下，萊拉用手指將水果放在他的唇間，她溫暖的嘴唇壓住他的唇上；他們進入冥界時，他自己的精靈從毫不懷疑的胸間被拉扯而去，以及她在月光照射的沙丘上回到他身邊時，那種無法形容的甜蜜感。

萊拉正要靠近他們時，潘拉蒙開口了。

「萊拉，帕可拉昨晚來看我們，她對我們說了很多話，她已回去帶領吉普賽人來這裡。克朗爺爺也來了，還有法王，他們會來這裡……」

「潘，」萊拉懊惱地說：「噢，潘，你並不快樂……怎麼了？到底怎麼了？」

他轉形變成雪白色的貂朝她奔去。另一個精靈也變形成一隻貓——威爾可以感覺整個過程，恍如心悸。

她來到威爾面前說：「女巫給了我一個名字，過去我不需要名字，現在她叫我克札娃。可是聽著，現在聽我們說……」

「對，你們一定要聽我們說，」潘拉蒙說：「這很難解釋。」

精靈試著轉告女巫對他們說的事，首先提到孩子意外擁有的天性，他們如何在無意間達成，變得擁有女巫可以和精靈分開、卻仍為一體的能力。

「可是這並非全部。」克札娃說。

潘拉蒙說：「噢，萊拉，原諒我們，我們得說出我們發現的事……」

萊拉大惑不解。她怎麼會不原諒潘呢？她看看威爾，看到他臉上困惑的表情和自己如出一轍。

「告訴我們，」他說：「別怕。」

「是『塵』的事，」貓精靈說，威爾看著自己部分天性對他說些自己不懂的事，感到十分訝異。「所有『塵』本來都飄走了，飄入你們看到的深淵裡。有件事阻止它往下飄落，可是……」

「威爾，就是那道金色光芒！」萊拉說：「那道光芒飄進深淵後就消失了……那就是『塵』啊？真的嗎？」

「對。它一直流失，」潘拉蒙繼續說：「這不該發生，阻止它流失非常重要，它應該留在世界上，不該消失，不然所有善意都會消褪死亡。」

「那其他的『塵』從哪裡流失呢？」萊拉問。

兩個精靈先看看威爾，然後望向匕首。

「每次我們打開一個開口，」克札娃說，威爾又感到一陣悸動：她就是我，我就是她……

「每次，任何人打開一個世界間的開口，不管是我們、公會的人還是別人，匕首都會切入外面的虛無，就和下面深淵的虛無一樣。我們從不知道這事，沒有人知道，因為開口邊緣太細緻，看不出來，可是已大得足以讓『塵』流失。如果你立刻關上開口，『塵』就沒機會流失，但至少有成千上百個開口從沒關上，所以『塵』一直從每個世界流入虛無。」

威爾和萊拉逐漸了解話中意義，他們抗拒這些意義，試著推開它，可是它就像灰色天光滲入天空，將星子一一吞滅，穿透他們設立的每道障礙，匍匐過簾幕邊緣和死角。

「每個開口。」萊拉輕聲說。

「每個開口……都得關起來？」威爾問。

「每一個。」潘拉蒙就像萊拉般輕聲回答。

「噢，不要，」萊拉說：「這不是真的……」

「所以我們必須離開我們的世界，留在萊拉的世界，」克札娃說：「或是潘和萊拉得離開他們的世界，來到我們的世界。我們別無選擇。」

荒涼的天光籠罩下來。

萊拉開始放聲大哭。昨晚貓頭鷹潘拉蒙的長鳴曾嚇壞所有聽到叫聲的小動物，可是和萊拉現在激動的長嚎比起來，根本不算什麼。兩個精靈都嚇了一跳，威爾看到他們的反應後，立刻了解原因：他們不知道其餘的真相，他們不知道威爾和萊拉學到的事。

萊拉因憤怒和憂傷而顫抖，她握緊拳頭，來回踱步，淚流滿面，四下張望，彷彿在找尋答案。威爾跳起來抓住她的肩膀，感到她全身緊張地發抖。

「聽著，」他說：「萊拉，聽著，我父親說了什麼？」

「噢，」她開始大叫，頭也開始左右甩動，「他說……你知道他說些什麼……你人也在那裡，威爾，你也聽到了！」

他以為萊拉會在當下憂鬱而死。她投入他懷中，開始啜泣，激動地緊抓住他的肩膀，將指甲壓入他背上，把臉埋入他頸間，他唯一聽到的就是：「不要……不要……不要……」

「聽著，」他又開口了，「萊拉，我們試著好好想清楚，可能會想出一個辦法，可能會有挽回的餘地。」

他溫柔地鬆開她的手臂，讓她坐下。潘拉蒙擔心地飛向她的大腿，貓精靈也小心翼翼向威爾接近，他們到現在為止都還沒碰觸過對方。威爾將一隻手放在她身上，她將貓身靠在他的手指間，然後優雅地踏入他的腿間。

「他……」萊拉吞了吞口水說：「他說，人們能暫時留在別的世界，那不會造成什麼影響。他們可以做到，那我們也可以，對不對？雖然我們曾進入冥界，我們還是很健康，對不對？」

「他們只短暫停留，並不很久，」威爾說：「我父親離開他的世界……也就是我的世界……有十年之久，等我找到他時，他幾乎快死了。十年，就這麼長。」

「那波萊爾公爵？查爾斯爵士呢？他看起來挺健康，不是嗎？」

「沒錯，可是妳要記得，他可以隨時回到自己的世界，恢復健康。畢竟妳是在自己的世界先看到他的，他一定找到別人不知道的祕密窗口。」

「嗯，我們可以這麼做！」

「我們是可以，只是……」

「所有窗口都該關上，」潘拉蒙說：「全部。」

「你怎麼知道？」萊拉詰問他。

「一個天使告訴我們。」克札娃說：「我們遇見一個天使，她告訴我們這些事和別的。這是真的，萊拉。」

「她？」萊拉激動又懷疑地說。

「那是個女性天使。」克札娃說。

「我從沒聽說過，或許她在撒謊？」

威爾開始思考另一個可能。「如果他們關上世界其他窗口，」他說：「那我們只在需要時才打開一個，盡快穿越後馬上關起來……那會很安全，對吧？如果我們讓『塵』沒時間流失呢？」

「對呀！」

「我們可以在一個沒人發現的地方打開窗口，」他繼續說：「只有我們兩人知道……」

「噢，那行得通！我想這一定行得通！」她說。

「我們可以從一個世界到另一個世界，還會保持健康……」

精靈卻相當苦惱，克札娃低聲呢喃：「不行，不行。」

潘拉蒙說：「幽靈……她也告訴我們幽靈的事。」

「幽靈？」威爾說：「我們在作戰時首次看到它們，它們怎樣了？」

「唉，我們知道它們從哪裡來，」克札娃說：「這也是最糟糕的事：它們就像是深淵的子嗣，每次我們用匕首打開一個開口，匕首就會製造出一個幽靈，就像深淵的一小部分飄浮出來，進入世界。所以喜咯則會充滿幽靈，因為所有開口都開在那裡。」

「幽靈靠著吃『塵』長大，」潘拉蒙說：「還有精靈，因為『塵』和精靈有點相像，總之是大人的精靈。『幽靈』也會變得愈大愈強壯……」

威爾心中有種模糊的恐懼，克札娃也感受到，就緊壓在他胸口以安慰他。

「所以，每次我使用匕首時，」他說：「每一次，我就使一個幽靈誕生？」

他記起歐瑞克在洞穴中鎔鑄匕首時說的話：「你不知道的是，這把匕首自己會做出什麼。你的意圖或許是好的，可是這把匕首也有它自己的意圖。」

萊拉正看著他，瞪大雙眼，悲痛不已。

「噢，我們不能這麼做，威爾！」她說：「我們不能對別人這麼做……別讓其他幽靈誕生，我們知道它們會幹些什麼好事！」

「好吧，」他站起來，將他的精靈緊抱在胸前，「那我們必須……其中一人必須……我會到妳的世界，然後……」

萊拉知道他要說什麼，她看著他抱著自己甚至還不了解、美麗健康的精靈，然後，她想到他母親，她知道他也想著她。為了和萊拉一起生活幾年而放棄他母親──他真能如此做嗎？他或許可以和萊拉一起生活，可是他將無法面對自己。

「不行。」她大叫，在他身邊跳起來，男孩和女孩絕望地相擁，克札娃跳向沙上的潘拉蒙。萊拉說：「威爾，我去！我們到你的世界，定居在那裡！如果我們生病也沒關係，我和潘……我們很強壯，我猜我們能維持很長一段時間……你世界裡或許會有很棒的醫生……瑪隆博士會知道的！噢，我們就這麼做！」

他搖搖頭，她看見他的臉頰上流下晶亮淚珠。

「萊拉，妳認為我可以忍受這點嗎？」他說：「妳認為我會快樂地活著，然後看著妳生病、衰弱、死去，我自己卻愈來愈強壯，漸漸長大？十年……那算不了什麼，一下子就過去了。那時，我們會是二十幾歲，離現在並不久。萊拉，想想看，到時候妳和我都長大了，正準備做些我們想做的事，然後就結束了。妳以為在妳死後，我可以忍受並繼續活下去嗎？噢，萊拉，我曾想也不想地跟隨妳到冥界，就像妳跟隨羅傑一樣；可是那將會浪費兩條生命，我和妳。不行，我們應該一輩子在一起，精采、忙碌又漫長地度過一生。如果我們不能一起生活，那我們……我們就必須分開過日子。」

萊拉咬咬嘴唇，看著威爾心神渙散、愁苦不已地來回踱步。

他停下來轉過身，繼續說：「妳記得我父親說的另一件事嗎？他說，我們必須在自己的世界建立天堂共和國，他說，對我們而言，那不會出現在別的地方，那是他的意思，現在我懂了。噢，這真是太苦了，我以為他指的是艾塞列公爵和他的新世界，可是他指的是我們，妳和我，我們必須活在自己的世界……」

「我要問問探測儀，」萊拉說：「它會知道，我先前怎麼沒想到！」

她坐下來，用一隻手掌心抹抹臉頰，另一手伸入背包，她總是隨身攜帶它；威爾稍後回想起她時，總會想到她和肩上的小背包。她敏捷地把頭髮塞到耳後，拿出黑色天鵝絨小包。

「妳看得到嗎？」他問，雖然月光清亮，可是探測儀表面的圖案很微小。

「我知道它們在哪裡，」她說：「我全都熟記在心，現在安靜……」

她盤腿而坐，裙子覆蓋在腿上，形成裙兜。威爾側躺下來，用一隻手肘撐住頭看著她，清朗的月光自白沙上反射，照亮她的臉龐，形成一種光暈，似乎從她身體內部散發出來，她雙眼燦爛，表情嚴肅專注，就算此時他身上的每一絲纖維還沒被愛情包圍，他還是會再度愛上她。

萊拉深深吸了一口氣，開始轉動轉輪。過一會兒，她停下來，重新轉動。

「位置不對。」她短促地說，從頭開始。

威爾清楚看著他深愛的臉龐，他熟悉這張臉，因此可以看出她臉上快樂、絕望、希望和憂傷並呈。他看得出來有件事不對勁，她過去那種輕鬆、快速陷入專注中的訊息消失了，一種不快樂的困惑感反而逐漸籠罩她：她咬咬下唇，眨了好幾次眼，目光緩慢地從一個圖案移動到另一個圖案上，幾乎漫無目的，而不是快速、確定地移動。

「我不知道，」她搖搖頭，「我不曉得發生什麼事……我對它熟記在心，可是我似乎不知道它的意義……」

她深深顫抖地吸口氣，將儀器又轉了轉，它在她手中看起來奇怪又笨拙。老鼠潘拉蒙匍匐到她大腿間，將小小黑色鼠掌放在水晶上，看著一個又一個圖案。萊拉轉動一個轉輪，接著另一個，最後讓指針旋轉整個盤面，抬頭看看威爾，備受打擊。

「噢，威爾，」她叫道：「我做不到！它離開我了！」

「安靜，」他說：「別心慌，所有的知識還在妳心中，只要鎮靜地找到它，別強迫它，只要像飄浮一樣地碰觸它……」

萊拉吞了吞口水，點點頭，生氣地用手腕擦擦眼，又深深吸了幾口氣。他看見她還是太緊張，就把手放在她肩上，感到她在發抖，便緊緊抱住她。她挺直身子，又試了一次。她注視著圖案，開始轉動轉輪。過去她輕易自信地攀爬上意義的無形階梯，現在那道階梯卻已消失。她就是不知道這些圖案的意思。

她轉身拉住威爾，絕望地說：

「沒有……我看得出來……它永遠消失了……它只在我需要時才會來，因為我必須做那些事……為了拯救羅傑，至於我們兩個……現在已經結束，每件事都已經結束，它就離開我了……我一直很擔心這點，因為它變得愈來愈難……我以為自己無法看清楚，或許是我的手指太僵硬之類的，可是根本不是這樣，那股能力已經離開我，它就這樣消失了……噢，它消失了。威爾！我失去它了！它永遠不會回來了！」

她因為這樣被遺棄而澈底絕望。他只能抱住她，不知該如何發言安慰，顯然她說的一點都沒錯。

精靈忽然豎起毛來，抬頭往上看。威爾和萊拉也感覺到，隨著他們的目光往空中張望，一道光芒正朝他們接近：有翅膀的光芒。

「那是我們遇見的天使。」潘拉蒙猜測。

他猜得一點都沒錯。男孩、女孩和精靈看著她逐漸接近，賽芬娜爾羽翼大開，滑翔降落到沙上。即使威爾和巴瑟莫相處許久，對這次奇異的遭遇卻一點心理準備也沒有。天使朝他們走來時，他和萊拉緊握著手，另一個世界的光芒照耀著天使。她裸體，可是這不意味著什麼：天使會穿什麼樣的衣服呢？萊拉心想。無法判斷她年老還是年輕，她的表情嚴肅、滿是同情，威爾和萊拉覺得她看透了他們的內心。

「威爾，」她說：「我來請你幫忙。」

「請我幫忙？我怎麼幫妳？」

「我希望你教我如何關上匕首打開的開口。」

威爾吞了吞口水。「我會教妳，」他說：「為了報答，妳能幫我們嗎？」

「不是你們想要的那樣，我看得出你們討論過什麼，你們的憂傷在空中留下痕跡。我不是在安慰你，不過相信我，每個生物在知道你們的困境後，都希望情況逆轉；可是命運強大到只能讓人束手投降，我無法幫你們改變現狀。」

「為什……」萊拉說，發現自己的聲音虛弱又發抖，「為什麼我再也不能讀探測儀？為什麼我再也做不到？那是我唯一在行的事，卻再也不存在……彷彿從未出現過地消失了……」

「妳是受到恩典才能讀它，」賽芬娜爾看著她說：「妳可以靠著研讀重新獲得。」

「那會花多久？」

「一輩子。」

「那麼久……」

「經過一輩子思考和努力後，妳會讀得更好，因為那是來自有意識的理解，比起恩典自由來去更深刻圓滿，更重要的是，一旦妳得到後，它一輩子都不會離開妳。」

「妳的意思是整整一輩子，對吧？」萊拉輕聲說：「一整輩子？而不是……不是……只有幾年……」

「沒錯。」天使說。

「所有窗口都必須關上？」威爾說：「每一個？」

「你們要了解這點，」賽芬娜爾說：「『塵』不是恆定的東西，也不會一直維持定量。有意識的生物製造『塵』……他們思考、感覺、自省、獲得智慧、傳遞智慧進而不斷彌補它。

「如果你幫助自己世界的人做到這點，幫他們學習了解自己、別人以及每種事物的本質，讓他們知道要仁慈而不殘忍、有耐心而不躁動、開心而不乖戾，此外，讓他們心胸開闊、自由、好奇……那他們將會彌補從一個開口流失的『塵』，因此至少有一個窗口可以留著不關。」

威爾興奮地發抖，腦中只想到一點：一個在他和萊拉世界之間的新窗口。這將會是他們的祕密，他們可以隨時穿越它，在彼此的世界生活一陣子，不必一直待在對方的世界，那他們的精靈還是可以健健康康。他們可以一起長大，或許，以後他們會有小孩，小孩將會是兩個世界間的祕密公民，他們可以做各種好……

萊拉搖搖頭。

「不行，」她以一種沉靜的悲慟說：「我們不行，威爾……」

他突然了解她的想法，以同樣苦惱的聲音說：「不，死人……」

「我們得替他們留下一個開口！一定要！」

「是的，不然……」

「我們一定要替他們製造出足夠的『塵』，威爾，為了要留下那個開口……」

她開始發抖，他將她緊擁在一側，她突然覺得自己變得很小很小。

「如果我們這麼做，」他顫抖地說：「如果我們好好過活，還不時想到他們，那就會有些事可以說給人首鳥妖聽。萊拉，我們得告訴別人這點。」

「是的，真實的故事。」她說：「人首鳥妖只聽真實的故事作為交換，沒錯。如果人們過了一生，結束時卻無話可說，那就永遠都不能離開冥界。威爾，我們必須告訴他們這點。」

「即使是單獨一人……」

「是的，」她說：「單獨一人。」

一說出「單獨一人」，威爾感到內心深處湧出憤怒和絕望，彷彿他的心是一座海洋，深處捲起大海嘯。他一輩子都是孤身一人，現在仍然必須單獨度日，這個來到他身邊、無窮珍貴的祝福，就要被剝奪。他感到海浪不斷升高，遮蔽天空，浪峰開始顫抖，最後跌落下來，他感到傾整座海洋的巨大撞擊力，打在一道無情的鋼鑄海岸上。他倒抽一口氣，開始發抖，大聲痛哭，感受生平未有的憤怒和痛苦，在他懷中的萊拉也同樣無助。但洶湧的海浪開始退去時，荒涼的岩石仍聳立著。命運無可爭辯，不管是他自己或是萊拉的絕望，也無法將它挪動分毫。

他的狂怒持續了多久，自己也不知道，但它終究逐漸消退，經過這場大海嘯後，海洋也變得平靜些。海浪仍然騷動不安，或許永遠也不會真正平靜，可是巨大的力量已經消失。

他們轉身面對天使，知道她了解一切，也為他們感到遺憾。可是她看得比他們更遠，她的表情有種平靜的希望。

威爾困難地吞吞口水，說：「好吧，我會教妳如何關上窗口，可是我必須先打開一個，這會製造出另一個幽靈。我從來不知道他們的事，不然我就會更謹慎些。」

「我們會解決幽靈。」賽芬娜爾說。

威爾拿出匕首，面對大海。讓他大吃一驚的是，他的手很穩定。他打開進入自己世界的窗口，看過去，是座龐大的工廠或化工廠，複雜的管道穿梭在建築物和儲存槽間，每個角落都有耀眼的燈光，一小縷煙霧飄升到空中。

「想到天使不知道該怎麼做，有點奇怪。」威爾說。

「那把匕首是人類的產物。」

「妳打算關上所有窗口，只留下一個開口。」威爾說：「只留下那個冥界的開口。」

「是的，那是個允諾，不過也有條件，你知道條件為何。」

「是的，我們知道。有很多開口必須關上嗎？」

「成千個。炸彈炸開了一個恐怖的深淵、艾塞列公爵從自己的世界中打開一個巨大的開口，這兩個都必須關上，也會被關上。可是還有很多小開口，有些深埋地底，有些高懸空中，那是從另一個世界打開的。」

「巴魯克和巴瑟莫告訴我，他們利用這些開口在世界間旅行，天使以後再不能這麼做了嗎？你們會像我們一樣，局限在一個世界中嗎？」

「不會，我們有其他旅行方式。」

「你們使用的方法，」萊拉問：「我們有沒有辦法學到？」

「有的，你們能學習做到這點，就像威爾的父親一樣，那是使用一種你們稱為想像力的本領，可是那並不意味著虛構事情，而是一種看見事物的方法。」

「那就不是真的旅行嘍，」萊拉說：「只是在假裝……」

「不，」賽芬娜爾說：「絕不是假裝。假裝比較容易，這比較難，卻更真實些。」

「那就像是真理探測儀？」威爾說：「要花一輩子去學習？」

「是的，必須花很長時間練習，你們必須努力，難道你們認為這像收到禮物一樣，彈彈手指就能擁有嗎？有價值的東西要靠努力去獲取，不過，你們有個朋友已經做到第一步，她可以幫你們。」

威爾不知道她指的是誰，此刻他也沒心情詢問。

「我知道了，」他說，歎了口氣，「我們會再看見妳嗎？等我們回到自己的世界後，我們還會再和天使說話嗎？」

「我不知道，」賽芬娜爾說：「可是你們不該花時間等待。」

「我得折斷匕首。」威爾說。

「是的。」

他們說話時，打開的窗口就在一旁。工廠中燈火通明，運作如常，機器運轉，化學物品混合攪拌，人們製造產品，賺取家用。這是威爾歸屬的世界。

「嗯，我會教妳怎麼做。」他說。

他教天使如何感覺窗口邊緣，就像吉可莫．帕迪西曾教他的一樣，用手指尖端感覺到後捏起來，一點一點，窗口關上了，工廠也消失了。

「那些不是由奧祕匕首打開的開口，也必須全關上嗎？」威爾問：「『塵』應該只能從匕首打開的開口流失，其他開口已經存在幾千年，而『塵』也還在呀。」

天使說：「我們會將它們全都關上，如果你認為還有一些開口沒關上，你會花一輩子去找尋，那會浪費生命。在你的世界中，你有比這個更重要、更有價值的事要做，不需在別的世界旅行了。」

「那我會做些什麼？」威爾問，但立刻又說：「不，還是別告訴我。我應該決定自己要做的事，如果妳說我應該作戰、治療、探險或做任何事，我會老掛在心上。如果我最後真做了妳說的事，我會很怨恨，覺得毫無選擇，但如果我沒去做，我會覺得愧疚，因為我應該那麼做。不管我要做什麼，我會自己選擇，而不是由別人選擇。」

「你已邁向智慧的第一步了。」賽芬娜爾說。

「海上有燈光。」萊拉說。

「那是妳朋友來接妳回去的船，他們會在明天到達。」

「明天」就像個重擊。萊拉從沒想到她會不情願見到克朗爺爺、約翰．法和帕可拉。

「我要離開了，」天使說：「我已學到我想知道的東西。」

她用冰涼的雙臂在自己的光中擁抱兩個孩子。她親吻他們的前額，接著俯身吻兩個精靈，他們變成兩隻鳥，在她伸展羽翼快速升空時隨之高飛。幾秒鐘後，她已不見蹤影。

她離開後不久，萊拉忽然輕輕倒抽一口氣。

「怎麼了？」威爾問。

「我忘了問她有關我父母的事……現在我又不能詢問探測儀……不知道我到底有沒有機會知道？」

她緩緩坐下來，他也坐在她身邊。

「噢，威爾，」她說：「我們該怎麼做？我們到底能做些什麼？我想和你過一輩子。我想要親親你，每天都躺在你身邊，和你一起醒來，日復一日，年復一年，直到我死去。我不要就只有回憶……」

「不，」他說：「只有回憶是可悲的。我要的是妳的頭髮、嘴脣、手臂、眼睛和雙手，我從不知道自己可以愛得這麼深。噢，萊拉，我希望今晚永遠不會結束！如果我們能這樣待在這裡，世界停止轉動，每個人都睡著了……」

「除了我們之外的每個人！你我可以永遠住在這裡，永遠相愛。」

「我會永遠愛妳，不管發生什麼事，直到我死為止，在我死後，我會離開冥界，我全身的原子會永遠飄浮，直到我再找到妳……」

「我也會找尋你，威爾，每分每秒。我們終於找到對方後，會緊抓住對方，沒有東西、任何人可以分開我們。我和你的每個原子……我們會生活在小鳥、花朵、蜻蜓、松樹、雲朵和這些在陽光下浮動的光芒中……他們用我們的原子創造新生命時，無法只用一個原子，必須用兩個，一個是你，一個是我，我們會緊緊結合……」

他們並排躺著，手牽手，眺望天空。

「你記得嗎？」她輕聲說：「你第一次來到喜咯則的咖啡館，那時你從未看過精靈？」

「我不知道潘到底是什麼，可是我一看見妳，就喜歡上妳了，因為妳很勇敢。」

「不對，是我先喜歡你的。」

「妳才沒有！妳和我打架！」

「噢，」她說：「沒錯，可是你攻擊我。」

「我才沒有呢！是妳突然衝出來攻擊我。」

「好吧，可是我停手了。」

「沒錯，可是。」他溫柔地嘲笑她。

他感到她在顫抖，他的手感到她纖細的背脊隆起又放鬆，聽到她輕聲啜泣。他搓搓她溫暖的頭髮、柔軟的肩膀，一次次吻她的臉頰，她只是深深地發抖、歎口氣，一言不發。

精靈飛回來又變了一次形，踏在細沙上朝他們前進。萊拉坐起來迎接他們，威爾訝異地發現，不管他們的形狀是什麼，他都能立刻分辨兩者。現在，潘拉蒙是隻不知名的動物，像是大型有力的貂，有金紅色毛皮，柔軟、玲瓏、優雅。克札娃又變回貓，但不是普通大小的貓，她的毛皮濃厚又有光澤，上面有上千種不同的閃光與墨黑陰灰的陰影，有正午天空下深邃湖泊的湛藍色，月光下霧氣瀰漫的淡紫色……想要了解「難以捉摸」的意思，只要看看她的毛皮就知道了。

「貂鼠，」他終於想起潘拉蒙的名稱，「松貂鼠。」

「潘，」當他奔到萊拉腿上時，她說：「你不會再常常改變了，對吧？」

「對。」他說。

「真奇怪，」她說：「記得我們還小的時候，我希望你永遠不要停止改變……唉，現在我不介意了。如果你維持這樣也沒關係。」

威爾將手放在萊拉手上，一種新穎感受突然出現，他覺得堅定又平靜。他將手從萊拉手腕上移開，開始搓揉她精靈金紅色的毛皮，他知道自己在做什麼，也知道那意味著什麼。

萊拉倒抽一口氣。她的意外混合著一種喜悅，就像她將水果放在他唇間時感受的強烈狂喜，她無法抗議，因為她無法呼吸。她的心跳加快，也以相同的方式回應：將手放在威爾的精靈光滑、溫暖的身上，她的手指在她毛皮間拉緊時，她知道威爾和她的感覺一樣。

這時，她知道他們的精靈再也無法改變了，在感受到愛人的手之後，這將會是他們一輩子的模樣，他們也不要別的模樣。

兩人開始思考，在他們之前的戀人是否也有這個幸福的發現，他們並肩躺著，地球在身下緩緩轉動，月亮和星辰在上方閃爍。

第三十八章
植物園

第二天下午，吉普賽人終於抵達。當然，這裡的海岸沒有港口，他們必須在近海處下錨。在帕可拉引導下，約翰．法、克朗爺爺和船長搭上小汽艇靠岸。

瑪麗已告訴謬爾發她所知道的一切，吉普賽人來到寬闊海岸時，好奇群眾已聚集等著歡迎。當然，雙方人馬都對彼此十分好奇，可是約翰．法在長長一生中，已學會無數禮節和耐心，他決定西吉普賽人之王應對這奇異種族致上禮儀和友誼。

約翰．法久站在熾熱陽光下，聆聽年長的札伊夫沙塔馬斯發表歡迎演說，瑪麗則竭盡全力翻譯。約翰．法也依禮回應，致上他家鄉沼澤區的最高敬意。

他們從沼地往村子移動時，謬爾發了解克朗爺爺行動困難，立刻建議載他，克朗爺爺滿心感激地接受。他們來到村子的集會場，威爾和萊拉在那裡歡迎他們。

萊拉好久沒看到這些親愛的長輩了！他們最後一次說話時，是在極地大雪中營救被吞人獸抓走的小孩。萊拉幾乎有些害羞，她遲疑地伸出手，可是約翰．法一把緊緊抱住她，親吻她的雙頰，克朗爺爺也一樣，將她緊擁入懷中，還仔細端詳她。

「她長大了，約翰。」他說：「記得我們帶到北地的那個小女孩嗎？現在看看她，唉！我親愛的萊拉，就算我有天使的巧舌，也無法告訴妳，我有多高興再看到妳。」

她看起來很痛苦，身心俱疲，克朗爺爺心想。他和約翰．法並未漏看她和威爾緊靠在一起的模樣，那個有著筆直黑眉的男孩，是怎麼每分每秒留意她的位置，確定他並未遠離她。

老人也尊敬地向威爾致意，帕可拉已告訴他們威爾的所作所為。威爾非常敬佩約翰．法，他力量強大卻有禮自制，威爾希望自己年老時，也能展現如此風範。約翰．法就像穩固的庇護所。

「瑪隆博士，」約翰．法說：「我們需要淨水，及任何妳朋友可以販售的食物。此外，我的人在船上已待了很久，還遭逢惡戰，如果他們能夠上岸，呼吸這塊土地的空氣，回去告訴家人這趟旅行關於這世界的見聞，將是無比恩賜。」

「約翰．法，」瑪麗說：「謬爾發請我轉告，他們會提供任何你們需要的東西，要是你們能出席今晚的餐會，他們會感到無上光榮。」

「榮幸之至。」約翰．法說。

當晚，三個世界的人一起坐下，分享麵包、肉食、水果和酒。吉普賽人將自己世界各地的禮物致贈主人：珍尼維酒陶壺、海象牙雕刻、土克斯坦掛氈、芮典銀杯、高離的琺瑯盤。

謬爾發滿心歡喜地接受禮物，也以自己的手工藝品回贈：極端罕見的古節瘤木器皿、精緻的繩索、漆碗，以及結實又輕巧的魚網，連沼澤區的吉普賽人都從未見過。

全體飽餐一頓，船長向主人致謝後離席，監督船員將所需儲存品和清水搬到船上，他們打算第二天一早啟程。他們正在裝運時，老札伊夫對客人說：

「一項重大改變降臨了，這個象徵也顯示我們被賦予一項重任，我很樂意告訴你們這意味著什麼。」

約翰・法、克朗爺爺、瑪麗、帕可拉跟隨謬爾發來到冥界開口，那裡的鬼魂仍無窮無盡成列出現。謬爾發栽種一叢樹環繞它，他們說這是個神聖之地，他們會永遠維護它，因為那是喜悅泉源。

「嗯，這是個謎。」克朗爺爺說：「我很高興自己活得夠長，能看到這些。進入死亡的黑暗是我們都害怕的事，不管怎樣，我們懼怕它。但要是我們身體的某部分下去後又可以上來，我會覺得如釋重負。」

「沒錯，克朗。」約翰・法說：「我見過很多好人死亡，在戰役的激怒中，我自己也曾使一些人進入黑暗。但知道在黑暗的魔咒後，我們可以來到這塊甜蜜大地，如小鳥般自由，啊，那是每個人所能要求最重大的允諾了。」

「我們一定要和萊拉談談這現象，」克朗爺爺說：「學習它是如何出現，以及意味著什麼。」

瑪麗發現要向亞塔和其他謬爾發道別格外困難。上船前，他們贈送她一份禮物：透明小漆瓶內裝輪子樹油，更珍貴的是一小袋種子。

它們可能無法在妳的世界發芽，亞塔說，如果不行，妳還有油。瑪麗，別忘記我們。

絕不會，瑪麗說，絕不會。即使我能像女巫一樣長命百歲，最後遺忘一切，也絕不會忘記妳和妳同胞的友誼，亞塔。

他們啟程上路。風平浪靜，雖然他們數次看到巨大雪白翅膀的閃光，可是鳥群相當警覺，保持一段距離。每分每秒，威爾和萊拉都待在一起，這兩個禮拜的旅程，彷彿一眨眼就結束……

賽芬娜爾告訴帕可拉，一切開口都關上後，所有世界間的關係也會恢復正常，萊拉的牛津和威爾的牛津會再度交疊，就像兩張透明薄膜上的影像，相互靠近、靠近，直到兩者疊合為止，雖然它們永遠不會真正接觸。

此時，兩個世界間隔遙遠——有如萊拉從牛津旅行到喜喀則的距離。威爾的牛津就在那裡，只有一刀之隔。一行人在傍晚抵達喜喀則，大錨濺起水花沉入海中，餘暉暖暖照在綠色山丘、陽臺屋頂、優雅細碎的海岸及威爾和萊拉的小咖啡館。船長用望遠鏡搜尋遠方，沒有任何生命跡象。為防萬一，約翰．法還是帶了六名武裝手下上岸，他們並不礙事，但必要時人就在附近。

他們一起用過最後一道晚餐，看著黑夜降臨。威爾向船長、船員、約翰．法和克朗爺爺道別，可是他似乎對他們的存在視而不見，他們倒是清楚地觀察他：一位強壯卻愁苦不堪的年輕人。

最後，威爾、萊拉和他們的精靈、瑪麗、帕可拉，出發穿越空曠城市。城內空無一人，唯一的腳步聲和影子是他們自己的。萊拉和威爾帶頭，手牽著手，前往他們必須分離的地點，女人走在稍遠後方，如姊妹般聊天。

「萊拉想要到牛津參與我的實驗，」瑪麗說。「她有一些想法，之後會直接過來。」

「瑪麗，接下來妳要怎麼做？」

「我……當然是和威爾一起離開。今晚我們會回到我的公寓，我家，明天我們會去找他母親，看是否能幫她復原。帕可拉，我的世界有許多法律和規則，必須讓當局滿意，回答上千個問題。我會幫他解決有關法律、社會服務、住屋等事，讓他專心照料母親。他是個堅強的男孩……我會幫他。此外，我也需要他，我工作沒了，銀行裡也沒多少錢，如果警察正在通緝我，我也不意外……他將是整個世界中唯一能和我討論這些的人。」

她們穿越寂靜街道，穿過一座方塔樓，塔樓大門敞開，內部一片黑暗。他們走過一間小咖啡館，店裡的桌子擺在人行道上。最後來到一條寬廣大道上，正中間有一排棕櫚樹。

「那就是我穿過來的地方。」瑪麗說。

那也是威爾第一次在牛津安靜的郊區路上看到的窗口。在牛津那一邊，有警察看守——至少在瑪麗要計穿越時還在。她看到威爾來到窗口前，雙手靈巧地在空中移動，最後，窗口消失了。

「下次他們看到時，會嚇一大跳。」瑪麗說。

萊拉希望能在和帕可拉離開前，先到瑪麗的牛津去，顯然他們必須謹慎選擇打開窗口的位置。女人跟隨他們穿過喜喀則月光清亮的街道，在他們右方是塊寬廣、優美的公園，一直連接到一棟有著古典門廊的建築，明亮得像月光下的糖衣。

「妳告訴我精靈的模樣時，」瑪麗說：「妳說可以教我如何看到他，如果我們有時間……希望我們還有時間。」

「噢，我們時間充裕。」帕可拉說：「我們不是一直在聊天嗎？我會教妳一些女巫的知識，在我的世界中，在古老的教條下，這是受到禁止的。不過，妳要回妳的世界，老教條已改變，我也從妳身上學到一些東西。好，妳在電腦上和『影子』說話時，進入一種特殊的心境，對不對？」

「對……就像萊拉使用探測儀一樣。妳是要我那樣試試看？」

「不僅如此，還得同時像平常一樣看著事物。現在試試看。」

瑪麗的世界中有種圖案，乍看之下像是一群雜亂色點，但若以特殊方式觀看，則似乎前進到三度空間中：紙前方會呈現一棵樹、一張臉或某種出奇具體的東西，可是先前根本不在那裡。

帕可拉教瑪麗的東西與此類似。她必須正常地看著東西，同時滑入一種類似恍惚的開闊夢境中，這使她先前得以看見「影子」的存在。現在，她必須同時做到這兩點——正常又恍惚——就像同時看著兩個方向，以便能在點圖中看到三度空間圖形。

就像在點圖中發生的，她突然看到了。

「哈！」她叫道，伸手抓住帕可拉的手臂以鎮定自己。圍繞公園的鐵籬上棲息著一隻小鳥：一隻阿爾卑斯紅嘴山鴉，光亮的黑色身軀、紅色的腳、彎曲的黃色鳥喙，正如帕可拉先前所描述。牠——他——就在一、兩呎遠處，微彎著頭看她，彷彿興味盎然。

瑪麗太意外了，她的注意力一鬆散，他隨即消失。

「這次既然成功，下次就會更容易些，」帕可拉說：「妳在自己的世界中，也能用相同方式學習看到別人的精靈。他們無法看見妳或威爾的，除非妳像我這樣教他們。」

「對……噢，這真是很特殊，沒錯！」

瑪麗想：萊拉對她的精靈說話，不是嗎？她既然可以看見她的山鴉，那也能聽見他說話嗎？她繼續前進，滿心期待而全身發熱。

在她們前方，威爾正在切割一個窗口，他和萊拉等她們穿過後再關上。

「妳知道我們在哪裡嗎？」威爾問。

瑪麗四下張望。這是他們的世界，安靜的三線道上，充滿樹叢的花園中，聳立著宏偉的維多利亞式建築。

「牛津北部，」瑪麗說：「事實上，離我的公寓不遠，但我不知道這到底是什麼路。」

「我要到植物園去。」萊拉說。

「好吧，那大概是十五分鐘的路程。往這邊……」

瑪麗又試著用雙重觀看技巧。這次簡單多了，紅嘴山鴉就在那裡，在她自己的世界中，棲息在人行道上低懸的樹枝上，為了想知道接下來會如何，她伸出手，他毫不懷疑地跳到她手上，她可以感到他小小的體重，鳥爪緊勾在她手指頭上。瑪麗溫柔地將他移到肩上，他彷彿自己一輩子都在那裡似的，安頓下來。

沒錯呀，他的確如此。她心想，又繼續前行。

高街上交通冷清，他們轉身步下瑪德琳學院對面的臺階，走向植物園大門，整條街只有他們的身影。雕花大門內有張石椅，瑪麗和帕可拉坐下來，威爾和萊拉則爬過鐵欄杆，進入花園。他們的精靈從縫隙間穿過去，先他們一步衝入花園。

「這條路。」萊拉說，用手拉拉威爾的手。

她帶領他步入一棵枝葉伸展的大樹下，經過一池噴泉，向左轉入花床間，朝著一棵枝杈繁茂的巨大松樹走去。那裡有座壯觀石牆，牆上有道門，花園遠處的樹木看來較為幼小，栽種的方式也不那麼正式。萊拉帶他走到幾近花園的盡頭，橫過一座小橋，來到一棵枝葉低展的樹下，那裡有張木椅。

「對！」她說：「我一心希望它也會在這裡，一模一樣……威爾，在我的牛津中，每當我想一個人靜靜，我習慣來這裡，坐在和這張完全相同的木椅上，只有我和潘。現在我想，如果你……或許一年一次……如果我們可以同時來這裡，只要一小時左右，我們可以假裝我們又很接近……因為我們會很接近，如果你坐在這裡，我坐在我世界的這裡……」

「對，」他說：「只要我還活著，我就會回來。不管我在世界的哪個角落，我都會回來這裡……」

「就在夏至那一天，」她說：「正午時，只要我還活著，只要我還活著……」

威爾發現自己什麼都看不見，他讓熱淚流下，緊緊抱著她。

「如果我們……之後……」她顫抖地低聲說：「如果我們遇到喜歡的人，如果我們和他們結婚，我們也要好好對待他們，不要比來比去，老希望是我們倆結婚……只要每年來這裡一次，只要一小時，只要能在一起……」

他們緊抱住對方。幾分鐘過去，河邊一隻水鳥不安地大叫，車聲偶爾從瑪德琳橋傳來。

最後，他們終於鬆開彼此。

「唉。」萊拉輕聲說。

這一刻，每件和她相關的事物都變得非常溫柔，這也是稍後他最喜歡的回憶之一——朦朧使得緊張又優雅的萊拉變得更為柔和，她的眼睛、雙手，特別是雙脣，看起來更柔軟得無法形容。他一次又一次吻她，每次都像是最後一吻。

他們因為愛，心情沉重又溫柔，他們走回門口，瑪麗和帕可拉等候著。

「萊拉……」威爾說。

她也喊著：「威爾。」

他打開一個進入喜咯則的窗口，在環繞大屋的公園深處，離森林邊緣不遠。他們最後一次一起進入喜咯則，俯視沉默的城市，傾斜的屋頂在月光下發出微光，塔樓高懸空中，燈火通明的船隻也在平靜無波的海上等待。

威爾轉身，盡可能鎮定地對帕可拉說：「謝謝妳，帕可拉，謝謝妳在瞭望臺上營救我們，還有其他一切。只要萊拉還活著，請善待她，我愛她甚於一切。」

女巫女王親吻他的雙頰作為回應。萊拉也對瑪麗低語，她們兩人相擁後，瑪麗先走，然後是威爾，他們穿過最後一道窗口，回到自己的世界，植物園樹下的陰影中。威爾努力想，現在開始要開開心心，可是這就像徒手抓住一隻激鬥中的惡狼，牠卻想用爪子劃過他的臉頰、撕裂他的喉嚨。不管如何，他還是做到了，他想沒人知道這要花多大的工夫。

他知道萊拉也一樣，她神情緊張，微笑僵硬，正是個象徵。

不管如何，她還是微笑了。

兩人最後的一吻匆忙又笨拙，結果互撞了對方的頰骨，一滴淚水從她臉上沾到他臉上。精靈也互相吻別，潘拉蒙攀過窗口回到萊拉手臂中，威爾開始關上窗口。窗口關上了，萊拉也消失了。

「現在……」他說，試著裝作無所謂，卻轉身避開瑪麗，「我必須折斷匕首。」

他以熟稔的方式，在空中找到一個縫隙，試著將心境引導到過去發生的情況。那時，他正想從洞穴中切開一個出口，考爾特夫人卻不可思議地使他想起母親，他想，匕首會斷裂，是因為它接觸到無法切斷的東西——他對母親的愛。

現在他又搬出老套，想著他最後一次看見母親的臉——在庫波太太家小小的走廊中，恐懼又心不在焉的模樣。

可是沒用。匕首輕鬆地切入空氣，打開一個大雨滂沱的世界，巨大的雨點潑灑進來，兩人都嚇了一跳。他敏捷地關上窗口，困惑地呆立一會兒。

他的精靈知道該怎麼做，只說：「萊拉。」

當然。他點點頭，右手拿著匕首，左手壓著臉頰上萊拉眼淚沾到的那一點。

這次，匕首發出一聲破裂聲後斷掉，刀鋒跌落地上，地上的石頭因另一個宇宙飄進來的雨水而潮溼發亮。

威爾蹲下來，謹慎地拾起斷片，克札娃用她的貓眼幫他找到所有碎片。

瑪麗扛起背包。

「嗯，」她說：「唉，聽著，威爾。我們甚至還沒說過話呢……你和我……我們應該算是陌生人。可是我對帕可拉允諾過，我剛剛也對萊拉允諾，就算我沒有對她們承諾，如果你願意，我還是會對你允諾相同的事：下半輩子，我會是你的朋友。我們兩人都得靠自己，我想我們兩人都可以做那種……我的意思是，我們沒有任何人可以談論這些，除了你我之外……我們也要習慣和我們的精靈相處……而且我們兩人都有麻煩，如果這點還不能使我們有共同處，我可不知道還會是哪一點。」

「妳有麻煩？」威爾看著她說，她開朗、友善、聰明的臉也直直面對他。

「唉，我在離開前，砸爛實驗室內某些財產，又偽造證件，還有……唉，沒什麼我們不能解決的。我們可以找到你母親，讓她獲得一些適當的治療。如果你需要地方住，唉，如果你不介意和我住，我們可以安排這點，那你就不用進……唉，不管他們怎麼稱呼它……收容所。我是說，我們可以編一個故事，口徑一致，我們可以做到這點，對不對？」

瑪麗是朋友，他有朋友了，是真的，他從沒想到這點。

「對！」他說。

「好，那我們就這麼做。我的公寓就在半哩外，你知道我現在最想做什麼？喝杯熱呼呼的茶。走吧，我們回去把水壺加熱。」

自萊拉看著威爾的手將他的世界永遠關上後，已過了三個禮拜，她又坐在約旦學院院長宅邸的餐桌前，她第一次受到考爾特夫人蠱惑的地方。

這次用餐的人較少：只有她、院長和漢娜夫人——蘇菲亞學院（一所女子學院）的院長。漢娜夫人也出席上次的晚餐，再次見到她，萊拉有點意外，不管怎樣，她仍有禮地歡迎她，還發現自己記憶有誤：漢娜夫人聰慧、有趣、仁慈，和她印象中那個遲鈍乖戾的人大大不同。

萊拉不在時，發生了許多事——不管是在約旦學院、英格蘭或整個世界。教會的權力似乎大增，通過許多殘酷的法律，可是這股勢力暴起暴跌，教誨權威內部掀起動亂，狂熱分子被推翻，自由派取而代之。奉獻委員會瓦解，教會風紀法庭群龍無首，一片大亂。

至於牛津所有學院，在經過短暫混亂的插曲後，又恢復過去平靜的研究生涯和儀式。有些事物消失了：院長珍貴的銀器遭搶，有些學院僕人也離開。可是院長的男僕卡森還在，萊拉過去總隨時準備和他過招，從她有記憶以來，兩人就一直是敵手。因此他溫暖地歡迎她，雙手握住她的手時，她不覺大吃一驚：他聲音透露的是關懷嗎？唉，他也變了。

晚餐時，院長和漢娜夫人敘述萊拉離開後發生的事，她聆聽入神，不時苦惱、傷心或驚歎。他們回到院長的客廳喝咖啡時，院長說：

「萊拉，我們幾乎沒聽到任何妳的消息，我知道妳經歷很多事，妳能說說嗎？」

「好，」她說：「可是不會一次說完，有些事我還不了解，有些事仍讓我顫抖、哭泣，我還是會告訴你們，我答應，我會盡可能告訴你們，可是你們必須先答應我一件事。」

院長看看銀髮女士，她的狨精靈正在她懷中，兩人意味深長地互看一眼。

「什麼事？」漢娜夫人說。

「你們必須答應相信我的話，」萊拉嚴肅地說：「我知道自己不常說實話，在某些地方，我必須靠說謊和編故事求生。我知道自己過去是什麼樣的人，我想你們也都知道，如果你們只打算相信一半的故事，我就無法敘說真實的故事，因為它太重要而不能作假。如果你們答應相信我，我就答應說實話。」

「嗯，我答應妳，」漢娜夫人說。

院長也說：「我也答應。」

「可是，你們知道我最希望的一件事嗎？」萊拉說：「幾乎……唉，幾乎勝過任何事。我希望自己沒有失去閱讀探測儀的能力。噢，好奇怪啊，院長，它怎麼會出現後又消失了？前一天，我還對它這麼熟悉……可以在圖案的象徵意義中上上下下，一個個找出聯繫……那就像……」她微笑，繼續說：「嗯，我就像樹上的猴子，伶俐敏捷。突然……一切都不見了，所有圖案都失去意義，我什麼都想不起來，除了一些基本的意義，如錨意味著希望、顱骨表示死亡，這成千上百個意義……都消失了。」

「萊拉，它們沒有消失，」漢娜夫人說：「那些書都還在柏德里圖書館內，相關研究也都保存良好。」

漢娜夫人坐在院長對面，火爐邊兩張扶手椅中的一張，萊拉則坐在兩人間的沙發上。院長身旁的檯燈是房間中唯一的光源，仍清晰地照亮兩位長者的表情。萊拉發現自己正研讀夫人的表情，她仁慈、敏銳、有智慧，可是就像閱讀探測儀一樣，她再也讀不出更多了。

「嗯，萊拉，」院長繼續說：「現在我們必須想想妳的未來。」

這句話使她全身戰慄，她試著振作，挺直身子。

「我離開的這段時間，從沒想到這點，」萊拉說：「唯一可以想到的就是當下的情況，只有現在式。在很多情況下，我認為我根本沒有未來，現在……唉，突然發現我有一輩子要活，可是卻不知道……不知道要做些什麼。這就像是有了探測儀，卻不知道該如何讀一樣，我想我必須工作，可是不知道要做什麼。我父母可能很富有，可是我猜他們從沒想到替我存些錢，反正，我想現在他們多少已經把錢花光，即使我有權繼承，大概也沒剩多少。我不知道，院長，我會回約旦學院，因為學院過去是我的家，我也沒別的地方可去。我想歐瑞克會讓我住斯瓦巴，帕可拉也會讓我定居在她的女巫部落，可是我既不是熊也不是女巫，雖然我深愛他們，但我並不適合那裡。或許吉普賽人會接受我……可是我真的不知道接下來該怎麼做。現在，我已經迷失了，真的。」

他們看著她：她的眼睛比平常更晶亮，抬起下巴，臉上有種她自己都沒注意到，而是從威爾身上學到的表情。漢娜夫人覺得她看起來挑釁又迷惑，對此欣賞有加。而院長還看出別的——他看見這孩子無意識的優雅已經消失，在自己成長的身體中顯得十分笨拙。可是他深愛這女孩，他感到自豪又敬畏，這孩子很快就會長成美麗的成人。

他說：「萊拉，只要這學院還在，妳就不用擔心自己會迷失，只要妳需要，這裡永遠是妳的家。提到金錢——妳父親留卜一筆照顧妳所需的基金，並指定我為執行人，妳不用擔心這點。」

事實上，艾塞列公爵根本沒這麼做。但即使經歷最近的動亂，約旦學院還是很富有，院長也有些私房錢。

「沒錯，」他繼續說：「我正想著學習。妳還小，至今為止，妳的教育全靠……唉，老實說，全靠妳最少恫嚇的學者教導，」他微笑說：「可說是毫無系統，或許在適當時機，妳的才能會帶領妳往我們無法預見的方向發展。但如果妳將探測儀當作一生事業的主題，開始有意識地學習這些過去妳憑直覺所做的事……」

「對。」萊拉肯定地說。

「那將妳交給我的好友漢娜夫人，再好也不過了，她在這方面的學識無人可比。」

「讓我做個提議，」夫人說：「妳不用現在回覆，先考慮看看。我的學院不像約旦一樣古老，再說妳年紀還太小，無法成為大學生，可是幾年前，我們在牛津北部得到一棟大屋，設立了一所寄宿學校，我希望妳能來見見校長，看妳願不願意成為我們的學生。萊拉，妳知道，妳迫切需要同齡女孩的友誼，我們年輕時會互相學習，我想約旦不可能全面提供這類事物。那位校長是位年輕、聰明的女性，精力充沛，富想像力，而且相當和善，我們很慶幸有她加入。妳可以和她聊聊，如果妳喜歡這想法，就把聖蘇菲亞當作妳的學校，約旦當作妳的家。如果妳希望能有系統地研讀探測儀，我們也可以安排些私人課程。不過，親愛的，我們的時間很多，慢慢來，不必急著決定。」

「謝謝，」萊拉說：「謝謝，漢娜夫人，我一定會的。」

院長給了萊拉一把花園大門的鑰匙，讓她可以自由來去。當晚稍後，門房鎖門後，她和潘拉蒙溜出去，進入黑暗的街道，聆聽牛津午夜所有的鐘聲大作。

他們一進入植物園，潘拉蒙就在草地上追逐一隻往牆邊逃竄的老鼠，然後放開老鼠，一躍跳上附近的大松樹。萊拉歡喜地看他在樹枝間跳躍，將兩人的距離拉得這麼遠，可是他們必須謹慎，不能在別人面前這麼做。他們經歷痛苦，獲得女巫分離的能力，卻必須保密。過去，她可能會在她那些頑皮跟班前現寶，使他們害怕得瞠目結舌，可是威爾教會她沉默和慎重的價值。

她坐在板凳上等潘拉蒙回來。他喜歡嚇她一跳，但她通常可以在他接近時先看到他。啊，那是他的影子，正沿河堤前進，她往別處看，假裝還沒發現他，等他跳到板凳上時，突然抓住他。

「我幾乎成功了。」他說。

「你得更厲害才行，早在你從門邊一路過來時，我就聽到你了。」

他坐在板凳後方，將前掌放在她肩上。

「我們打算怎麼跟她說？」他問。

「我們會答應，」她說：「反正，只是去看看校長，又不是去上學。」

「可是我們會去，對吧？」

「對，」她說：「或許吧。」

「可能會很不錯呢。」

萊拉想想別的學生，她們可能比她聰明、圓融，也比她知道更多同齡女孩做的事，她卻無法告訴她們，她所經歷或知道的萬分之一。她們一定會認為她單純又無知。

「妳認為漢娜夫人真的會解讀探測儀嗎？」潘拉蒙問。

「如果有書，我想她能。我在猜，那裡不知道有幾本書？我想我們必須讀完全部的書，才可以不用書就能解讀探測儀。你能想像到哪裡都得抱著一大堆書……潘？」

「怎樣？」

「有一天，你會告訴我，你和威爾的精靈在我們分開時，做了些什麼嗎？」

「一定，」他說：「終有一日，克札娃也會告訴威爾，我們決定等時機成熟後再告訴你們，不過現在我們都不能說。」

「好吧。」她溫順地說。

她已告訴潘拉蒙一切，可是他有權保有自己的祕密，畢竟是她先拋棄了他。

想想她和威爾還有另一點相同，這也是種安慰。她想，在自己生命中，是否會有一刻不再想他，不再對著腦海裡的他說話，忘記他們相處的每一刻，不再渴望他的聲音、雙手和他的愛。她從沒夢想過深愛一個人的感覺，在這場驚天動地的探險中，這也是讓她最震驚的一件事。她想到，留在她心口上的溫柔，像個永不會消失的傷口，她會永遠珍惜。

潘滑到板凳上，在她懷中蜷曲起來。在黑暗中，他們很安全——她、她的精靈和他們的祕密。在這個沉睡城市的某個角落，有些書本可以重新教她解讀探測儀，和善的女學者也會教導她，還有那些女學生，她們知道的東西比她多得多。

她想：不過她們還不知道呢，她們將會成為她的朋友。

潘拉蒙喃喃說：「威爾說的那件事……」

「什麼時候？」

「在海灘上，就在妳試著讀探測儀前。他說沒有其他地方，那是他父親告訴妳的，可是還有別的。」

「我記得。他是指神國——天堂的神國——已全部終結。我們活著時，不該認為它比這世界還更重要，我們所在之處才是最重要的地方。」

「他說我們必須建立什麼……」

「那也是我們必須有完整生命的原因，潘。我們可以和威爾、克札娃一起走的，對吧？」

「對，當然！他們也可以和我們一起過來，可是……」

「那我們就沒辦法建立它，如果每個人都把自己放在第一位，就沒人可以辦到。我們必須做到這些困難的事，像開心、仁慈、好奇、勇敢和有耐心，我們必須讀書、思考，努力學習……我們每個人，在自己的世界中，就可以建立……」

她的手放在他光滑的毛皮上。花園中，有隻夜鶯正在高歌，微風摩挲過她的頭髮，也使頭頂上的樹葉騷動。城市中不同的鐘聲開始大作，一聲接著一聲，有的高亢、有的低沉、有些很接近、有些則很遙遠、有的隆隆作響、滿腹牢騷、有的則沉穩嘹亮，可是它們全都同意正確的時間，即使某些比其他反應慢些。在那個她和威爾吻別的牛津，鐘聲也會大作，夜鶯也會高歌，微風也會吹拂植物園中的樹葉。

「接下來怎樣？」她的精靈睡意惺忪地問：「建立什麼？」

「天堂共和國。」萊拉說。

（黑暗元素三部曲．完）

主要人物簡介

- 巴瑟莫（Balthamos）：威爾的天使嚮導之一，具超越人類理解的智慧，但性喜嘲諷。
- 巴魯克（Baruch）：低階天使，威爾的天使嚮導。與巴瑟莫間的深情，使兩人即便相隔遙遠亦能心靈相通。
- 戈梅茲神父（Father Gomez）：為教會風紀法庭一員，曾受事先赦免苦修。奉教會風紀法庭之令尋找萊拉並謀殺她。
- 沙塔馬斯（Sattamax）：謬爾發（Mulefa）族的長者，告訴瑪麗・瑪隆博士莢果樹的奧祕，請她幫謬爾發族找出眼前困境的緣由與解決之道。
- 亞塔（Atal）：瑪麗・瑪隆博士的謬爾發好友。
- 洛克公爵（Lord Roke）、塔利斯騎士（Chevalier Tialys）、薩瑪琪夫人（Lady Salmakia）：同為加里維刺族人（Gallivespians），擔任艾塞列公爵陣營的間諜。
- 無名（No-Name）：生性邪惡的人首鳥妖（harpies），負責看守人間與冥界間的通道。無上權威賦予無名氏及其族人看透人性邪惡面的能力，冥界中的鬼魂深受其苦。
- 邁塔頓（Metatron）：高階天使，由無上權威任命為天堂神國之攝政王。

重要名詞簡介

- 天堂神國（Kingdom of Heaven）：有時簡稱「神國」，無上權威與攝政王統領之地，艾塞列公爵及其盟友欲以天堂共和國（Republic of Heaven）代之。
- 加里維刺族（Gallivespians）：身形嬌小，約莫人類一掌高，腳踝處長有毒刺，為一致命武器。行事傲慢過於顯眼，但因身形優勢，擔任間諜工作遊刃有餘。
- 札伊夫（Zalif）：謬爾發語，意為「個體」、「個人」。
- 思若夫（Sraf）：謬爾發語，即「塵」。謬爾發透過肉眼即看得見「塵」，也因發現「塵」聚集在瑪麗．瑪隆周圍，了解她亦如謬爾發，為有意識、能思考的生物。
- 教會風紀法庭（Consistorial Court of Discipline）：教誨權威分支機構之一，調查異端學說並加以懲處為其職責。
- 深淵（The Abyss）：巨大黑暗的虛無之處，沒有任何生物存在，猶如一巨大吸塵器，吸入「塵」並摧毀之。
- 雲山（Cloud Mountain）：天堂神國所在地，無上權威和天使的居所。外觀如一座懸在空中的山，被濃厚雲層包圍，四處移動。也稱為雙輪戰車（Chariot）。
- 意念機（Intention Craft）：一種飛航器，由人類與其精靈同時操控，藉由讀取雙方意念而飛行。

- 聖靈行為協會（The Society of the Work of the Holy Spirit）：教誨權威之研究機構，調查研究各種異端學說。守貧、守貞，但不需守服從之戒。
- 圖拉皮（Tualapi）：一種巨大白鳥，不時攻擊謬爾發聚落，摧毀建築與糧倉。
- 謬爾發（Mulefa）：類似牛的智慧生物，但在兩腿附有莢果輪子，群居，與大自然和平共處。

謝詞

若沒有朋友、家人、某些書籍及陌生人的相助和鼓勵，「黑暗元素三部曲」不可能順利出書。

我對下列諸位朋友深感謝意：在書籍編輯作業每個階段，感謝莉茲．克羅絲（Liz Cross）細心謹慎、孜孜不倦又興致不減地工作，更針對《奧祕匕首》一書插畫提供高見；安妮．華里斯哈德瑞（Anne Wallace-Hadrill）允許我仔細參觀她的窄船；牛津學院考古研究所（University of Oxford Archaeological Institute）的理查．奧斯古（Richard Osgood）告訴我考古探險活動的流程；多賽特（Dorset）川特鑄鐵工作室（Trent Studio Forge）的麥可．邁勒森（Michael Malleson）讓我觀看鑄鐵過程；麥克．佛格特（Mike Froggatt）和譚納奇．偉佛（Tanaqui Weaver），在我慣用的二孔書寫紙幾乎用盡時，為我帶來更多紙張。我也要讚揚牛津現代藝術美術館（Oxford Museum of Modern Art）的咖啡館，故事停滯不前時，一杯美味咖啡、在宜人環境中工作一個鐘頭，我毋需多花工夫，總能順利解決問題，屢試不爽。

我也從幾本讀過的書中偷取靈感。我對蒐集研究小說材料的原則是：「如蝴蝶般輕快閱讀，如蜜蜂般辛勞撰寫」。如果這故事確有所成，主要是因為我在數本傑作中找到瓊漿玉液。我要對三部作品致上特別的敬意：其一是漢利希．凡．克萊斯特（Heinrich von Kleist）的論文〈論馬里昂提劇院〉（On the Marionette Theatre），我在一九七八年《泰晤士文學增刊》（*The*

Times Literary Supplement）上首次拜讀，當時由艾德瑞斯・帕里（Idris Parry）翻譯；其二是約翰・彌爾頓的《失樂園》；最後則是威廉・布雷克的作品。

最後，我要大力感謝大衛・費克林（David Fickling）無窮的信心和鼓勵，以及他對故事推進給予精確生動的判斷，這部作品的成功必須歸功於此；對於完成本書最需要的「時間」，我也滿懷感激西蒙・鮑頓（Simon Boughton）與瓊・斯拉特里（Joan Slattery）的耐心與寬容。還有卡拉達・金（Caradoc King），感謝他大半輩子始終如一的友誼和支持；恩師艾妮・瓊斯（Enid Jones），很久以前引領我進入《失樂園》的殿堂，並使我接受最好的教育、了解責任和喜悅可以並存；還有我妻茱蒂（Jude）、我兒詹米（Jamie）和湯姆（Tom），最後我要感謝太陽底下的一切事物。

菲力普・普曼

暢／小說
088

黑暗元素三部曲Ⅲ：琥珀望遠鏡

●原著書名：The Amber Spyglass ●作者：菲力普．普曼（Philip Pullman）●內文插畫：菲力普．普曼 ●譯者：王晶 ●封面設計：許晉維 ●協力編輯：沈如瑩、呂佳真 ●國際版權：吳玲緯 ●行銷：何維民、吳宇軒、陳欣岑、林欣平 ●業務：李再星、陳紫晴、陳美燕、葉晉源 ●副總編輯：巫維珍 ●編輯總監：劉麗真 ●總經理：陳逸瑛 ●發行人：凃玉雲 ●出版：麥田出版／城邦文化事業股份有限公司／地址：10483台北市中山區民生東路二段141號5樓／電話：(02)2500-7696／傳真：(02)2500-1967 ●發行：英屬蓋曼群島商家庭傳媒股份有限公司城邦分公司／地址：10483台北市中山區民生東路二段141號11樓／網址：http://www.cite.com.tw／客服專線：(02)2500-7718｜2500-7719／24小時傳真專線：(02)2500-1990｜2500-1991／服務時間：週一至週五09:30-12:00｜13:30-17:00／劃撥帳號：19863813／戶名：書虫股份有限公司／讀者服務信箱：service@readingclub.com.tw ●香港發行所：城邦（香港）出版集團有限公司／地址：香港灣仔駱克道193號東超商業中心1樓／電話：+852-2508-6231／傳真：+852-2578-9337 ●馬新發行所：城邦（馬新）出版集團【Cite(M) Sdn. Bhd. (458372U)】／地址：41-3, Jalan Radin Anum, Bandar Baru Sri Petaling, 57000 Kuala Lumpur, Malaysia.／電話：+603-9056-3833／傳真：+603-9057-6622／讀者服務信箱：services@cite.my ●麥田部落格：http://ryefield.pixnet.net ●印刷：漾格科技股份有限公司 ●初版：2019年7月 ●初版四刷：2022年6月 ●定價：540元 ●ISBN：978-986-344-653-8

國家圖書館出版品預行編目資料

黑暗元素三部曲III：琥珀望遠鏡／菲力普．普曼（Philip Pullman）著；王晶譯. -- 初版. -- 臺北市：麥田出版：家庭傳媒城邦分公司發行, 2019.07
面； 公分. --（暢小說）
譯自：The Amber Spyglass
ISBN 978-986-344-653-8（平裝）

873.57　　108004988

城邦讀書花園
www.cite.com.tw